EXCALIBUR

Herausgegeben von
Melissa Andersson
und
Gerd Rottenecker

Jane Welchs *Runenzauber-Saga* im Droemer Knaur Verlag:

1. Die Drachenfestung (Band 70133)
2. Das Auge des Druiden (Band 70134)
3. Die Nebel von Farona (Band 70135)
4. Der Drachenstein (Band 70136)
5. Das Schwert der Morrigwen (Band 70137)
6. Der See der Tränen (Band 70138)

Weitere Bände in Vorbereitung

Jane Welch

RUNENZAUBER
V

Das Schwert der Morrigwen

Ins Deutsche übertragen von
Jörn Ingwersen

Knaur

Die englische Originalausgabe erschien 1997 unter dem Titel
»The Runes of Sorcery, Chapters 1–13« bei HarperCollins, London

Deutsche Erstveröffentlichung 8/99

Umschlagkonzept: Melissa Andersson
Umschlaggestaltung: Agentur Zero, München
Umschlagillustration: Romas Kukalis,
»The Catsworld Portal«/Agentur Thomas Schlück, Garbsen
Karten: Dieter Jüdt, Trier
Lektorat: Ralf Reiter
Satz: Ventura Publisher im Verlag
Druck und Bindung: Clausen & Bosse, Leck
Printed in Germany
ISBN 3-426-70137-5

2 4 5 3 1

Für meine Eltern
Tom und Peggy Davies, in Liebe,
Dankbarkeit und Bewunderung.
Und für meinen Mann Richard,
dem ich nie genug dafür danken kann,
daß er mit Rat und Tat und all seiner Kunst
zum Schreiben dieser Trilogie beigetragen hat.

KARTEN

NAHENDE EISDECKE
vaalaka
DIE NOMADENSTEPPE
DAS HORN VON VAAL-PEOR
SOMMER FLÜSSE
DRACHEN WÜSTE
DIE DREI SCHWARZEN TEUFEL
LANDES-GRENZEN
GRENZEN DER BARONIEN
STRASSEN, WEGE UND PÄSSE
BARONIE VON TORRA ALTA
KEILER WALD
TORRA ALTA
BARONIE VON JOTUNN
GUT JOTUNN
SILBERFLUSS
BARONIE VON NATTARDA
BARONIE VON OVISSIA
HIRSCH WALD
WIGLAFS LANDSITZ
BLENHAM
FARONA
GRANHAM
DER DORS
BELBIDIA
BARONIE VON FARONSHIRE
BARONIE VON PISCERA
BARONIE VON QUERTOS
ISTHMUS
BARONIE VON CALDEA
GORTA
ILDROS
TARTRA
NEBELKÜSTE
HESPERA
DER HAKEN
DIE FERNE INSEL
DER KAMM VON OPHIDIA
caballische
DER SPIESS
ophidia
TOTE GÖTTER

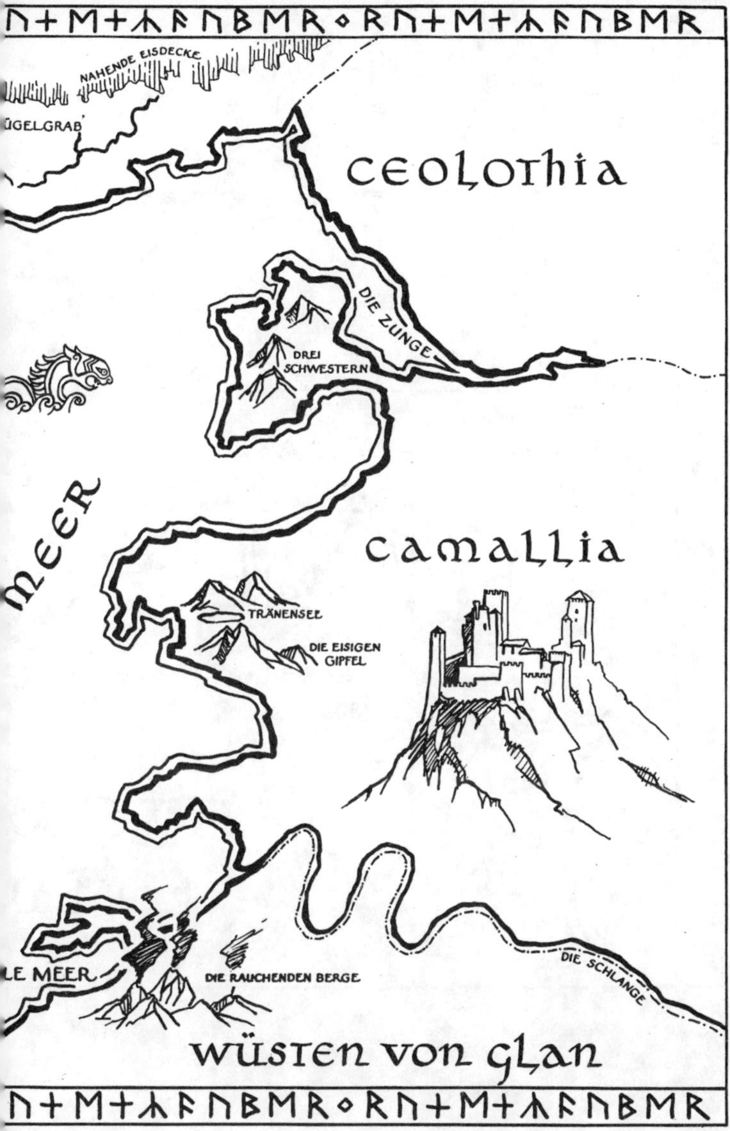
NAHENDE EISDECKE
ÜGELGRAB
Ceolothia
DIE ZUNGE
DREI
SCHWESTERN
MEER
Camallia
TRÄNENSEE
DIE EISIGEN
GIPFEL
LE MEER
DIE RAUCHENDEN BERGE
DIE SCHLANGE
Wüsten von Glan

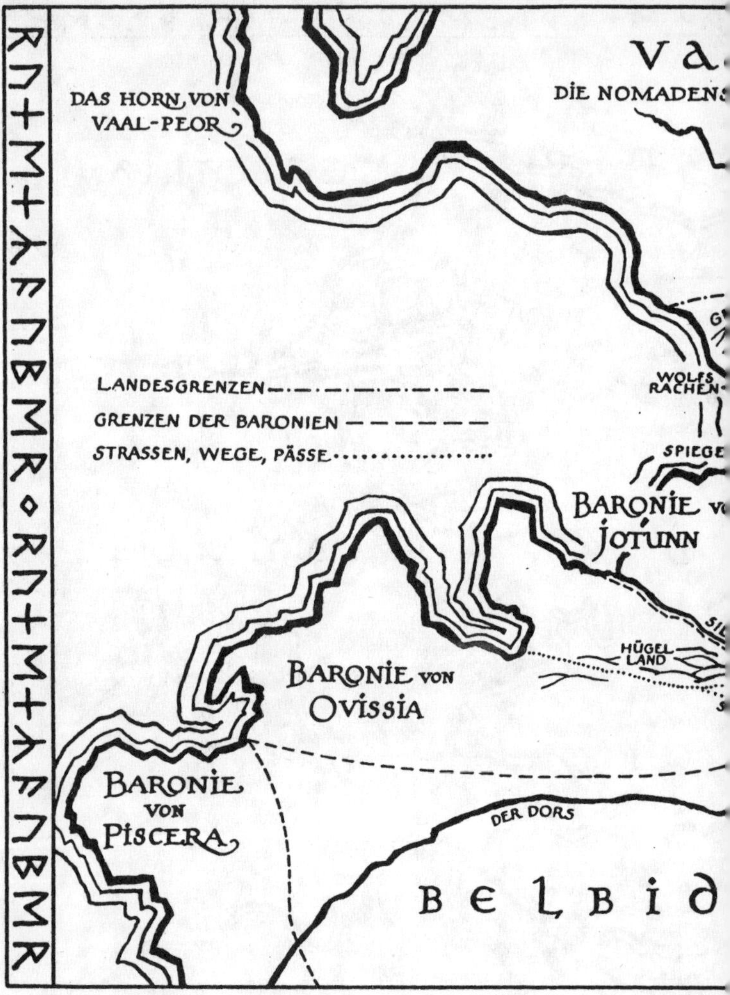
DAS HORN VON VAAL-PEOR
VA
DIE NOMADENS
WOLFS RACHEN
SPIEGE
LANDESGRENZEN
GRENZEN DER BARONIEN
STRASSEN, WEGE, PÄSSE
BARONIE VO
JOTUNN
HÜGEL LAND
BARONIE VON OVISSIA
BARONIE VON PISCERA
DER DORS
BELBID

aka
ACHENWÜSTE
SOMMERFLÜSSE
KEILER WALD
DER PASS
BARONIE von TORRA ALTA
CABALLISCHES MEER
TORRA ALTA
HIRSCH WALD
BARONIE von NATTARDA
WIGLAFS LANDSITZ
GROSSE NORD-SÜD-STRASSE
BLENHAM
FARONA
BARONIE von FARONSHIRE

PROLOG

Keuchend machte er sich in die strudelnd weißen Stromschnellen auf und strebte zum östlichen Ufer hin. Die schneidend kalten Fluten des Silberflusses zehrten an seinen Kräften. Nach den sengenden Flammen des Feuers war ihm die Kälte willkommen. Kleine Lichtpunkte glitzerten, wo sich winzige Eiskristalle im reißenden Fluß bildeten.

Blau vor Kälte erklomm er atemlos das Ufer und schlich in die schneebedeckten östlichen Gebirgszüge der Gelben Berge. Wasser tropfte von den Enden seines geraden Stirnhaars und bildete dort Eis. Tief atmete er die kalte Winterluft ein und lächelte.

»Großer Vaal-Peor, Gott des Eises, schon fordert dein Eishauch das Land für sich«, murmelte der Hexer, und seine Atemluft bildete eine dampfende Wolke, die in der frostigen Luft aufwehte. Hinter ihm erleuchtete eine Säule wütender Flammen den Himmel wie ein Seezeichen, wo das brennende Inferno den Westturm Torra Altas umfing.

Eilig lief er zwischen den Bäumen hindurch, die auf den unteren Hängen standen, wollte sich frische, trockene Kleider beschaffen, damit er im eisig kalten Winter in den Bergen des Nordens nicht umkam. Ein einsamer Fallensteller, der sich vor dem vaalakischen Feind versteckte, bot ihm seine erste Möglichkeit. Der Hexer zog einen gezackten Dolch aus seinem Gürtel und schlitzte dem Mann lautlos die Kehle auf, von einem Ohr zum anderen. Während der Wolfsjäger verblutete, nahm er dem Sterbenden die ledernen Hosen, Wolfspelzjacke, Bärenfellumhang und die zerschlissenen Lederstiefel ab. Blut glitzerte auf den gefrorenen Kristallen wie ein dunkelroter Teppich, der um die Leiche lag.

Der Hexer riß sich den triefnassen Umhang von seinen Schultern und wusch in den kühlen Fluten des Bergbaches den letzten Ruß aus seiner schwarzen Miene. Zufrieden sank er zwischen gefrorenen Farn, spuckte zur belagerten Burg hin aus und krächzte ein trockenes Lachen aus seiner Kehle hervor. Er hustete, um den letzten Rest von Rauch aus seinen versengten Lungen zu bringen, dann entfuhr den aufgesprungenen Lippen ein dünnes Lachen. Bitter wischte er seine Hand über den Mund und zuckte zusammen, als die versengte Haut am Handrücken gegen sein Kinn stieß. Er riß sich die nassen Kleider vom Leib und legte das grobe Leder des Fallenstellers an. Dann rollte er seine auffällig schwarzen Sachen und die feinen Schuhe zu einem festen Bündel und scharrte am Boden kniend mit dem Messer an der gefrorenen Erde herum. Er grub unter den Wurzeln eines Schwarzdorns, dessen Äste sich nach dem vorherrschenden Wind ausrichteten. Es war nur ein kleines Loch, doch es war groß genug, daß er seine Kleider darin vergraben konnte. Zufrieden stand er auf und sog die frische, rauhe Luft des Jagdmonats in seine Lungen.

Ein selbstzufriedenes Lächeln verzog sein schmales Gesicht, als er die fernen Türme der belagerten Burg betrachtete, dann das kleine Ding, welches in seiner Hand glitzerte. Besitzergreifend schloß er die Finger darum und machte sich direkt zu den Geröllhängen auf, wo der Wind den Schnee verwehte. Auf dem nackten Stein würde er keine Spuren hinterlassen. Er zog den Wolfspelz fest um seinen Leib, und seine Miene ahmte das zahnreiche Grinsen des Wolfskopfes nach, der von seinem Rücken hing. Dann wickelte er sich in den schweren, braunen Bärenumhang.

Rastlosigkeit trieb ihn über das steinige Land, bis ihn schließlich eine einsame Jagdhütte, welche sich unter die gezackten Gipfel der Berge kauerte, aus der gefährlichen Kälte ins Warme lockte. Zuversichtlich, daß ihm niemand über das Geröll folgen konnte, ging er das Risiko ein, ins verschneite Tal hinabzusteigen. Er watete durch tiefen Schnee, stolperte durch Verwehungen, die bis an seine Oberschenkel reichten, und der eisige Schnee schnitt durch seine Hosen und brannte auf der Haut. Der betäubende Schmerz der Kälte ließ sein Herz hart werden, als er sich durch die verwitterte Tür schob, die fest auf ihren rostigen Scharnieren saß.

Feuchte Scheite waren am Kamin gestapelt, und es dauerte einige Minuten, bis seine zitternden Hände einem Feuerstein Leben entlocken konnten. Die klägliche Flamme leckte an einem kleinen Zündholz. Schließlich kauerte er vorm Feuer, als dieses auf dem Rost zischte, hielt in seinen tauben Händen das funkelnde Ding, das er aus seiner verlorenen Heimat Torra Alta mitgenommen hatte. Er blickte in das Herz des leuchtend blutroten Kristalls, während er die Zähne zu einem finsteren Grinsen bleckte.

Der Rubin war ein ungewöhnlich runder Edelstein, und tief unten in seiner kristallinen Struktur waren Bruchlinien zu erkennen, die einen Makel darstellten. Die Linien beschrieben einen Kreis, der von drei strahlenden Linien in drei Segmente aufgeteilt war. Er starrte tief in das Herz des Steins hinein, wenn ihm auch der Anblick des runden Zeichens schmerzlich in den wasserblauen Augen brannte.

»Die heilige Rune der Mutter«, höhnte er. »Nun habe ich sie.« Der blutrote Rubin brannte in seiner Hand, und er keuchte, sog schmerzlich Luft in seine von Rauch gequälten Lungen. Ein finsteres Lächeln breitete sich auf seinen schmalen Lippen aus, während er sich an den süßen Qualen seines Sieges labte. Er hatte den Rubin, und Torra Alta mußte leiden.

Er dachte an den Moment zurück, als er sich gezwungen sah, Torra Alta zu entfliehen. Das Feuer auf der Burg hatte ihn beinahe verschlungen, doch waren die Flammen nötig gewesen, damit er im Durcheinander leichter verschwinden konnte. Alle anderen hatten ihn enttäuscht: Kullak, der vaalakische Schamane, der schwache Kurat Dunnock, das Monstrum Cailleach. Nun würde er sein Werk allein vollbringen. Er fragte sich, wie viele Tränen der gute Baron Branwolf wohl über seinen Tod vergießen und wie lange es dauern würde, bis sie den Schaden an den Runen entdeckten, die Torra Altas Herzstein umgaben. Er lachte rauh bei dem Gedanken, dann wandte er sich dem Edelstein in seiner Faust zu. Fiebrig hielt er ihn fest, war sicher, daß die Rune der Mutter den Schlüssel zum geheimen Versteck des Druiden-Eis darstellte. Instinktiv wußte er, daß das Muster eine weitergehende Bedeutung barg, die ihn zu jenem Talisman führen würde. Aber er kannte nicht alle Teile des Vexierspiels.

Er wußte, daß er gen Süden nach Caldea ziehen mußte, um die Spur dort aufzunehmen, wo Kullak sie verloren hatte. Dort konnte er den Spuren des Musters folgen und das Bild zusammensetzen. Er mußte das Druiden-Ei als erster finden. Ihm und seinen Dienern war es nicht gelungen, die Hexe zu töten, die sich mit der Welt gegen ihn verschworen hatte. Nun bestand seine einzige Chance darin, sie zu vernichten, und die Rache für den Tod seiner Mutter bestand darin, das Druiden-Ei an sich zu bringen und dessen uralte, unermeßliche Kraft als erster zu gewinnen.

Vom Feuer gewärmt, schlief er den größten Teil der Nacht tief und fest, doch schreckte er noch vor dem Morgengrauen auf, als bebende Energie durch seine Adern flutete. Die Luft in der Hütte knisterte vor Energie. Alle Sinne ließen Böses ahnen. Er trat vor die Hütte und schob den Schnee beiseite, um seine Hand auf den nackten Boden zu legen; er fühlte den Puls der verhaßten Großen Mutter. Irgend etwas bebte durch die Knochen der Erde. Die Große Göttin rührte sich. Er fühlte, wie ein Zauber erwachte und durch ihre Kraftlinien strahlte. Er fühlte ihre Energien, spürte, wie die aufkommende Magie mit den Elementen verschmolz.

Die Runen des alten Kessels waren gefunden, dessen war er sicher, doch war da noch etwas ... ein anderer Zauber ... etwas Unerwartetes. Die Kraft war wie neues Leben, das durch die Erde ging. Seine ganze Kindheit hatte er unter jenen verbracht, welche die Überlieferungen der alten Sitten und Gebräuche lehrten, und das hatte seine ihm innewohnende Sensibilität für die Macht des Runenzaubers verstärkt. Instinktiv wußte er, daß die Kraft, die durch die Erdkrume ging, den Kreaturen der Urzeit neues Leben einhauchen würde ... Kreaturen, welche die natürliche Kraft besaßen, die Launen der Großen Mutter zu ahnen, der sie entsprangen. Es waren Runen von großer Zauberkraft, die da durch die Kraftlinien der Mutter fuhren.

Er verwarf den Gedanken an diese unerwartete Magie und wandte sich wieder um, dachte an die verlorenen Runen des Kessels. Wenn sie den Kessel gefunden hatten, mußten sie auch die Runen kennen, die sie zum Druiden-Ei führen würden. Doch er hatte die Rune der Mutter.

Er sah auf seine geballte Faust hinab und öffnete die schmalen Finger langsam, betrachtete den Rubin voll Hohn. Die Rune ... das Muster der Rune ... könnte er die Teile doch nur zusammensetzen ... Er mußte das Druiden-Ei als erster finden.

Torra Alta mußte an die Vaalaker fallen, und die Hexe mußte vernichtet werden. So würde seine Mutter gerächt. Ihn dürstete nach der Befriedigung, die ihm aus dem Leid all jener auf Torra Alta erwachsen würde. All die Jahre hatten sie ihn verachtet, und nun wollte er Rache nehmen. Aber dazu war das Druiden-Ei nötig.

KAPITEL 1

Es ist nicht sicher, ihn hier zu lassen.« Müde blickte die Priesterin in den Nebel, der die Lichtung umgab.

»Nun, wir können ihn nicht gut mitnehmen, oder, Brid? Wir bräuchten einen Wagen und sechs Pferde, um dieses große Ding zu bewegen«, meinte Hal. Seine Worte klangen scharf und verächtlich.

»Ich bin nicht dumm, Hal. Wir werden ihn zerstören müssen«, erwiderte das junge Mädchen entschlossen.

»Ihn zerstören? Das ist ja noch dümmer! Er besteht aus einer halben Tonne hartem Metall.«

»Stimmt. Aber das Runenschwert wird ihn zertrümmern.«

Unsicher warf der dunkelhaarige Junge einen Blick auf die Waffe, drehte sie in seiner Hand. Er spannte die Finger an. Sein Blick war starr auf die knotig-rote Narbe gerichtet, wo einst sein kleiner Finger gewesen war, bevor Gattos Söldner ihn abgehackt hatten. »Es mag ja Ketten und schlecht geschmiedete Klingen zertrümmert haben, aber das ...« Er betrachtete die schwere Masse des runenverzierten Kessels. Das rußige Metall sah alt und fest wie Granit aus, was im krassen Gegensatz zum hellen Stahl des Schwertes stand.

»Du darfst ihn nicht zerstören. Du hast uns nicht gesagt, was die Runen bedeuten«, wandte Caspar ein. »Ich muß es wissen!«

Brid beachtete ihn nicht, denn ihre grellgrünen Augen beschäftigten sich noch mit Hal.

Caspar biß sich auf die Zunge und blickte in den Nebel. Irgend etwas war dort draußen, lauerte, er konnte es spüren.

»Zerschlage ihn!« befahl Brid erneut.

Der junge Edelmann rührte keinen Finger, um ihren Worten

Folge zu leisten. Statt dessen nahm er ihre Faust und strich zärtlich über ihren Handrücken. »Nach heute nacht könntest du etwas netter zu mir sein.«

»Hal!« Brid wirkte verblüfft, und doch lag ein Funke des Vergnügens in ihrem Blick, bis sie dann plötzlich erstarrte. »Das hatte nichts zu bedeuten. Ich brauchte den Zauber, mehr nicht. Ich wollte die elementaren Mächte verstärken, die dadurch frei wurden, daß ich mich dir opfern mußte.«

»Opfern!« Hals Stimme klang neckend. »Bist du sicher?«

»Ja!« Wütend funkelte Brid den hübschen Jungen mit dem rabenschwarzen Haar einen langen Augenblick an und lachte dann leise. »Aber glücklicherweise mußte ich es am Ende doch nicht tun, was? Wirklich, Hal, wir haben dafür keine Zeit. Bitte, tu, was ich dir sage.«

Er verneigte sich galant, grinste und wandte seine Aufmerksamkeit dem Schwert zu. Die harten Muskeln in seinem Gesicht spannten sich entlang des Unterkiefers, als er an den Kessel trat und mit beiden Händen das Heft des Breitschwerts hielt. Das perlmutterne Licht der Morgendämmerung tanzte auf den eingravierten Runen, als der Junge es um seinen schlanken Körper schwang. Seine anmutigen Bewegungen, im trüben Licht hervorgehoben, ließen ihn wie einen Krieger wirken, der geradewegs aus einem Heldenepos in die Wirklichkeit getreten war. Sieben Schritte vom Kessel sprang er vor, die Wut der Entschlossenheit schrie aus seinen Lungen, und er schwang das Schwert, um das rußschwarze Eisen des großen Kessels zu zerschmettern.

Caspar schlug die Hände an die Ohren, als der Schmerz des Lärms in seinem Kopf hämmerte. Ein Splitter aus grellem Metall schoß über die Lichtung. Der Kessel schien unbehelligt, aber aus der Schneide des Schwertes war ein Stück herausgebrochen. Hal war auf den Knien, starrte das beschädigte Schwert voller Entsetzen an. Brids Hände legten sich auf ihren

Mund, und ihre strahlenden Augen verrieten einen Moment lang Verwirrung, doch sie wischte ihre besorgte Miene augenblicklich fort.

»Du warst in Gedanken nicht recht bei der Sache, Hal. Gib mir das Schwert. Wir müssen den Kessel vernichten.«

»Nein!«

»Gib es mir!«

»Nein! Hast du nicht schon genügend Schaden angerichtet? Du hast die Runen des Krieges zerstört!« Leicht fuhr er mit den Fingern über die Kerbe in der Schneide. Dunkle Flüssigkeit erschien an einem seiner Finger und verschmierte das helle Metall.

Ein seltener Ausdruck des Selbstzweifels trübte Brids Miene. »Es ist meine Schuld. Ich hätte das Gebräu nicht mit dem Runenschwert umrühren sollen, aber ich bin mir sicher, daß ich die Runen des Krieges nicht beschädigt habe«, fuhr sie Hal erhitzt an.

Neuerlicher Zorn blitzte in seinen Augen auf, als er daran dachte, wie Brid die Runen an seinem Schwert verändert hatte, indem sie damit den Inhalt des Kessels umrührte. Die Runen an der Rinne waren nun blutrot, und es waren zusätzliche Symbole erschienen. Brid hatte sie »Runen der Magie« genannt. In genau dem Augenblick, in welchem sie aus der Zauberkraft des Kessels entstanden waren, hatte Caspar erstmals gespürt, daß dort eine böse Macht im Nebel lauerte.

»Sieh es dir an! Sieh, was du getan hast!« Inzwischen schrie Hal. »Du hast es kaputtgemacht!«

»Es ist nicht kaputt. Es ist angeschlagen, und da fehlt nur ein winziger Splitter an der Schneide. Nun gib es mir schon!« Der Junge stand auf, doch statt Brid das Schwert auszuhändigen, ließ er es zu Boden fallen. Sie bückte sich, um nach dem Heft zu greifen. Die Klinge schien fast so lang wie sie selbst, und die Spitze grub sich in die Erde, als sie am Griff zog.

Ein böses Grinsen zog Hals Mundwinkel in die Höhe. »Ach, komm schon, Brid, was hast du vor? Du kannst es nicht mal anheben.« Er legte eine Hand ans Schwert und hielt so ihre Bemühungen auf. »Warum sagst du mir nicht, wie ich mich konzentrieren kann, und läßt es mich noch mal versuchen?«

Der Starrsinn wich aus seiner Stimme, und Vernunft trat an dessen Stelle. Fragend hob er eine Augenbraue, und schließlich gab sie ihren Widerstand auf. Ihre Arme sanken herab, damit der Boden mehr Gewicht des Schwertes tragen konnte.

Hal löste ihre Finger vom verzierten Griff und hob das Schwert an. »So ist es besser. Jetzt sag mir, was ich tun soll.«

Brid bürstete sich ab und lächelte. »Wenn du nicht so stur bist, gibt es für dich noch gute Hoffnung«, sagte sie. »Sieh her. Lies die Runen an der Klinge, und das wird helfen.« Sie zeigte sie ihm eine nach der anderen. »Achte nicht auf die Runen der Magie, und konzentriere dich auf die anderen. Die meisten sind böse, üble Runen. Runen der Rache, Runen des Hasses, Runen des Sieges, Runen der Verstümmelung, und diese hier ist Tiws Rune, die allein dem Krieg gewidmet ist.«

Hal betrachtete das Symbol und nickte. Caspar betrachtete die Rune über Hals Schulter hinweg. »Sieht wie ein Pfeil aus«, bemerkte er.

»Bisher hast du das Schwert ohne jedes Verständnis benutzt«, setzte Brid ihren Vortrag fort. »Aber das hier ist die Rune Nyd, die Rune der Not oder Notwendigkeit. Man kann keinen Haß gegen ein anderes Artefakt der Großen Mutter einsetzen, daher muß man sich auf die Rune der Notwendigkeit konzentrieren. Du möchtest den Kessel zerstören, weil du es mußt, nicht weil er dein Feind ist. Konzentriere dich durch diese Rune, und wenn du auf den Kessel einschlägst, schlag mit dem Teil der Klinge zu, der mit ihr auf einer Höhe ist.«

Hal fummelte an dem schlichten, geometrischen Muster am Heft der Klinge herum. »Glaubst du wirklich, daß eine Rune einen Unterschied machen kann? Wenn ich so nah am Griff zuschlage, kann ich nicht genügend Kraft ins Schwert legen.«

»Es wird der entscheidende Unterschied sein. Denk durch die Rune. Versuche, dich von allen anderen, aggressiven, kalten Empfindungen des Hasses zu befreien, die das Schwert hervorruft. Denk nur daran, daß du es für einen guten Zweck tust.«

Der Junge nickte und grinste. »Wenn das Schwert zerbricht, werde ich es dir nie verzeihen.«

»Vertraue mir«, erwiderte sie sein Lächeln.

»Ja!« Er ließ die Schwertspitze am Boden ruhen und holte tief und langsam Luft, konzentrierte seine Energien, bevor er mit den Armen ausholte und an den Kessel trat. Mit einem Ächzen schwang er die Klinge und hieb sie heftig an den Rand des Kessels. Die Luft war voller Staub und Ruß, und irgendwo in seinem Hinterkopf hörte Caspar ein tieftrauriges Lied. Das Lied des Schwertes, endlich, dachte er. Es war das Traurigste, was er je gehört hatte.

Als sich der Staub legte, suchte Caspar nach dem Kessel, doch er war nicht mehr da. Geblieben war nur ein Haufen aus Schlacke und Ruß. Hal lag hustend auf den Knien. Blut drang zwischen seinen Fingern hervor. Brid eilte zu ihm und kam nur einen Augenblick vor Caspar an.

»Geht es dir gut, Hal?« fragte Caspar besorgt.

»Du stellst wirklich dumme Fragen«, brach es aus Hal heraus, und der kleinere Junge sah die vor Schmerz verzerrte Miene seines Onkels. »Meine Wunde an der Seite ist wieder aufgeplatzt. Was glaubst du wohl?«

Brid schob sein Hemd herauf, um sich den blutigen Schnitt anzusehen. »Es ist nicht so schlimm. Nur wo der Schorf etwas aufgerissen ist. Versuch die Seite nicht zu sehr zu strecken«, riet sie ihm und verband die Wunde mit einem Streifen von ihrem Hemd.

»Versuch dich nicht so sehr zu bewegen, sagt sie, nachdem sie mich eben dazu getrieben hat, um mich zu schlagen und einen mammutgroßen Kessel zu zertrümmern.«

Brid rührte mit ihrem Zeh den Staub des Kessels auf und betrachtete ihn reumütig. »Es tut mir leid, Große Mutter. Ich mußte es tun. Die Hüterinnen haben ihre Pflicht vernachlässigt. Es war niemand mehr da, der den Kessel bewachen wollte. Niemand, der das Wissen um das Druiden-Ei zu schützen bereit war. Ich konnte ihn nicht zurücklassen.«

Hal nahm sich einen Moment, um das Schwert zu bewundern, als genösse er seine mächtige Zerstörungstat. »Wir sollten gehen«, meinte er. Seine Muskeln zuckten noch, nachdem ihn das Runenschwert mit solcher Kraft versehen hatte. Er sprach wie ein großer Krieger, jedes Wort ein Befehl.

»Ich bin noch nicht soweit«, widersetzte sich ihm Brid.

Ein Ausdruck der Verzweiflung fuhr über Hals finsteres Gesicht.

Caspar wurde ungeduldig. Brid ignorierte ihn, seit sie die Runen des Kessels entziffert hatte, und weigerte sich noch immer, ihm zu sagen, was sie bedeuteten. Es war ihm unmöglich gewesen, die mystische Schrift am Grund des Kessels zu lesen, und er wußte nur, daß vom Druiden-Ei die Rede war, einem großen Talisman, von dem die Göttin sagte, daß dieser seine Mutter retten würde. Er besaß dunkle Kräfte, Magie, die Caspar nicht verstand, doch war es die einzige Möglichkeit, Keridwen zu retten und die Trinität der Hohenpriesterinnen wiederherzustellen. Und war die Trinität erst wieder vereint, so hatte die Große Mutter geschworen, die Vaalaker von den Grenzen Belbidias zu vertreiben und Caspars Heimat, sein Erbe, die Grenzburg Torra Alta, vor der Zerstörung zu retten.

Caspar blieb das Herz fast stehen, als er an seine Mutter dachte, die im kalten Herzen des vaalakischen Gletschers der Gnade des bösen Eisgottes Vaal-Peor ausgesetzt war. Das magische Auge des Mondsteins hatte mehr als nur die Wirklichkeit ihres qualvollen, totengleichen Zustands preisgegeben. Eine strahlend lebhafte Frau hatte er gesehen, deren rotes Haar um ihre Schultern wallte, mit durchdringend violetten Augen, die zeigten, daß ihre Seele vor Liebe überquoll.

Sein Vater war über ihren Verlust vor Trauer tief betrübt. Zwar hatte Baron Branwolf die öde Wildnis seiner Einsamkeit mit einer ganzen Reihe lächelnder, weiblicher Gesichter bevölkert, doch hatte er nie mehr eine Liebe wie jene gefunden, die er mit Caspars flammenhaariger Mutter geteilt hatte. Zu jener Zeit etwa verbannte König Rewik den Alten Glauben aus Belbidia, was Branwolf zwang, jede Erwähnung der heidnischen Funktion Keridwens zu vermeiden. Hätte man sie lebend gefunden und sie hätte das Wort der Großen Mutter gepredigt, wäre sie gebrandmarkt worden und auf dem Scheiterhaufen umgekommen. Caspar war im Neuen Glauben aufgewachsen, ahnte nichts von den Ketzereien seiner Mutter und hatte erst kürzlich erfahren, daß sie eine Hohepriesterin des Alten Glaubens gewesen war.

»Es darf keine Verzögerungen mehr geben. Wir müssen zu Ceowulf und Cybillia zurück«, rief Hal laut Brids Rücken zu.

Eilig suchte die Jungfrau ihren Kräuterbeutel, den sie in ihrem Hexentanz am Abend zuvor verlegt hatte. Sie ignorierte Hal vollkommen, der daraufhin vor Ungeduld die Pferde bereit machte und dabei Trund, den weißen Terrier, verfluchte, der sich ihnen angeschlossen hatte. »Wir haben nicht ewig Zeit, Brid. Die Große Mutter hat Torra Alta die Runen des Krieges nur für drei Jahreszeiten gewährt. Das war am Ende des Laubfalls. Wir haben zwei Monate gebraucht, den Kessel zu finden, und uns bleibt nur Zeit bis zum letzten Tag des Brachmonds, oder hast du das vergessen? Wenn wir so weitermachen, dauert es noch einen Monat, bis wir diesen verdammten Eibenwald hinter uns haben.«

»Ich kann erst gehen, wenn ich meinen Kräuterbeutel wiederhabe. Solange ich bei Bewußtsein bin, kann ich diese Lichtung nicht verlassen und auch nicht durch den Nebel reiten. Ich brauche Faronisches Bilsenkraut und Salisianischen Eisenhut, um meinen Verstand in Schlaf zu hüllen, bevor ich auch nur einen Fuß in den Nebel setze.«

Hal sah sie an, als hätte sie den Verstand verloren. »Was ist so schrecklich an dem Nebel, und wieso …?«

»Kannst du sie nicht spüren?« unterbrach Caspar seinen Onkel. Seine Stimme krächzte in der Kehle.

Argwöhnisch betrachtete die Heidenpriesterin die unheimliche, gelbbraune Wolke, welche die Lichtung umgab. »Die Runen der Magie am Schwert haben die Gespenster aus der Anderwelt geweckt. Die Parallelwelt der Geister ist nah. Irgend etwas weiß, daß wir den Talisman suchen, und sie wollen diese Macht für sich.«

Hal steckte sein Schwert ein, und der funkelnde Zorn in seinen Augen verging, wenn er sich auch nach wie vor weigerte, an der Suche nach dem Kräuterbeutel teilzunehmen. Der Terrier dagegen genoß es sehr, an Brids Seite durch den feuchten Farn zu schnüffeln. Offensichtlich hatte der Hund großen Spaß am Herumwühlen im Dreck.

»Ich verstehe noch immer nicht, warum du schlafen mußt«, sagte Hal nun vernünftiger.

»Ich kann im wachen Zustand nicht durch den Nebel, weil ich weiß, was auf dem Kessel geschrieben steht. Weißt du nicht mehr, wie es war, als wir in den Nebel kamen? Wie er in unser Denken eingedrungen ist und uns gezwungen hat, die Gedanken des anderen zu teilen? Ich darf nicht zulassen, daß ich mein Wissen um die Runen des Kessels mit diesen Wesen da draußen teilen muß.«

»Deshalb also hast du die ganze Nacht damit verbracht, die Einzelheiten des Kessels niederzuschreiben, und dich geweigert, uns zu sagen, was sie bedeuten!« rief Caspar aus und sah plötzlich wieder klar. Er erinnerte sich, daß sie die Rückseite seiner Karte und ein Kohlestückchen benutzt hatte, um ein kompliziertes Muster aus Rechtecken, Halbmonden, Kreisen und Runenzeichen festzuhalten.

Brid sah ihn an, als wäre er von etwas behäbigerem Verstand. »Natürlich! Jetzt helft mir, meinen Beutel zu suchen.«

Hal war eine Weile friedlich, doch als die Suche weiter fruchtlos blieb, verlor er die Geduld. »Wir sind spät im Nebelmond, was bedeutet, daß der Burg kaum mehr als sieben Monate bleiben, bis die Runen im Herzstein ihre Wirkung verlieren. Sollen wir diese sieben Monate hier verbringen? Kannst du nicht etwas anderes benutzen, um einzuschlafen?«

»Wahrscheinlich könntest du mir eins über den Schädel geben, Hal, aber es wäre mir lieber, wenn du es nicht tätest.«

»Ich habe Hunger«, setzte Hal sein Klagen fort. »Und wir haben keine Zeit zu vergeuden. Wenn uns die Große Göttin wirklich beschützen wollte, hätte sie uns die Runen ohne Bedingungen gegeben.«

Caspar seufzte. »Wer sind wir, daß wir über das Tun der Götter richten?«

Wütend spie Hal aus: »Spar, du klingst schlimmer als Pater Gwion mit seinem unablässigen Sermon über den Neuen Glauben.« Er trat in die staubigen Reste des Kessels und sah den Jungen mit dem kastanienbraunen Haar finster an. »Es muß dir wohl im Blut liegen, dieses frömmlerische Predigen. Ich kann es nicht ertragen.«

Caspar schmollte. Gwion mochte der Bruder seiner Mutter sein, aber er war keineswegs wie dieser selbstgerechte Priester. Der Junge zog sich ins lebhafte Land seiner Gedankenwelt zurück. Hals Launen und die kränkenden Worte ärgerten ihn. Er wollte davon nichts mehr hören.

»Trund, nein!« rief Brid plötzlich und jagte dem weißen Hund nach. »Nein! Aus! Gib ihn mir!«

Caspar war erleichtert, daß sie Brids Kräuterbeutel endlich doch gefunden hatten, aber erst mußten sie ihn Trund abnehmen. Der Ophidianische Schlangenfänger lief hocherfreut um sie herum, warf den Beutel in die Luft und fing ihn mit seinen langen, weißen Zähnen auf. Freudig verstreute er Kräuter und verschiedene Dinge zur Weissagung, darunter Fledermausflügel und etwas, das Caspar für Mäuseschwänze und die Kralle einer Eule hielt.

Hal rümpfte beim Anblick der verschrumpelten Teile seine Nase, und Brid jammerte: »Trund, du dummer Hund, sieh nur, was du getan hast.« Sie sank auf die Knie und suchte zwischen den kurzen Grasbüscheln herum, die im Schatten der Bäume wuchsen, sammelte die verstreuten Dinge ein und murmelte dabei vor sich hin. »Blasenwurz, Steinbrech, Pfennigkraut, Eisenhut.« Sie drehte einen rotgeäderten Stengel in ihrer Hand und hielt dann abrupt inne, als sie die übrigen Kräuter sichtete. »O Mutter!« Entsetzt sah sie den Hund an, der Caspar triumphierend auswich. Der Junge jagte ihm nach, während der Terrier etwas kaute. »O Mutter! Er frißt es auf! Hal, fang diesen Hund … er frißt das Faronische Bilsenkraut!«

Sie rannte dem Terrier nach, der hin und her sprang und nur kurz innehielt, bis er dann entfloh, als Caspars Finger eben seinen Schwanz berührten.

»Trund, halt! Komm her. Das ist kein Spiel. Aus! Aus!«

Die dunklen Schlitzaugen des Hundes funkelten sie boshaft an. Er machte kehrt, wollte verschwinden, doch er stolperte und drückte seine stumpfe Nase in den Dreck. Als er den Kopf hob, schwankte er und taumelte ein paar ungelenke Schritte, brach dann zusammen, wobei sein Atem knapp und scharf ging. Erbärmlich wedelte er mit seinem Schwanz, als Brid herankam. »Ach, Trund! Was hast du nur getan?« seufzte sie traurig.

Die drei Gefährten beugten sich über den Hund und blickten verloren auf ihn hinab, während das Tier zu schnarchen begann.

»Wird er wieder gesund?« fragte Caspar voll Sorge.

»Er wird wohl eine Woche schlafen, denke ich, aber das meiste von dem, was er gefressen hat, dürfte ihm nicht schaden. Wenigstens hat er weder Mutterkorn noch Drachenfeuer oder Eisenhut angerührt, nur hat er Wundkraut, Ysop und, was am schlimmsten ist, das Bilsenkraut gefressen.«

»Läßt es ihn nicht einfach nur schlafen?« Caspar war von Brids geschickter Kräuterkunst geradezu fasziniert.

»Ja, es läßt ihn schlafen, aber ...«

»Aber du wolltest es nehmen, um nicht zu denken«, beendete Hal ihren Satz. »Faronisches Bilsenkraut und ein kleines bißchen vom Salisischen Eisenhut, sagtest du. Kannst du nicht nur den Eisenhut einnehmen?«

Brid sah unter dem weichen Bronzeton ihrer Haut sehr blaß aus. »Das werde ich wohl müssen. Eisenhut ist giftig, doch ohne Faronisches Bilsenkraut habe ich keine Wahl, und ich werde eine ganze Menge mehr einnehmen müssen, um die gewünschte Wirkung zu erzielen. Nun«, seufzte sie, als stählte sie ihre Entschlossenheit, »dann machen wir uns bereit.«

Caspar zog sie zu sich herum. »Bist du sicher, daß du weißt, was du tust?« wollte er wissen und griff fester zu.

Sie bog seine Finger von sich und fuhr ihn scharf an: »Ach, Caspar, mir wird übel werden, das ist alles. Und lieber ist mir etwas schlecht, als daß irgend etwas meinen Verstand verschlingt.« Sie stieß ihn weiter von sich, dann wies sie die beiden an, was zu tun wäre, sobald sie das Bewußtsein verlor.

»Ja, Brid, natürlich verstehen wir das«, herrschte Hal sie ungeduldig an, als sie damit fertig war. »Wird diese selbstgewählte Krankheit furchtbar schlimm werden? Denn wenn ich dich hier raustragen muß, will ich nicht ...« Seine Worte erstarben, als sie sich abwandte.

Brid hörte nicht zu. Sie schluckte trocken, dann leckte sie ihre Lippen und nahm einen ganzen Mundvoll Salisischen Eisenhuts. Sie hielt ihre Hand in den Bach, schöpfte etwas Wasser und schlang es herunter, spülte das giftige Kraut in ihren Körper. Nur einen kurzen Augenblick saß sie vollkommen still, dann fing sie an, sich vor und zurück zu wiegen, und ihr Kopf wackelte, bis sie dann von krampfartigem Husten heimgesucht wurde. Sich windend sank sie zu Boden. Hals und Gesicht färbten sich braunrot, und ihre Zunge schwoll an. Sie hustete, erbrach sich und hielt ihren Mund zu, wobei die Augen vor Schmerz hervorquollen.

»Brid! Brid!« rief Caspar voller Mitgefühl, packte die Arme der Jungfrau, damit sie sich nicht mit den Fingernägeln die Haut aufkratzte. Allmählich jedoch nahm die Heftigkeit ihrer Krämpfe ab, und sie lag still da, mit großen Augen, die Pupillen nicht zu sehen, das Weiß von dunkelroten Äderchen durchzogen. Caspar beugte sich vor und drückte seinen Kopf an ihre Brust. Da sein Atem keuchte, konnte er nichts hören. Kalter Schweiß stand auf seiner Stirn. Er hielt die Luft an, und da war er schließlich: der Hauch eines schwachen, schnellen Herzschlags.

»Oh, Hal, sie ist kaum noch bei uns.«

Hals Stirn legte sich in Sorgenfalten, doch seine Stimme blieb ruhig. »Zeit zu gehen. Meine Stute dürfte ruhiger sein als Feuerschweif. Heb sie zu mir herauf, und wir verschwinden von hier.«

Caspar schluckte seine Befürchtungen herunter und reichte die kraftlose Gestalt der Jungfrau zu seinem Onkel hinauf, dann sah er nach, ob der benebelte Hund auch sicher an seinem feurigen Hengst verschnürt war. Da Brid nun nicht mehr bei sich war, fühlte er sich erheblich verletzbarer, da er vermutete, daß sie im Wachzustand ein Schutz gegen die Bedrohung aus dem Nebel gewesen wäre.

Der Junge mit dem rabenschwarzen Haar hielt das Mädchen fest um ihre Taille und nickte Caspar zu. »Reite voraus, Neffe, zukünftiger Baron von Torra Alta. Führe uns aus diesem Hort der Geister.«

Feuerschweif stieß ein wildes Wiehern aus und bäumte sich auf, hieb mit den Hufen auf den Nebel ein. Der sommersprossige Junge gab seinem Pferd die Sporen. Er hatte Angst vor dem, was die Runen der Magie erweckt haben mochten, biß die Zähne zusammen und machte sich für das bereit, was ihm im unheimlichen Nebel begegnen würde.

Anfangs spürte er nichts. Die klirrenden Kandarenketten seines Pferdes schienen ihm erschreckend laut, wie das Läuten einer Pestglocke, und er fühlte sich wie ein Eindringling in dieser trüben Welt. Nebel lag um seine Haut, feucht und kalt, kroch in seine Poren, drang in seinen Körper ein. Wirbelnder Dunst sammelte sich um seinen Kopf, trübte seine Sicht, und als er sich nach Hal umdrehte, konnte er nur einen matten Schatten erkennen, welchen der Nebel halb aufgefressen hatte.

»Spar!« Hals Stimme drang nur gedämpft durch die Wolke am Boden. »Reite voran. Ich bin gleich hinter dir!« Dann plötzlich war seine Stimme erschreckend klar. *»Sprich weiter mit mir, Spar«,* sagte Hal in seinem Kopf. *»Ich bin gleich hinter dir.«*

Caspar versuchte, sich lieber auf seinen Onkel zu konzentrieren und nicht zu überlegen, was im Nebel lauern mochte. Hals Gedanken sprangen vom einen zum nächsten, warfen Blicke auf Torra Alta und Baron Branwolf, der mit einem Langbogen in der Hand an der Seite seiner Männer kämpfte. Bogenschützen schossen brennende Pfeile in eine tiefe Schlucht hinab. Vaalaker schrien. Es waren Gedanken und

Wünsche, wo Hal gern gewesen wäre: in der Schlacht an der Seite seines älteren Halbbruders, und nicht hier in Caldea auf der Suche nach dem Druiden-Ei.

»Denk nicht daran. Denk an etwas anderes, irgend etwas, nur denk nicht daran«, warnte Caspar.

Hals Gedanken wandten sich der Jungfrau in seinen Armen zu. Brids verzerrte Miene und die glasigen Augen erfüllten ihn mit einer Ahnung von finsterem Übel, und die Reste tiefsitzender Furcht vor dem Heidenvolk trübten seine Vernunft. Flüchtig stellte er sich vor, wie sie welkte, bis sie eine alte Hexe war, vom Teufel besessen. Dann war sie schön und strahlend, frei und wild, vom Versprechen knospender Jugend erfüllt.

Aufschäumende Gefühle heulten auf, und Hals Denken war von Rot durchflutet. Caspars ungehemmte Liebe war kreischend grün vor Eifersucht, und eine Weile rangen die beiden Farben stürmisch miteinander, bis sie verblaßten und schließlich nicht mehr zu sehen waren, als hätte es sie nie gegeben.

Hals Bild von Brid schmolz, und die Gestalt eines anderen schönen Mädchens füllte sein Denken aus. Ihre Augen waren matte Farbflecken, wie der dunstige Himmel in der Hitze der Erntezeit, und lange, sich kräuselnde Wellen von vollem, goldenem Haar umrahmten ihr blasses Gesicht. Das Bild verzerrte sich und färbte sich rot. Ihr hübsches Haar war nun zu kurzen, schmutzigen Stoppeln geschoren. Ihre Haut war verdreckt und geschunden, und die Narben … Knotige Striemen überzogen ihre Wangen, wo das heidnische Sternensymbol in ihre Haut geritzt war.

Cybillia, arme Cybillia! Für sie war das Stigma des Pentagramms auf ihrem Gesicht schlimmer als der Tod. Als Tochter des Barons von Jotunn stammte sie aus dem Flachland Belbidias, wo alle Männer und Frauen, ob Bauern oder Edelleute, treu dem Neuen Glauben anhingen. Hal schreckte vor ihrem

Schmerz und ihrer Selbstverachtung zurück. Der Anblick ihres entstellten Gesichts ließ ihn so verdrießlich werden, daß sein Denken von schuldbewußter Abscheu erfüllt war. Er wandte sich um und sah nach der Jungfrau.

»Nein!« Caspar bäumte sich dagegen auf. *»Du kannst sie nicht haben!«* Und dann rasten seine Gedanken, galoppierten über grasbewachsene Steppen, in sengender Sonne, und er merkte, daß sich sein Denken mit dem animalischen Empfinden seines Pferdes vermischte.

Ihre Gedanken galoppierten wild, jagten zwischen struppigen Büschen hindurch, hasteten, wünschten, rangen mit unbelasteter Wildheit. Mit doppelter Geschwindigkeit zog ein Schatten über sie hinweg, nahm ihnen die Sonnenwärme, tilgte alles Denken und erstickte jedes Wohlgefühl in fürchterlicher Panik. Nun war er im nebelverhangenen Eibenwald, und der Drang, voranzustürmen und durch die herabhängenden Äste zu brechen, wurde überwältigend. Er wollte seine Instinkte abschütteln und sich von der Herde lösen. Verzweifelt kämpfte er um sein eigenes Ich, suchte die frische Brise der Logik.

Hals ruhiger Verstand war nun bei ihm, leitete ihn, schützte ihn vor der bösen Macht, die ihnen im Nebel auflauerte. Dennoch kristallisierte sich etwas Kaltes im Verstand des Jungen. Etwas erschreckend Kaltes. Der Frost des Todes kroch durch seine Adern. Eisnadeln stachen in seine Augen, bohrten sich in seine Ohren, spießten sein Denken auf, stürzten sich auf die Geheimnisse seiner Seele, suchten die Weisheit des Druidenauges.

Hals roter Zorn schlug um sich und hieb auf den blauen Schrecken der Kälte ein.

Feuerschweifs wildes Angstgeschrei erschütterte die Stille des dämpfenden Nebels, durchbrach die Grenzen ihrer Gedanken. Das Pferd bäumte sich auf und trat in die Luft. Eine kurze

Sekunde lang dachte Caspar, er sähe ein festeres Weiß im Dunst. Darüber war gerade eben noch die Spitze eines einzelnen Horns im strudelnden Nebel auszumachen. Caspar fing an zu zittern. Er versuchte sich zu sagen, daß es nur Nebel war und das dunklere, lanzengleiche Horn nur ein toter Ast, doch die tödliche Kälte blieb.

Die wilde Wärme in Hals Gefühlen stürmte ein letztes Mal durch seine Gedanken, dann hörte er nur noch das Gebrüll, als Hal den Schlachtruf Torra Altas ausstieß. Der Stolz auf seine edle Herkunft brachte Hitze in die Seele des Jungen, und er stimmte in das fürchterliche Kriegsgeheul des Onkels mit ein. Helles Metall blitzte durch den Nebel. Er sah das Runenschwert, und die Umrisse der schwarzen Flecken an Hals Schecken wurden deutlich.

»Ich bin bei dir, Spar. Rede einfach weiter. Gleich haben wir den Nebel hinter uns«, sagte Hal mit ruhiger Stimme.

Allmählich löste sich der Dunst auf, und sie kamen in die Stille des schläfrigen Eibenwäldchens. Die Angst vor der unnatürlichen Kreatur war nun verflogen, und die unheimliche Ahnung von Zauberkräften, von welchen die Luft erfüllt gewesen war, hatte sich zur gesunden Wirklichkeit dieses Spätherbstmorgens zerstreut. Ein Eichhörnchen, das sie aufgeschreckt hatten, hetzte die mattbraune Borke einer alten Eibe hinauf und verschwand im dunkelgrünen Laub, wobei sein plapperndes Geschrei sie für ihr rüdes Eindringen in sein Revier beschimpfte. Caspars Erinnerung an die böse Macht im Nebel trieb in seinem Hinterkopf. Er behielt eine schwache Ahnung, wie er sich an einen Traum erinnern mochte, von dem ein Makel finsterer Erinnerung erhalten blieb.

Er drängte Feuerschweif zu schnellerer Gangart, schlängelte und duckte sich zwischen Ästen hindurch, die an seinen Kleidern zerrten und sein Haar zerzausten. Morgenlicht schien durch die Bäume, und voraus sah er ganz deutlich den Rand des Waldes. Caspar atmete tief und füllte seine Lungen mit der frischen Luft. Als er die Bäume endlich hinter sich hatte, ging sein Blick über die sanften Hügel von Caldea, Belbidias südlichster Baronie, und über die graugrüne See hinweg zu den beiden fernen Gipfeln der Hespera-Inseln, die den Horizont im Westen krönten. Während die Morgensonne seinen Rücken wärmte, sah er seinen langen Schatten am Boden an, der über das weiche Gras fiel.

Für den Bruchteil einer Sekunde verschluckte eine Wolke seinen spindeldürren Schatten, und eine sich aufbäumende Gestalt umfing sein langes, dürres Abbild. Dann fuhr die Meeresbrise durch die Luft, und das Bild war fort. Wolken rasten über den Himmel, und erleichtert fühlte der Junge, wie die Wärme der Sonne durch das geschmeidige Leder seiner Jacke drang.

Hinter ihm brach ein Ast. Erschrocken fuhr er herum, überzeugt davon, daß das Böse noch hinter ihm war. Aber es war nur Hal, als dessen Pferd die letzten dunkelgrünen Eibenzweige auseinanderschob, um sich im Freien zu ihm zu gesellen. Sie drückten den Pferden ihre Fersen in die Flanken, und Brid schwankte unbeholfen in Hals Armen, als sie im langsamen Galopp südwärts über die Hügel und durch die abgeteilten Streifen der berühmten Weingärten Caldeas ritten. Schließlich fegten sie über die unbefestigte Straße, welche den Hafen von Ildros mit der Burg des Barons von Caldea in Tartra verband, dann weiter einem Schwarzdorndickicht entgegen, das sich um die Anhöhe eines fernen Kreidehügels scharte. Zwei Leute begrüßten sie: ein großer, stattlicher Mann, der sich schwer auf die Schulter eines Mädchens mit stachligem Haar stützte.

Caspar hielt im letztmöglichen Moment an und glitt von seinem Pferd, so daß der heißblütige Rotschimmel am Ende seiner Zügel tanzte. Mit der selbstbewußten Ausstrahlung eines Menschen, dem die Reiterei im Blut liegt, beruhigte der

Junge den Hengst und löste die Riemen, mit denen Trunds schweres, regloses Gewicht am Sattel befestigt war. Er zog den weißen Hund über den Pferderücken und ließ ihn auf den Boden sacken, bevor er sich umwandte, um sich Ceowulf und Cybillia zu widmen.

»Wir waren in Sorge«, begrüßte ihn der stämmig gebaute Ritter. Noch immer war seine Miene voller Schmerz, und er hielt seine Schulter, wo eine Wurfaxt in seinen oberen Brustkorb eingedrungen war. Offensichtlich bereitete ihm das Atmen nach wie vor Schmerzen, und er stützte sich schwer auf das große, schlanke Mädchen, welches sein Gesicht sorgsam von ihm abgewandt hielt, damit er ihre vernarbte Wange nicht sehen konnte.

Schweigend sah Ceowulf zu, wie Hal und die beiden schweren Schlachtrösser die Anhöhe hinauf donnerten. Brids Arme schlenkerten hilflos in Hals Umarmung.

»Brid! Was ist mit ihr geschehen?« Ceowulf hob seine Arme, um dabei zu helfen, die Jungfrau vom Rücken der gescheckten Stute zu heben, doch er zuckte vor Schmerz zusammen und faßte an seine Schulter. Caspar eilte ihm zu Hilfe und hob Brids vergifteten Körper zu Boden. Das Weiß ihrer Augen, durchzogen von rötlichen Adern, stierte die vier noblen Belbidianer an.

»Möge der liebe Gott ihr gnädig sein. Möge er ihre Seele von diesen Dämonen läutern«, betete Cybillia.

Caspar warf ihr einen bösen Blick zu. »Nicht, Cybillia. Dein Gott kann nichts tun, was ihr helfen würde.«

»Was also können wir tun?« fragte der Ritter beharrlich.

Cybillia bündelte zwei Bärenfelle und reichte sie Hal, achtete darauf, daß sie Abstand von Brid hielt. Ein Fell schob er unter die leichtgewichtige Jungfrau und wickelte das andere wärmend um sie, wobei er seine Augen die ganze Zeit über von der gequälten Miene abwandte, die ihr Gesicht verzerrte.

»Sie hat sich vergiftet. Ich weiß nicht, wie lange es dauert, bis die Wirkung nachläßt. Sie hat uns eindringlich angewiesen, sie ruhen zu lassen«, erklärte er dem Ritter.

»Vergiftet! Und der Hund auch! Wieso? Wer hat sie vergiftet?« Ceowulfs Miene war unter seinen geraden, dunklen Augenbrauen voller Sorge, und er suchte den westlichen Horizont ab, als suchte er nach einem Schiff, auf dem womöglich vaalakische Spione hausten. Bei dem Gedanken an Kullak, den unheimlichen Schamanen, und den bärengleichen Krieger Scragg durchfuhr Caspar ein Schaudern. Es war kaum zu glauben, daß es erst fünf Tage hersein sollte, seit die Vaalaker, ihre angeheuerten Söldner und der Verräter Ulf sie überfallen hatten.

»Sie hat sich selbst vergiftet, um die Runen zu vergessen, wegen dieses Dings im Nebel«, brach es aus Caspar hervor. Im selben Augenblick wurde ihm klar, daß seine Worte keinerlei Sinn ergaben.

»Ketzerischer Wahnsinn«, schnaubte Cybillia, wobei sie eine Hand fest an ihre narbige Wange preßte, um die verletzte Haut zu verbergen.

»Sei still«, befahl Ceowulf mit überraschender Schärfe, und augenblicklich fügte sich Cybillia seiner Autorität. Erneut wandte er sich den beiden Jungen zu. »Nun versuch mir zu berichten, was geschehen ist. Wird sie wieder gesund, und welches Ding im Nebel? Sag es mir in aller Ruhe. Sehen wir mal, ob ihr beiden hitzköpfigen Burschen mit Sinn und Verstand berichten könnt, damit ich entscheiden kann, was zu tun ist.«

Caspar mochte Ceowulf, wenn dieser auch fünfzehn Jahre lang Söldner gewesen war und weit im Süden fremde Kriege ausgefochten hatte. Es lag etwas zutiefst Illoyales darin, seine Lanze für den höchsten Preis feilzubieten, doch die praktischen Fähigkeiten und die entspannte Art machten ihn zu einem angenehmen Gefährten. Caspar spürte, wie sich seinem Onkel die Nackenhaare aufstellten, weil man ihm Kommandos gab. Aber Ceowulf war von gleichem Rang, weit älter und erfahrener.

»Wir können nichts tun.« Der Junge mit dem rabenschwarzen Haar sah dem dunklen Ritter aus Caldea in die Augen. »Brid sagte, wir sollten warten, bis sie wieder zu sich kommt.« Er setzte sich neben die Jungfrau, als bestätigte das seine Worte. »Und das werden wir auch tun.«

»Nun, es sollte besser nicht allzu lange dauern«, sagte der Ritter leise. Sein Gesicht sah bleich aus, und die dunklen Ränder unter seinen Augen zeugten vom Tribut, den seine Wunden forderten. »Gestern nacht war der Himmel voll seltsamer Farben, und heute morgen haben wir eine große Glocke gehört, ein mächtiges Läuten, das über die Hügel hallte. Die Inquisitoren mögen nach Dorsmund gesegelt und auf dem Rückweg an den Hof König Rewiks in Farona sein, doch derart seltsamer und unerklärlicher Aufruhr dürfte sie nur allzu bald aufschrecken lassen.«

Hals mißtrauische Miene wandelte sich, und eifrig sah er den jüngsten Sohn des Barons von Caldea an. »Wenn wir unter deinem Banner kommen, würde uns dein Vater, der Baron Cadros, helfen?«

Ceowulf zuckte mit den Schultern. »Das möchte ich stark bezweifeln. Ich habe ihn seit fünfzehn Jahren nicht gesehen. Es mag sein, daß er mich willkommen heißt, aber wahrscheinlicher ist, daß er mich hinauswirft. Als Söldner ohne einen roten Heller in der Tasche würde ich seinem Haus nur Schande machen.«

»Aber ich dachte …«, setzte Caspar an, da er sich an den Anblick dieses Ritters in schimmernder, polierter Rüstung unter dem rotgelb karierten Wappenrock erinnerte, als er ihnen zu Hilfe gekommen war. »Ich dachte, du wärst schon in Tartra gewesen und hättest dir dort Pferd und Farben geholt.«

»Nein, ich hatte mich mit einem Freund getroffen, meinem alten Hauslehrer Morgrimm, der Pferd und ritterliches Beiwerk entwendet hat. Nein, einen Besuch auf der Burg meines Vaters konnte ich nicht riskieren, ebensowenig wie ihr. Er und mein Bruder sind wie Rewik treue Gefolgsleute des Neuen Glaubens.«

»Allerdings«, murmelte Cybillia leise. Caspar war allzusehr mit seiner Sorge um Brid beschäftigt, um den Alten Glauben verteidigen zu wollen.

»Wir müssen Belbidia verlassen, bevor wir uns die eigenen Landsleute zu Feinden machen«, fuhr Ceowulf fort. »Das erstbeste Schiff, das Ildros verläßt, ist gerade gut genug.«

Hal schüttelte den Kopf. »Wir können nirgendwohin, solange Brid nicht bei Bewußtsein ist. Unseligerweise weiß nur sie allein, wohin wir müssen.«

»Was? Du meinst …« Ceowulf hob seine Hand an die Stirn und rieb seine Schläfen. »Das solltest du mir besser erklären.«

Caspar holte tief Luft und beschrieb den mächtigen Mutterkessel und das feine Muster, welches in dessen Metall geschmiedet war. Kurz erklärte er, daß die Blitze, die Ceowulf gesehen hatte, vom magischen Gebräu und dem prasselnden Feuer herrührten, mit dessen Hilfe Brid der Bedeutung der Runen auf den Grund gegangen war. Flüsternd beschrieb er dann den Nebel und die böse Macht, die sie gespürt hatten, und wie diese versuchte hatte, in ihre Gedanken einzudringen.

»Wenn Trund nicht das gesamte Faronische Bilsenkraut gefressen hätte, wäre es erheblich leichter gewesen«, schloß Caspar seine Erklärung.

Der Hund lag noch immer auf der Seite, doch sein Atem ging viel ruhiger als das flache, heisere Keuchen des Mädchens. Die weißen Pfoten des Tiers zuckten, als träumte es.

»Ceowulf hat recht. Wir sollten hier schnell verschwinden«, entschied Hal. »Da er uns auf der Burg seines Vaters keinen

Schutz gewähren kann, werden wir uns um eine Überfahrt auf einem Kaufmannsschiff bemühen müssen. Es macht keinen großen Unterschied, wohin wir fahren: Wir müssen nur schnell weg, bevor die Inquisitoren oder die Vaalaker wiederkommen. Wenn Spar und ich in die Stadt reiten würden, könnten wir einen Wagen kaufen. Wir könnten Brid hineinlegen und uns ohne weiteres zum Anleger stehlen.«

Sie vergeudeten keine Zeit mit Gegenargumenten, sondern nahmen Ceowulfs Rat an, zum nächstgelegenen Weingarten und besser nicht nach Ildros zu reiten. Sie konnten es sich nicht erlauben, Aufmerksamkeit auf sich zu lenken.

Hal ritt auf dem geliehenen Zugpferd voran, als die beiden Torra Altaner davongaloppierten. Bald verließen sie die Straße nach Tartra und ritten einen Pfad entlang, der zwischen Wällen von Weingärten zu einem großen Haus mit flachem Terrakottadach führte. Hühner und Gänse scharrten in der Erde auf dem Vorhof zwischen Stroh herum, welches in der milden Brise wehte. Zwei riesige Scheunen warfen Schatten auf das Haus, und durch einen Spalt im klapprigen Scheunentor konnte Caspar mächtige Eichenfässer sehen, von denen er vermutete, daß sie der Gärung von Wein dienten. Seine Aufmerksamkeit jedoch galt einer Tür zu seiner Linken. Sie klapperte im Wind, und dahinter sah er einen zweirädrigen, offenen Karren inmitten einer Ansammlung zerbrochener Fässer. Perfekt, dachte er bei sich und folgte Hal auf der Suche nach dem Besitzer zu einem verrammelten Bauernhof.

Es überraschte ihn, daß ihnen niemand entgegenkam. Nicht einmal Feuerschweifs Hufe, die auf den Steinen vor dem Haus Funken schlugen, hatten irgendein Lebenszeichen auf dem Bauernhof geweckt. Caspar beschlich das unangenehme Gefühl, daß hier niemand war.

»Hallo!« bellte Hal mit tiefer Stimme. »Jemand zu Hause? Hallo!«

»Hallooo, hallooo«, antwortete eine Stimme wie zum Spott, und ein Mann mit schwammigem Gesicht und leerem Blick sah von einer Mauer auf sie herab. »Halloo, keine ssu Hause.« Er kicherte kindisch.

»Guten Morgen«, sprach Hal ihn höflich an, wenn er auch selbst etwas verdutzt schien.

Caspar fragte sich, was ein ausgewachsener Mann mitten am Tag wohl auf einer Mauer treiben mochte, doch als er den abwesenden Blick und das hängende, sabbernde Kinn bemerkte, folgerte er, daß er wohl von schlichtem Gemüt sein mußte. Schnell schlug der Mann einen Stock an die Mauer, grinste sie an und wiederholte: »Hallooo.«

Hal vermied es, den Gruß zu erwidern und grinste den kindischen Mann an. Der Einfaltspinsel zuckte mit dem Kopf wie eine Eule und sah den Jungen an, nickte dann feierlich Elster, seinem Pferd, zu.

»Großes Pferd!«

»Ja, das ist sie, nicht?« erwiderte der Junge beschwichtigend. »Wo sind die anderen? Ist der Hausherr da?«

»Weiß nicht. Sie haben gesagt, ich soll hierbleiben.« Der Mann schlug seinen Stock noch heftiger an die Mauer. »Ich wollte das tote Schwein sehen. Das Pferd wurde totgemacht, dann auch das Schwein. Wer hat es totgemacht?«

»Ich weiß nichts von einem Schwein«, antwortete Hal und klang dabei schon etwas scharf.

Dann rief hinter der Mauer eine ängstliche, weibliche Stimme: »Horst, mit wem plauderst du da?«

»Nur zwei Jungen. Sie haben Pferde«, erwiderte Horst nüchtern.

»Fremd! Horst, du weißt, daß du nicht mit Fremden sprechen sollst.« Eine junge Brünette trat hinter der Mauer hervor. Sie trug eine fleckige Schürze, die sich um ihren runden Bauch spannte. Mit einem Säugling in den Armen und schwanger mit einem Kind war sie offenbar allzusehr beschäftigt, als daß sie sich um ein totes Schwein kümmern konnte.

Höflich neigte Hal den Kopf. »Guten Morgen.«

»Morgen«, folgte Caspar eilig dem Beispiel seines Onkels.

»Wer seid Ihr, und was wollt Ihr?« sagte die Frau.

»Wir sind fern der Heimat, und eine unserer Gefährtinnen ist krank. Wir möchten einen Wagen kaufen, da sie nicht reiten kann«, erklärte Hal.

»Mein Mann ist nicht hier, und ich werde mit Fremden keinen Tauschhandel treiben«, erwiderte sie knapp. »Nun reitet weiter, macht Euch von hinnen. Wir haben auch so schon genug Probleme.«

»Erst das Pferd und dann das Schwein«, murmelte der Einfaltspinsel seinem Stock zugewandt.

»Sei still, Horst.«

»Das Pferd durfte ich mir auch nicht ansehen«, teilte Horst ihnen mit. »Es war ganz zerhackt.« Trotzig blinzelte er zur schwangeren Frau hin, als diese ihm mit einer Geste mitteilte, er solle den Mund halten. Mürrisch lümmelnd widersetzte er sich ihr auch weiterhin. »Sie haben gesagt, es wäre von einer Axt in Stücke gehackt.«

Finster sah die Frau Horst an, was Caspar kaum bemerkte. Das Wort *Axt* schüttelte sein Denken durcheinander.

»Eine Axt!« Er wandte sich der brünetten Frau zu, die mit dem zappelnden Säugling kämpfte.

Resignierend seufzte sie, als käme sie zu dem Schluß, daß diese beiden höflichen belbidianischen Jungen höchstwahrscheinlich keinerlei Bedrohung darstellten. »Ja, man hat ihm mit einem Bolzen in den Kopf geschossen, und der Rumpf war zerhackt, als hätte jemand das Fleisch gewollt. Nun essen wir in dieser Gegend keine Pferde, so daß wir nach Landstreichern und Fremden Ausschau halten, die so etwas tun könnten.«

»Wir essen auch keine Pferde«, versicherte ihr Caspar eilig.

Ein Schauer ging ihm über den Rücken. Ein Armbrustbolzen und eine Axt! Brid täuschte sich. Kullak und Scragg mußten noch in der Nähe sein. Sie hatte geglaubt, sie hätten Caldea fluchtartig verlassen, doch dieses hier deutete auf etwas anderes hin.

»Und wir haben auch das Schwein nicht getötet«, beteuerte Hal. »Wir wollen nur einen Wagen.«

»Ich weiß, daß Ihr das Schwein nicht getötet habt.« Das angespannte Gesicht der Frau war halb von ihrem strähnigbraunen Haar verhängt. »Es war kein Mensch, der dieses Schwein getötet hat. Mein Mann hat es heute morgen gefunden. Unseren besten Eber. Seine ganze Seite ist aufgerissen, und er ist voller Klauenwunden. Es war nicht das Werk eines Menschen. Es war das Werk eines Untiers, eines riesigen Untiers.« Schützend legte sie die Arme um ihren runden Bauch. »Wir haben dem Vogt Bescheid gegeben. Er wird die Stadt darüber in Kenntnis setzen, daß man nach Fremden Ausschau halten muß. Schlimme Zeiten«, murmelte sie ängstlich. »Möge uns der liebe Herrgott beschützen.«

Caspar sah Hal an, als er die Worte der Frau zu verstehen versuchte. Sie konnten jetzt nicht zum Hafen reiten, um sich dort um eine Überfahrt zu bemühen. Sie würden in Caldea Zuflucht suchen müssen. Außerdem waren die vaalakischen Spione und ein riesenhaftes Untier in der Gegend.

Schon wendete Hal Elster und ritt klappernd vom Hof. Caspar stürmte an ihm vorüber und galoppierte rücksichtslos durch die Weingärten, zurück zum Schwarzdorndickicht.

Sein einziger Gedanke war, Brid zu schützen.

KAPITEL 2

Die gertenschlanke Jungfrau aus Jotunn hielt tapfer einen Dolch in ihren Händen. Ceowulf stand über Brid gebeugt, hatte sein stählernes Breitschwert gezückt und hielt es wütend in der linken Hand, da seine Verletzung nach wie vor verhinderte, daß er seinen Schwertarm mit dem Gewicht belastete. Trund schwankte benommen auf seinen krummen Beinen, die Nackenhaare aufgestellt und seine kurzen, kupierten Ohren an den dicken Schädel gepreßt. Erleichtert winkend kam Ceowulf herangestolpert, um Caspar zu begrüßen, als dieser die Anhöhe hinauf galoppierte.

»Was ist passiert?« keuchte der Junge, ließ Feuerschweifs Zügel fallen und lief schnurstracks dorthin, wo Brid ins Bärenfell gewickelt am Boden lag. Sie schlief noch immer, doch jetzt hatte sie die Augen geschlossen, und ihr Atem ging ruhiger.

»Es war seltsam. Wir haben nichts gesehen, aber die Luft war plötzlich kalt. Es war nur ein Gefühl …«, begann Ceowulf. »Wie dieses Gefühl, das man bekommt, wenn im Nachbartal eine Wyvern lauert. Man kann sie weder hören noch sehen, aber man weiß, daß sie da ist.«

Hal donnerte den Hügel zum Schwarzdorndickicht hinauf und brachte Elster zum Stehen, bevor er abstieg. Er blickte einmal in die Runde und sagte allen, ohne auch nur eine Frage zu stellen, daß sie ihre Habe einsammeln sollten.

»Ich hoffe, du kannst wieder reiten, Ceowulf. Wir müssen hier sofort verschwinden. Wir können nicht nach Ildros. Die Hafenbehörden wurden gewarnt, alle Fremden anzuhalten und zu befragen. Es ist die Rede von seltsamen Dingen, die hier geschehen, und solange Brid in diesem Zustand ist, haben wir keine Chance, unbehelligt durch den Hafen zu gelangen.«

»Etwas ruhiger, junger Freund«, wandte der ältere Ritter ein. »Ich denke, du solltest mir erst mal erklären, was vor sich geht.«

»Wir haben keine Zeit. Ich erzähle es dir, wenn wir unterwegs sind«, erklärte Hal entschlossen. Der Ritter nickte und machte sich daran, ihre Sachen zusammenzusuchen.

Hal warf eine feste Decke über das Zugpferd und befestigte sie mit einem Sattelgurt. Cybillia gab sich Mühe, Ceowulf dabei zu helfen, seine Rüstung, die ordentlich in Tuch gewickelt war, am Rücken des Zugpferdes festzuschnallen, während Caspar Trund einfing. Als er den Ophidianischen Schlangenfänger an einer Leine hatte, ordnete er sorgsam sein Gepäck, verstaute den Jagdbogen mit dem Elfenbeinzierat bei den verschiedenen Decken und Pfannen, die sie mit sich führten. Er behielt den schlichten Bogen aus Stechpalme und Hirschknochen, den ihm das Waldvolk im Hirschwald gegeben hatte, bei sich. Dieser bot eine erstaunliche Reichweite und Genauigkeit, und er schätzte ihn weit mehr als seine teurer gearbeitete Waffe. Als sein Packen geordnet war, wandte sich der Junge dem weißen Terrier zu, der sich angesichts all der Aktivitäten neugierig umsah.

»Tut mir leid, Junge«, erklärte Caspar dem benebelten Hund, »aber du siehst noch nicht so aus, als könntest du frei herumlaufen. Du wirst mit mir kommen müssen.« Mit Hals Hilfe hob Caspar den Terrier hinten auf seinen Sattel.

»Ich denke, wir sollten ihn zurücklassen. Er macht nichts als Ärger«, meinte sein Onkel.

Caspar spannte entschlossen seinen Unterkiefer. »Er hat Brid und mich vor den Schlangen gerettet, als wir über den Strand geritten sind. Wir können ihn unmöglich hier zurücklassen.«

Hal antwortete nicht, sondern fuhr herum und sah sich Brids

schlaffen Körper an. »Wir konnten keinen Wagen bekommen, also werde ich sie mitnehmen. Cybillia, kommst du mit Ceowulf zu Rande?«

Das Mädchen nickte ohne Gegenrede, und eine Minute später waren sie allesamt bereit.

Hal sah zum sonnengegerbten Söldner hinüber. »Wir sind in deiner Hand, Ceowulf. Wir können nicht nach Tartra oder Ildros, und wir müssen davon ausgehen, daß die vaalakischen Spione noch immer in der Nähe sind. Wir befinden uns in deiner Baronie. Wo können wir uns verstecken, bis Brid wieder gesund ist?«

»In den Sümpfen«, antwortete der Ritter entschlossen, als er seinen rechten Arm in eine Schlinge schob, um den Druck auf seine verwundete Schulter zu lindern. »Es gibt dort einen alten Vogeler, dem ich vertrauen kann. Wir müssen die Straße verlassen und in südöstlicher Richtung weiterreiten. Wenn wir es dorthin schaffen, kann ich Morgrimm eine Nachricht senden. Er hat Einfluß und sollte in der Lage sein, uns zu einer Überfahrt zu verhelfen.«

Da sie sich durch Täler und zwischen Weingärten hindurchschlängeln mußten, kamen sie nur langsam voran, und sie mieden Straßen und Höfe aus Furcht, Aufmerksamkeit zu erregen. Nun war Zeit genug, daß Hal dem Ritter von der Farm und dem gerissenen Schwein erzählen konnte.

Ceowulf nickte und berichtete daraufhin von dem eiskalten Wind, der durch die kahlen Äste des Schwarzdorns gepeitscht hatte. »Ich weiß nicht, was euch gestern nacht im Eibenwäldchen zugestoßen ist, aber ihr habt etwas geweckt. In der Luft lag dieser Geruch von Wyvernen – so ein bitterer Geschmack, aber es war alles still, es herrschte eiskalte Stille. Ich dachte, ich würde es mir einbilden, bis auch Cybillia es spürte.«

»Wenn Brid wieder zu sich kommt, kann sie es uns vielleicht erklären, aber jetzt müssen wir uns darum Sorgen machen, daß der vaalakische Schamane und dieser Krieger Scragg dort irgendwo auf uns warten«, sagte Hal.

Bei der Erwähnung des wilden Schlächters, der ihr Gesicht verstümmelt und ihren Leib geschändet hatte, klammerte sich die junge Frau aus Jotunn fest an den mächtigen Rücken des caldeanischen Ritters. Ceowulf legte seine Zügel um den Knauf an seinem Sattel und griff mit seinem unverletzten Arm hinter sich, um ihr tröstend die Hand zu drücken, bevor er sich Hal zuwandte. »Wenigstens hast du diesen mondgesichtigen Bauern von Torra Alta getötet ... wenn du dabei vielleicht auch etwas übertrieben hast.«

Der Junge von Torra Alta knurrte tief in seiner Kehle und schob seine dunklen Augenbrauen zusammen. »Dieser Verräter. Wenn ich daran denke, daß mein Bruder ihm Essen und Schutz und vernünftige Arbeit gegeben hat ... Er war immer so ... schaurig, so makaber, aber warum sollte er sich derart gegen uns wenden? Wir haben für ihn gesorgt. Was mag er dadurch gewonnen haben, daß er sich mit den Vaalakern zusammentut?«

»Vielleicht hat er sich an ihrer barbarischen Mentalität erfreut«, meinte Ceowulf.

Hal schüttelte den Kopf. »Er war zu einfältig. Sie hätten ihn ausgelacht.«

Caspar nickte bei diesem Gespräch. »Vielleicht hat ihn jemand benutzt, mit seinen krankhaften Neigungen gespielt. Ulf war ein Idiot, aber eigentlich doch harmlos. Ein anderer muß ihn angestiftet haben. Ich weiß, daß einige der jüngeren Soldaten besorgt waren, daß mein Vater den Alten Glauben auf der Burg wieder einführte. Aber ich kann nicht glauben, daß sich jemand derart darüber erregen könnte, daß er sich deshalb gegen ihn wendet. Schließlich hat ihnen Pater Gwion versichert, daß sie nach wie vor den Einzig Wahren Gott verehren dürften, wenn sie es denn wollten.«

»Vielleicht haben sie ihm nicht mehr vertraut«, meinte Hal. »Schließlich ist er der Bruder deiner Mutter, und viele der jüngeren Männer wissen vielleicht nicht, daß sie eine Heidin war. Ich meine, Keridwen ist vor über zwölf Jahren verschwunden. Wenn sie das nicht wußten, genau wie du und ich es nicht gewußt haben, hätten sie auch nichts davon gehört, daß Gwion einst nach den Sitten und Gebräuchen des Alten Glaubens aufgezogen wurde. Vielleicht mochten sie ihn nicht mehr ganz so gern, nachdem sie es herausgefunden hatten. Es erklärt, warum sich König Rewiks Bischöfe geweigert haben, ihn zu befördern, obwohl er mit einem Baron verwandt war. Denk darüber nach, Spar.« Hals olivfarbene Augen suchten in den violettblauen seines Neffen. »Branwolf kehrt mit zwei Hohenpriesterinnen nach Torra Alta zurück, und Gwion schimpft und zetert, daß man sie verbrennen sollte. Dann, als ihm plötzlich klar wird, daß er sie braucht, um seine Schwester zu retten, nimmt er sie auf. Viele Männer finden, daß die Loyalität des Kaplans in erster Linie seinem Gott gelten sollte, nicht seiner Schwester. Manche mögen das Gefühl haben, es sei ihre Pflicht, die Burg vom ketzerischen Alten Glauben zu befreien, wenn ihr Kaplan es schon nicht tut.«

»Ich stimme dir zu.« Caspar nickte ernst, versetzte dem Zugpferd einen Ruck mit den Zügeln und erinnerte das Tier daran, daß es nicht zurückbleiben sollte. »Und Ulf kann nicht allein gearbeitet haben: Ihr habt gesagt, er hätte jemanden erwähnt, den er den Meister nannte. Wer dieser Meister nun also auch sein mag, der hat ihn wahrscheinlich zum Verrat angestiftet … und der Meister könnte nach wie vor Brid auf den Fersen sein.«

»Der Meister«, wiederholte Hal nachdenklich.

Mit leerem Blick sah Ceowulf ihn an.

»Erst der Vaalaker, den ich in der Drachenwüste erschlagen

habe, und dann Ulf. Beide erwähnten jemanden, den sie den Meister nannten«, erklärte Hal.

»Dann wahrscheinlich ein Schwertkämpfer. Bei uns zu Hause sprach man vom obersten Schwertkämpfer schlicht als dem Meister.«

»Hmmm, aber nicht auf Torra Alta«, unterbrach Caspar. »Dort ist es ein allgemeiner Ausdruck von Respekt. Hal und ich und selbst der arme alte Mann, der sich um den Brunnen kümmerte, werden allesamt Meister genannt. Meister Catrik …«, seufzte er bedauernd und beklagte innerlich den Verlust des alten Mannes, der in ihrer Kindheit eine so große Rolle gespielt hatte. Unwillkürlich bog sich bei dem Gedanken daran, wie der alte Brunnenmeister für jede Gelegenheit stets ein Sprichwort parat gehabt hatte, einer seiner Mundwinkel nach oben. Doch er war gestorben, nachdem er sich bei dem Versuch, ihn aus den Höhlen Torra Altas zu retten, verletzt hatte. Sie alle schwiegen eine Weile, dachten über die schrecklichen Vorkommnisse der letzten Zeit nach. Caspar ließ seinen Blick wachsam über die Hügel schweifen.

Ceowulf musterte den Jungen. »Du mußt dir nicht soviel Sorgen machen. Die Söldner sind fort, und es waren nur zwei Vaalaker. Mein Schwertarm mag verletzt sein, aber den beiden sind wir immer noch gewachsen. Schließlich ist einer von beiden ein Schamane, wie du sagst, also nur eine Art Stammesprediger.«

Reumütig sah Hal auf sein Schwert hinab. In seiner schlichten Scheide baumelte es an Elsters Flanke, und Caspar wußte, daß Hal an den Sprung in der Klinge dachte. Er fragte sich, ob Hals Selbstvertrauen auch Schaden genommen hatte und ob das Auswirkungen auf die Kraft des Schwertes hätte.

»Ich wünschte, Brid würde aufwachen«, seufzte Caspar mit einem Blick auf den hängenden Kopf des Mädchens, der sich an Hals Schulter rieb. »Wir brauchen sie.«

Der dunkle Ritter sah Brid an und murmelte: »Die Welt braucht sie.« Er schien vor seinen eigenen Worten zurückzuschrecken.

Überrascht starrte Caspar ihn an, fragte sich, warum ein derart pragmatischer, schlachtengestählter Söldner so etwas sagen sollte. »Die Welt braucht sie? Was meinst du damit?«

Der caldeanische Edelmann zuckte mit den Schultern. »Ich weiß nicht. Der Gedanke ist mir eben gekommen. Etwas, das einer meiner Hauslehrer zu sagen pflegte. Vor langer Zeit, als ich etwa in deinem Alter war, hatte ich drei Lehrer. Der, bei dem ich meistens war, hat mich die Heiligen Schriften Wort für Wort gelehrt. Es scheint, als hätte mein Vater die Absicht gehabt, mich zu einem Gottesmann zu machen. Er war ein strenger, unflexibler Mann, und was mir stets seltsam vorkam: Es schien ihn nicht zu kümmern, was die Worte bedeuteten. Er wollte mir nur den Kopf mit Worten vollstopfen, damit ich sie in Kapitel und Vers aufsagen konnte.«

»Nun, König Rewik zumindest hat es beeindruckt«, bemerkte der sommersprossige Junge, wendete Feuerschweif im Kreis, um den heißblütigen Hengst auf gleicher Höhe mit der restlichen Gesellschaft zu halten.

»Es ist schon seltsam, wie Worte Eindruck machen können, wenn ihre Bedeutung auch unverstanden bleibt«, gab ihm der Ritter recht. »Dann war da mein zweiter Hauslehrer. Er war ein Mann mit vielen Gaben. Er lehrte mich höfische Eleganz, die Rituale des Protokolls, die Geschichte unseres Landes wie auch die Landkarten der Welt und die wichtigsten Sprachen um das Caballische Meer.«

»Wir hatten eine ganz ähnliche Ausbildung«, sagte Caspar, »wenn auch das Bogenschießen und die strategische Kriegskunst auf Torra Alta von größerer Bedeutung waren, und ich fürchte, ich spreche keine fremden Sprachen.«

»Mein dritter Hauslehrer, der verstand die Welt.« Ein Funkeln trat in Ceowulfs dunkelbraune Augen, und seine Mundwinkel bogen sich, knitterten die Falten um seine Augen, wo die Sonne des Südens die Haut vorzeitig gegerbt hatte. »Morgrimm hat mich nicht nur die Bedeutung des Heiligen Buches gelehrt, sondern mir auch vieles vom Alten Glauben und dessen Geheimnissen erklärt. Er wußte eine ganze Menge darüber, und obwohl er den Einzig Wahren Gott tief und ehrlich verehrte, trat ein Funkeln in seine Augen, wenn er von den alten Zeiten sprach. Es schien, als sei seine Seele nach wie vor in den Fängen der Großen Göttin. Er sagte immer, daß der Mensch vom Einzig Wahren Gott abhängig sei, die Erde jedoch von der Verehrung der Großen Mutter. Wenn er auch äußerlich alles, was ich tue, mißbilligt, war er doch derjenige, der mir mein Pferd geholt hat, und wenn wir erst beim Vogeler sind, will ich ihn noch einmal um Hilfe bitten.«

»Bist du sicher, daß wir ihnen trauen können … Morgrimm und diesem Vogeler?« fragte Hal skeptisch.

»Mallart und seine Frau Aida leben weit in den Sümpfen. Es ist ein abgeschiedener Ort, und ich habe sie in meiner Kindheit oft besucht. Sie sind loyal und gutherzig. Ich würde ihnen meine Seele anvertrauen, und Mallart wird nach Tartra reiten, um Morgrimm für mich zu holen. Ich wage nicht mehr, irgendeinem fremden Boten zu vertrauen, wie beim letzten Mal. Und wenn Morgrimm auch harsch und mißbilligend sein mag, wird er Brid doch nicht verraten, und wenn sie nicht bald aufwacht, kann er sie vielleicht wecken. Wir brauchen sie. Sie muß verstehen, was hier in Caldea vor sich geht. Seit gestern abend ist es, als hätten wir etwas erweckt, das zu geheimnisvoll oder ehrfurchtgebietend ist, als daß wir es verstehen könnten. Sie muß uns zeigen, wie wir uns schützen können.«

»Die Runen der Magie«, murmelte Caspar. »Sie sagte, sie hätte den Bann falsch gesprochen, und dann sind diese neuen Runen auf dem großen Schwert erschienen. Sie sagte, sie hätten einen uralten Zauber wachgerufen.« Ein Schauer durchfuhr ihn.

Mehr als zwei Wegstunden ritten sie, bis Hal darüber klagte, daß sein Arm schmerzte, weil er Brid halten mußte. Sie beschlossen, daß sie am nächsten Bach haltmachen und rasten sollten, wo sie die Pferde tränken konnten. Es war nur noch sehr wenig Eßbares da, nur etwas kaltes, geröstetes Kaninchen, und Caspar hatte noch immer Hunger, nachdem die mageren Rationen verteilt waren. Hal hatte Brid auf den Boden gelegt und seinen Umhang als Kissen unter ihren Kopf geschoben. Sie atmete sanft, und Caspar beugte sich über sie und hielt den Kopf an ihre Brust, um dem Rhythmus ihres Herzens zu lauschen. Der Puls war noch immer etwas schwach und unnatürlich schnell, doch war er kräftiger als vorher. Dann fühlte er eine weitere Lebenskraft, die heftig schlug, eine Wesenheit voll Energie, und der Junge erinnerte sich an den Mondstein in seinem Ledernetz, der um den Hals des Mädchens hing. Schüchtern schob er seine Hand in die weichen Falten ihres Hemds, und Hal warf ihm einen Blick wie Blitz und Donner zu.

»Was glaubst du eigentlich, was du da tust?« Eifersüchtiger Besitzanspruch verfinsterte die Miene des Jungen.

»Was glaubst du denn?« protestierte der kleinere Junge, wobei er heftig errötete. »Ich habe mir nur Sorgen um den Mondstein gemacht.«

»Ja, das möchte ich wetten«, knurrte Hal und sah argwöhnisch zu, wie sein Neffe das Ledernetz über den Kopf der Jungfrau zog und den Mondstein aus ihren Kleidern befreite. Der kleine rote Salamander hielt sich an der Kugel fest, und sein schuppiger Leib baumelte mitten in der Luft.

»Oh, nein, bitte nicht dieses Ding.« Cybillias Wangen wurden aschfahl, fast so weiß wie die milchige Oberfläche des Mondsteins selbst.

Der Stein war von der Größe eines Apfels. Auf den ersten Blick sah er nur wie eine große Murmel aus, doch als seine Energie ihre Blicke auf sich zog, wurden die huschenden, wolkengleichen Muster unter seiner Oberfläche sichtbarer. Der Stein erregte Caspars Herz, und sein Puls raste, als er die magische Kugel an der Leine baumeln ließ und den zappelnden Feuerdrachen mit fester Hand hielt.

Plötzlich setzte sich Ceowulf aufrecht. »Ist es gefährlich?«

»Es ist nicht ungefährlich«, warnte Hal und sprach dabei eher mit seinem Neffen als mit dem Ritter. »Spar weiß nicht, wie man den Stein richtig benutzt, und die Zauberkräfte blenden ihn wie ein Blitzschlag, sobald er ihn berührt. Ich mag das Ding nicht.«

»Ich könnte meine Mutter erreichen, oder vielleicht Morrigwen«, erklärte Caspar. »Vielleicht können die uns sagen, was wir tun sollen.«

»Rühr das Ding nicht an«, beharrte Ceowulf. »Die magische Energie ist für alle, die davon etwas verstehen, wie ein Donnerschlag, und es könnte sein, daß der Mondstein diese böse Macht anlockt.«

»Woher weißt du das?« fragte der Junge, obwohl er sich seinen Gefährten bereits fügte und sich die Kugel zur Sicherheit um den Hals hängte.

»Ich weiß es nicht, aber mein Hauslehrer sagte immer, daß die Magie singt und nur jene, die die Worte des Liedes bereits kennen, es hören können. Alle, die in diesen Künsten geübt sind, werden spüren, daß du den Zauber des Mondsteins weckst. Ich denke, wir sollten so schnell wie möglich zu den Sümpfen reiten.«

»Ich hoffe, dein Freund hat ein paar Enten zum Essen parat«, sagte Hal eifrig.

»Bis zum Abendessen werden wir nicht dort sein. Es liegt weit drüben im Osten und etwa drei Wegstunden südlich von

Tartra. Nur weil es nah bei der Burg liegt, kenne ich es so gut. Aber es ist lange her …« Er bestieg Hexer und manövrierte das schwarze Schlachtroß an einen Baumstumpf, damit Cybillia leichter hinter ihm aufsteigen konnte.

Als Caspar seinem Onkel half, Brid auf Elsters Rücken zu bugsieren, dachte er, daß das verwöhnte junge Edelfräulein aus Jotunn immer selbständiger wurde, je länger sie tapfer den Unbilden des Lebens trotzen mußte. Er fragte sich, wie ihr Vater, der Baron Bullback, die Nachricht über ihre Mißhandlungen von Händen der Vaalaker aufnehmen würde. Cybillia schwor, daß ihr Vater ihrer nie mehr ansichtig werden dürfe, nicht mehr, nachdem sie nun so grauenhaft vernarbt war. Caspar empfand unbändiges Mitleid für sie.

Sie ritten den ganzen Nachmittag, wobei sich die Schatten vor ihnen streckten. Der westliche Horizont in ihrem Rücken wurde ein Feuersturm, als die Sonne hinter die Hügel sank, und sie marschierten dem Dunkel am östlichen Himmel entgegen. Caspars Magen knurrte, zudem spürte er nagendes Unbehagen in seinem Bauch. Schon wollte er sich beklagen, als er an seinen Vater und Morrigwen daheim auf der belagerten Burg dachte. Als sie Torra Alta verlassen hatten, war man dort bereits auf Belagerungsration gesetzt. Der begrenzte Proviant würde reichen müssen, bis sie mit dem Druiden-Ei heimkehrten und die üblen Vaalaker aus der Schlucht vertrieben.

Neun Monate, dachte er verzweifelt, und die Zeit verging, jagte eilig durch den Tag. Fast war schon Wolfsmond, und am Ende des Brachmondes würden die Runen ihre Macht verlieren. Bis dahin mußten sie das Druiden-Ei finden und die Trinität der Hohenpriesterinnen wiederherstellen. Alle drei Frauen mußten leben, und doch waren alle drei in tödlicher Gefahr. Morrigwen wurde auf Torra Alta belagert, mit einem Verräter mitten in der Garnison, Brid hatte sich einem unnatürlichen Schlaf ergeben, und Keridwen ... Er konnte den Gedanken daran, daß seine Mutter zwischen den malmenden Zähnen des Gletschers gefangen war, kaum ertragen. Er riß sich von dem Gedanken an das quälende Bild los.

Es war fast dunkel, und das getupfte Grau des Zugpferdes und der schwarze Seidenmantel an Ceowulfs Schlachtroß waren von Schatten verschluckt. Trund hing gefährlich hinter Caspars Packen, und er hatte damit aufgehört, die Riemen zu verzurren, die den Hund festhielten. Nun waren nur noch die gespenstisch weißen Flecken der gescheckten Stute und die matten Umrisse von Cybillias stachligem, goldenem Haar voraus zu erkennen. Eilig stieg Caspar auf, wurde unruhig, daß man ihn so weit zurückließ. Ein Zweig knackte irgendwo hinter ihm, und er riß Feuerschweif herum, um sich in die Finsternis zu stürzen. Er konnte weder etwas hören noch etwas sehen, doch seine Phantasie hielt dunkle Gestalten und wandernde Schatten für ihn bereit. Er sagte sich, daß dort nichts sei, doch als der Wind in seinen Ohren pfiff und die Bäume im Dickicht raschelten, durchfuhr es ihn eiskalt.

Suchender, Suchender, schien ihm das zischelnde Flüstern zu sagen. Seine Haut fühlte sich klamm an, und die Angst schien sich auf sein Pferd übertragen zu haben, denn Feuerschweif legte die Ohren an und bäumte sich auf, schlug mit seinen hellen Hufen aus.

Caspar trieb den roten Hengst an, den anderen zu folgen.

Makabre Neugier ließ ihn sich umblicken, damit er sah, wie ihm seine eigenen Ängste galoppierend folgten. Er stellte sich ein großes, schwarzes Geisterpferd mit Klauen statt Hufen vor, die dort aus dem Dunkel nach ihm schlugen und auf seinen Hals zielten. Er sagte sich, daß er sich nicht umsehen solle, damit sein Tun nicht seine Phantasie bestätigte und die Kreatur zum Leben erweckte.

Hals besorgte Miene sah in der Dunkelheit gespenstisch weiß aus, und seine Augen waren zu dunkel, um sie sehen zu können. Er hatte Elster angehalten und wartete auf seinen Neffen.

»Spar, was ist los mit dir?«

Im selben Augenblick, als Hals ruhige, rationale Stimme die Nachtluft erfüllte, verflog das Gefühl, daß irgend etwas Caspars Schritten folgte. »Nichts, gar nichts«, keuchte er. »Ich habe nur angehalten, um Trund festzuschnüren, mehr nicht«, stammelte er und wagte noch immer nicht, sich umzusehen.

»Nun, galoppiere nicht so einfach in der Dunkelheit herum. Das letzte, was wir wollen, sind verschreckte Pferde. Bist du sicher, daß alles in Ordnung ist? Du atmest sehr schwer.«

»Es geht mir gut«, fuhr Caspar ihn an, strich über das rote Fell seines Hengstes, eher um seine Nerven als die des Pferdes zu beruhigen, das den Kopf herumwarf und seine Kandarenketten klirren ließ. »Es ist nur die Dunkelheit. Ich habe einen Zweig knacken gehört und dachte gleich wieder an dieses böse Etwas.«

»Ich wette, es war nur ein Fuchs. Wir haben dieses *Ding* nur gespürt, weil uns der Eibenwald verwirrt hat.« Der ältere Junge klang eher beruhigend als spöttisch, was Caspar überraschte. Normalerweise hätte Hal ihn ausgelacht, weil er so etwas dachte.

»Und wer hat das Schwein gefressen? Das Schwein war nicht im Nebel«, hielt Caspar dagegen.

»Wir haben das Schwein nie gesehen. Diese Geschichte könnte eine schreckliche Übertreibung sein. Einfaltspinsel und schwangere Frauen. Wir wollen doch nicht auf deren Urteil bauen, oder? Es ist schon schlimm genug, wenn wir auf Brid bauen müssen.«

Eifersüchtig bemerkte Caspar, daß sein Onkel die Jungfrau mit seinen Armen umschlang. Dieser Anblick zumindest vertrieb seine Angst vor der Dunkelheit, während sie nach Osten ritten. Ihm fiel auf einmal auf, daß Ceowulf sein Pferd mit der Lady Cybillia teilte und Hal Brid in seinen Armen hielt, ihm jedoch nur Trund zur Gesellschaft blieb. Typisch, dachte er.

»Hal, warum hat uns die Göttin drei Jahreszeiten gegeben, um das Druiden-Ei zu finden?« fragte Caspar. »Ich meine, wieso drei Jahreszeiten, wieso nicht vier oder zwei?«

»Morrigwen sagte, es läge daran, daß der Frühlingsregen die Runen des Krieges zum Ende des Brachmondes fortwaschen würde, aber ich weiß es nicht. Die Göttin besitzt den Verstand einer Frau, und deren Logik läßt sich nicht erraten. Aber es sieht einer Frau ähnlich, an neun Monate zu denken.« Er lachte, doch Caspar krümmte sich innerlich angesichts solch gotteslästerlicher Worte.

Hal stöhnte über die Reaktion seines Neffen und rief voraus: »Heda, Ceowulf, ich habe Hunger. Wie weit noch?«

»Gib mir eine Chance, Freund«, erwiderte Ceowulf. »Es ist dunkel, und es muß mindestens sechzehn Jahre hersein, seit ich das letztemal hier war, also kann ich es dir nicht genau sagen.«

»Aber ich habe Hunger«, erwiderte Hal.

»Wir wissen es«, erwiderte der Mann geduldig. »Du hast es uns schon ein dutzendmal gesagt. Ich vermute, daß alle Eulen und Fledermäuse im Süden von Caldea darüber inzwischen bestens informiert sind.«

Das trockene Trampeln der Pferde wurde zu spritzendem Schmatzen, als sie in die Sümpfe kamen. Das feuchte Moos sog an den Hufen, und die Gesellschaft ritt hintereinander, folgte achtsam Hexers mächtigem Rumpf, da Ceowulf einen Weg durch das Netz aus Pfaden suchte, welche die Seen und Bäche im gurgelnden Sumpfland durchkreuzten. Cybillia hatte am Rücken des Ritters geschlafen, doch als das Roß einen flachen Fluß durchwatete, so daß schlammige Tropfen an seinen Flanken aufspritzten, setzte sich das Mädchen schüttelnd auf.

»Wo sind wir?« fragte sie ängstlich.

»In den Sümpfen«, erwiderte der caldeanische Ritter knapp.

»In den Sümpfen? Droht uns Gefahr?« fragte sie. »Es ist dunkel. Wir könnten direkt in ein Sumpfloch reiten, und schon sitzen wir bis zum Hals drin, bevor wir auch nur ...«

»... Irrlicht sagen können«, schlug Caspar vor und blickte südwärts dorthin, wo gespenstisch leuchtende Umrisse über dem Morast schimmerten und dann tänzelnd verschwanden.

Cybillia stöhnte auf und klammerte sich an Ceowulf. »Wird es uns angreifen?«

»Es ist nur Gas«, versicherte ihr der Ritter. »Der Sumpf gibt ein Gas ab, das sehr leicht entzündlich ist. Es gleicht einem Feuerball.«

»Woher weißt du das?« fragte Caspar unsicher. »Woher weißt du, daß es nicht die Seelen der Menschen sind, die hier im Sumpf ertrunken sind?«

»Spar, du bist immer der erste, der an Märchen glaubt«, knurrte Hal seinen Neffen an. »Es ist so peinlich. Wenn Ceowulf sagt, daß es Gas ist, hat er sicher recht.«

Caspar fühlte sich durch die Schärfe seines Onkels merkwürdig beruhigt, da sie ihm zumindest das Gefühl gab, daß die Welt wieder normal wurde.

Ceowulf blieb abrupt stehen, und Elster und Feuerschweif stießen bei dem unerwarteten Halt zusammen. Durch die Düsternis konnten sie erkennen, daß sich der Weg voraus teilte und sich vor ihnen drei Möglichkeiten auftaten.

»Nun?« meinte Hal.

»Ich bin nicht sicher«, gab der Ritter zu.

»Ich wünschte, Brid wäre wach. Sie wüßte den Weg«, erklärte Caspar.

»Sie wüßte ihn auch nicht«, hielt Ceowulf dagegen. »Sie war noch nie hier.«

»Brid weiß immer den Weg«, widersprach der Junge steif.

»Hast du denn gar keine Ahnung?« seufzte Hal und sprach den Ritter an.

Ceowulf antwortete nicht, doch vermutete Caspar, daß der stämmige Mann im Dunkeln wahrscheinlich den Kopf schüttelte.

»Ich denke, wir sollten uns bis zum Tagesanbruch am besten nicht von der Stelle rühren.« Cybillias dünne Stimme schwebte durch die finstere Stille der Sümpfe. Bodennebel wirbelte um die Fesselgelenke der Pferde, und das Platschen eines Frosches oder einer Wasserratte, die links von ihnen im Wasser untertauchte, ließ Feuerschweif aufschrecken.

»Ich bleibe hier nicht in der Dunkelheit«, protestierte Caspar und blickte zum trüben Schein eines Irrlichts hinüber, das hinter den Stacheln aus Schilfrohr schwebte.

»Ich warte hier auch nicht«, erklärte Hal mit pragmatischer, sachlicher Stimme. Entschlossen drängte er Elster an dem Schlachtroß vor sich vorbei. »Wir nehmen den mittleren Weg. Ich wette, die treffen sich ohnehin irgendwann wieder.«

Die Spiegelung der Mondsichel in den seichten Wassern zu beiden Seiten gab ihnen zumindest etwas gebrochenes Licht, das sie über den schmalen Pfad geleiten konnte. Gelegentlich tauchte der Pfad in schlammige Fluten oder war von Schilf überwuchert, und jedesmal mußten sie ein paar Schritte weit durch flachen Morast spritzen, bis die Hufe wieder einen festen Rhythmus trommelten.

»Hal«, warnte Ceowulf, »nicht so schnell. Dräng nicht so. Du weißt nicht, wohin du reitest.«

Hal murmelte leise etwas Respektloses.

»Kümmert er sich immer so wenig um Ratschläge?« fragte Ceowulf, und ohne auf Caspars Antwort zu warten, fuhr er fort: »Ich schätze, ich habe selbst lange gebraucht, bis ich gelernt hatte, meine spontanen Regungen zu bändigen. Obwohl ich nicht glaube, daß ich jemals so hitzköpfig war wie unser junger Hal hier.«

Caspar wollte erklären, daß Hal nur so sei, weil er ständig versuchte, etwas zu beweisen. Doch aus Loyalität gegenüber seinem Onkel verkniff er sich die Kritik. Statt dessen hielt er die Augen offen, um sicherzugehen, daß Feuerschweif auf dem trockenen Pfad blieb, und fragte: »Wie tief sind die Sümpfe?«

»Keine Ahnung. In jedem Fall braucht man ein kleines Boot. Früher haben wir viele Enten vom Boot aus gefangen. Damals war ich mit dem Katapult ganz gut. Mallart sagte immer …«

Ein plötzliches, schweres Klatschen und erschrockenes Kreischen, gefolgt von Hals gurgelndem Hilfeschrei, ließ Caspars Kehle vor Angst ganz trocken werden. Ohne auch nur einen Augenblick zu zögern, sprang er zu Boden und hetzte zum Rand des nebelverhangenen Schlamms. Hals weißes Gesicht war im tiefschwarzen Morast zu sehen, wie auch die wogende Gestalt der gescheckten Stute, die verzweifelt trat und zappelte, da der blubbernde Sog des Schlammes an ihren Flanken riß.

»Halte dich am Pferd fest, Hal«, rief Caspar. »Halte dich am Pferd fest. Sie wird dich rausholen. Wo ist Brid? Wo zum Teufel ist Brid?«

»Ich kann sie nicht finden. O Gott, Spar, ich kann sie nicht finden.« Hals Schrei war ein Kreischen der Verzweiflung, und er kämpfte gegen die Panik, die seinen Verstand verwirrte. Dunkle Umrisse rührten sich zu seiner Rechten, und Hal streckte einen weißen Arm dem trüben Fleck von Brids Umhang entgegen, der langsam im Morast versank. Sein Bemühen war hoffnungslos. Er konnte sich im Schlamm nicht bewegen, kam nicht an sie heran.

Ohne zu zögern, nahm Caspar Anlauf und tauchte in den spritzenden Schlamm, streckte sich Brid entgegen. Er schloß die Fäuste um den nassen, schlammigen Saum ihres Umhangs, als sein Gesicht eben im Morast war. Er tauchte in die sirupartige Flüssigkeit.

Er konnte nicht atmen. Der Schlamm zog ihn in die Tiefe, zog ihn tiefer und immer tiefer in den Sumpf. Er warf den Kopf hin und her, wollte sich vom Gewicht des Schlamms befreien, und endlich war er in der Lage, seinen Kopf zu recken, einen Arm aus dem Morast zu bekommen und nach vorn zu werfen, bis er Brids weiches Haar ertastete. Sie lag mit dem Gesicht nach unten im Schlamm und rührte sich nicht. Erstickenden Schleim aushustend, riß er ihren Kopf hoch, hoffte, daß sie atmen würde, doch sie taumelte leblos in seinem Griff. Er zog seinen anderen Arm aus dem Morast und wischte wild in ihrem Gesicht herum, um Mund und Nase freizubekommen.

»Bitte, Brid, bitte lebe«, flehte er fast unter Tränen, während sie beide allmählich im dunklen Naß versanken.

Merkwürdige, halb erstickte, gurgelnde Geräusche blubberten aus Hals schlammverschmiertem Gesicht. Dicker, klebriger Schleim tropfte ihm aus Haar und Nase, und ein Vorhang aus schwarzem Schlamm lag über seinem Mund. Caspar merkte, daß er seinen Onkel hilflos anschrie, er solle sich an Elster festhalten, deren mächtiger Leib im Sumpfloch taumelte und schwankte. Der Schlamm spritzte und schmatzte um ihre Flanken, während die Beine die Tiefen des Sumpfes aufwühlten. Caspars wilde Panik verflog, als Hals Hand endlich den schwarzen Schwanz der Stute zu fassen bekam und er sich langsam über die morastige Oberfläche zog. Langsam hangelte er sich am Körper der Stute entlang und näherte sich so allmählich festem Boden. Je schneller sich Hal aus dem Sumpfloch befreite, desto eher konnte er etwas tun, um Brid zu helfen.

Caspar konzentrierte sich darauf, Brids Kopf hochzuhalten. Er wußte, wenn er wild um sich trat, würde er dadurch nur schneller versinken, und deshalb hielt er still und sah zu Ceowulf hinüber, um zu erkennen, ob der ihm helfen konnte. Der Ritter hatte keine Zeit vergeudet. Er hatte Hexer die Zügel über den Kopf geworfen und Cybillia an den Rand des Sumpflochs gestellt, damit sie das Tier beruhigte. Inzwischen watete er ihm entgegen, streckte einen Arm über dem bodenlosen Morast aus und hielt die Zügel fest. Langsam bewegte sich der breitschultrige Mann voran, bahnte sich einen Weg durch den tödlichen Schlamm, und Caspar streckte ihm einen Arm entgegen, machte seine Finger lang. Ceowulf kam ans Ende seiner Zügel, und – was im Dunkel fast nicht zu erkennen war – sein schwarzes Roß ging in die Knie, um das Gewicht des Ritters auszugleichen, der dort an den Zügeln zog.

»Komm schon, Spar, streck dich«, flehte Ceowulf. »Ich kann dich nicht ganz erreichen. Komm schon, du mußt weiter zu mir kommen.«

»Ich kann nicht. Ich versinke.« Caspar wußte, daß seine Stimme dünn und quakend klang. »Ich komm nicht an dich heran, nicht ohne Brid loszulassen. Tu was, Ceowulf, wir versinken.«

»Halte durch, Freund, halte durch.« Ceowulfs Stimme klang ruhig, und die gelassene Art des Mannes half dem Jungen, wieder Mut zu finden.

»Alles wird gut, Brid«, flüsterte Caspar der Jungfrau zu. »Es wird alles wieder gut.«

»Spar, halte durch, halte durch«, war die verzweifelte Stimme seines Onkels zu hören. »Sobald ich am Ufer bin, kann ich dir helfen.« Ein Bersten wurde laut, als die gescheckte Stute dem Sog entkam und sich einen Schritt weit dem Ufer entgegen hievte und Hal mit sich zog, der sich an ihrem Sattelgurt festhielt. Noch immer war er mehrere Schritt weit vom festen Boden entfernt.

»So ist es gut, Spar«, rief Ceowulf. »Wir haben alles im Griff.«

Obwohl Caspar wußte, daß es nicht stimmte, wirkten die Worte doch tröstend, als er spürte, wie ihn die Umarmung des Sumpfes in die Tiefe zog. Er fühlte sich wie in Blei gegossen. Die Mondsichel über ihm schien in Brids blauweißes Gesicht. Nur Kopf und Hals waren über dem Morast zu sehen. Der Sumpf war wie ein riesiges, schlundloses Monstrum, das seine Beute durch die Haut aufnahm. Er spürte, daß es ein Eigenleben führte und sie hungrig, gierig in seinen Magen zog. Verzweifelt versuchte er, sie weiter aus dem Schlamm zu ziehen, doch wenn der Sumpf einen Daumenbreit ihres schlanken Körpers freigab, versank er selbst im Gegenzug weiter in die Tiefe. Der umschlingende Morast drückte auf seine Brust, machte ihm das Atmen schwer.

»Mutter«, betete er, »Mutter, befreie uns aus diesem Grauen.«

»Cybillia, halte Hexers Zügel fest und komm hierher zu mir«, befahl Ceowulf. »Wir bilden eine Kette.«

»Nein«, erwiderte Cybillia ruhig und mit fester Stimme.

»Tu es! Jetzt!«

»Aber der Sumpf … ich kann nicht.«

»Sie versinken, Mädchen. Jetzt tu, was ich dir sage«, peitschte Ceowulfs Stimme durch die Luft.

Das Mädchen gab ein ängstliches Winseln von sich, als sie sich an den Zügeln entlangarbeitete und neben ihm in den Morast glitt.

»Wickel die Zügel um dein Handgelenk. Gut, und nun, bei allem, was dir heilig ist, laß mich nicht los.«

»Ich bin bestimmt nicht stark genug«, schluchzte sie.

»Du mußt es sein. Du mußt nur durchhalten, bis Hal bei dir ist.« Der Ritter ließ seine Stimme über die Sümpfe schallen. »Kannst du es schaffen, Hal?«

»Bin fast da«, ächzte der Junge. »Mach schon, Elster, komm hoch.« Wieder war ein saugendes Schmatzen vom Schlamm zu hören, dann gurgelndes Blubbern, als der dicke Schleim Luftblasen an seine Oberfläche abgab.

»Gut, Cybillia, hast du mich?« wollte Ceowulf wissen.

Es kam keine Antwort, doch als Caspar eben merkte, wie sich der klumpige Schlamm um seinen Hinterkopf schloß, tastete der feste Griff einer Hand nach seinen ausgestreckten Fingern. Ceowulf stöhnte vor Schmerz, als er seine verwundete Schulter spannte, doch die Kraft sammelte sich in seinen Armen, als er die Finger in Caspars Haut krallte. Eine Sekunde lang starrte Caspar dankbar in das mondbeschienene Gesicht des Mannes, doch urplötzlich wurde Brid in die Tiefe gerissen und zerrte an seinen Gelenken.

Eilig grub er seine Fingernägel in ihr Fleisch und riß mit aller Kraft an ihr, aber sie wurde ihm entrissen, als hätte ein Riesenlachs den Haken einer Angelleine geschnappt.

»Brid, nein«, schrie er, als Blasen an die Oberfläche stiegen, wo eben noch ihr Kopf gewesen war.

Plötzlich teilte eine Riesenflosse den Schlamm zu seiner Linken, spritzte Matsch in die Luft. Wieder fühlte er, wie Brid fortgerissen wurde. Als er fester zugriff, wurde er abrupt sechs Daumenbreit tiefer in den Schlamm gezogen. Er machte seinen Hals lang, reckte ihn dem Mondlicht entgegen, sog die kostbare Luft in sich auf. Dann wurde seine Welt mit einem Ruck pechschwarz. Schlamm verschloß ihm Mund, Nase und Augen. Er wurde zwischen Ceowulf und Brid in die Länge gezogen. Seine Lungen barsten schier vor den Qualen des Erstickens, und er schlug um sich und trat mit den Füßen aus, rang nach Luft, kämpfte um sein Leben. Er wußte, daß die Kraft seiner wilden Tritte nachließ, doch er konnte nicht mehr genau sagen, ob man ihn weiter in die Tiefe zog oder nicht.

Er durfte nicht atmen. Er durfte nicht den Mund aufmachen, um den Schlamm in seine Lungen zu lassen, der ihm das Leben nehmen würde. Seine Wahrnehmung war schwer, verlor trübe das Gefühl für Wirklichkeit, und er kämpfte darum, seinen Willen wiederherzustellen. Um sich zu retten, mußte er nur Brid loslassen, aber das durfte er nicht. Er mußte sie festhalten. Er mußte Brid festhalten, er mußte sich an Ceowulf festhalten. Seine Kraft ließ nach. Noch spürte er den bittersüßen Schmerz, mit dem sich die Fingernägel des Ritters in seine Haut gruben und ihn festhielten, doch entglitt ihm Brid ganz langsam.

Sein Verstand rutschte in die leeren Tiefen des Sumpfes. Wirklichkeit, Hoffnung, das Leben wollten ihm entgleiten … sein Kampfeswille ließ nach, sein verzweifelter Wunsch zu leben, Brid zu retten, Leben zu atmen, folgte der lockenden Apathie des Todes durch Ersticken.

Es wäre um so vieles leichter, loszulassen. Es schmerzte so. Wenn er nur loslassen und in sanften Schlaf gleiten könnte …

Große Mutter, hilf uns, betete er, und sein verschwommener Verstand füllte sich mit dem sanften, liebevollen Antlitz seiner Mutter, die ihn in ihren Armen wiegte.

KAPITEL 3

Hal stürzte sich auf das Schilf und zog sich am Ufer hoch. Vage nahm er das große, gescheckte Streitroß wahr, das sich dort im Schatten abquälte, doch sein Augenmerk galt vor allem seinem Neffen. Schlamm spuckend kämpfte er sich ans Ufer, wo Cybillia bis zur Hüfte im Morast stand und Unverständliches schrie. Ängstlich klammerte sie sich mit einer Hand an Hexers Zaumzeug und mit der anderen an Ceowulfs ausgestreckten Arm. Der Ritter stand bis zur Brust im Schlamm, und weder von Caspar noch von Brid war irgend etwas zu sehen. Eine große, schwarze, sich ringelnde Gestalt warf sich im Sumpfloch hin und her, wo sein Neffe hätte sein sollen.

»Spar«, schrie Hal in hilfloser Panik. Zwar erstickte sein Hirn schier von lähmender Trauer und Verzweiflung, doch sein Körper bewegte sich zielstrebig voran.

»Ich kann sie nicht mehr halten«, kreischte Cybillia.

Das schwarze Roß schnaubte, kauerte auf seinen Hinterbacken und hielt den dicken Hals unter dem Gewicht, welches an seinem Zaumzeug zerrte, tief gebückt.

»Hal, ich kann sie nicht mehr halten. Hilf mir«, schluchzte Cybillia.

»Du mußt«, rief Ceowulf verzweifelt. »Spar wird in die Tiefe gezogen, und er kann sich nicht mehr retten.«

Hal warf sich wieder in den Schlamm, packte Hexers Zügel mit der einen Hand und nahm mit der anderen Ceowulfs ausgestreckten Unterarm. Cybillia lockerte ihren Griff, und eine Sekunde später rutschte der Ritter weiter ab, bis er an Hals Unterarm wieder Halt fand. Hal riß an den Zügeln und versuchte, den Ritter an sich heranzuziehen, doch war der zu schwer. Es blieb ihnen keine Zeit …

»Spar ... Spar!«

Er wußte, daß sein Gesicht feucht vor Tränen der Verzweiflung war. Spar ertrank dort unten im Morast, und er konnte nichts tun, um ihn zu retten. Die Furcht, seinen Neffen zu verlieren, wollte ihn überwältigen, seinen Gefährten, den er sein Leben lang schon kannte und wie einen Bruder liebte.

»Geh zum Pferd, Cybillia! Zieh dich raus und bring es dazu, rückwärts zu gehen!« Hal wußte, daß er zornig schrie. Cybillias verängstigtes Gesicht wandte sich entschlossen ab, um seiner Anweisung nachzukommen.

Die schwarzen, schlängelnden Umrisse wanden sich über dem Schlammloch und tauchten wieder ab, so daß eine rasiermesserscharfe Flosse zu erkennen war. Hal dachte, die Muskeln in seiner Brust würden bersten, als er verzweifelt versuchte, Ceowulf zu sich heranzuziehen. Er betete darum, daß der Mann seinen Neffen noch immer festhielt.

»Laß ihn nicht los«, flehte Hal. »Laß ihn nicht los. O Gott«, schrie er in die Nacht. »Hilf uns! Bitte, lieber Gott, hilf uns!« schrie er immer lauter.

Cybillia hämmerte mit den Fäusten gegen Hexers Brust, und das Tier schnaubte in Panik und warf den Kopf hin und her. Trotz seiner mächtigen Muskeln schaffte es das Roß doch nicht, sie herauszuziehen.

»Hol Elster, Cybillia. Leg ihr ein Seil um den Hals.«

»Welches Seil?! Welches Seil?!« schrie sie zurück.

»Tretet beiseite, Lady.«

Plötzlich war noch eine andere Stimme in ihrer Mitte, ruhig und gelassen, mit dem breiigen Akzent des südlichen Belbidia. Das Pfeifen eines Pfeiles schwirrte an Hals Kopf vorbei, gefolgt von einem deutlich dumpfen Schlag, als sich die Widerhakenspitze ins Fleisch bohrte. Der Fremde ließ einen ganzen Hagel von Pfeilen auf die dreieckige Flosse los. Einige platschten wirkungslos in den Morast, doch zwei riefen ein befriedigendes

Knirschen hervor, und plötzlich ruckte das Roß rückwärts, zerrte Hal einen Meter weit aus dem Wasser.

»Ganz ruhig. Genau so. Mach schon, Pferd, hoch mit dir«, drängte der Fremde.

Plötzlich war ein zweites schmatzendes Rauschen zu hören, und dann wurde Brids schlaffer Körper an die Oberfläche gezerrt. Hals Gesicht scharrte über die hohlen Stengel des Schilfs, als er durchs seichte Wasser gezogen wurde, wobei er Ceowulf nach wie vor festhielt. Innerhalb weniger Sekunden war die Kette aus Belbidianern aus dem Sumpf gezogen. Erleichtert sah Hal, daß Caspar noch atmete, wenn auch mit kurzem, keuchendem Schlucken zwischen dem krächzenden Husten. Seine kalkweißen Hände hakten sich noch immer in das Hemd der Jungfrau, und seine Nägel hatten große Löcher in den Stoff gerissen. Ein Finger war durch das Band des Lederbeutels gehakt, der um ihren Hals hing. Allein das Lederband hatte sie davor gerettet, seinem Griff entrissen zu werden.

Caspar wollte nicht loslassen. Irgend jemand versuchte, seine Finger aufzubiegen, und jemand anders drehte ihn um und wischte den Schlamm aus seinem Gesicht. Er konnte noch immer nichts sehen.

»Spar, Spar«, rief Hals vertraute Stimme in sein Ohr, doch sie klang irgendwie fern und unerreichbar.

Caspars Gedanken konzentrierten sich auf Brid. Ich darf nicht loslassen. Was ich auch tue, ich darf nicht loslassen, sagte er sich. Er fühlte sich noch immer bleiern an, und seine Lungen waren wund vor Schmerz, als hätte ein Riese ihn in seine Faust genommen und seine Brust wie ein feuchtes Tuch ausgewrungen. Brid, dachte er hilflos. Alle anderen Gedanken waren fern und vage, und er spannte seine Finger gegen irgend jemandes Bemühungen, seinen Griff um sie zu lockern. Ihm wurde kalt, schrecklich kalt, und das grausige Gefühl, daß irgend etwas ihn beobachtete, kehrte in sein halbwaches Bewußtsein zurück.

»Spar, ich bin's. Wach auf!« Hals Stimme blieb beharrlich. Ein unerwartet scharfer Schlag über die Wangen ließ Caspar ins Licht einer Fackel blinzeln, die ihm nah vor sein Gesicht gehalten wurde.

»Er hat Glück. Er hat großes Glück gehabt«, murmelte eine fremde Stimme, und Caspar versuchte, sich auf die dunklen Umrisse einer unbekannten Gestalt zu konzentrieren, die auf ihn herabsah.

»Brid«, hörte sich der Junge stöhnen. »Wie geht es ihr?«

»Nun bleib ganz ruhig, Freund. Die anderen kümmern sich um sie. Versuch nur, gleichmäßig zu atmen.«

»Brid!« schrie Caspar und schob sich auf die Ellenbogen. Eine ekelhafte Schwere drehte sich in seinem Kopf. Der Fackelschein wirbelte um ihn herum, und er spürte, daß er fiel, endlos tief durch Zeit und Raum ins Schwarz abstürzte, ohne zu wissen, ob er je unten ankommen würde. Jemand hustete elend in der Dunkelheit, und unzusammenhängend hallende Stimmen brüllten und schrien, bohrten und hämmerten in seinem Kopf, und doch konnte er sie nicht verstehen. Jemand rief seinen Namen. Er konnte hören, wie sie ihn immer und immer wiederholten. Er wollte antworten. Er wollte um Verzeihung bitten, daß er solchen Ärger machte und jedermann in Aufregung versetzte, doch war die Anstrengung irgendwie zuviel. Seine Augenlider waren zu schwer, als daß er sie hätte öffnen können, und sein Unterkiefer schien aus Stein gemeißelt. Ihm war schwindlig und übel, und seine Welt schlingerte und schwankte.

»Hast du ihn jetzt?« rief eine fremde Stimme aus der Ferne.

»Ja, keine Sorge. Denk nur daran, daß du das Mädchen nimmst. Cybillia, halte die Fackel hoch. Wir wollen nicht wieder vom Weg abkommen.«

Vage erkannte Caspar diese Stimme. Er war sicher, daß sie ihm vertraut schien. Es war nicht Hal, das wußte er. Vielleicht war es sein Vater, da war er nicht sicher … Nein, das konnte nicht sein. Irgendwie wußte er, daß sein Vater nicht bei ihnen war.

»Brid«, versuchte er zu rufen, als er plötzlich merkte, daß ihre Hand nicht mehr in seiner lag. »Ich muß sie loslassen …« Er schwenkte seine Arme, versuchte sie zu erreichen, doch sie wollten sich nicht ordentlich bewegen. »Brid!« schrie er wieder, aber er hörte seine Stimme nur als Murmeln.

Diese vertraute Stimme lag ihm tröstend in den Ohren, konnte ihn dennoch nicht beruhigen. »Schscht, Spar, wir haben sie.«

Eine warme Berührung hielt seine Hand, und erleichtert wußte Caspar, daß Hal bei ihm war. Er ließ seine Gedanken schweifen. Hal war da, und damit würde alles wieder gut. Hal würde für ihn sorgen. Hal würde für Brid sorgen. Er entspannte sich zu einer wiegenden Bewegung, und als sein Verstand allmählich wieder aufklarte, merkte er, daß er getragen wurde.

»Nicht mehr weit«, versicherte ihm eine tiefe, volle Stimme. Jetzt erinnerte sich Caspar daran, daß diese Stimme Ceowulf gehörte.

»Ist er schon wieder bei uns?« Hals sorgenvolle Stimme schwebte in Caspars Kopf hinein.

»Hal«, stöhnte er. »Hal, geht es Brid gut? Ist sie am Leben?«

Anfangs kam keine Antwort, doch nach einer Ewigkeit drang Hals Stimme ganz deutlich an seine Ohren vor.

»Spar! Du bist wach. Wir sind fast an dem Ort, zu dem uns Ceowulf bringen wollte. Mallart hat uns gefunden und aus dem Morast gezogen. Sobald wir da sind, reitet er nach Tartra, um Hilfe zu holen.«

»Was ist mit Brid?« fragte Caspar kraftlos.

Hals Hand schloß sich um den Arm seines Neffen, und

Caspar spürte die ängstliche Spannung. »Ich weiß nicht, Spar. Wir haben sie aus dem Sumpf geholt. Du hast sie nicht losgelassen, aber wir wissen noch nicht …«

»Atmet sie?« Plötzlich wand sich Caspar, versuchte, Ceowulfs Armen zu entkommen, doch fehlte ihm die Kraft.

»Ja«, flüsterte Hal unsicher. »Ich glaube wohl. Ihr Haar lag auf ihrem Gesicht, hat ihr Nase und Mund versiegelt, so daß sie von dem Schlamm nichts eingeatmet zu haben scheint … nun, jedenfalls nicht viel. Ihr Atem geht flach und ungleichmäßig … aber sie atmet.«

Aber sie atmet. Die Worte drehten sich in Caspars Kopf herum, und er tröstete sich mit dem Gedanken. Er nickte ein und erwachte in weichem, warmem Feuerschein, der an einer niedrigen Decke flackerte. Er lag unter dicken Decken und mußte seinen Kopf drehen, um den Raum zu erfassen. Ein Schaukelstuhl knarrte zu den rhythmischen Bewegungen einer alten Frau, die sich mit ihrem großen Zeh vor und zurück schaukelte. Seine Bewegung war ihr offensichtlich aufgefallen, und sie schlurfte zu ihm herüber.

»Nun, sieh mal einer an, wer wach ist«, sagte sie mit freundlichem Lächeln, das zwei Vorderzähne und einen zahnlosen Unterkiefer preisgab. Das graue Haar war unter einen Schal gestopft, und ihr Gesicht war wie knisterndes Pergament. Die Falten der hängenden Haut unter ihrem Kinn flatterten, wenn sie ihren Mund auf und zu klappte. Sie öffnete ihre knorrigen Hände und streichelte ihm die Stirn. »Dem lieben Gott sei Dank, daß er Mallart in die Nacht hinaus geschickt hat. Er hörte die Vögel kreischen und dachte, es mochten Wilddiebe unterwegs sein. Ich glaube, er hat euch gerade rechtzeitig gefunden«, murmelte sie und stopfte die Decken wieder fest um ihn.

Brid! Der Gedanke an die Jungfrau überschwemmte das Denken des Jungen. Trotz aller Bemühungen der alten Frau, ihn zurückzuhalten, befreite er seine Beine und kämpfte sich unter den Decken hervor, doch dann stellte er fest, daß er vollkommen nackt war. Er nahm eine Decke und wickelte sie um sich. Dann blickte er sich unter größtem Bemühen, seinen sich drehenden Kopf unter Kontrolle zu bekommen, im trübe beleuchteten Zimmer um. Augenblicklich erkannte er Hals schimmernd schwarzes Haar, das unter einem Haufen von Decken in der Ecke hervorragte. Gleich neben dem Feuer, in etwa dort, wo die alte Frau gesessen hatte, lag ein Bündel in Fell gewickelt.

Caspar stolperte zum Bündel hinüber, murmelte Brids Namen und fiel auf die Knie, um den Umhang von ihrem Gesicht zu ziehen. Beim Anblick ihres aschgrauen Gesichts und der dunkelroten Lippen schreckte er zurück. »Brid!« schrie er entsetzt auf. »Brid, wach auf.« Der Drang, sie aufzusammeln und zu schütteln, damit sie reagierte, wollte ihn schier überwältigen, doch zwei starke Hände hielten seine Arme fest. Hal, der nur Hosen trug, stand neben ihm.

»Laß sie, Spar. Mallart ist nach Tartra unterwegs, um Hilfe zu holen. Wir können sie im Moment nur wärmen.«

Caspar wickelte die Decke um sich und hockte neben dem Mädchen. Er richtete seinen Blick auf ihr Gesicht, wagte nicht, sich auch nur eine Sekunde lang abzuwenden, aus Angst, daß sie ihm in diesem Moment entgleiten würde.

»Komm zu uns zurück«, flehte er sanft.

»Ab ins Bett und ruht euch aus«, befahl die alte Frau. »Alle beide. Es nützt nichts, sie so gefühlvoll zu beklagen. Es ist nicht weit zur Burg, und Mallart wird bald mit Hilfe zurück sein.«

»Wo ist Ceowulf?« fragte Caspar in dem Versuch, das Bild zu komplettieren.

»Kümmert sich um die Pferde«, erklärte Hal eilig. »Ich wollte es tun, aber er hielt es für besser, wenn ich in der Nähe wäre, wenn du aufwachst.«

Als der Junge eben etwas sagen wollte, knarrte die Tür, und eine weiße Stupsnase klopfte heftig ans Holz, warf die Tür auf. Trund platzte herein. Hal fing den Terrier beim Halsband, bevor er in seinem begeisterten Bemühen, Brid zu wecken, auf ihr herumtrampelte. Ceowulf und Cybillia, die beide nach wie vor voll Schlamm waren, folgten ihm. Der breitschultrige Mann strahlte Caspar freundlich an.

»Wenigstens du bist wieder bei uns«, seufzte er. Seine faltige Stirn und der angespannte Blick verrieten nichtsdestotrotz seine Sorge um die Jungfrau.

»Hier, wir sollten euch beide putzen«, meinte die alte Frau. »Nebenan habe ich eine Wanne. Nun, junge Dame, ich werde den Kessel für das heiße Wasser aufsetzen, und wir können dich vom Schlamm befreien. Ach du je, mein lieber Gott, wie hast du dein Gesicht im Kampf so sehr zerkratzt? Ich will es mir mal ansehen.«

Cybillia schlug eine Hand an ihre Wange und wandte ihr Gesicht ab, verbarg die pentagrammförmige Narbe im Dunkel.

»Nicht. Nicht nötig. Ich kümmere mich darum«, stotterte sie und entfloh nach nebenan.

Eine dicke Schicht von getrocknetem Schlamm hüllte Ceowulfs untere Hälfte ein, und der Rest war mit dunklen Schleimflecken vollgespritzt. Mit dem linken Arm hielt er seine rechte Schulter in merkwürdigem Winkel. Vor Schmerz in seiner Wunde sank er neben dem Feuer nieder, doch kein Klagen kam über seine Lippen.

»Oh, mein Junge.« Die alte Frau lief zu ihm. »Ich meine Lord Ceowulf, Ihr seid verletzt. Was können wir tun?«

Der Ritter wehrte sie mit seinem gesunden Arm ab. »Ganz ruhig, Aida, ganz ruhig. Es ist eine alte Wunde, und die Anstrengungen heute abend haben sie wieder etwas aufgerissen. Der Knochen ist noch nicht ordentlich verheilt, aber es geht schon, wirklich. Um Brid müssen wir uns Sorgen machen.«

»Nun, für sie kann ich im Augenblick nichts tun, aber für Euch kann ich etwas tun. Ich weiß noch, als Ihr kaum größer als ein Wasserhuhn wart, seid Ihr auf Eurem zottigen, kleinen Pony oft hierher gekommen. Mallart hat Euch gelehrt, wie man mit einem Katapult schießt, und auf der Burg habt Ihr dann immer solchen Ärger bekommen. Stets wart Ihr ein so fröhlicher, hübscher Knabe, und nun glaubt Ihr, ich würde jetzt hier nur sitzen und mir ansehen, wie es Euch ergeht. Kommt schon, davon will ich nichts mehr hören. Zieht Euer Hemd aus.«

Widerstrebend fügte sich Ceowulf der wohlgemeinten Fürsorge der Frau und versuchte seine schmerzverzerrte Miene zu verbergen, als sie die Wunde mit einem sauberen, feuchten Tuch abtupfte.

»Oh, es stimmt mich traurig, mein lieber Lord Ceowulf. Woher um alles in der Welt habt Ihr das?«

Die Wunde, wo sich Tassos Wurfaxt in Ceowulfs Brust gegraben und das Schlüsselbein gebrochen hatte, war zu einer dunkelroten Narbe verwachsen. Die Narbe war aufgeplatzt, und wo das Gewebe gerissen war, sickerte grünliche Flüssigkeit zwischen den Schnitten in der halbverheilten Haut hervor.

Mit dankbarer Bewunderung betrachtete Caspar die dunklen Augen des Mannes. Trotz der Qualen, die es ihm bereitet haben mußte, hatte Ceowulf ihn ohne Wanken festgehalten, als er in den Sumpf gesogen wurde. Er war unzweifelhaft ein tapferer und edler Mann.

»Was aber habt Ihr zu nachtschlafender Zeit überhaupt dort draußen gemacht? Ihr vor allen anderen solltet die Gefahren der Sümpfe kennen«, schalt ihn Aida, während sie eine dunkelrote Flüssigkeit aus einer Kürbisflasche über seine Wunde goß. Die Halsmuskeln des Mannes wurden vor Schmerz zu

Stahl. Caspar erkannte das beißende Aroma eines besonders stark vergorenen caldeanischen Weines.

»Wir sind in Schwierigkeiten«, murmelte Ceowulf zwischen zusammengebissenen Zähnen hindurch. »Wir brauchen eure Hilfe, aber laß es mich bitte nicht erklären müssen, denn das kann ich nicht.« Er blickte in Aidas tiefliegende, grünbraune Augen. »Und frag mich bitte nichts weiter mehr.«

Liebevoll schüttelte sie den Kopf. »Der liebe Gott hat es als gut erachtet, mich zur Frau eines Vogelers zu machen. Steht es mir da zu, dem Sohn eines Barons Fragen zu stellen?«

Trund hatte sich aus Hals Griff befreit und rutschte auf dem Bauch voran, um sich an Brids blutleeres Gesicht zu schmiegen. Er wimmerte mitleiderregend.

»Achtet nur darauf, daß sich dieser Hund von ihren Beinen fernhält«, warnte die alte Frau.

»Was ist mit ihren Beinen los?« Caspar schreckte bei der Sorge in Aidas Stimme auf. Da fiel es ihm wieder ein, die schwarze Flosse, die schlängelnden Buckel aus Reptilienhaut und die wilde Macht, mit der Brid plötzlich in den Sumpf gerissen worden war.

»Es war ein Sumpflindwurm, da bin ich sicher«, murmelte Ceowulf geheimnisvoll. »Mallart hat früher Märchen von solchem Ungetier erzählt, einer Art geschrumpftem Drachen ohne Flügel, die sich vor vielen hundert Jahren in die Sümpfe zurückgezogen haben.« Traurig wandte er sich Brid zu. »Ihre Beine sind in fürchterlichem Zustand.«

»O Mutter«, rief der Junge vor Entsetzen aus, woraufhin Aidas Gesicht einen erschrockenen Ausdruck annahm. Sorgenvoll wandte sie sich wieder Brid zu.

»So ein kleines Würmchen. Noch nie habe ich jemanden gesehen, der so zerschnitten war. Möge ihr Gott gnädig sein. Sie wird Löwenkräfte brauchen, wenn sie durchkommen will.«

»Aber … wir müssen etwas für sie tun. Wir können nicht nur hier sitzen«, protestierte Caspar.

»Aida hat die Wunden verbunden. Wir können nur darauf warten, daß Mallart mit Morgrimm kommt«, sagte Ceowulf leise. »Am besten verhaltet ihr euch ruhig.«

»Wo ist der Mondstein?« wollte Caspar dringend wissen, als er plötzlich merkte, daß er nicht mehr um seinen Hals hing. »Ich muß etwas für Brid tun. Wir können nicht auf Mallart warten.« Er packte Hal beim Kragen und merkte, daß er ihn wütend schüttelte. »Gib ihn her. Ich weiß, daß du ihn hast.«

Eine schwere Hand auf der Schulter des Jungen zog ihn von seinem Onkel fort.

»Du mußt dich beherrschen, Freund«, knurrte Ceowulf. »Nun, Aida, wenn du uns bitte allein lassen würdest«, bat er mit höflicher Stimme, in der dennoch die Drohung eines Befehls lag. »Warum gehst du nicht Cybillia zur Hand?«

Argwöhnisch sah Aida ihn an. »Hier ist etwas im Gange, das mir nicht gefällt, aber ich bin nur eine Bäuerin und will mich nicht in etwas einmischen, das nur Edelmänner angeht.« Ihre hochmütige, verletzte Miene erweichte sich: »Möge der liebe Gott Eure Seele schützen, Ceowulf.«

Im selben Augenblick, als sie aus dem Raum geschlurft war und die schlecht schließende Tür hinter sich zugezogen hatte, streckte Caspar seine Hand nach dem Mondstein aus. »Gib ihn mir. Ich muß versuchen, Morrigwen zu erreichen.« Wenn er den Mondstein bisher berührt hatte, wurden seine Sinne stets direkt zu seiner Mutter geführt, doch er fürchtete, daß Vaal-Peor sie beinahe schon mit den malmenden Kiefern des vaalakischen Gletschers zu sich geholt hatte und er, wenn er sie noch einmal um ihre Macht ersuchte, ihren losen Halt am Leben entscheidend schwächte. Von nun an konnte er nur noch Morrigwen um Hilfe bitten.

Widerstrebend kehrte Hal zu seinem Bündel aus Decken

zurück und zog mit Daumen und Zeigefinger das Lederband hervor. Bewußt hielt er ihn auf Armeslänge und reichte ihn angewidert seinem Neffen. Benommen hing der rote Salamander an der Kugel, nach wie vor entschlossen, ihn niemals loszulassen. Der kleine Feuerdrache sah nach seinem Tauchgang im Sumpf blasser aus, doch merkte Caspar erleichtert, daß er noch lebte. Brid hatte gesagt, daß dieses Tier, dessen Gedanken stets nur Feuer waren, seine Hitze durch die magischen Kanäle, welche der Mondstein öffnete, an Keridwen gab. Die Wärme des Salamanders hatte sie, ganz wie die Wärme des mutierten Drachen, der die Kugel in den vergangenen zwölf Jahren gehütet hatte, am Leben erhalten.

Caspar spürte, wie sein Herz vor unbändiger Energie raste. Die magische Kugel warf ihr perliges Licht ins Dunkel der trübe beleuchteten Kammer, jagte Spinnen in ihre Netze oder dunklere Risse zurück. Es ließ Mauern und Decke näher zusammenrücken. Er holte tief Luft, machte sich für den Ruck bereit, den die Macht des Mondsteins auslöste. Er betrachtete die glatte, weiße Oberfläche der Kugel, welche vor seinen Augen strudelte und wehte. Sorgsam nahm er sie aus ihrem Netz in seine Hand.

Der Ruck fuhr durch seinen Unterarm, ließ seine Muskeln sich verkrampfen und seine Hand erstarren. Weißglühender Schmerz durchschnitt sein Hirn und machte ihn benommen. Blitze zuckten durch seine Gedanken, und er knirschte mit den Zähnen bei dieser grellen Qual.

»Morrigwen«, flüsterte er und starrte in die rasenden Muster von weißen Wolken. »Morrigwen«, forderte er wieder, rief das Abbild der Greisin in Gedanken wach, stellte sich ihr langes, weißes Haar und die seltsam blauen Augen mit den silbernen Flecken vor.

Die durchscheinend weißen Muster huschten beiseite, und ein klarer Blick auf Torra Alta unter einer Mondsichel füllte die Kugel aus. Der Mond war von Bränden rot gefleckt, die an den Mauern aufzüngelten. Flammenströme wie große Zungen von Drachenfeuer ergossen sich von den Zinnen, wo die Garnison brennendes Öl auf die Vaalaker weit unten schüttete.

Hoch über den anderen, eckigen Türmen der Burg streckte sich ein rundes Türmchen dem Mond entgegen. Caspar spürte, daß die Kugel dessen Nähe suchte und dann zum niedrigeren Turm hinunter strebte. Plötzlich wehte die Luft an seinem Gesicht vorbei, als er hinüber schwebte und sich durch eine Schießscharte in eine kleine, trübe beleuchtete Kammer zwängte.

Die alte Frau warf ihren Kopf hoch und starrte ihm offen in die Augen. Neben ihr stand ein kleines Mädchen mit kastanienbraunem Haar und hielt ihre Hand. Caspar fand, daß sie Brid auf seltsame Weise ähnlich war, und seine Seele fühlte sich von ihr angezogen, bis die Greisin ihn ablenkte. Morrigwen sah blaß und schrecklich dünn aus, doch saß sie nun zumindest aufrecht. Sie streckte ihm ihre Hand entgegen. Ihr Mund bewegte sich mit lautlosen Worten, und Caspar konnte nichts hören. Plötzlich fühlte er, wie er fortgesogen wurde, hoch in den Himmel aufstieg, auf den schneidend kalten Winden des Winterhimmels schwebte. Er flog nach Norden. Die Luft war dünn und scharf, als er über die Drachenwüste segelte. Unter sich sah er die Kolonne der vaalakischen Soldaten, die dem Paß entgegenstrebten. Er stieg höher auf und flog über die drei öden Gipfel der Schwarzen Teufel, dann schwebte er zu dem mächtigen, schlafenden Monstrum des Gletschers hinab, der an der südlichen Spitze der Tundra in den Bergen kauerte.

Seine Mutter rief nach ihm.

Er spürte, daß sie nach ihm verlangte. Zwar hatte er versucht, Morrigwen zu erreichen, doch das Band mit seiner Mutter war zu stark. Plötzlich starrte er durchs Eis den schwarzen Schatten eines Körpers an, der einige Fuß tief unter der Oberfläche lag. Dann war er neben ihr, und die schreckliche

Kälte bohrte sich in ihn und schnitt durch seine Adern. Er fühlte, wie sie in sein Gehirn kroch, sein Denken verlangsamte und einen kreischenden Schmerz mit sich brachte. Eine Knochenhand streckte sich ihm entgegen und packte seinen Arm. Ganz langsam zwang er seinen Kopf herum und starrte in ihre toten Augen. Ihr schwarzer Mund war zu einem qualvollen Schrei erstarrt, der ihr Gesicht grausam verzerrte. Eine Hand krallte sich um ihre Kehle, als versuchte sie die Qualen zu bekämpfen.

Als er aufblickte, konnte er jemanden über dem Eis erkennen und spürte einen Wahn, einen üblen Haß. Er glitt in der Zeit zurück bis dorthin, wo die tödlich kalten Flüsse aus der vaalakischen Tundra zu festem Eis gefroren waren, während seine Wahrnehmung mit jener seiner Mutter verschmolz und er ihre Erinnerung durchlebte. Ein Arm kam aus eiskalten Fluten, packte Keridwen bei der Kehle und stürzte sie tiefer in den Fluß. Sie krallte sich in den Arm, und ihre Nägel bohrten sich in seine Haut. Sein Blut sickerte ins Wasser, und Erfrierungen fraßen sich in die Wunden. Caspar rang darum, die Hand des Mannes fortzustoßen, und plötzlich verblaßte Keridwens Erinnerung. Der zerkratzte Arm zog sich zurück, und die Fluten um sie gefroren.

»Mutter, Mutter«, schrie er, wollte ihr seine Wärme geben, versuchte verzweifelt, ihre Qualen zu lindern. Ihre Hand bohrte sich tief in sein Fleisch, und der Schmerz der Kälte war so bitter, daß es schien, als wütete in ihm ein Feuer. Er zwang die Wärme aus seinem Leib in sie, pumpte das Blut durch seine Adern, um ihr Leben zu schenken. Langsam schmolzen ihre Augen, und plötzlich schoß Blut durch ihre Venen, und ihre eisblaue Haut strahlte vor Gesundheit. Endlich hatte er die lebendige Seele erreicht, die in ihrem fast schon toten Leib gefangen war, und nun stand es ihrem Verstand frei, mit dem seinen zu wandeln.

Veilchenblaue Augen waren von einem herzförmigen Gesicht und feuerrotem Haar umgeben. Augenblicklich fühlte sich Caspar von ihrer überwältigenden Liebe umarmt. Er konnte sehen, daß sich die blutroten Lippen bewegten, doch blieben ihre Worte lautlos. Eine Sekunde lang sah er Freude und Erleichterung aufblitzen, dann wurden ihre Augen argwöhnisch schmal, und sie schien an ihm vorbei zu blicken, suchte ängstlich im Dunkel. Zornig starrte sie ihn wieder an. *Was tust du, Kind? Halte dich von den Wegen der Magie im Druidenauge fern. Du weißt nicht, worauf du dich einläßt. Überall um dich herum sind Mächte.*

Caspar erschrak. »Mutter, Mutter, es geht um Brid. Ich hatte versucht, Morrigwen zu erreichen, aber …«

Verständnis trat in Keridwens Augen, als sie seine Gedanken las, und er wußte, daß weitere Erklärungen nicht nötig waren.

Sie flüsterte in seinem Kopf. *Solange Brid nun schläft, bist du in Gefahr. Ihr habt einen Runenzauber gesprochen, den ihr nicht bändigen könnt. Die uralten Untiere der Macht, welche die ersten Druiden in die Anderwelt verbannt hatten, rühren sich nun. Ihre Schatten gleiten zwischen die beiden Welten und versuchen zu dir vorzudringen. Die schrecklichen Tiere, die nach wie vor die Welt heimsuchen, wie die Kraken und der Sumpflindwurm, sind sich deiner Gegenwart bewußt. Du suchst das Druiden-Ei, und sie hoffen, daß du sie dorthin führst. Wenn sie es für sich in Anspruch nehmen, werden sie die Herrschaft über die Erde bekommen. Ihr seid von Schatten und Ungeheuern gleichermaßen bedroht. Während Brid schläft, kann sie euch nicht schützen.*

»Aber, Mutter, sie ist verletzt. Das Monstrum im Sumpf hat ihre Beine zerfetzt.«

Das Fleisch wird heilen. Doch zu ihrem Geist müssen wir vordringen, Spar. Vertraue mir. Wende dich an sie. Halte ihre Hand an das Druidenauge.

Caspar tastete zwischen den Decken nach Brids kraftloser Hand. Sie fühlte sich schrecklich kalt an. Noch hielt er den Mondstein, als er ihre Hand gegen die kristallene Kugel preßte. Ihr Leib versteifte sich und ruckte, als dränge mächtige Energie in ihre zarte Gestalt. Allmählich entspannten sich ihre Muskeln, und Caspar ließ zu, daß sein Geist wieder in den Stein gezogen wurde. Er spürte die Berührung seiner Mutter und ihren lebendigen Verstand gleich neben sich. Ihre Nähe fühlte sich real an, wenn er auch wußte, daß sie Hunderte von Meilen weit im fernen Vaalaka war. Er spürte, wie sich ihre Hand schützend um die seine legte, und er fühlte sich paradiesisch sicher. Dann wanderten sie durch etwas, das er für einen finsteren Wald hielt, nur konnte er keine Bäume sehen. Es lag eine Stille in der Luft, eine gespenstische Ruhe, und Caspar konnte den Weg voraus nicht sehen. Er hielt sich an der Hand seiner Mutter fest.

»Brid! Brid!« rief Keridwen in die Finsternis. »Wir sind hier. Warte auf uns, Brid. Wir werden dich finden.«

Dieser Ort hatte etwas sehr Seltsames an sich. Caspar wußte, daß sie nicht allein waren, und spürte geheimnisvolle Mächte, die dort lauerten. Sie schienen ganz nah zu sein, ihn zu beobachten, auf den Moment zu warten, in dem er die Hand seiner Mutter losließ, damit sie ihn schnappen konnten.

»Laß mich nicht los, Spar. Was auch geschehen mag, laß nicht los. Brid!« rief sie erneut ins Dunkel. Caspar war nicht sicher, worauf er trat, ob es weiches Gras oder trockenes Laub war. Er war nicht einmal sicher, ob er überhaupt Boden unter seinen Füßen hatte.

»Brid!« rief er, tat es seiner Mutter nach. »Brid, wo bist du?«

Etwas kam von rechts heran, als wäre es von einem überhängenden Ast gesprungen. Caspar sah Krallen und die großen, gebogenen Reißzähne einer Katze, wenn auch nur eine Sekunde lang. Keridwen warf ihren Umhang um ihn und schützte ihn vor dem Angriff, trieb die Kreatur mit einer wilden Attacke ihrer Gedanken zurück. Dann blitzten weiße Hufe auf, donnerten über die Erde. Caspar spürte den Stich eines eiskalten Schwertes in seiner Seite, doch Keridwen nahm ihn in die Arme und hauchte ihm warmen Atem ins Gesicht. »Es ist nicht real, Kind. Sie sind nicht real. Es sind nur Schatten von Einhörnern, die seit langem schon in die Anderwelt verbannt sind. Sie können dir nichts tun.«

Von vorn kam ihnen kaltes, blaues Licht entgegen. Caspar meinte, Äste um sich zu sehen, doch er merkte bald, daß sie sich bewegten, sich schlängelten und wanden. Eine gegabelte Zunge zuckte aus etwas hervor, das er für den gebrochenen Ast einer weichborkigen Buche hielt, und eine silbergraue Schlange zog ihren Kopf zurück, um zuzuschlagen. Keridwen konzentrierte sich auf das Reptil, und es wich aus, während ihr Sohn hinter ihr kauerte. Nicht Schlangen, murmelte er bebend vor sich hin. Alles, nur keine Schlangen. Vor denen fürchtete er sich zu Tode. Der bloße Gedanke an sich windende Reptilien und zischende Zungen ließ sein Blut gefrieren.

Sein Herz blieb stehen. Von eisblauem Licht umgeben, drängte sich ein Rudel buckliger Tiere zusammen, kämpfte um etwas in seiner Mitte. Die Luft war von Knurren erfüllt und von stinkendem Atem, während die Kreaturen japsten und jaulten und an ihrer Beute rissen. Er wußte gleich, daß es Trolle waren: große, unbeholfene Tiere mit kurzen, federnden Schwänzen, buckligen Rücken und rauher Haut mit Schweineborsten entlang ihrer aufragenden Wirbelsäulen. Einer von ihnen wandte ihm sein flaches Gesicht und kleine Menschenaugen zu. Er machte den Mund auf, als wollte er lächeln, doch statt der gelben, aufragenden Hauer eines Trolls, war sein Maul voll Eiszapfen.

Der Suchende, brüllte es in seinem Kopf, als der Blick erkennend auf ihn fiel.

»Bleib bei mir«, warnte Keridwen. Dann schrie sie in die trübe treibende Welt: »Ich bin die Mutter. Ich bin die sterbliche Verkörperung der Göttin selbst. Ich fürchte niemanden. Ich fürchte nichts. Ich bin das Leben.«

Ein warmes Leuchten von Energie pulste durch ihren Leib und trieb die eistote Kälte zurück, die um die Trolle lag. Plötzlich merkte Caspar, wonach es ihre speicheligen Zungen gelüstete. Er wußte, welcher Haufen Fleisch in ihrer Mitte war. Eine schlanke Gestalt mit langem, weichem, kupferbraunem Haar schlug kraftlos um sich, da sie von der grunzenden Meute der Trolle umzingelt war, welche mit Bärenklauen nach ihr hieben.

»Brid! Sie werden sie töten, sie werden sie töten«, kreischte Caspar und wollte ihr zu Hilfe eilen.

»Nein, Spar!« Seine Mutter hielt ihn mit einem schrecklichen Griff, und ihre Kraft war größer noch, da sie ihre ganze Macht zusammennahm. »Es ist nicht wirklich. Wir wandern durch Brids Verstand, und der ist voller Geister von Kreaturen. Sie graben nach ihren Gedanken. Sie wollen ihr Wissen besitzen. Mit den Runen der Magie habt ihr eine uralte Macht geweckt, über welche das Druidenauge wacht. Wir müssen das Druiden-Ei finden, bevor die Schattenwesen aus der Anderwelt es entdecken und seine Macht benutzen. Stärke deinen Geist. Ihre Klauen sind nicht wirklich. Wir müssen durch sie hindurch und Brid holen, damit sie nicht in ihrer Mitte zu sich kommt.«

Entschlossen trat Keridwen vor, schien mit jedem Schritt zu wachsen, bis sie wie ein riesenhafter Unmensch war, und der Junge merkte, daß er an ihrem Bein hing. Mit einem wütenden Hieb ihrer Hand warf sie einen der monströsen Trolle beiseite. Er krümmte sich zu einer wimmernden Kugel zusammen und schlich davon, bis er im Dunkel verschwand. Eine geduckte Gestalt nach der anderen erbebte vor dem blinden Zorn der Göttin, als sie ihre Macht durch Keridwen manifestierte.

Schließlich nahm Keridwen die Jungfrau in ihre Riesenhand, und das Mädchen sah friedlich und gelassen aus. Die Schnittwunden an Wangen, Brust und Beinen schlossen sich und heilten zu zartem Bronze. Sie schlug ihre drachengrünen Augen auf, und wie ein Kind, das voller Liebe in die Augen seiner Mutter blickt, zwinkerte sie.

Caspars Mutter wurde wieder kleiner, bis sie Brid schließlich in ihren Armen hielt. Das Dunkel um sie hellte auf, doch schien Keridwen wie ein welliges Spiegelbild in einem Mühlteich zu wanken. Ihre Umrisse verschwammen, als blickte Caspar durch ein taufeuchtes Spinnennetz, das im frühen Licht des Morgens glitzerte.

»Findet das Druiden-Ei, findet es bald, meine Kinder.« Ihre Stimme wurde zu einem fernen Echo. »Uns bleibt nicht mehr viel Zeit.« Plötzlich sprang ihr Geist davon. Die Farbe war von ihren Wangen gewichen, und ihre roten Lippen waren von kränklichem Purpur. Ihre Augen wurden matt. *Haltet Türen und Fenster geschlossen und macht ein helles Feuer. Heute nacht reitet der kalte Atem Vaal-Peors hoch auf dem Wind. Er ist der Gott der kalten Orte, und dort wächst seine Macht schnell. Haltet euch von den Kanälen der Magie fern. Ihr dürft nicht ins Druidenauge schauen. Das laute Lied seiner Magie zeigt den Dienern Vaal-Peors, wo ihr seid. Fürchtet jene, die euch suchen.*

Caspar konnte sie kaum noch hören. Plötzlich blendete ihn ein brennender Glanz, und die Finsternis um ihn wurde zu grellem Licht. Es war nicht das rohe, weiße Licht des Mondsteins, sondern das Licht des Lebens, als blickte er direkt ins Herz der Sonne.

Sein Geist schwenkte aus, und für einen kurzen Augenblick hörte er Brids Stimme, sanft und voller Liebe.

»Spar, geh nicht. Geh nicht.« Doch er schreckte vor der fürchterlichen Macht ihres erwachenden Geistes zurück, floh

Brid, floh das kleine, hübsche Mädchen aus Ehrfurcht vor der Göttin in ihrer Seele. »Geh nicht, Spar«, flehte sie. »Geh nicht. Ich fürchte mich vor den Trollen. Ich fürchte mich vor der Kälte.«

Plötzlich sah Caspar nackte Erde und merkte, daß er auf dem Boden der kleinen, trübe beleuchteten Kammer lag. Er schüttelte sich vollends wach und drehte sich zu Brid um. Sie atmete weich, und eine warme Rötung lag auf ihren vormals grauweißen Wangen. Sanft hob er ein Augenlid und sah, daß die totenweißen Pupillen wieder ihr strahlendes Grün besaßen. Sie schlief friedlich.

»Vaal-Peor!« versuchte Caspar unverständlich zu erklären. »Die Trolle Vaal-Peors. Wir müssen nah bei ihr bleiben und sie warm halten. Prüft die Fenster. Haltet sie geschlossen. Draußen sind Geister. Sie haben Brids Verstand gefunden und suchen nun nach uns.«

»Ich glaube nicht an Geister«, rümpfte Ceowulf die Nase und sah sich zur Sicherheit um.

Caspar schlich ans Fenster und spähte in die Nacht hinaus. Im Mondlicht konnte er sehen, wie Schilf und Büsche in der Brise hin und her peitschten. »Der Wind nimmt zu«, murmelte er. »Und dort drüben, seht doch, da ist eines dieser gespenstischen Sumpflichter. Und es kommt auf uns zu. Wir sollten die Läden schließen.«

Hal stand an seiner Seite, sah über seine Schulter. »Das ist nur eine Laterne. Du wirst uns noch allen Angst einjagen, wenn du so weitermachst. Wenn du dich dann besser fühlst, werden wir die Läden schließen.«

Nicht einmal Hals ruhige Worte konnten Caspars Ängste lindern. Er wollte nicht in die Nacht hinaus, doch wußte er, daß er es mußte, um sich gegen den aufkommenden Sturm zu schützen. Als er seine Hand an die Eingangstür legte, spürte er, wie der Riegel fortgerissen wurde, als eine kalte Bö die Tür aufriß und ihm ins Gesicht schlug. Eilig liefen sie um die kleine Hütte, schlossen die knarrenden Läden und verriegelten sie mit Holzbalken. Plötzlich schien die Außenwelt viel dunkler, als das letzte Licht aus der Behausung eingeschlossen wurde. Caspar versuchte, nicht über seine Schulter zu sehen, als der Wind in seinen Ohren heulte und er wieder zum Eingang lief.

Die Laterne war nun nähergekommen, und die Umrisse zweier Gestalten, die ihnen entgegen kamen, waren nun in ihrem Lichtschein deutlich zu erkennen. Eine war kurz mit krummen Beinen und hinkte an einem Stock. Der Mann machte zwei schnelle Schritte, um seinen hochgewachsenen Begleiter einzuholen, der einen wehenden Umhang und einen breiten, spitzen Hut trug.

Ceowulf, der an die Tür gekommen war, trat eilig vor, um den Mann zu begrüßen. »Morgrimm! Morgrimm!«

»Ins Haus«, befahl Morgrimm, ohne den Willkommensgruß zu erwidern. »Die Sümpfe sind heute abend voller Geister.«

Sie kauerten sich ums Feuer, wachten aufmerksam über Brid, die noch immer selig schlummerte. Ihre Haut war auf gesunde Weise gerötet, und leise murmelte sie im Schlaf bedeutungslose Worte. Beharrlich leckte der Hund in ihrem Gesicht.

Morgrimm sah sich um. Er war dünn und sehr groß, mit ernsten, kalten Zügen. Nur seine Augen und das lange, weiße Haar und der Bart verrieten sein Alter. Der Bart war zu drei langen Zöpfen geflochten, und das Haar fiel wie ein erfrorener Wasserfall unter einem breitkrempigen Hut hervor. Er wartete nicht auf Erklärungen oder Anweisungen, sondern starrte sie allesamt einen nach dem anderen mit kritischem Blick an. »Irgendwer hat sich auf Dinge eingelassen, von denen er nichts versteht«, sagte er vorwurfsvoll mit tiefer, sanfter Stimme.

»Holt alle herein. Mallart, such dein Weib. Wir holen alle in den gleichen Raum, und dann versiegeln wir die Spalten. Schüre das Feuer, Ceowulf.«

Als Aida und Ceowulf am Feuer saßen, legte Caspar Decken an den Spalt unter der Tür und schlich dann wieder an den Kamin, um nah bei Brid zu sein. Cybillia war in ein Tuch gewickelt, das sie fest an ihr Gesicht hielt, um ihre Wange zu verbergen, und Ceowulf saß neben ihr, hielt seine verletzte Schulter. Der sommersprossige Junge sah sich unter den Gefährten um und kam zu dem Schluß, daß sie einen kläglichen Anblick boten, gänzlich ungeeignet, sich zu verteidigen. Doch die Gegenwart des langen Fremden aus Tartra erleichterte ihn.

»Ceowulf, du hättest deinen Vater um Hilfe bitten sollen«, sagte Morgrimm ärgerlich. »Er ist alt und sehnt sich danach, dich wiederzusehen, bevor die Baronie deinem Bruder in die Hände fällt. Vor wenigen Tagen hörte er Gerüchte von einem prächtigen Ritter, der die caldeanischen Farben trug, und murmelte von seinem Bett aus: ›Wenn es doch nur mein Sohn Ceowulf sein könnte.‹«

»Wie könnte ich? Du mußt verstehen, Morgrimm, das Mädchen ...«

»Ja, ich verstehe. Sie hängt den alten Sitten nach. Sie hat böse Geister hierher gebracht. Mallart hat mir von dem Sumpflindwurm erzählt. Das Monstrum war zur Märchenfigur geworden, und in meinem ganzen Leben habe ich nie von einem gehört, doch das Mädchen hat sie aus der Hölle wieder angelockt.«

Der Wind ließ die Läden klappern und summte unterm Dach, und einen Moment lang dämpfte er das Feuer im Kamin. Morgrimm schürte es mit einem Haken, bis Funken flogen und die Flammen tosend zu neuem Leben erwachten.

Aida klammerte sich an ihren Mann. »Ceowulf, wie konntest

du das tun? Du hast den Teufel in unser Heim gebracht. Du solltest sie im Dunkel aussetzen, damit die Geister sie holen.«

»Hört unsere Geschichte, bevor ihr sie verurteilt«, erwiderte der Edelmann. »Es gibt schlimmeres Übel an der Nordgrenze Belbidias. Die Vaalaker marschieren südwärts, und sie bedrohen unser ganzes Land. Allein Torra Alta hält sie nördlich der Gelben Berge, und dieses kleine Mädchen ist die einzige, die Torra Alta retten kann. Wenn sie stirbt, fällt Torra Alta, und ganz Belbidia geht an die vaalakischen Horden verloren.«

Allmählich entwirrte er ihre geheimnisvolle Geschichte und erklärte, wie der furchteinflößende Talisman, den sie suchten, die verhaßten Nordmänner vertreiben würde. »Aida, sie opfern ihre eigenen Nachkommen an den Teufelsgott Vaal-Peor. Du wirst dieses Mädchen doch sicher schützen wollen, wenn es bedeutet, daß wir damit Belbidia retten.«

Ein Scharren an den Läden und ein tiefes, stöhnendes Heulen von draußen übertönte Morgrimms Worte, und Caspar spürte, wie sich ihm die Nackenhaare aufstellten. Sie rückten näher zusammen, und der große Gelehrte wies sie an, sich im engen Kreis bei den Händen zu halten. »Hört nicht hin. Seht nicht über eure Schultern. Konzentriert euch auf die Wärme der Gruppe.«

Caspar versuchte, nicht auf den Lärm von draußen zu hören, doch konnte er nicht ignorieren, wie etwas über den Boden schleifte und die Schritte eines großen Tieres hörbar wurden. Ein fürchterliches Kreischen schnitt durchs Heulen und Stöhnen des Windes, und Caspar betete, daß der Morgen kommen möge. Sie alle beteten.

Morgrimm bestand darauf, daß sie die ganze Nacht redeten. »Ich weiß vieles über die alten Sitten, aber ihre Götter kenne ich nicht«, seufzte er. »Dieses Mädchen mag eine Priesterin der Großen Mutter sein, aber Ceowulf sagt mir, in ihrem Herzen sei sie eine Göttin, also will ich um sie beten. Ich bete um die

Gnade des lieben Gottes, daß er ihre unsterbliche Seele vor den Dämonen schützt.«

Schweigend betete Caspar zur Mutter, während neben ihm das alte Paar aus den Sümpfen, Cybillia, Hal und der Gelehrte aus Tartra Worte aus den Schriften murmelten – Worte, die er im Schlaf aufsagen konnte, an die er jedoch nicht mehr glaubte. Anfangs wollte er gegen sie anschreien und protestieren, daß ihre Gebete zum Einzig Wahren Gott der Priesterin doch schadeten. Schließlich hatte sie den Neuen Glauben ihr Leben lang bekämpft.

Morgrimm legte dem Jungen weise eine Hand auf die Schulter, als spürte er dessen Verdruß. »Jeder von uns muß zu dem Gott in seinem eigenen Herzen beten.« Der alte Gelehrte starrte Ceowulf mit ernstem Blick an. »Und du, der du fortgelaufen bist und deine Pflichten als Sohn eines Barons vernachlässigt hast, um im Namen der Schande als Söldner Menschen zu erschlagen, auch du mußt beten.«

»Ich kenne keine Götter«, erwiderte Ceowulf. »Ich kenne viele Worte, viele Psalmen, viele Schriften … allesamt niedergeschriebene Worte von *Menschen.* Nur kenne ich keine Götter.«

»Du warst schon immer stur«, räumte Morgrimm ein und ging wieder dazu über, rhythmische Psalmen zu rezitieren.

Sehnsüchtig und schützend sah Caspar zu Brid und versuchte, die Gebete um ihn herum auszusperren. Er mußte ein Bild der Großen Göttin in seinen Gedanken wachrufen und nach der Wärme Ihrer Liebe suchen, doch es wollte kein Bild entstehen. Statt dessen sah er Brid, seine Mutter Keridwen und die Greisin Morrigwen zusammen, aber das genügte. Der bloße Gedanke an die Trinität vertrieb seine Ängste vor dem klappernden Klopfen und Schnauben, das die Hütte umkreiste.

Als der Morgen kam, verschwand der Wind flüsternd, und die verstörenden Geräusche der Nacht wichen dem scharfen, klaren Ruf eines Rohrsängers, der sein Revier absteckte. Caspar blickte in die müden Augen der schlaflosen Gesellschaft und stieß einen Seufzer der Erleichterung aus.

Ein Bild der Nacht jedoch verfolgte ihn. Er konnte den Anblick des verletzten Armes nicht vertreiben, des Armes, den seine Mutter bei dem Versuch, sich zu retten, mit ihren Nägeln zerkratzt und geschunden hatte. Er erinnerte sich an den Mann, der sich über die eiskalten Fluten beugte, und das Gefühl ekelerregenden Hasses, den er mit sich brachte. Das Bild des Unterarmes, der von schwarzen, erfrorenen Schnitten vernarbt war.

KAPITEL 4

Brid schlief noch immer, als ein Schrei von draußen sie verwirrt aufschrecken ließ.

Aida kam in die Kammer gelaufen, keuchte und gestikulierte unverständlich zum Fenster hin. »Seht doch! Seht hinaus!«

Caspar lief los, um nachzusehen, was den Aufruhr auslöste, und starrte voll Entsetzen auf die verwüstete Landschaft hinaus. Bäume waren entwurzelt, die Schilfbetten niedergewalzt. Doch weit, weit schlimmer waren die tief eingegrabenen Abdrücke großer, klauenbesetzter Tiere, die das Haus umkreisten.

Der Junge kehrte zum Feuer zurück und sah dort, daß Brid blinzelte und verblüfft dreinblickte, während sie Trund an sich drückte, der die ganze Nacht treu bei ihr gewacht hatte. Augenblicklich entfloh Aida in die Küche, um sich vor den drachengrünen Augen der heidnischen Priesterin zu verstecken.

»Spar«, murmelte das Mädchen schwach, »was ist geschehen? Wo sind wir? Warum sind wir hier?«

»Du hast Salisischen Eisenhut gegessen«, erklärte der Junge.

»Unsinn! So etwas Dummes hätte ich nie getan. Ich erinnere mich nur noch daran, wie wir in seltsamem Nebel den Kessel und seine Runen gesucht haben.«

»Wir haben den Kessel gefunden, aber wir mußten ihn zerstören, damit kein anderer seine Geheimnisse erfuhr.«

»Den Mutterkessel zerstören! Spar, du hast schlecht geträumt. Ich würde mich daran erinnern, wenn ich den Kessel gefunden hätte, und ganz sicher hätte ich ihn nicht zerstört. Entweder hast du geträumt, oder du leistest dir mit mir einen grausamen Scherz.«

»Tu ich nicht«, flehte Caspar. »Du hast alle Runen abgeschrieben. Du hast das Pergament in deinen Beutel getan. Du mußtest den Salisischen Eisenhut einnehmen, weil Trund das Faronische Bilsenkraut gefressen hatte, was weniger giftig gewesen wäre. Du konntest nicht riskieren, daß diese Kreaturen in deinen Verstand eindringen und herausfinden, wo sich das Druiden-Ei befindet.«

Mit leerem Blick sah Brid Caspar an.

»Dann hat dich Hal in das Sumpfloch fallen lassen«, fuhr der Belbidianerjunge fort, »und ein monströser Sumpflindwurm hat versucht, dich in die Tiefe zu reißen. Dann kamen gestern abend, nachdem ich den Mondstein benutzt habe, seltsame Kreaturen zum Haus und schlichen überall herum. Keridwen hat dich vor den Eistrollen gerettet, die deinen Geist bezwingen wollten.«

»Du *warst* in meinem Traum«, sagte Brid unsicher. »Du warst da, nur bist du vor mir fortgelaufen, und Keridwen war dort in der Ferne und verschwand. Ist der Rest dessen, was du da sagst, auch wahr?« fragte sie argwöhnisch. »Gib mir meine Kleider und meinen Kräuterbeutel. Vielleicht glaube ich es, wenn ich das Pergament sehe.«

Caspar holte den Lederbeutel und kratzte den trockenen Schlamm ab. Das Leder selbst war steif und vom Wasser gesprungen. Sie löste die Lederbänder, mit denen er verknotet war und stellte den Beutel auf den Kopf. Ein feuchter Haufen schlammiger Kräuter und Teile kleiner Tiere fielen zu Boden, und dort, inmitten des traurigen Anblicks, lag ein gefaltetes Stück Pergament. Brid hielt eine Ecke zwischen Daumen und Zeigefinger und hob es vorsichtig an. Augenblicklich stürzte Trund seine Schnauze in die Reste, schnaubte und spritzte Schlamm und winzige Stückchen verwitterter Kadaver über ihre Kleider. Brid achtete nicht auf den Hund, sondern schälte den gefalteten Pergamentklumpen auseinander und betrachtete das verschwommene, vom Schlamm verwischte Gekritzel, das einst ihre eigene, klare Schrift gewesen war.

Hal trat in die Kammer und grinste die Priesterin freundlich an. »Du bist also wieder im Land der Lebenden.«

Brid erwiderte seinen Gruß nicht. »Das ist alles deine Schuld. Du hast mich in den Sumpf geworfen, und jetzt sieh es dir an!« explodierte sie, was den Jungen mit dem rabenschwarzen Haar dazu veranlaßte, einen Rückwärtsschritt zu tun und dann seinem Neffen einen mißtrauischen Blick zuzuwerfen.

»Was hast du ihr erzählt? Aus ihrem Munde klingt es, als hätte ich es absichtlich getan. Elster ist gestolpert, das war alles«, verteidigte er sich.

Brid schnaubte steif. »Das möchte ich wetten. Jetzt laßt mich alle beide allein. Ich will mich anziehen.«

Hal ließ sich zum Zorn verleiten. »Was bist du so keusch? Wir haben das alles schon gesehen, oder nicht? Im Eibenwald bist du über mich hergefallen. Wenn ich daran denke, daß ich dich durch ganz Caldea geschleppt habe, weil du bewußtlos warst, und nun schreist du mich aus Dank dafür auch noch an! Verrückte Hexe!« Die letzten beiden Worte spuckte er aus.

Caspar schämte sich. Wie konnte sein Onkel so mit einer Hohenpriesterin sprechen? Sie hatte ihre Kleider nur abgelegt und sich ihm an den Hals geworfen, um die Macht des Zaubers zu verstärken, von dem sie hoffte, daß er das Schweigen des Kessels brechen würde. Doch sein eigenes Eingreifen hatte ihr Opfer schließlich unnötig gemacht.

Brid wurde vor Entrüstung ganz steif. Ihre Stirn hing drohend wie Sturmwolken über ihrem Gesicht, als sie Hal finster betrachtete. »Du meinst, du hättest meine Lage ausnutzen wollen, als ich einen Bann gesprochen habe? Du, ein Belbidianer von edlem Geblüt?«

»Soweit ich mich erinnere, war es genau umgekehrt«, erwiderte Hal mit würdevollem Spott. »Du hast versucht, mich zu benutzen.«

»Niemals! Tatsächlich würde ich dich niemals auch nur anrühren, nicht mal mit ... mit ...« Ihre Fäuste ballten sich im Zorn, doch plötzlich verflog die kalte Wut in ihrem Blick und wich einer Miene tiefer Gleichgültigkeit. Feierlich machte sie den Mund zu und wandte sich ab, als wollte sie sich mit ihm schlicht nicht befassen.

Caspar konnte es nicht glauben. Hals Reaktion hatte sie ganz offenbar verletzt, sonst wäre sie niemals so wütend geworden. »Sie erinnert sich nicht«, flüsterte er und zupfte am Arm seines Onkels. »Laß sie in Ruhe.«

Aber Brid war noch nicht ganz fertig, und ihre bösen grünen Augen warnten vor ihren wilden Gefühlen. »Vergiß niemals, wer ich bin, Hal. Ich werde nie wie irgendein verliebtes Weib nach deiner Pfeife tanzen. Du kannst mich nicht ausnutzen, wie du es mit den Mädchen auf Torra Alta aufgrund deiner Stellung vielleicht tun magst.«

»Ausnutzen!« Hals Nägel gruben sich in seine geballte Faust in dem Bemühen, seinen brodelnden Zorn zu zähmen.

Ängstlich zog Caspar an seinem Arm. »Sie meint es nicht so, Hal.«

»Tu ich wohl«, spuckte Brid aus.

»Tut sie nicht«, beharrte der kleinere Junge und versuchte verzweifelt, die aufgeheizte Atmosphäre zu beruhigen. »Sie ist nur verletzt und verwirrt. Sie erinnert sich nicht mehr daran, und du hast sie damit gereizt, daß du grob warst, weil du sie nackt gesehen hast.«

»Ich habe sie gereizt! Das gefällt mir.« Widerwillig ließ sich der dunkelhaarige Junge zum Fenster führen, wo er vorgab, die Schäden der Nacht zu inspizieren. »Sie sollte mich so nicht behandeln. Nicht nach dem, was im Eibenwäldchen fast vorgefallen wäre«, knurrte Hal.

»Aber es ist nichts vorgefallen«, sagte Caspar ohne Mitgefühl. Sein Onkel war offenbar verwirrt und verletzt vom Wutausbruch der Jungfrau, doch es war ihm egal. Hal verdiente Brid nicht. Er war zu unsensibel. Sie brauchte jemanden, der mehr wie sie war.

Schweigend starrten sie auf die niedergewalzte Vegetation hinaus, die grimmig schwarzen Sumpflöcher und Tümpel mit den riesigen Wurzelbergen umgestürzter Bäume dazwischen, deren geborstene Äste im Wasser lagen. Rauhreif lag auf dem Schilfrohr, und die Fensterscheibe war vor Eiskristallen nur halb durchscheinend.

Caspar runzelte die Stirn. Für gewöhnlich kam der Frost in stillen, klaren Nächten. Wie hatte er sich bilden können, wo es so windig war? Ein Gänseschwarm durchbrach mit seiner pfeilgleichen Formation auf dem Weg nach Süden die malerische Szenerie, und schmelzender Frost rann über das Glas. Caspar fühlte die Wärme des Morgens, obwohl die Sonne nur ein fahles Gelb war und ihre Hitze die graue Finsternis der Sümpfe kaum erreichte. Noch immer starrte er zum Fenster hinaus, als Hal ihm heftig in die Rippen stieß.

»Wir holen noch ein paar Scheite für das Feuer«, erklärte ihm der ältere Junge. Caspar nickte und folgte seinem Onkel zum Holzhaufen an der Rückseite der Behausung.

Kurz darauf kehrten die anderen zurück, stampften mit den Stiefeln auf und schlugen die Hände aneinander, die Augen groß nach dem, was sie von den Verheerungen des Sturmes in der letzten Nacht gesehen hatten. Sie alle wandten sich Brid zu.

Sie hatte keine Zeit vergeudet, sich ganz anzuziehen, und war nun halb damit fertig, ihr langes, kupferbraunes Haar zu flechten. Sie hatte das Pergament an den Rand des Kamins gelegt, um es etwas trocknen zu lassen, und hielt ihren Blick starr und falkengleich auf den feuchten Klumpen gerichtet. Als sie mit ihrem Haar fertig war, setzte sie sich auf den Schaukelstuhl am Feuer, wiegte sich sanft hin und her, tief in Gedanken versunken, und massierte ihre Schläfen, als rieb sie heftigen Schmerz fort. Sie beachtete die Gesellschaft von Belbidianern nicht, die sie erwartungsvoll anstarrten.

Aida wirkte betreten, mahlte mit dem Unterkiefer und kaute auf ihrer Lippe. »In meinem Haus! Hier in meinem Haus! Was ist nur aus der Welt geworden? Was sollen wir tun?«

»Den Kessel aufsetzen?« schlug Mallart pragmatischerweise vor. »Wenn wir alle einen hübschen Tee bekämen, könnten wir sicher besser denken.«

Über dem Feuer hing ein schwarzer Eisenhaken, an welchem ein alter, verbeulter Kessel baumelte. Vorsichtig umkreiste Aida das Mädchen, zog ihre Kleider fest um sich, damit sie den Körper des Heidenmädchens nicht berührten. Einen Moment lang schnitt Brid hinter dem Rücken der Frau eine Grimasse, doch dann seufzte sie, und ihre Miene entspannte sich.

»Ich bin kein Dämon oder so etwas.« Brid stand von ihrem Stuhl auf und nahm das Pergament. Sie trug es zu einem groben Tisch am Fenster und zog das Blatt ganz vorsichtig auseinander, wo es vom Schlamm verklebt war. Caspar blickte über ihre Schulter, und keiner sagte etwas, während sie das empfindliche Papier studierte.

»Sei vorsichtig. Es reißt«, warnte Caspar.

»Hör mal, gib es mir«, meinte Hal. »Ich bin darin viel besser als du.«

»Ich werde dir überhaupt nichts geben«, knurrte sie. »Und, wie ich vorhin schon sagte, war das alles sowieso nur deine Schuld.« Brid warf ihm einen rasiermesserscharfen Blick zu. »Jetzt hört auf, mir in den Nacken zu hauchen. Ich brauche Platz.«

Caspar wich zurück, doch er reckte nach wie vor den Hals, um über ihre Schulter zu spähen, während sie das Pergament

Stück für Stück auseinanderschälte. Auf der einen Seite zeigte die Karte das Caballische Meer, und seine umliegenden Länder waren, wenn auch etwas verwaschen, noch deutlich zu erkennen. Vorsichtig drehte Brid das brüchige Pergament um, und ein fleckiges, verschmiertes Muster war zu sehen. Ihre Kohleschrift hatte den schmierigen Schlamm ebensowenig überlebt wie die Tinte des Kartographen. In der Mitte des Pergaments konnte Caspar eine ovale Form ausmachen, von der schnörkelige Linien ausgingen. Eine runde Formation aus Rechtecken umgab das Muster, jedes davon mit einer Rune darin. Die rechte obere Ecke und die Mitte des Musters waren nur noch Flecken. Brid hob das Pergament ans Licht und neigte die Seite hin und her, versuchte die Schrift zu erkennen, die über dem zentralen, ovalen Symbol gezeichnet war.

Hal war vor enttäuschter Neugier schier außer sich. »Was bedeutet das? Sag es uns, Brid. Du wolltest es uns bisher nicht verraten.«

Die Priesterin machte einen verdutzten Eindruck. »Ich bin nicht sicher. Der innere Kreis muß das Druiden-Ei sein, nur weiß ich nicht, was die Schnörkel sind.«

»Es sind Schlangen. Am Boden des Kessels waren definitiv Schlangen«, sagte Caspar eifrig.

»Dann also Schlangen«, räumte Brid ein. »Ich weiß nicht, wieso. Ich wünschte, ich könnte mich erinnern. Aber dieses Muster aus Rechtecken, es ist mir seltsam vertraut. Habe ich gesagt, was es ist?«

Hal schüttelte den Kopf. »Du hast uns rein gar nichts gesagt. Du hattest zu große Angst vor dem *Ding* im Nebel.«

»Ich glaube nicht, daß ich mich vor irgend etwas gefürchtet habe«, erwiderte sie ruhig. »Achtsam mag ich gewesen sein …«

»Und die Runen. Kannst du die Runen lesen?« beharrte der Junge, der langsam glaubte, daß Brid sie verspottete und die Information einfach für sich behielt.

»Nun, natürlich. Ich kann die Runen lesen.«

Caspar sah über ihre Schulter und betrachtete die seltsamen Muster.

Brid las sie laut vor. »›Folge dem Sterben der Sonne im Sterben des Jahres, um die Heimat der Toten zu finden.‹ Und dieses Stück dann kann ich überhaupt nicht lesen. Es ist völlig verschmiert.« Mit kaltem Blick sah sie Hal an. »Zweifellos war es wichtig, sonst hätte ich es nicht niedergeschrieben. Das letzte Stück bedeutet: ›Erklimme die weinenden Steine, erhebe dich über die Trauer.‹«

»Das ist alles?« Hal war entgeistert. »Das ist alles, nach dem wir uns richten können?«

»Nun, es ist nicht meine Schuld, oder?« verteidigte sich Brid. »Wir können nur so lange hierbleiben und uns ausruhen, bis wir wieder bei Kräften sind, dann müssen wir weiter. Uns bleibt nicht mehr viel Zeit.«

»Wir haben erst den Wolfsmond. Uns bleiben noch ganze sechs Monate, das Druiden-Ei zu finden«, meinte Hal, »doch selbst das ist nicht lang, insbesondere, da du das Wichtigste nicht zu wissen scheinst …«

»Nein, das meinte ich nicht«, unterbrach die Priesterin, »ich meinte das Sterben des Jahres, womit die Wintersonnenwende gemeint ist, und die ist am Ende des Wolfsmondes. Uns bleibt nicht einmal mehr ein ganzer Mond, um den rechten Ort zu finden.«

»Welchen Ort?«

Sie fuhr mit dem Finger um die Rechtecke, welche den Rand des runden Musters umgaben. »Ich vermute, daß diese Rechtecke einen stehenden Kreis darstellen – einen Steinkreis. Den müssen wir noch vor der Wintersonnenwende finden.«

»Wo ist er, und wie kannst du dir so sicher sein?« Skeptisch runzelte Hal die Stirn.

»Weil ich mir sicher bin.« Vorsichtig drehte sie das Pergament um, und die alte Karte war zu sehen, die Caspar aus der Bibliothek von Farona entwendet hatte. »Selbst wenn diese Karte alt ist – und wir wissen, daß die Welt weit größer ist, als hier steht –, ist sie nicht so alt wie der Kessel. Daher muß die bekannte Welt auf dieser Karte die bekannte Welt der Zeit des Kessels einschließen. Der Kreis muß irgendwo hier sein.«

»Aber das ist riesig, und es gibt viele Steinkreise. Sieh doch!« rief Hal entgeistert aus und deutete auf ein halbes Dutzend Orte auf dem Pergament. »Hier, hier, hier, hier, alles voll davon. Woher weißt du, welches der richtige ist?«

»Nun, einer davon wird den richtigen Eindruck machen«, erklärte Brid vage, als sie die eckigen Symbole auf ihrer verschmierten Zeichnung zählte. »Einundzwanzig Steine. Das da ist ein großer Steinkreis.« Sie drehte das Pergament wieder um. »In Belbidia gibt es sicher keinen mit einundzwanzig Steinen, also können wir die Gegend ausklammern. Vaalaka und Camaalia haben je zwei. Glain hat einen, die Fernen Inseln von Ophidia haben einen, und natürlich liegt einer auf Gorta. Über den weiß ich allerdings nichts«, seufzte Brid. »Aber der Druide, er hat solche Strukturen in seine verschlüsselten Botschaften gelegt. Es muß einen bedeutsamen Grund geben, diesen speziellen Steinkreis zu wählen.« Sie spitzte die Lippen, trommelte mit den Fingern, während sie die Karte konzentriert betrachtete.

»Spar, das ist doch etwas, was du wissen müßtest«, sagte Hal spottend zu seinem Neffen. »Für gewöhnlich kennst du doch irgendeinen albernen Kinderreim darüber, wie viele Meilen es noch bis zum Marktplatz sind. Könntest du nicht dieses eine Mal etwas Sinnvolles wissen, wie zum Beispiel, wie viele Steine die einzelnen Kreise haben?«

Steif sah Caspar seinen Onkel an, aber ihm wollte keine passende Erwiderung einfallen, und statt dessen entschied er sich dafür, seine Würde so weit wie möglich zu bewahren, indem er den Seitenhieb mißachtete.

»Ich weiß es«, mischte sich Morgrimms tiefe Stimme in ihre Unterhaltung ein.

Brid fuhr herum und sah den Mann in seinem Umhang argwöhnisch an, der gebückt stand, um sich an den Dachbalken der Hütte nicht den Kopf zu stoßen. »Ach ja, der Hauslehrer«, brachte sie auf eine Art und Weise hervor, die Spott und Argwohn gleichermaßen kundtat. »Der Hauslehrer, der unseren Ceowulf soviel über das Druiden-Ei gelehrt hat. Ihr pflegt die alten Sitten nicht. Woher versteht Ihr etwas von den Ersten Göttern?«

»Ihr mißversteht mich, junge Dame. Ich gebe nicht vor, etwas von Eurer Zauber- und Geisterwelt zu verstehen, aber ich weiß eine ganze Menge von Euren Überlieferungen. Mein Urgroßvater, müßt Ihr wissen, kam von Gorta und war Druide.« Der Mann streckte seine langen Finger und legte eine Handvoll Knöchel bloß. In jeden davon war eine Rune graviert. »Die hier hat er mir auf seinem Sterbebett gegeben, und in seiner Senilität hat er manches Geheimnis geflüstert, das ich begierig belauscht und mir gemerkt habe.«

»Dann könnt Ihr die Runen lesen?« forderte ihn Brid abrupt heraus, als fände sie sein Wissen in gewisser Weise bedrohlich.

»Nein, ich kann sie nicht verstehen. Ihre Bedeutung bleibt mir verborgen. Aber ich weiß von diesem Ei, weil es eine Druidenmär ist. Ich weiß, daß es ein schreckliches Ding von mächtiger Zauberkraft ist, und derjenige, der es besitzt, kontrolliert uralte Mächte.«

»Vielleicht«, sagte Brid frostig, blieb dem ausgezehrten Mann gegenüber offensichtlich mißtrauisch. »Aber wir wollen keine Macht. Wir wollen das Druiden-Ei nur wieder an den Busen der Göttin legen. Sie ist es, sie ist die einzige von derart umfassender Liebe und Einsicht, daß sie eine solche Macht nutzen kann. Diese Kräfte sind für Sterbliche zu groß. Ihr solltet nicht von Dingen predigen, die Ihr nicht versteht.«

Der alte Mann zupfte an seinem geflochtenen Bart. »Du bist sehr jung und sehr klein, daß du mit mir, einem Mann von vielen Jahren und einiger Bildung, auf diese Weise sprichst. Wie kannst du, ein Kind nur, von diesen Dingen etwas verstehen? Aber es liegt wohl in der Natur des weiblichen Verstandes begründet, daß er glaubt, alles zu verstehen, wenn er auch nur die Fransen eines Themas ertastet.« Er nahm den Hut ab, legte seinen kahlen Schädel frei und betrachtete die Fasanenfeder, welche diesen schmückte. »Ich denke, du bist ein undankbares kleines Mädchen. Ich weiß schließlich, wie viele Steine die einzelnen Ringe haben.«

»Ich mag klein und jung sein, doch mein Wissen wurde treu von einer Generation an die nächste gereicht. Ich besitze die gesamten Einsichten von tausend Priesterinnen vor mir.« Brids große Augen funkelten vor Zorn, als sie trotzig zu dem großen Mann aufsah.

»Wissen bedeutet nicht immer Einsicht. Einsicht kommt mit den Jahren, und wenn du älter bist, wirst du vielleicht besser urteilen und jene, die wertvoller sind als du, mit größerem Respekt behandeln.«

»Ihr täuscht Euch«, gab Brid selbstgefällig zurück. »Urteilsvermögen kommt mit der Erfahrung, nicht mit dem Alter.« Ihr süßes Lächeln brachte Morgrimm beinahe aus der Fassung. »Ich verneige mich vor Eurem größeren Wissen um Steinkreise. In aller Bescheidenheit bitte ich Euch, mir davon zu berichten.«

»Gut, nun ja, die stehenden Steine«, sagte Morgrimm, den Brids plötzliche Wandlung amüsierte. »Es sind alte Tempel, die sowohl für Opferungen als auch zur Kennzeichnung von Königsgräbern dienten.«

»Nun, das stimmt nicht«, unterbrach Brid ihn, aber Hal stieß ihr in die Rippen, und sie hielt ihren Mund. Wie selbst die besten Lehrer bemerkte der alte Mann die kurze Ablenkung kaum und setzte seinen Vortrag fort.

»Es gibt dreizehn Steinkreise in der uns bekannten Welt. Zwölf für die zwölf Monde des Jahres, plus einen. Fünf davon haben einundzwanzig stehende Steine: der Kreis auf Gorta, derjenige auf Ophidias Fernen Inseln, die beiden in Camaalia und der in Glain nahe der Rauchenden Berge. Die Steinkreise sind in Form einer Rune über das Antlitz der Erde verteilt. Wenn ich auch nicht weiß, was sie bedeutet, kenne ich doch ihre Form.« Er suchte zwischen den Knochenstücken in seiner Hand herum und legte eines davon auf die grobe Tischplatte.

»Beorc, die Rune der Geburt oder Wiedergeburt«, gab Brid ihm recht. »Das macht Sinn.«

Caspar verstand es nicht, doch er wagte nicht, sie abzulenken, als sie das Muster der Rune auf der Karte verfolgte. Die Steinkreise lagen tatsächlich entlang der Linien der Rune, bis auf einen. »Der eine Steinkreis fällt aus dem Muster des Universums heraus, der eine, der über den Kreislauf von Tod und Wiedergeburt hinausreicht. Der muß es sein.« Brid trommelte auf der größten Insel in der Mitte eines Archipels herum, der vor der Westküste Ophidias lag, jenseits der Meerenge, die aus dem Caballischen Meer führte. Die Meerenge war deutlich mit dem Namen »Die Zähne« gekennzeichnet.

»Die Fernen Inseln«, las Caspar den Namen laut vor.

Brid stand auf, doch dann hielt sie sich plötzlich am Tisch fest, da sie taumelte. Sie sank auf den Hocker zurück und legte den Kopf auf ihre Arme.

»Ich glaube, daß du von der Infektion in deinen Wunden noch unter Schüttelfrost leidest«, meinte der alte Hauslehrer. »Du mußt dich hinlegen und ausruhen.«

»Ich werde Zeit zum Ruhen haben, während Ihr uns ein Schiff beschafft. Ein Schiff, das groß genug ist, uns sicher durch die Winterstürme des Caballischen Meeres zu befördern«, fügte Brid hinzu.

Caspar lächelte. Brid hatte ihren vertrauten Befehlston wiedergefunden. Da sie nun wach und wieder voller Entschlossenheit war, hegte er keinen Zweifel daran, daß das Böse um sie herum, das hungrige Etwas, das ihn suchte, vertrieben würde.

»Ein Schiff für euch alle?« fragte Morgrimm. Zweifelnd sah er in die Runde. »Wie es aussieht, hättet ihr Probleme, den Sumpf hinter euch zu bringen, ohne angehalten und verhört zu werden, ganz zu schweigen vom Hafen.«

»Ihr aber bringt uns durch, nicht wahr?« Brid lächelte zuversichtlich, sah mit flehendem Blick zu ihm auf.

»Mit Ceowulfs Wunden, Lady Cybillias Narben und so, wie du und dieser Junge ausseht? Jeder weiß, daß es in Caldea Probleme mit Hexen gibt. Die gesamte Baronie achtet wachsam auf alles Fremde.«

»Und?« erwiderte Brid ruhig. »Das bedeutet nur, daß es erheblich mehr kostet. Ihr bezahlt einen alten Seewolf für die Gefälligkeit und bringt ihn dazu, in einer stillen Bucht zu ankern, wo wir keine Aufmerksamkeit erregen. Jemand, der bereit ist, das Geld anzunehmen, kennt auch einen guten Hafen zum Schmuggeln.«

Morgrimm sah Ceowulf an. »Laßt Ihr Euch von diesem Mädchen immer sagen, was zu tun ist?«

Ceowulf grinste und sah Brid ironisch an.

»Solchen Unsinn habe ich in meinem Leben noch nicht gehört«, sagte der alte Gelehrte ungläubig. »Ist es wirklich das, was Ihr Euch von mir erwartet, Sir?«

Der Ritter nickte. »Die Lady hat recht. Es wird mehr kosten. Nur ein übel beleumundeter Mann nimmt einen an Bord, und übel beleumundete Männer verlangen hohe Preise.«

»Hal wird Euch das Geld geben«, erklärte Brid nur.

Zweifelnd sah der Junge sie an. »Du solltest wissen, daß mein Vermögen begrenzt ist. Branwolf hat mir nicht Torra Altas gesamten Schatz mitgegeben.«

Morgrimm nahm Ceowulfs schlankes schwarzes Roß und ritt in die frische Morgenluft hinaus, zum Haken von Caldea, dem nächstgelegenen Hafen von Bedeutung. In seinem Beutel klimperte das Gold, das Hal ihm widerstrebend ausgehändigt hatte.

»Können wir diesem Mann vertrauen?« fragte er Ceowulf. »Er hat die Hälfte meines Geldes.«

»Unseres Geldes«, korrigierte Caspar. »Torra Altas Geldes.«

»Dann eben Torra Altas Geldes«, murrte Hal. »Entschuldige, ich vermute, das bedeutet *deines* Geldes, Neffe.« Er wandte sich dem caldeanischen Ritter zu. »Ceowulf, können wir Morgrimm *Lord Caspars* Geld anvertrauen?«

Der kleine Junge wünschte, er hätte nichts gesagt.

»Selbstverständlich können wir ihm vertrauen.«

»Er könnte natürlich auch direkt zu Baron Cadros reiten«, sagte Cybillia, und alle sahen sie an, waren überrascht, ihre Stimme zu hören. In Jotunn blieben die jungen Damen für gewöhnlich von Gesprächen ausgeschlossen, die über die Farbe ihrer Kleider hinausgingen. Sie errötete, als sich ihr alle zuwandten, und zu ihrer Verteidigung sagte sie: »Es war nur so ein Gedanke.«

»Das tut er nicht. Schließlich hat er mir auch Hexer und die Rüstung beschafft. Wie er den Verlust eines der größten Schlachtrösser aus den Stallungen meines Vaters erklärt hat, will mir nicht in den Sinn, aber unter dem mürrischen Äußeren ist er ein listiger alter Mann.«

Brid lachte. »Nun, wenn er das geschafft hat, wird er uns auch ein Schiff besorgen. Wir haben zu tun, Cybillia. Ich brauche ein paar Kräuter. Du wirst hinausgehen und danach suchen müssen, da ich noch etwas ruhen muß.«

»Sie kann nicht allein gehen«, protestierte Caspar.

»Das habe ich auch nicht gesagt. Du kannst mit ihr gehen.«

»Das hast du dir verdient.« Hal grinste seinen Neffen an, doch Caspar hörte nicht auf ihn, sondern staunte über den hoffnungsvollen Blick, der plötzlich in Cybillias Augen leuchtete. Permanente Trauer hatte aus ihrem zerschnittenen Gesicht gesprochen, und Caspar hoffte, daß sie die Kräuter finden würden, die ihre Wunden heilten. Niemand konnte solche Trauer und Erniedrigung auf ewig ertragen.

»Wir verstehen nichts von Kräutern. Woher sollen wir also wissen, ob wir die richtigen gefunden haben?« fragte Cybillia, obwohl sie schon ungeduldig an der Tür stand und einen dicken Umhang um ihre Schultern legte.

Brid lächelte, als versuchte sie, nicht über die schlichte Weltsicht des Kindes zu lachen. »Sucht einfach an vielen verschiedenen Stellen, und bringt so viele verschiedene Pflanzen, wie ihr könnt. Das müßte genügen. Ich sortiere sie dann später.«

Widerwillig ließ Caspar Brid beim sorgsamen Studium des Pergaments zurück, während Ceowulf und Hal am Feuer standen und Mallart lauschten, der Geschichten von Wilddieben erzählte. Er nahm seinen Bogen auf und trabte der hochgewachsenen Tochter des Barons Bullback von Jotunn nach.

Nach einer langen Stunde in den Sümpfen, in der sie sich achtsam auf ausgetretenen Wegen hielten, hatte Caspar ein ordentliches Bündel von Kräutern gesammelt. Eines davon hielt er für Färberwaid, worauf er sehr stolz war, da er wußte, daß es Brid gefallen würde. Ein Dickicht aus Trauerweiden, deren lange, peitschengleiche Arme im dunklen Morast hingen, schwankte im Wind, und er dachte an die schmerzlindernde Borke, welche die Priesterin so schätzte. Mit seinem Messer schnitt er die weiche, graubraune Borke ab und fügte sie seinem Bündel hinzu.

Sie beschlossen, daß sie genug hatten, was Brid zufriedenstellen würde, und trabten heimwärts. Cybillia hatte in der letzten Stunde kaum ein Wort gesagt. Nun zog sie an ihrem struppigen Haar und starrte in die stillen Fluten eines Tümpels, betrachtete traurig ihr welliges Spiegelbild.

»Es tut mir leid, Cybillia«, sagte Caspar, um sie zu trösten. »Dein Haar wird wieder wachsen, und dann bist du wieder schön wie der neue Morgen.«

Sie lächelte ihn an. »Du hast ein weiches Herz, Spar. Du siehst mich jetzt nicht anders als vorher. Du bist der einzige, der in mir den gleichen Menschen wie vorher sieht. Ceowulf sieht mich mit gequältem Mitleid an, Brid betrachtet mich, als wäre ich ihr Eigentum, und Hal … nun, der sieht mich überhaupt nicht an.«

Caspar erwiderte ihr Lächeln, wußte nicht, was er sagen sollte. »Komm, die anderen werden sich schon Sorgen um uns machen.« Ein Entenschwarm fegte übers Wasser und landete vierzig Meter entfernt am anderen Ufer. Eilig hob er seinen Bogen und wählte zwei Pfeile mit kurzem Gefieder, das für den weiten Flug geeignet war. Er schoß einen ab, dann gleich danach den nächsten. In Panik flatterten die Tiere zum Himmel auf und ließen zwei aus ihrer Mitte tot im Wasser zurück.

Sie rannten um den flachen Tümpel herum, und Caspar fand einen gebrochenen Ast, der lang genug war, daß er die Enten erreichen und zu sich ziehen konnte. Er holte die erste aus dem Wasser und warf sie Cybillia zu Füßen.

»Nun, heb sie auf«, sagte er, als sie zurückwich und das Tier voll Widerwillen ansah.

»Aber sie ist tot. Etwas Totes kann ich nicht berühren«, klagte sie.

»Warum nicht? Es ist nur eine Ente. Es bedeutet, daß wir nicht wieder Kaninchen essen müssen. Ich möchte in meinem ganzen Leben kein Kaninchen mehr essen.«

»Ich kann es einfach nicht«, sagte sie zimperlich und trat noch einen Schritt zurück.

Caspar konnte den Widerwillen des Mädchens nicht ganz verstehen und machte sich daran, den anderen Vogel zu holen. Als er ihn eben mit der Spitze seines Astes unterhakte, sah er eine große, dunkle Gestalt unter Wasser dahingleiten. Eilig warf er die Ente ans Ufer.

»Was ist los?« fragte das Mädchen, in deren großen Augen sich die verdutzte Miene des Jungen spiegelte.

»Ich dachte, ich hätte wieder dieses Ding im Wasser gesehen – das Vieh, das Brid zu fassen bekam ...« Dann, als er merkte, daß er das Mädchen ängstigte, fügte er hinzu: »Aber es war wahrscheinlich nur ein Hecht. Komm, gehen wir zurück.« Er zog die Pfeile aus den Enten und steckte sie in seinen Köcher zurück, dann eilte er Cybillia nach.

Hal freute sich beim Anblick der beiden Enten so sehr wie Brid über die Kräuter, wenn sie auch mehr als die Hälfte aussortierte. »Die nützen Pferden mehr als allen anderen«, erklärte sie, doch schien sie mit ihren Bemühungen durchaus zufrieden zu sein.

»Ist etwas dabei, das mein Gesicht heilen könnte?« fragte Cybillia ängstlich.

Brid schüttelte den Kopf. »Nein, Drachenfeuer ist selten. Wir finden es nicht unter so feuchten Bedingungen. Auf dem Weg zum Haken vielleicht ...«

Cybillia hielt das Tuch um ihr Gesicht gelegt, so daß sie aussah, als hätte sie Zahnschmerzen.

Zwei Tage warteten sie auf Morgrimms Rückkehr, und inzwischen war Ceowulf um einiges kräftiger, obwohl er seinen rechten Arm noch immer in einer Schlinge trug, und

Brid war wieder der kleine Kobold wie eh und je. Mit ihren Kräutern bewaffnet schaffte sie es, das Fieber zu senken, so daß sie schneller gesunden konnte.

Hal und Caspar wurden zunehmend ungeduldiger. Caspar beschäftigte sich damit, mit seinem neuen Bogen zu üben, nahm die Verwachsungen von Bäumen als Ziel, während sich Hal anfangs allein auf seine Hand konzentrierte und den Verlust des kleinen Fingers betrauerte. Dank Brids Kräuterkünsten war der Knöchel sauber verheilt, dennoch betrachtete er seine verletzte Hand mit finsterer Miene. Dann, im Laufe der Zeit, wandte er seine Konzentration dem Schwert zu. Die kleine Kerbe auf der Hälfte der Schneide war kaum zu sehen, und dennoch beklagte er den Schaden.

»Glaubst du, daß es schlimm ist?« fragte er Ceowulf. »Schwächt es seine Kraft?«

Der Ritter streckte einen Arm aus, um das Schwert zu untersuchen. Reflexhaft hielt Hal die Waffe fester. Dann entspannte er sich, drehte die schwere Klinge und bot dem caldeanischen Ritter das verzierte Heft dar.

Augenblicklich spannten sich die Falten in Ceowulfs wettergegerbtem Gesicht, als er die Kraft des Schwertes spürte. Eingehend betrachtete er das große, stählerne Runenschwert mit seinen kunstvollen Verzierungen und dem Heft, das aus dem Abbild zweier Drachen gearbeitet war, deren Klauen im Todeskampf ineinander verhakt waren. Wo die Klauen einander hielten, war eine runde Lücke zu erkennen, in der einst ein Rubin gesteckt hatte.

Während Hal und Ceowulf die Klinge untersuchten, dachte Caspar über den Rubin nach. Er erinnerte sich, wie der Stein bei dem Versuch, Keridwen aus dem Gletscher zu befreien, ein seltsames Muster in seiner inneren Struktur gebildet hatte. Ein Muster, das die Rune der Mutter darstellte. Er erinnerte sich, daß sein Vater den Rubin aus dem Schwert entfernt und ihn in die Mitte des Herzsteins von Torra Alta gesetzt hatte, um der Großen Mutter zu zeigen, daß die Burg wieder ihrer Verehrung gewidmet war.

Das runde Zeichen hatte ihn mit einem Gefühl der Freude und des Wohlergehens erfüllt.

Ceowulfs Blick ging der Länge nach an dem polierten Metall entlang, folgte dem Muster der blutroten Runen, welche in die mittlere Rinne gearbeitet waren. Ein Schatten von Gier, Neid und Verachtung zuckte über sein Gesicht.

»Es steckt soviel Haß darin«, sagte er erschauernd. »Es ist vom Schrecken des Todes erfüllt.«

»Ich weiß«, sagte Hal nur. »Aber man fühlt sich damit fast wie ein König.« Begierig streckte er seine Hand aus, um das Schwert wieder an sich zu nehmen, und legte es sich auf den Schoß, strich besitzergreifend über die flache Seite der Klinge. »Aber die Kerbe … wird sie die Klinge schwächen?«

»Ich verstehe nicht viel von der Kunst des Schwerterschmiedens, aber ich würde sagen, es müßte etwa ein Jahr dauern, um ein solches Schwert zu schmieden. Und es müßte fast soviel wie eine Herde bester Ochsen aus Jotunn kosten, wahrscheinlich soviel wie die goldenen Tore von Farona. Das Schwert ist nicht geschichtet, sondern ein einziges Stück, das aus einer einzigen Platte geschmiedet wurde. Nein, ich glaube kaum, daß die Kerbe es schwächen kann.«

Brid runzelte die Stirn. »Hier, laßt mich mal sehen. Wie ist das passiert?«

Hal erzählte ihr vom Kessel.

»Ein Stück Stahl ist vom Schwert gesplittert?« wiederholte sie ungläubig. »Ich kann nicht bei mir gewesen sein. Ich kann nicht fassen, daß ich so viele schreckliche Dinge habe geschehen lassen. Und was ist mit diesen Runen? Hier ist die Rede von Kreaturen der Macht und dem Zauber, der sie erweckt.« Ihr Kinn sank herab, während sie die Runen betrachtete. »Das sind die Runen der Magie! Was habt ihr getan? Wie sind sie hierher gekommen? Nun werden die uralten Wesen der Welt aus den Schatten kriechen und uns in der Hoffnung folgen, daß wir sie zum Druiden-Ei führen.«

»Du hast den Kessel mit dem Schwert umgerührt«, sagte Hal steif. »Du hast es selbst getan. Damit hatte ich nichts zu tun.«

»Aber ... aber ...« Einen Moment lang war Brid sprachlos, dann blinzelte sie ihre Bestürzung beiseite. »Beschreib es mir. Beschreib mir alles auf dem Kessel.«

Caspar erzählte ihr, wie sie die Verzierungen um den Rand des mächtigen Eisentopfes erklärt hatte, daß sie von den Elementen der Erde und den Tieren der Macht handelten, die in der Verbannung gefangen und zermalmt waren. »Feuerspeiende Drachen und riesige Wölfe mit Zähnen wie Dolche waren zu sehen«, erläuterte er.

»Die Zauberkraft des Schwertes hat die Bilder bewegt und die Tiere berührt«, vermutete sie. »Wie konnte ich?« Sie machte sich wieder daran, den Fetzen von einem Pergament zu studieren, als wollte sie alle anderen Gedanken aussperren, bis Morgrimm wiederkam.

Caspar beobachtete sie, als sie die Karte betrachtete. »Als Morgrimm sagte, daß die Steinkreise in Form der Rune der Wiedergeburt angeordnet sind, wieso hast du da gesagt, das mache Sinn?« fragte er wißbegierig.

»Was?« fragte Brid ganz in Gedanken. »Ach, das. Diese Kreise aus Stein oder manchmal aus Holz sind Orte, zu denen die Alten Stämme die Leichen ihrer Toten gebracht haben. Die Toten blieben unter freiem Himmel liegen, damit Aasfresser sie abnagten, und erst, wenn die Skelette gänzlich trocken waren, wurden die Toten zu ihren Grabhügeln oder Gruben gebracht. Es heißt, daß die Seelen in ihrer Zeit in den Steinkreisen wiedergeboren werden. Erst müssen sie in die Anderwelt, das parallele Universum der Finsternis, dann in die

Glückseligkeit des Annwyn, wo sich alle Seelen mit der Macht der Ersten Götter vereinen. Und von dort werden sie wieder in diese Welt geboren. Das alles ist Teil des Kreislaufs.«

Caspar grübelte über die Details des Musters. Er hielt es für außerordentlich, daß die Menschen es damals geschafft hatten, die Rune mit einer solchen Genauigkeit über Tausende von Meilen zu erschaffen. »Das ist eine ungeheure Leistung«, meinte er.

»Die Göttin ist in allen Dingen«, erwiderte Brid und drehte die Karte um, um die verschwommenen Notizen zu lesen.

Endlich kam der große, bärtige Gelehrte zurück, und nach einer letzten, kurzen Mahlzeit aus gebratenen Schnepfen und einer Brühe aus Brunnenkresse wollten sie dringend weiter.

»Ich fühle mich außerhalb Belbidias erheblich sicherer. Keines der anderen Länder am Caballischen Meer ist so fanatisch, was die Hexenjagd angeht. In manchen – wie Camaalia – glaubt man überhaupt nicht an Hexen«, erklärte Ceowulf und gab sein Wissen zum besten, das er in vielen Jahren auf Reisen mit unterschiedlichsten Gefährten gesammelt hatte. Nachdem er im Überschwang Abschied von Mallart und Aida genommen hatte, folgte er den anderen zum Stall, wo die Pferde untergebracht waren.

Caspar bemerkte, wie er seine Armschlinge richtete, seine Schulter drehte und zufrieden knurrte. Offensichtlich nahmen die Schmerzen des ehemaligen Söldners ab. Der Junge mit dem kastanienbraunen Haar machte sich daran, ihre Pferde vorzubereiten. Sie hatten nun vier davon. Die sechs Belbidianer betrachteten die feinen Pferde und wandten Harrans Zugpferd naserümpfend die Rücken zu.

Caspar klopfte dem Tier liebevoll an den Hals. »Armer, alter Lastengaul, wir wissen nicht mal deinen Namen … nun, mal sehen, wenn ich Brid mitnehme und Hal Cybillia nimmt …«

»Dann bleibt für Morgrimm nur das Zugpferd«, schnitt ihm Hal das Wort ab.

»Ich bin nicht so von Stolz gebeutelt, daß ich dabei Scham empfinden würde«, erwiderte der Lehrer, wobei er Feuerschweif argwöhnisch musterte. »Außerdem würde ich immer lieber dieses alte Tier nehmen als diesen Dämon dort.«

Der rote Hengst scharrte am Boden und tanzte am Ende seiner Zügel herum, als wollte er beweisen, daß sein Ruf nicht unbegründet war.

Als sie fertig gesattelt und die Bündel verschnürt waren, sah Caspar verärgert, daß Hal Brid bereits hinter sich aufs Pferd gehoben hatte und daß Cybillia enttäuscht den Kopf hängen ließ. Caspar wollte nicht, daß sich das edle Fräulein zurückgewiesen fühlte, und ritt zu ihr, um sie mitzunehmen, doch Ceowulf war schon da.

»Schöne Maid«, sagte der Ritter, blickte offen in ihre staubig blauen Augen und ignorierte ihre bösen Narben, »wollt Ihr mir die Ehre Eurer Gesellschaft erweisen?«

Sie lächelte dankbar, doch es lag keine Freude in ihrem Blick.

Als sie sich ihren Weg durch die Sümpfe bahnten, freute sich Caspar darüber, daß die Wärme der Morgensonne durch seine Kleider drang, auch wenn die Luft an diesem kühlen Spätherbstnachmittag auffrischte. Er ließ seiner Enttäuschung freien Lauf, indem er seinen heißblütigen Hengst ermutigte, über den Stamm jedes umgestürzten Baumes zu springen, den er am Wegesrand finden konnte. Sie hatten sich zu lange aufgehalten, und nun glitt ihnen die Zeit durch die Finger.

Als der verschlungene Pfad durch den Sumpf allmählich deutlicher und der Boden fester wurde, öffnete sich die Landschaft zu felsigem Moor, dann zu rauhem Weideland, als das erste Dorf in Sicht kam. Morgrimm trat dem Zugpferd seine

Fersen in die Seiten, damit sich das Tier neben Ceowulf bewegte.

»Wir reiten um Nesselmarsch herum, direkt nach Campionlea. Es ist ein abgelegener, heruntergekommener Hafen, und ich bin mir sicher, daß wir dort nicht allzu viele Leute treffen.«

Schließlich erstreckten sich die sanften, silbrigen Fluten des Caballischen Meeres bis zum Horizont, und der unangenehme Geruch stehender Sumpfgewässer, der ihnen den ganzen Tag nun schon zu folgen schien, wurde endlich von einer erfrischenden, salzigen Brise verweht. Caspar sehnte sich danach, Caldeas schwüles Klima hinter sich zu lassen, das unter abergläubischen Ängsten vor Hexerei und Heidentum erstickte. Zu ihrer Linken wagte sich eine gebogene Landzunge, die man als »Haken von Caldea« kannte, aufs Meer hinaus. Dort konnte er den Hafen erkennen, dessen dicht gedrängte Bauten entlang der Hafenmauer Halt suchten. Breite Schoner mit Tiefgang zum Transport wertvoller Güter über die stillen Gewässer des Binnenmeeres schaukelten vor Anker.

Morgrimm zwang sein Pferd von der Straße und wandte sich vom Haken ab und einer kleinen Bucht zu, die etwa drei Meilen südlich lag. Selbst von hier aus konnte Caspar den Mast und das schlecht gerollte, rote Segel eines Schiffes sehen, das am Ende eines schmalen Anlegers vertäut war und sanft auf der Dünung schaukelte.

»Da ist sie«, verkündete Morgrimm. »*Die Königin von Tutivillus*. Ein kleines Schiff, wie ich einräumen muß, für die geschützten Gewässer des Caballischen Meeres gebaut, doch sie fährt nach Langost auf dem Kamm von Ophidia.«

»Nahe Muschelsand«, unterbrach Ceowulf, und seine Augen leuchteten kurz auf.

Morgrimm nickte. »Ja, was Euch in die richtige Richtung bringt, und der Schiffseigner hat Euer Gold genommen, ohne dabei auch nur mit einer Wimper zu zucken. Er hat mir erzählt, daß es sich bei dem Schiff um einen traditionellen belbidianischen Schoner aus der Baronie von Piscera handelt, und so wage ich zu behaupten, daß es seetüchtig sein muß.« Er hielt inne, dann fügte er eilig hinzu: »In jedem Fall wird es Euch aus Belbidia heraus und südwestlich nach Ophidia bringen.«

Die letzte Bemerkung konnte Caspar nicht recht beruhigen.

Der Pfad führte steil zum Wasser hinab, und Caspar sah, daß Cybillia die Augen schloß und sich fest an Ceowulfs Rücken klammerte, als Hexer auf dem losen Flintstein schlidderte und rutschte. Selbst den Ritter schien der Abstieg zu beunruhigen, doch die drei Torra Altaner wahrten die Ruhe, als sie sich dem Rand der Klippe näherten und ihre Pferde den steilen Weg hinunter lenkten. Sie lehnten sich auf ihren Sätteln zurück und ließen die Pferde ihr Gewicht von den Vorderbeinen nehmen. Ceowulf sah eindeutig erleichtert aus, als sein Pferd auf dem sandigen Halbmond des Strandes stand, und Cybillia schlug zögerlich die Augen auf und sah am Kliff hinauf. »Sind wir da wirklich hinuntergeritten?« fragte sie ungläubig.

Caspar lachte. »Du warst noch nie auf Torra Alta, was? Da ist es wirklich steil.«

»Nein«, gab sie zu. »War ich nicht und werde ich wohl auch nun nie mehr.« Schwere Resignation lag in ihrer Stimme, als sie eine Hand an ihre knotige Wange legte.

»Keine Sorge. Wir finden schon noch Drachenfeuer«, murmelte Brid ermutigend, ohne ihren festen Griff um Hals Taille zu lockern.

Cybillias staubig blaue Augen wurden groß, und sie warf der Jungfrau einen Blick voll Hoffnung zu, und zum ersten Mal wurde Caspar klar, daß die junge Edle aus Jotunn weder Brid, noch das, was sie repräsentierte, fürchtete. »Kannst du meine Narben wirklich heilen?« fragte sie sanft, und als die heidnische Priesterin freundlich nickte, erwiderte das gertenschlanke Mädchen ihr Lächeln.

Morgrimm deutete auf das Schiff, das an einem alten, modernden Anleger lag. Einst war Campionlea ein geschäftiger Heringshafen gewesen, doch der Fisch war weitergezogen, und der Ort hatte an Bedeutung verloren. Nur ein paar backenbärtige Hummerfischer scharrten ihren kärglichen Lebensunterhalt am flachen Ufer der Küste zusammen. Still und verfallen lag der Hafen da, als sie näher kamen, trotzdem zogen die beiden Mädchen ihre Umhänge um die Ohren und senkten die Köpfe, um möglichen Blicken auszuweichen. Zweifelnd betrachtete Caspar die *Königin von Tutivillus*. Eimer und Taue, Ankerkette und unverstaute Tonnen lagen auf dem Pier verstreut. Drei fragwürdige Gestalten schlurften übellaunig über die Bohlen. Sie trugen weite Hosen von undefinierbar gräulicher Farbe, und ihre Oberkörper steckten in grellen, kurzärmligen Hemden. Der älteste Mann unterschied sich von ihnen darüber hinaus durch die Größe seines Bauches. Dieser Mann – offenbar der Herr des Schiffes, wenn man sah, wie ihm die anderen gehorchten – spuckte den Grashalm aus, auf dem er kaute, wischte seine Hände an den Hosen ab und schwankte ihnen über die Planken entgegen.

Ohne ein Wort betrachtete er die Reisegesellschaft, musterte sie und spuckte erneut aus. Er wischte mit dem Handrücken über seinen unrasierten Mund, dann bot er Morgrimm seine Hand an.

»Ihr habt sie also mitgebracht.«

Der Lehrer nickte. Caspar war dieser Seemann zutiefst unangenehm. Er stank nach Suff und hatte abwärts gerichtete Mundwinkel, die an seinen rauhen, wettergegerbten Wangen zogen. Er sah aus, als hätte er seit Jahren nicht gelächelt.

»Nun, dann wollen wir Euch mal an Bord bringen. Ich will unterwegs sein, bevor die Tide wechselt.«

Caspar stieg ab und wollte sein Pferd an Bord führen, doch der Kapitän drehte sich zu ihm um.

»Von Pferden war nicht die Rede.«

»Nun, wir können sie nicht zurücklassen«, wandte Hal ein. »Es sind wertvolle Tiere, und wir brauchen sie.«

»Wenn sie so wertvoll sind, werdet Ihr nichts dagegen einzuwenden haben, einen fairen Preis dafür zu zahlen«, meinte der Kapitän, und widerwillig warf Hal einen Blick in seine ziemlich leere Börse. »Ich nehme dreißig Goldstücke, und zwar Gold mit König Rewiks Kopf darauf, wenn Ihr nichts dagegen habt, für die vier Pferde.«

»Das ist glatter Raub«, knurrte Hal. »Zwanzig wären fairer.«

»Ich habe nicht viel Platz an Bord, und lebende Ladung ist immer schwierig. Wir werden sie unter Deck sperren und einen Stall bauen müssen. Das macht viel Arbeit.«

»Zwanzig«, meinte Hal ohne das geringste Mitleid.

»Dann zwanzig, aber Ihr seid es, der mich beraubt.«

Sorgfältig zählte Hal die Münzen, machte bei fünfzehn halt und schob seine Börse wieder in sein Lederwams.

»Ihr könnt nicht zählen, Sir.« Der Seemann streckte seine schwielige Hand nach den restlichen Münzen aus.

»Zwanzig für vier Pferde, aber wir nehmen nur drei mit. Die Überfahrt kostet mehr, als das Zugpferd wert ist, und so scheinen mir fünfzehn nur gerecht.«

Caspar zog einen Mundwinkel in die Höhe, bewunderte das Verhandlungsgeschick seines Onkels.

Ceowulf verabschiedete sich von seinem alten Lehrer, wies ihn an, das Zugpferd dem Gastwirt von Nordland zuzuführen, und Morgrimm nickte pflichtbewußt. Alle anderen Belbidianer nahmen höflich Abschied und machten sich daran, ihr Schiff zu inspizieren.

KAPITEL 5

May starrte den Herzstein an. Der Rubin war fort. Eine kalte Hand schien ihr Herz zu packen, als hätte der grausame Frost nun von der Burg Besitz ergriffen. Einige Augenblicke lang starrte sie den runden Felsblock nur an, trauerte über die Kratzspuren, wo der Rubin aus seiner goldenen Fassung gebrochen worden war. Das helle Metall war aufgerissen wie der Schlund eines winzigen Vulkans.

»Mutter«, flüsterte sie. »O Mutter, Große Mutter, Dein Rubin …«

Seit sie auf der Burg war, hatte sie täglich im Vorübergehen den warmen Trost gespürt, den dieser Rubin ausstrahlte. Anfangs hatte sie geglaubt, es sei der Edelstein, der sie mit diesem Wohlgefühl erfüllte, doch als sie ihn näher betrachtete, wurde ihr bald klar, daß die Wärme von dem Zeichen kam, das in seinem Inneren eingraviert war. Die Rune der Mutter, hatte Morrigwen es genannt. Der bloße Blick auf das silberne, runde Muster, welches in drei Segmente aufgeteilt war, hatte ihr ein Gefühl von Sicherheit und Trost vermittelt. Nun war er nicht mehr da.

Sprachlos starrte sie die leere Goldfassung im Mittelpunkt des Herzsteins an, allzu aufgebracht durch den Verlust dieses Rubins, um wahrzunehmen, daß sich noch etwas verändert hatte, aber dann sah sie es. Gestern noch waren die Runen des Krieges um den Rand des Herzsteins eckige, zornige Zeichen gewesen, die in den Stein gehauen waren. Deutlich waren sie zu sehen gewesen, wenn auch etwas abgewetzter als beim Jagdmond, als Morrigwen und Brid sie gesprochen hatten. Doch nun waren sie geschliffen und zerkratzt, da jemand mit einem Stein oder einer Maureraxt auf die Buchstaben eingeschlagen hatte, was sie entweihte und ihre Form verwischte.

Sprachlos stand May da und zeigte auf den Herzstein. Sie bemerkte weder die kriechende Kälte des Schnees, als diese durch die verschlissenen Nähte ihrer Stiefel drang, noch die eiskalte Luft, die ihr ins Gesicht schlug und ihren hohen Wangenknochen einen rötlichen Schimmer verlieh. Ihre Lippen waren blau vor Kälte und ihre Finger taub. Zu lange schon stand sie im kalten, rauhen Winter der nördlichen Berge.

»Hilf doch jemand«, brachte sie schließlich hervor.

Einige Soldaten sammelten sich um sie. Stammelnd und zitternd zeigte sie auf die Runen, spürte deutlich, daß dieser Vandalismus ein Vorbote für schreckliches Leid auf der belagerten Burg bedeutete. Sie konnte sich nicht vorstellen, wer eine derart scheußliche Untat begehen mochte. Sie wußte nur, daß der Schutz der Burg damit verspielt war. Die Runen des Krieges waren entweiht. Nun hatten sie ihren Schutz gegen die unbändigen Horden der hungernden Vaalaker, die sich um den Fuß des Felsenturms drängten, eingebüßt.

Starke Hände legten einen Umhang um ihre Schultern. Sie spürte den tiefen, zornigen Atem und blickte in das bärtige Gesicht des Barons auf. Der schwere Bärenfellumhang um seine Schultern bedeckte seine dicke Halsberge und hing bis zu seinen schwarzen Lederstiefeln herab.

»Auf eure Posten, Männer«, befahl er, ohne von Torra Altas Herzstein aufzublicken. »Haltet die Augen offen. Der Nebel steigt aus dem Tal auf.«

Seine Worte kamen ruhig und gleichmäßig, und May konnte das Durcheinander, das in seinem Kopf brodelte, nur ahnen. Unsicher sahen die Truppen ihn an, bis er schließlich den Kopf hob und ihren Blicken begegnete. Er wandte sich den beiden nächststehenden Soldaten zu, mit ruhiger, bestimmender Miene, und jeder Hinweis auf Gefühle blieb hinter seiner beherrschten Stimme verborgen.

»Runter in den Brunnenraum mit euch, ihr zwei, und verdoppelt die Schwefelmenge, die ihr aus dem Wasser schöpft. Sagt dem Brunnenmeister, daß er soviel wie möglich machen soll. Es könnte sein, daß wir es brauchen, bevor der Tag zu Ende geht.«

Die Männer verteilten sich eilig auf ihre Posten.

May traute sich nicht, etwas zu sagen, und merkte, daß ihre Hand noch immer im bärengleichen Griff des riesigen Mannes lag. Fast, als wüßte er nicht, daß sie da war, marschierte er zielstrebig über den inneren Burghof und zog sie in seinem Schlepptau mit sich. Stolpernd trippelte sie ihm durch den Schnee nach.

»Hauptmann«, bellte er dem großen, ausgemergelten Soldaten über den Burghof zu, der auf der Nordmauer herumlief und seinen Männern Mut machte.

Der Hauptmann sah müde aus, so schrecklich müde ... doch es ging allen so. Er kam zu ihnen herüber, und seine schwarzen Augenbrauen trafen sich über dem Sattel seiner Hakennase. Bestenfalls war er ein finsterer Mann, und May hatte sich stets vor ihm gefürchtet, doch waren seine Männer stets voller Respekt für ihn.

»Sir?« Der Hauptmann salutierte, und ungeduldig winkte der Baron die Formalitäten beiseite.

»Treffen wir uns im oberen Bergfried«, knurrte der Baron. »Und bringt die alte Frau mit.«

»Morrigwen?«

»Ja, Morrigwen.« Der Baron schien verärgert, daß man ihm Fragen stellte. »Niemand anderem kann ich mehr trauen.«

Der Hauptmann wirkte betroffen, doch er marschierte zielstrebig zur Küche, wo die Greisin für gewöhnlich zu finden war, da sie dort ihre Arzneien mischte.

May hoffte, daß der Lord seinen malmenden Griff um ihre Hand bald lösen würde, aber er schien wild entschlossen, sie weiter festzuhalten. Sie konnte sehen, daß ihre Finger an den Enden weiß wurden. Sie mußte rennen, um mit seinen langen Beinen Schritt zu halten. Als sie an die steinerne Treppe kamen, die zur großen Halle führte, stolperte sie. Ohne anzuhalten, hob er ihren leichten Leib in seine Arme und trug sie hinauf. Als sie in die alte Halle kamen, ließ der Baron sie los und schritt ohne ein Wort zum kleinen Feuer hinüber, das auf dem Rost am anderen Ende der Halle flackerte. Vier Jagdhunde sprangen auf und drängten sich um ihn, stießen zum Gruß an seine Hände, bis sie sich dann zufrieden ihm zu Füßen legten.

Der Baron schickte sie nicht fort, und so stand May nervös an seinem Stuhl und fummelte an ihren Händen herum. Da sie ihn nicht stören wollte, versuchte sie, so leise wie möglich zu atmen, und biß die Zähne gegen den Schmerz zusammen, als das Blut wieder in ihren Händen war. Es kam ihr wie eine Ewigkeit vor, bis der Hauptmann wiederkam. Langsam half er der Greisin die lange Wendeltreppe hinauf. Sie ging vornübergebeugt, und ihre krummen Finger waren in der Hand des Hauptmanns verhakt, um sich so abzustützen.

»Laßt mich Euch tragen«, flehte der Hauptmann mehrmals.

»Der Tag, an dem ich nicht mehr laufen kann, wird der Tag sein, an dem ich sterbe«, krächzte die alte Frau ihn böse an.

Sie erinnerte May an eine weiße Wölfin, die sie einmal im Wald bei ihrem Haus gesehen hatte. Das kleine Mädchen war bei ihrem Vater gewesen. Die Erinnerung stach ihr die Trauer ins Herz. Sie waren an den Rand des Waldes geschlichen und hatten die Wölfin in der Ferne gesehen.

»Die alte Matriarchin«, hatte Wystan ihr staunend erklärt, als sie beobachteten, wie sich die Wölfin auf einem fernen Felsen wärmte. Die weiße Wölfin war so schrecklich dünn, die Augen vom Alter tief im Schädel eingesunken, und doch war

May sicher, daß sie vor Weisheit strahlte. Auch Morrigwen war so. Ihr Leib, der von den Jahren morsch und welk war, litt nun unter der Wirkung des Giftes, an dem sie fast gestorben wäre. Dennoch sah man in ihren Augen immer noch das Wissen und die Weisheit, die ihr Respekt und Autorität eingebracht hatten. Sie mochte bissig und schnippisch sein, doch sie wußte um so viele Dinge.

May liebte sie. Zwar kannte sie die Alte erst, seit sie auf Torra Alta angekommen waren, aber durch die Tage, in denen sie die Greisin während ihrer Erkrankung gepflegt hatte, war zwischen ihnen ein Band entstanden. Für May schien Morrigwen aus einem vergessenen Zeitalter des Friedens und der Erfüllung zu stammen. Sie war ein Füllhorn phantastischer Geschichten, und das junge Mädchen genoß die Lebensfreude, die unablässig unter der ledernen Haut der Greisin brodelte.

Schwer atmend blickte Morrigwen in den Raum, hielt sich mit beiden Händen am Hauptmann fest. »Ich muß sitzen«, sagte sie, als gäbe sie einen Befehl, und ihre Worte kündeten nicht von der leisesten Ehrfurcht vor dem Rang des Barons. Die schmerzlich dünnen Arme schienen ihren Körper kaum tragen zu können, als sie sich auf den Tisch stützte. »Sprecht«, forderte sie den Baron auf.

»Morrigwen«, begann er, zog einen geschnitzten Stuhl mit aufrechter Lehne heran und nickte dem Hauptmann zu, Platz zu nehmen. May merkte, wie sie von einem Soldaten nach vorn geschoben wurde, und auf seine Aufforderung hin erklomm sie einen Stuhl. Sie konnte kaum über die Tischplatte sehen. »Morrigwen«, begann der Baron erneut, hielt aber wiederum inne. Er nickte May zu. »Erzähl es ihr.«

Da der Baron mit finsterem Blick auf sie herab sah, blieben dem Mädchen mit dem kastanienbraunen Haar die Worte im Halse stecken, doch als sie sich der Hohenpriesterin zuwandte, spürte sie, wie ihre Angst verflog. Im Grunde sprach sie nur mit Morrigwen. Viele Stunden hatte sie in Gesellschaft der Greisin zugebracht und fürchtete die schroffe Art der Frau nicht mehr.

»Der Herzstein«, flüsterte sie. »Ich wollte in die Küche, um Ma zu helfen, und kam am Herzstein vorbei und ...«

»Der Rubin ist fort«, unterbrach die Greisin, und die plötzliche Erkenntnis verfinsterte ihren Blick. »Der Rubin ist fort. Und die Runen des Krieges?«

»Zertrümmert und zerkratzt«, erklärte May. »Woher wußtest du das?«

»Heute morgen habe ich eine Verwüstung im Wind gespürt«, seufzte die alte Frau. »Es war wie an jenem Tag, als Keridwen verschwand. Heute habe ich erneut gefühlt, wie die Kerze der Hoffnung und Freude erstickte, doch hatte ich gehofft, es sei nur eine Grille des Alters, die mich trügt.« Sie sah auf ihre krummen, knorrigen Finger. »Heute habe ich mich nackt gefühlt, als hätte jemand unseren Schutzschild fortgenommen.«

»Wer sollte so etwas tun?« fragte Branwolf mit gebrochener Stimme, als schmerzten die Worte zu sehr, um sie aussprechen zu können.

Morrigwen schob eine zottige Augenbraue in die Höhe. Ihr langes, silbernes Haar war dünn, wo das Gift des Vaalakischen Nesselkrauts die Wurzeln geschwächt hatte, und das Licht des Feuers spielte auf ihrer Kopfhaut.

»Diese Frage könnt Ihr Euch ebensogut selbst beantworten. Irgend jemand will Torra Alta schaden.«

»Das war mein erster Gedanke«, gab der Baron ihr recht, »doch nun bin ich mir nicht mehr so sicher. Es könnte jemand sein, dessen Herz nach wie vor für den Neuen Glauben schlägt und der meint, Torra Alta solle sich den Vaalakern ohne die Hilfe des Alten Glaubens stellen.«

May merkte, wie sich ihr Blick dem Hauptmann zuwandte.

Sie wußte, daß er dem neuen Gott aus dem Süden nach wie vor die Treue hielt, dem Gott, den zu verehren sie selbst erzogen worden war, doch seit sie Brid und Morrigwen kannte und die Freude ihrer Mutter über das neuerliche Aufkeimen des Alten Glaubens sah, wußte sie, daß ihr Herz der Großen Mutter gehörte. Sie verstand die Bäume, das Wasser, die Kräuter, die Tiere und das Gleichgewicht um sie herum. Als Holzfällertochter war sie mit tiefem Verständnis für den Wandel im Wesen der Jahreszeiten aufgewachsen. Sie hatte die Sorge verstanden, als es hieß, zu viele Bäume würden gefällt und der Wald wäre nicht mehr in der Lage, sich zu erneuern. Um all diese Dinge wußte sie, dazu um die schlichte Freude, den Wind in ihrem Haar zu spüren und sich von kalten Wassertropfen an den Zehen kitzeln zu lassen, wenn sie in den Geisterfluß sprang.

Der neue Gott dagegen sprach von Sünde und drohender Hölle, vom niederen Wesen der Frau und ihren üblen Absichten dem Manne gegenüber. Diesen letzten Teil verstand sie überhaupt nicht. Als sie den Kuraten nach solchen Dingen befragt hatte, war er puterrot angelaufen, hatte gemurmelt, sie sei noch viel zu jung für diese Dinge und sie solle sich nur Gedanken um die Keuschheit machen.

Sie wußte nicht einmal, was Keuschheit bedeutete. Sie vermutete, es hätte etwas damit zu tun, daß man zu Hause blieb und Stickereien lernte, denn den Predigten des Kuraten nach zu urteilen, war das die einzig schickliche Beschäftigung für eine Frau.

Und der Hauptmann ... er war noch immer einer der wenigen auf der Burg, die dem Neuen Glauben huldigten. Von Woche zu Woche nahm die Zahl derer, die in die Kapelle gingen, ab. Immer mehr Männer schlossen sich Morrigwen bei Sonnenaufgang und Sonnenuntergang an, wenn sie den Ersten Göttern für jeden neuen Tag dankte ... und für jeden Tag, an dem sie von den barbarischen Äxten der Vaalaker verschont blieben.

Der Hauptmann nickte. »Seit dem traurigen Verschwinden des Kaplans …«, begann er und bezog sich dabei schönfärberisch auf das Feuer, das den Westturm verwüstet hatte … von Pater Gwions Resten hatten sie nur einen Ring und einen Stiefel gefunden. »Seit jener Zeit sehen sich einige fanatischere Männer in ihrer Verehrung des Neuen Glaubens bedroht. Sie meinen, man würde ihnen ihre Religion allmählich abspenstig machen. Ich habe versucht, ihnen zu versichern, daß Ihr, Mylord, glaubt, jeder solle beten, zu wem er möchte, doch da sie ohne Priester sind, haben einige Angst um ihre Seelen. Sie fürchten den Teufel.«

Morrigwens Stimme knarrte: »Ich verehre den Teufel nicht.«

»Verzeiht mir, Morrigwen. Ich wollte Euch nicht persönlich angreifen, aber in der Lehre des Neuen Glaubens ist die Verehrung eines Gottes, bei dem es sich nicht um den Einzig Wahren Gott handelt, eine Verehrung des Teufels. Ich selbst bin Soldat, und ich lebe und kämpfe ausschließlich für den Dienst an meinem Herrn, und wenn ich die Wahrheit sagen soll, mache auch ich mir sehr wohl ein wenig Sorgen um Eure abergläubischen Sitten und Gebräuche. Es gibt den einen oder anderen, der um seine Seele bangt.«

»So sehr, daß er Torra Alta schaden würde?« Der Baron klang skeptisch. »Sicher fürchten sie die Vaalaker und ihren teuflischen Gott Vaal-Peor noch mehr.«

»Ich kenne hier niemanden, der Torra Alta schaden würde. Das könnte ich beschwören. Dennoch hat irgendwer das hier getan«, erwiderte der Hauptmann sachlich.

Ein leises Klopfen war an der Tür zu hören. Ihre Sinne waren allesamt derart gespannt, daß sie aufschreckten und sich gleichzeitig umdrehten, um die beschlagene Bogentür anzustarren.

»Herein«, donnerte Branwolf.

Ein junger Bogenschütze, dessen Haar von Schnee verkrustet war und aufragte, wie der Wind es ihm aus dem Gesicht geweht hatte, stampfte herein. »Mylord, Hauptmann, mein Unteroffizier schickt mich.«

»Ja?«

»Wir haben an der Ostseite einen Enterhaken gefunden, Mylord.«

»An der Ostseite?«

May konnte den Grund für die Skepsis in der Stimme des Hauptmanns nicht recht verstehen.

»Aye, Sir, wo der Felsenturm über den Fluß ragt.«

»Du willst damit sagen, ein Vaalaker hätte irgendwie einen Enterhaken hundert Fuß am Kliff hinauf über die Ostmauer geworfen?«

»Mein Unteroffizier meint nicht.«

Darauf erhob sich Branwolf voller Ungeduld, stieß seinen Stuhl mit lautem Krach zu Boden. »Und wieso nicht?«

»Es ist kein vaalakisches Seil, Sir. Es ist eines der unseren. Es paßt zu den anderen im Lager, Sir.«

Branwolf sah den Hauptmann an, und ihre Blicke lasen die Gedanken des anderen.

May verstand noch immer nicht, was das bedeutete. Sie hastete um den Tisch und klammerte sich an Morrigwens Röcke. Die alte Frau tätschelte ihr den Kopf und fuhr mit den Fingern durch die langen, kastanienbraunen Locken des Mädchens. In der Kälte des Winters, dem die grelle Sommersonne fehlte, dunkelte ihr Haar zu tiefen Rost- und Brauntönen.

»Das bedeutet, mein kleiner Silbermond, daß kein Vaalaker die Burg erklommen hat, sondern ein Torra Altaner ihr entflohen ist.«

»Aber warum sollte er das tun?«

Morrigwen zuckte mit den Achseln. »Bis heute haben die

Runen des Krieges unsere Mauern geschützt. Wer die Runen zerstört und den Rubin genommen hat, weiß nun, daß wir nur noch die nackten Mauern und tausend Bogenschützen haben, die uns vor Morbaks Horden bewahren. Dort draußen sind hundertzwanzigtausend Vaalaker. Wir dagegen haben nur noch unser Leben, mit dem wir die Burg verteidigen können. Und wir müssen sie verteidigen. Wir müssen durchhalten, bis Brid wiederkommt.« Die alte Frau sah südwärts durch eine Schießscharte, und ihre Augen wurden schmal, als sie in die Ferne blickte. »Spute dich, Brid, spute dich.«

Der Bogenschütze war fort, und Branwolf lief am Feuer auf und ab. Die Hunde saßen wachsam da, mit aufgestellten Ohren, beobachteten ihn.

»Wer auch immer diese schreckliche Tat begangen hat, er ist nicht mehr da. Ich werde weder Zeit noch Männer vergeuden, einen Übeltäter aufzuspüren, der nicht mehr unter uns ist … doch *werde* ich herausbringen, wer es uns angetan hat. Wir müssen unser Bestes geben. Schon ist Wolfsmond, und es mag sein, daß Spar und Hal heimkehren, lange bevor die vorgesehenen neun Monate verstrichen sind. Eine Weile können wir uns aus eigener Kraft halten. Wie schwer kann es sein, diesen Talisman zu finden?« Seine Stimme erstarb, und eine Zeitlang blieb er still. Ohne sich zu rühren, starrte er ins Feuer. Schließlich wandte er sich dem Hauptmann zu, und seine olivgrünen Augen wirkten nachdenklich. »Wie viele Vorräte haben wir?«

»Nicht genug«, sagte der Hauptmann nur. »Bei vollen Rationen vielleicht für fünf Monate.«

»Dann müssen wir die Rationen kürzen«, schloß Branwolf grimmig.

Beim bloßen Gedanken ans Essen spürte May, daß ihr der Magen knurrte.

Der Baron schob seine Hände über den Tisch, als wollte er

in Gedanken eine Seite umblättern. »Nachdem die Runen des Krieges entweiht sind, werden sie ihre Kraft verloren haben. Wir müssen uns auf die bevorstehenden Angriffe vorbereiten. Ich will wissen, wer von meiner Burg geflohen ist und die Runen geschändet hat.« Er wandte sich May zu, und alles Denken wich aus ihrem Kopf. »May, du wirst mir dabei helfen. Ich habe für diese Aufgabe keine Männer übrig.«

Pflichtschuldig nickte das Mädchen.

»Du erkundigst dich nach jedem Mann, jeder Frau und jedem Kind auf der Burg. Damit ich Frieden finde, will ich bis heute abend wissen, wer fehlt. Der Hauptmann wird dir sagen, wie du es machst.« Er wandte sich dem ausgezehrten, hakennasigen Soldaten zu. »Wir können nur unsere Posten besetzen. Drei Tage lassen uns die Vaalaker nun schon herumstehen. Ich bin mir sicher, daß sie in diesem Nebel angreifen.«

Mit dem Pergament fest in der geballten Faust lief May zuerst in den Brunnenraum, da sie wußte, daß ihr Bruder dort Schwefelfässer auskratzte. Ein Blick in sein staubig gelbes Gesicht zeigte ihr, daß Pip neidisch war. Finster sah er seine ältere Schwester an, als diese unruhig in den Brunnenraum hinunterstieg. Sie suchte den jungen Brunnenmeister auf, der an die Stelle des armen Catrik getreten war, und reichte ihm das Pergament, auf dem bereits mehrere Namen standen.

»Der Hauptmann hat die Namen der einzelnen Unteroffiziere und der Leute aufgeschrieben, die für den Brunnenraum, das Lager, die Küche und die Ställe zuständig sind«, erklärte sie. »Ich soll jeden davon bitten, für die Männer, Frauen und Kinder zu unterzeichnen, die ihm unterstehen.«

»Aber warum du, May? Warum hat er dafür dich ausgesucht, und nicht mich?« wollte Pip wissen, als der Brunnenmeister das Pergament begutachtete.

»Weil ich da war. Weil er nicht noch mehr Männer vergeuden wollte, wenn doch heute die Kämpfe wieder beginnen könnten. Außerdem wirst du hier unten im Brunnenraum gebraucht. Wenigstens ist es schön warm.«

»Glühend heiß, meinst du«, hallte Pips Stimme aus einer mächtigen Tonne hervor, aus der er Schwefel kratzte. Sein einstmals braunes Haar war nun gelbgefleckt, wo das Pulver klebte. Er sah etwas albern aus, zumal ihm seine Mutter Elaine wegen des Drecks im Brunnenraum außerdem das Haar schrecklich kurz geschnitten hatte. Nun stand es von seinem Kopf ab, als wäre er ein Elf.

»Ich finde trotzdem nicht, daß sie eine solche Aufgabe einem Mädchen übertragen sollten«, fuhr Pip fort, doch May hörte nicht zu. Geduldig wartete sie darauf, daß der junge Brunnenmeister seine Zählung beendete.

May konnte keine Zahlen lesen, und so mußte sie dem Brunnenmeister nur das Pergament geben, das der Hauptmann in drei Spalten aufgeteilt hatte. In die erste Spalte sollte der Brunnenmeister die Zahl der ihm zugeteilten Leute schreiben, die andernorts weilten, was in diesen traurigen Zeiten für gewöhnlich hieß, daß sie tot waren. Die letzte Spalte war dem Namen desjenigen vorbehalten, für den kein Nachweis zu erbringen war. Der Brunnenmeister schrieb in diese Spalte keinen Namen.

Mit dem Bärenfell um ihre Schultern, das ihr Branwolf gegeben hatte, setzte May ihre Tour fort, lief als nächstes in die Küche, wo sich die Köchin ungeschickt im Schreiben versuchte.

»Es geht um diese Runen, hab ich recht, Kind?« sagte sie, als sie von ihrem großen Kessel voll dünner, köchelnder Brühe zurücktrat.

May nickte. Ihre Mutter war wie üblich dort in der Küche, bereitete Kräuter vor, die helfen sollten, die Verwundeten zu heilen, wie Morrigwen es ihr gezeigt hatte. Sie nickte ihrer

Tochter zu, und May eilte hinüber. Unerwarteterweise drückte Elaine sie fest an sich.

»Achte gut auf dich, May«, warnte sie. »Glaube an die Mutter, liebe Sie, und Sie wird dich auch ohne Hilfe der Runen schützen. Nun beeile dich mit deinen Pflichten.«

May ließ die Küche hinter sich und suchte einen Weg zwischen den geschäftigen Bogenschützen hindurch, lief an den Zinnen entlang, um dort die einzelnen Unteroffiziere aufzusuchen. Die Atmosphäre war gespannt, und viele schrien sie an, dort zu bleiben, wo sie hingehörte, doch sie ignorierte die Stimmen und hielt das Pergament mit dem Siegel des Barons den Unterführern jeweils entschlossen unter die Nase.

Als der Kampf begann, mußte sie noch immer mehrere von ihnen suchen. Sie konnte die Namen auf der Liste nicht lesen und mußte nach der Erinnerung vorgehen, doch war sie während ihrer zwei Monate auf der Burg fast jedem von Rang begegnet, ganz sicher fast allen unverheirateten Unteroffizieren, die höflich versucht hatten, die Bekanntschaft ihrer frisch verwitweten Mutter zu machen. Elaine war eine höchst attraktive Frau, und viele zeigten Interesse, wenn man sie auch mit großem Respekt behandelte.

May war sicher, daß es an der Ähnlichkeit ihrer Mutter mit Lady Keridwen, der vermißten Gattin des Barons, lag. Es war nicht einmal gesagt worden, hundertmal hatte man es gesagt, und ganz offenbar verblüffte es auch Branwolf, denn oft genug sah er Elaine mit seltsamer Miene an. Das gefiel May nicht. Es war nicht recht. Diese langen Blicke erbosten sie. Sie war böse auf den Baron und seine ganze Familie. Deren Schuld war es, daß ihr Vater nicht mehr lebte. Es lag an der Arroganz der Edlen von Torra Alta, daß ihr Vater tot war, da sie ihr Leben über das der einfachen Leute stellten. Warum sollte ihr Vater Wystan gestorben sein, um Lord Caspar zu retten?

Ihre zornigen Gedanken ließen jedoch nach, wenn sie an

den Moment dachte, als ihre Gedanken denen von Lord Caspar im magischen Universum innerhalb des Mondsteins begegnet waren. Er war ganz und gar nicht gewesen, was sie sich vorgestellt hatte. Sie hatte kalte Arroganz erwartet, oder zumindest die selbstgefällige Überheblichkeit, die der jüngere Bruder des Barons ausstrahlte. Nein, Master Spar war anders. Er dachte nur wenig an sich selbst. Er war zu beschäftigt mit der Sorge um andere.

Der kleine Unteroffizier mit der üblen Narbe im Gesicht reichte ihr das inzwischen verschmierte und zerrissene Pergament zurück. Eben wollte May ihre Hand danach ausstrecken, als er plötzlich auf sie stürzte. Einen Moment lang bekam sie keine Luft und sah nur Schwarz. Jemand stöhnte schwach, und alles war voller Hände, die den stämmigen Mann von ihr zerrten.

May kam auf die Beine und starrte sprachlos ein gähnendes Loch in der Wehrmauer an. Kiesel und Brocken von Mauerwerk lagen überall um sie. Häßlich wie die Narben im Gesicht des Unteroffiziers sahen die geborstenen Zinnen aus. Er atmete noch, wenn auch nur schwach. Einige der Bogenschützen trugen ihn zum Bergfried. May trat zurück, da keiner sie beachtete und alle mit ihren Aufgaben beschäftigt waren und im pfeifenden Sturm Pfeile über die Schlucht fliegen ließen.

»Woher nehmen die Teufel diese Reichweite?« rief ein Bogenschütze wütend. »Bisher hat kein einziger Schuß auch nur bis auf hundert Meter bis an die Rutschbahn gereicht, schon gar nicht bis hier herauf.«

»Wahrscheinlich mit einer dieser neuen Belagerungsmaschinen, die heute gekommen sind. Die haben sie den ganzen Weg von Vaalaka hierher gezogen, und in den letzten Tagen haben sie noch mehr davon am Grund der Schlucht gebaut«, antwortete ein anderer und zielte sorgsam mit seinem langen Schlachtenbogen.

Einen Moment standen sie sprachlos schweigend da, als die Mauer vor Brids Augen wankte und erzitterte, doch hielt sie diesmal. Ihre Lippen bebten, und furchtbare Angst schnitt in ihr Herz. Die Runen des Krieges verloren ihre Kraft lange vor dem erwarteten Zeitpunkt. Jetzt war Wolfsmond, und sie hätten bis zum Ende des Brachmondes helfen sollen, sechs Monate noch. Ihre einzige Hoffnung war, daß Brid mit dem Druiden-Ei sehr viel früher heimkehren würde.

Sie konnte nicht auf die Schlucht hinaussehen, aber sie konnte das triumphierende Gebrüll der Vaalaker hören und roch den Gestank, der von ihren Lagerfeuern herauftrieb. Von allen Seiten wurde sie gestoßen und gerempelt, als Männer von der Ostmauer herüberströmten, um den beschädigten Bereich zu verstärken. Kalkweiß vor Schreck wich sie zurück und lief wieder zum Bergfried.

Drei Unteroffiziere mußte sie noch suchen, aber sie wollte damit noch warten. Bei Sonnenuntergang würden die Vaalaker ihre Angriffe beenden, und dann wollte sie ihre Aufgabe abschließen. So wild, so brutal der Feind auch sein mochte, war er doch berechenbar. Bei Nacht zogen sie sich mit unfehlbarer Verläßlichkeit zurück, um Energie zu sammeln und sich ihre Mägen mit Schaf und belbidianischem Wildschwein vollzuschlagen.

Als sie über den inneren Burghof kam, hätte sie sich am liebsten die Ohren zugehalten und versteckt, da das fürchterliche Beben der Mauern weiterging. Die Luft war von durchdringendem Geschrei erfüllt, als die Männer mit Brettern und Hämmern herumrannten, um die beschädigten Wehranlagen zu befestigen. Kurz bevor sie zum Bergfried kam, machte May am Herzstein halt und betrachtete verzweifelt die aufgestemmte Goldfassung.

»Mutter, Große Mutter, verlaß uns nicht«, flehte sie. »Wir sind dein.« Mit neuerlicher Entschlossenheit wandte sie sich den mächtigen, eisenbeschlagenen Türen des großen Turms zu. Zumindest konnte sie ihrer Mutter mit den Verwundeten helfen. Eine Kammer an der Rückseite des unteren Bergfrieds war mit geputzten Liegen, Bänken und frischen Leinentüchern ausgestattet und bereit, die Verwundeten aufzunehmen. Sie wußte, daß Morrigwen und ihre Mutter nach dem Angriff sogleich hierher eilen würden.

Der Burgarzt hatte das Auflegen von Umschlägen und Kräutern größtenteils der Greisin übertragen, während er selbst die Wunden bandagierte und vernähte. Anfangs waren sie den Methoden des anderen mit Mißtrauen begegnet, doch nachdem sie gesehen hatten, wie die verschiedenen Methoden bei den Kranken und Verwundeten Erfolge zeigten, arbeiteten sie nun mit Respekt Seite an Seite.

Neun Männer wurden an diesem Tag hereingebracht, einschließlich des Unteroffiziers mit der Narbenwange. Sein Brustkorb war von niederstürzenden Steinen eingedrückt, und sein Atem ging schwer. Während sich der Burgarzt ankleidete und die Wunden der anderen Männer bandagierte, bereitete Morrigwen eine Arznei, welche die Schmerzen des Unteroffiziers lindern sollte.

Ihre Augen waren voller Trauer. »Er wird nicht überleben«, seufzte sie. »Ein Knochensplitter hat seine Lungen durchbohrt, und so ertrinkt er langsam in seinem eigenen Blut. Ich kann nur wenig für ihn tun, nur seine Schmerzen lindern.«

Zwei Stunden später war er tot. May starrte ihm ins Gesicht. Er war es gewesen, der sie vor dem Einschlag geschützt hatte. Dieser Gedanke war kaum zu ertragen. So tat sie es der Greisin nach, verdrängte die Gefühle und stählte sich gegen den Schmerz. Nur ihre Mutter weinte.

»Nicht, Ma.« Sie legte ihre Hand auf Elaines Schulter, und ihre Mutter drückte sie fest an sich.

»Ach, May, wie sehr du dich verändert hast. Als kleines

Mädchen kamst du her, unschuldig und ängstlich, und nun tröstest du mich schon. Ich kann die Hoffnungslosigkeit kaum noch ertragen. Ich konnte für den armen Mann nichts tun.«

»Ach, aber du hast soviel getan«, widersprach ihr eine tiefe Stimme. May zuckte zusammen. Leise war der Baron in die Halle geschlichen und hatte Elaine eine Hand auf die Schulter gelegt. »Du hast viel für ihn getan. Jemanden bei sich zu haben, der für einen sorgt, um einen bangt, ist eine große Erleichterung, wenn man im Sterben liegt. Allein zu sterben wäre weit schlimmer.«

Elaine neigte ihren Kopf und trat einen kleinen Schritt vor dem Baron zurück. Auch Branwolf wich zurück, als spürte er, daß er ihr zu nah trat. Nur eine Sekunde lang starrte er sie an, dann wandte er sich May zu. »Nun, kleines Mädchen. Was macht deine Aufgabe? Ich bin gekommen, um dich davon zu befreien und sie einem der jungen Burschen zu übertragen. Ich hätte sie von vornherein nicht einer jungen Dame geben sollen. Verzeih mir ... in der Hitze des Gefechts.«

May war nicht sicher, ob er sie neckte oder nicht. Doch die joviale, vor Zuversicht strotzende Haltung war nicht von Dauer, denn plötzlich wirkte er bedrückt und finster ... und schrecklich müde.

»Ich will wissen, wessen Hände den Tod dieser feinen jungen Männer verschuldet haben. Ich muß wissen, wer von der Burg geflohen ist und diesen Verrat begangen hat.«

May machte einen Knicks. »Ich habe meine Aufgabe fast fertig, Mylord. Bitte laßt sie mich vollenden. Die Männer sind erschöpft.«

Pip war dreckig und voll gelben Staubes aus dem Brunnenraum gekommen. Da er den Rest des Gespräches mit dem Baron noch hörte, klopfte er seiner Schwester spielerisch auf den Rücken, was sie fast umwarf. »Ich komme mit dir ... du weißt schon, um auf dich achtzugeben.«

»Verschone mich«, stöhnte May, »vor dem Tag, an dem ich Schutz von meinem kleinen Bruder brauche!« Stirnrunzelnd sah sie ihn an. Er wuchs, hatte sie bald eingeholt, und sie fragte sich, wie lange sie ihn wohl noch ihren »kleinen« Bruder nennen konnte.

Eine große Zahl von Männern wechselte sich an der Tafel des Speisesaals im unteren Bergfried ab. Traurig betrachteten sie die wäßrige Brühe und den mageren Streifen von knusprig trockenem Rehfleisch, das an diesem Tag geboten wurde. Der eine oder andere rieb seine gesprungenen Lippen und die wunden Stellen an seinen Mundwinkeln. Der Winter war in den Bergen niemals eine gute Zeit für frische Kräuter und Gemüse, doch nun mußten diese auch noch gestreckt werden, und langsam zeigte sich der Mangel in ihrer Ernährung.

Es nahm kaum Zeit in Anspruch, die letzten Unteroffiziere zu finden, und noch weniger, bis Pip das bedeutsam aussehende Pergament seiner Schwester aus den Händen nahm.

»Du hast all die anderen gemacht. Das ist nicht fair. Ich muß den ganzen Tag im Brunnenraum schuften, und du darfst die persönliche Botin des Barons spielen. Das paßt nicht zu einem Mädchen. Gib es mir.«

May gab nach, weil sie fürchtete, Pip würde einen Streit vom Zaun brechen. Manche der Soldaten drehten sich bereits nach ihnen um. Triumphierend marschierte Pip um die verschiedenen Tische, hielt den drei verbliebenen Unterführern das Pergament und ein Stück Kohle hin. Alle drei zählten die Köpfe um sich herum und kritzelten etwas auf das Papier, bevor sie es Pip wiedergaben.

»Du mußt nicht wie ein aufgeblasener Pfau herumstolzieren«, erklärte May ihrem Bruder. »Und bist du sicher, daß sie ihre Zahlen an der richtigen Stelle eingetragen haben?«

Pip warf einen zweifelnden Blick auf das Pergament und drehte es dann halb um. »Woher soll ich das wissen? Ich kann genausowenig lesen wie du.«

Schließlich nahm May das Pergament wieder an sich und stieg dann die steinerne Wendeltreppe zur oberen Halle hinauf, wo sich der Baron mit dem jungen Brunnenmeister besprach. Die Tür stand offen, doch sie klopfte sehr vorsichtig.

Stirnrunzelnd sah Pip sie an. »Kannst du denn gar nichts richtig machen, Schwester? Sie können dich nicht hören.« Er hämmerte um einiges härter an die beschlagene Tür, und einer der Hunde schlug an. Branwolf fuhr herum, und May knurrte das verlegene Lächeln ihres Bruders an, als er sie schuldbewußt ansah. »Das war wohl etwas laut«, räumte er ein.

Der Baron streckte seine Hand nach dem Pergament aus und entrollte es. Während er die Zahlen betrachtete, schoben sich seine dunklen Augenbrauen zusammen und er kämmte nachdenklich das ergrauende Haar an seinen Schläfen zurück. Einer der Hunde umkreiste seine Beine. Abwesend schob er ihn von sich.

»Ein Problem?« fragte der Brunnenmeister unruhig.

»Hm?« Der Baron klang abgelenkt. »Nein, kein Problem. Eher ein Rätsel.«

Er sah May an. »Du hast der Köchin und dem Stallknecht gesagt, daß sie auch noch die kleinsten Kinder angeben sollen?«

May nickte und sorgte sich darum, daß sie einen Fehler gemacht haben könnte.

In diesem Augenblick trat der Hauptmann ein. »Wir haben die Bresche fast geschlossen. Inzwischen arbeiten Maurer an den größten Löchern«, sagte er eilig und hielt dann inne, sah auf den Baron herab. »Was ist?«

Ärgerlich warf Branwolf das Pergament beiseite. »Ach, nichts. Nur daß der Rubin fort ist, die Runen des Krieges entweiht sind und ein Mann über die Mauer verschwunden ist …«

»Aber …«, setzte der Hauptmann an.

»Es fehlt uns keine Menschenseele. Jeder einzelne ist nachgewiesen … auf die eine oder andere Weise.«

»Nun, es kann kein Gespenst gewesen sein, das mit einer Axt auf die Runen eingeschlagen hat«, meinte der Hauptmann mit säuerlichem Lachen.

Fragend schob der Baron eine Augenbraue in die Höhe. »Nein. Ich glaube auch nicht an Gespenster.«

KAPITEL 6

Ein Schwarm von Möwen begleitete die *Königin von Tutivillus* wie bittstellende Höflinge. Sie stürzten und tauchten in das brodelnde Fahrwasser, das vom flachen Heck des knarrenden Schiffes aus zu einem weißen Pfad wurde. Über den Passagieren flatterten und blähten sich die Segel, wobei sich das Vorliek rastlos hob, weil es noch nicht ganz im Wind stand, ehe der Maat das Ruder übernahm und sie näher an die Brise brachte.

Die *Königin von Tutivillus* glitt langsam aus den stillen Fluten der kleinen Bucht und weiter in die grünen Tiefen der Dünung, die vor der Küste des Hakens von Caldea stieg und fiel. Hier drehte der Wind, und Caspar fühlte ihn im Nacken.

»Der Wind dreht«, rief der erste Maat nach vorn. »Laßt die Segel gehen. Fangen wir uns die Brise ein, damit wir in die Gänge kommen.«

Als man die Tampen lockerte, um dem Segel Raum zu lassen, spürte Caspar, wie der Wind an dem alten Frachter zerrte. Als die Leinentücher die Spannung auf den sich blähenden Segeln fingen, spannten sie sich lautstark, und ruckartig schnitt die *Königin von Tutivillus* zügiger durch die Wellen.

Caspar nutzte die letzte Wärme des Tages, hängte sich über den Bug, denn es faszinierte ihn, wie das Wasser vorüberraste. Er zählte die amorphen, braunen Quallen mit ihren anmutigen Fäden, als sie am Schiff vorüberspülten. Ein Schauer durchfuhr ihn. Die Tentakeln, die sich unter den größeren Quallen schlängelten, sahen wie Nester kleiner Nattern aus.

Die untergehende Sonne tauchte das westliche Meer in blendendes Blutrot. Augenblicklich erinnerte die Farbe Caspar an den Rubin, den sein Vater in die Mitte des Herzsteins von Torra Alta gesetzt hatte. Er lächelte und war froh, daß die Rune der Mutter seine Heimat segnete, seinem Vater und der Garnison von Torra Alta Trost spendete.

Die glühenden Farben wärmten ihn, als sie die Küste Belbidias hinter sich ließen, und zum ersten Mal seit vielen Tagen spürte er wachsende Zuversicht, daß ihre Suche von Erfolg gekrönt sein würde. Die See war scheckig vom Schaum, doch friedlich und keinerlei Bedrohung. Sie waren vor den Inquisitoren und jenen schrecklichen, gespenstischen Kreaturen in Sicherheit, die im Nebel lauerten, und der Sumpf lag weit hinter ihnen. Nichts und niemand würde ihnen nun noch folgen.

Er taumelte zu seiner Koje, hatte Spaß an dem schwankenden Boden unter seinen Füßen. Das weiche Wiegen der See besänftigte ihn bald, und etwas benommen fragte er sich, wieso die Leute über Seekrankheit klagten.

Als sie sich südwestlich von Caldea abwandten, hörte er, wie Feuerschweif ein seltsames Gewieher von sich gab, gefolgt von einem dumpfen Schlag, als seine Hufe gegen die Planken seines Stalles schlugen. Noch im Einschlafen hörte er, wie der Seemann, der wachte, das Tier verfluchte. Caspar dachte, daß sich manches wohl nie ändern würde.

Dann schreckte ihn ein mächtiges Krachen urplötzlich aus dem Schlaf. Das Schiff schlingerte, was ihn aus dem Bett hart auf den Boden schlagen ließ. Hal war neben ihm, zog ihn auf die weichen Beine.

»Was ist los?« schrie Caspar über das Bersten von splitterndem Holz hinweg. Seine Welt scherte aus. Das Deck ragte in unfaßbar steilem Winkel auf. Ein Stuhl glitt ihm über die Planken entgegen.

»Alle Mann an Deck!« schrie eine Stimme von oben.

Hal schob ihn eine Leiter hinauf und zur hinteren Luke

hinaus. Segel flatterten und blähten sich wie Geister. Ein Mädchen, zweifellos Cybillia, kreischte hysterisch, und die Schiffslaternen zuckten und flogen im letzten Dunkel der Nacht umher. Caspar war verwirrt. Die See war wie ein Spiegel, und kaum ein Windhauch rührte die Luft oder störte die sanfte Dünung des Meeres, und doch hatten sie schwere Schlagseite.

Mit dem Arm in der Schlinge zog Ceowulf Cybillia zur Decksmitte hin, wo Brid sich schon am Mast festhielt. Die Priesterin streckte eine Hand aus, um Cybillia zu halten, die sich an sie klammerte. Noch in seiner Panik dachte Caspar, wie sehr sich die Haltung der Mädchen zueinander verändert hatte.

Der Kapitän, dessen erfahrene Seemannsbeine ihn auf dem schiefen Deck aufrecht hielten, brüllte seiner Mannschaft Befehle zu, die an Tauen über das Dollbord an Steuerbord kletterte. Die gesamte Ladung hatte sich nach Backbord verschoben.

»Was ist los?« wollte Hal wissen.

Der Kapitän antwortete nicht. »Schafft die Landratten aus dem Weg«, rief er, war damit beschäftigt, daß Hämmer, Planken und Säcke nach unten geschafft wurden. »Nehmt eine Laterne und seht euch den Rumpf an. Sieh nach, ob du es stützen kannst«, bellte er einem seiner Mannschaft zu.

Ceowulf wies die beiden Jungen von Torra Alta an, zu ihm herüberzukommen. »Ich glaube, wir sind auf einen Felsen oder irgend etwas aufgelaufen. Ich scheine in letzter Zeit kein großes Glück mit Seereisen zu haben«, bemerkte er trocken. »Wenigstens ist diesmal kein Geld zu verlieren, vorausgesetzt, wir können gut genug schwimmen.« Die Leichtigkeit in seiner Miene strafte die sorgenvollen Blicke Lügen, die er den beiden jungen Frauen zuwarf.

Sie schienen nicht zu sinken, noch jedenfalls nicht, und das geschäftige Hämmern und Rufen nach mehr Stoff und Holz von der Steuerbordseite her versicherte Caspar, daß die Mannschaft die Lage gut im Griff hatte.

»Wir haben Glück, daß die Nacht ruhig ist«, knurrte der Kapitän aus seiner schnapsrauhen Kehle. »Wir haben ein Leck über der Wasserlinie. Ich weiß nicht, wie das passieren konnte. In dieser Gegend sind keine Felsen eingezeichnet, erst wieder bei den Zähnen. Also, ich will sehen, wie einer von euch überbezahlten Seeleuten am Seil über die Reling geht und ein paar Bretter über das Leck nagelt.« Er blickte südwärts zu einem bräunlichen Streifen auf dem grauen Meer. Im Halbdunkel konnte Caspar nicht unterscheiden, ob dort Land oder eine Wolke war. »Bis Mittag können wir uns nach Ophidia schleppen, falls die *Königin* vorläufig geflickt werden kann.«

Obwohl der Herr des Schiffes ihnen befohlen hatte, sich auf dem Vordeck außer Gefahr zu bringen, konnte Caspar seine Neugier doch nicht beherrschen und erklomm das schiefe Deck, um über die Steuerbordseite zu blicken. Ein zehn Fuß langes Loch gähnte – von gesplittertem Holz umfaßt – im Rumpf des Schiffes. Der Aufprall hatte die Ladung nach Backbord geworfen, was dem Schiff seine Schlagseite verlieh und das Loch über Wasser hielt. Die unergründliche Tiefe des Meeres unter ihm war sehr beunruhigend.

Zwei Männer, Caspars Ansicht nach zwei ausgesprochen mutige Männer, wurden an Tauen heruntergelassen, mit Hämmern in der Hand, um ein paar überzählige Bretter auf das Leck zu nageln.

»Verdammt seltsame Stelle, daß uns hier ein Felsen rammt, so hoch über der Wasserlinie«, murmelte einer der beiden Seeleute, ein bärtiger Mann mit einem Mundvoll Nägel, die er mit den Zähnen hielt.

»Na, ich will mich nicht beklagen.« Der zweite Mann war schmal gebaut, mit schnellen Fingern, und er hatte schon mehrere Nägel eingeschlagen, bis der erste Seemann seinen

Hammer richtig in der Hand hielt. »Etwas tiefer, und wir dürften bis zu der Küste da drüben schwimmen.«

»Hier, was ist das?« Der plumpe, bärtige Mann brach seine Arbeit plötzlich ab und betrachtete nachdenklich das gesplitterte Holz. Er drehte die Klaue an seinem Hammer vor und zurück, bis etwas Weißes, etwa von der Größe einer Messerklinge, in seiner Hand lag.

Sein Gesicht wurde genauso weiß.

»Was ist das?« Mit dunkler Ahnung sah der Mann seinen Kameraden an.

»Hier im Caballischen Meer habe ich noch nie einen davon gesehen. In den westlichen Meeren vielleicht, aber nicht hier. He, ihr da oben!« schrie er aufgeregt. »Ahoi! Zieht uns rauf, und zwar plötzlich!«

»Holt uns rauf, holt uns schnell rauf!« schrie der schlankere Mann, während die Matrosen unter der Last ihres Gewichts stöhnten.

Ein prickelndes Gefühl kroch an Caspars Wirbelsäule hoch, und er merkte, wie er in die trüben Tiefen starrte, wohlwissend, daß dort unten irgendwo … Automatisch griff er nach seinem Bogen. Die unschuldige Dünung aus glasigem Grün stieg und fiel vor seinen Augen, ein Schleier vor den dunklen Geheimnissen der Tiefe. Er wußte, daß dort etwas war. Das Wasser rührte sich, und schwarze Umrisse schossen nur wenige Faden unter ihm davon, doch es mochten auch nur der dunklere Schatten des Bootes auf einer Sandbank oder vielleicht der Schatten einer Wolke sein. Doch dann rasten die schwarzen Umrisse dem Rumpf entgegen.

»Paßt auf! Da ist was am Steuerbordbug!« schrie der erste Maat.

Anfangs glaubten sie, ein Felsen stieg aus der See, als der gezackte, spitze Kopf aus der Tiefe kam, doch er stieg immer weiter auf. Ein großer Knollenkopf, ein breites, klaffendes

Maul und wallende Tentakeln, welche die Kreatur antrieben, nahmen in den dunklen Tiefen Gestalt an. Das Maul ging auf, legte lange, weiße Sichelzähne bloß, jeder davon wie ein Säbel mit Sägezähnen, eher zum Zerfetzen gedacht als zum Zermalmen.

Caspar merkte, wie sein Kinn vor Entsetzen herabsank. Als die Kiefer aus den Wellen kamen, ließ er einen Pfeil los, und dann einen zweiten, bevor er auch nur Zeit zum Nachdenken hatte. Die Spitzen drangen tief in die grünlich schwarzen Schuppen, doch das Monstrum stieg weiter auf und schlug die Zähne um die baumelnden Beine des bärtigen Seemanns. Die Taue, die den Mann am Schiff festhielten, rissen wie dünne Baumwollfäden, als das Ungeheuer seinen Kopf hin und her warf. Blut strudelte im Mahlstrom des schäumenden Wassers, aufgewühlt von den rührenden Tentakeln, die wohl zwanzig oder vielleicht dreißig Fuß weit in die Tiefe reichten. Der verzweifelte Seemann kreischte wie ein panisches Tier, das in einer Eisenfalle steckt, und sein Entsetzen heulte übers Meer hinaus.

Der Mann zappelte und klammerte sich an die Seite des Bootes, und das Monstrum warf ihn hoch über die Wogen. Caspar sah, wie sein Bein seltsam rückwärts abgewinkelt war und nur noch an einer Sehne hing. Die See war nun hellrot, und die schäumenden Fluten brodelten um das Maul des Monstrums, als es in die Brust des Mannes biß und an ihr riß. Caspar zielte auf die Schlitzaugen direkt über dem mächtigen Maul und feuerte wieder und wieder, grub drei Pfeilspitzen in den wulstigen Kopf des Untiers, doch es ließ sich unmöglich sagen, welchen Schaden er angerichtet hatte. Ein tintenschwarzer Strahl schoß aus dem Leib des Untiers, und es tauchte ab. Als es verschwand, durchbrach ein Schwanz mit Widerhaken die Wasseroberfläche und spritzte Wasser übers Deck. Dann war es fort. Und auch der tote Seemann.

Der überlebende Matrose war an Deck, keuchte anfallartig und zeigte mit dem Finger. Es dauerte mehrere Minuten, bis er sprechen konnte, und inzwischen war die Aufregung zu bedrückter, ängstlicher Stille geworden.

»Dort, bei Gott und allem, was uns heilig ist …«, stotterte es aus ihm hervor, bevor er sich Brid und Cybillia zuwandte. »Diese Frauen, diese Hexen haben Unglück über uns gebracht.«

»Was war das?« wollte Caspar wissen und ignorierte den Ausbruch des Mannes. »Ich habe ihm drei oder vier Pfeile tief in seinen Schädel geschossen, aber es hat nicht mal gezuckt.«

Schwerfällig sah der Kapitän seine Mannschaft an, die mißtrauisch murmelte und Brid und Cybillia mit finsteren Blicken bedachte. »Ein Krake«, brummte er, als wagte er nicht, das Wort allzu laut auszusprechen, als würde es das Monstrum wieder herbeirufen. »Gerüchten zufolge sollen sie weit draußen im tiefen westlichen Ozean leben, aber niemals im Bereich des Caballischen Meeres. Kommt schon, Männer, holt die Segel ein. Wir werden unseren Kurs ändern müssen. Nun ist es nicht mehr weit bis zum Kamm von Ophidia.«

Häßliches Knurren von einigen war zu hören, als ihre finsteren Blicke erst auf Brids elfenhafter Schönheit und ihren grünen Augen und dann auf Cybillias vernarbter Wange ruhten. Schließlich wurde eine Stimme aus dem hinteren Teil der Menge laut. »Werft sie über Bord. Der liebe Gott straft uns für unsere Sünden.«

Caspars Herz hämmerte in seiner Kehle, und Sekunden später stand er mit gezücktem Bogen vor der Priesterin. Hal stand mit dem Runenschwert an seiner Seite. Im weißen Metall seiner Klinge fingen sich die ersten Strahlen der Morgensonne, als die Dämmerung den östlichen Horizont erwärmte. Ein goldener Pfad eröffnete sich ihnen über die Wogen hinweg und berührte die Klinge.

Unruhig stand die Meute von Seeleuten da, und mehrere

zückten kurze Entermesser aus ihren Gürteln mit den breiten Schnallen. Argwöhnisch betrachtete der Kapitän Caspars Bogen und Hals schimmerndes Schwert, dessen blutrote Schrift zornig von seinen Kräften kündete. Er zupfte an seinem dicken Ohrring und trat gelassen vor. »Ganz ruhig. Wir sollten nicht gleich das nächste Problem heraufbeschwören.«

Ceowulf, dessen Schwert noch in der Scheide steckte, trat ruhig vor seine jungen, halsstarrigen Gefährten. »Setzt uns einfach am nächsten Hafen an Land«, murmelte er. »Wir sind gut ausgebildete Männer, und es würde Euch teuer zu stehen kommen, wenn Ihr uns angreift.«

»Männer!« höhnte einer der jüngeren Seeleute. Geschickt schwang er sich aus den Wanten, glitt an einem Tau herab und landete an Deck. »Ich sehe nur einen, und der hat seinen Arm in der Schlinge. Es ist Hexerei. Der Einzig Wahre hat dieses Ungeheuer geschickt, damit es die Hexen tötet, und ich glaube, daß Er uns verschont, wenn wir sie über Bord werfen.«

Ein älterer Mann trat vor und legte seinem Gefährten eine schwielige Hand auf die Schulter. »Beruhige dich, Freund. Ich sage, der liebe Gott straft uns für unsere Gier. Ich sage, wir geben diesen Frauen ihr Gold zurück. Das Hexengold zu nehmen bringt uns Schaden. Es macht uns so sündig wie sie.« Die Blicke der restlichen Mannschaft zuckten nach wie vor zwischen der Spitze an Hals Runenschwert, Ceowulfs muskelbepackter Gestalt und Caspars Bogen hin und her. Letzteren betrachteten sie mit gesundem Respekt, nachdem sie eben Zeugen der Genauigkeit und Geschwindigkeit seines Umgangs mit der Waffe geworden waren.

»Aye, Sir, gebt ihnen ihr Gold zurück«, wurde als allgemeiner Konsens aus der Menge laut.

Der Schiffseigner schlug sich an die Brust und traf dort den Wulst, der mit dem beruhigenden Klimpern einer vollen Börse antwortete. Mit finsterem Blick langte er in seine Jacke und zog einen kleinen Geldbeutel hervor. Unbeholfen warf er ihn Ceowulf zu, und obwohl der Ritter durch seine Verwundung behindert war, fing er ihn sauber mit der linken Hand.

Der Kapitän wandte ihnen den Rücken zu und feuerte seine Männer an, schrie, sie sollten das Schiff wieder ins Gleichgewicht bringen. Offensichtlich wollte er diese Gewässer baldmöglichst hinter sich lassen und war offenbar eher bereit, etwas Wasser durch das reparierte Leck aufzunehmen, als länger auf See zu bleiben, wenn ein Krake in der Tiefe lauerte. Er nickte den Torra Altanern zu, sie sollten sich aufs Vordeck verziehen, soweit entfernt vom Ruder wie möglich, damit sie der Mannschaft nicht im Wege waren.

Als sie sehnsüchtig zu den graubraunen Landbuckeln am südlichen Horizont blickten, dachte Caspar, daß der Kamm von Ophidia noch in sehr weiter Ferne schien.

»Sie leiden unter schlechtem Gewissen, wenn ihr mich fragt«, meinte Ceowulf und reichte Hal den Geldbeutel. »Sie müssen wohl einiges auf dem Kerbholz haben, wenn sie glauben, daß Gott sie dafür straft, Hexen Unterkunft gewährt zu haben.«

»Ich bin keine Hexe«, schluchzte Cybillia.

»Ach, halt den Mund«, knurrte Brid, doch gleichzeitig streichelte sie dem Mädchen beruhigend die Hand. Die Priesterin betrachtete erst den Bug, an dem sich das Wasser teilte und zu zwei auseinanderstrebenden Bögen kräuselte, dann sah sie zur fernen Küste hinüber. »Mutter, es ist weit von hier.« Ihre Fäuste klammerten sich an die Reling, und Hals dunkle Hände legten sich auf die ihren und drückten sie tröstend.

»Wir werden es schaffen«, murmelte er wenig überzeugend.

Brid betrachtete seine Hand, die auf der ihren lag und warf ihm einen fragenden Blick zu. Hal sah den Blick, und seine Mundwinkel wollten sich zu einem Lächeln heben, doch dann riß er seine Hand urplötzlich an sich und knurrte etwas

Unverständliches. Caspar bemerkte den langen Blick, den die Jungfrau seinem Onkel zuwarf, und spürte, wie die Eifersucht in ihm wuchs. Er schluckte fest und wandte seine Aufmerksamkeit entschlossen dem Ritter zu.

Ceowulf blickte nach Süden. »Wir werden es schon schaffen. Diese Männer sind ebenso wie wir darauf bedacht, ans Ufer zu gelangen. Nichts geht über gemeinsame Willensanstrengungen, wenn etwas geschehen soll.«

Der Kamm von Ophidia, der dort aus den Fluten ragte, war nun von deutlichem Grün und Braun, nicht mehr das undeutliche Grau, welches in den Wolken des frühen Morgens zu sehen gewesen war. Trauben von Weiß sprangen aus dem Hintergrund hervor, und als Caspar sich eben etwas entspannte, waren die ersten Häuser mit bloßem Auge zu erkennen. Da er nun deutlich Land erkennen konnte, sehnte er sich danach, wieder festen Stein unter den Sohlen seiner Schuhe zu spüren.

Merkwürdiges Krachen vom Bug her schreckte ihn aus seiner Träumerei auf. Doch es dauerte nicht lange, bis ihm der Grund für den Aufruhr bewußt wurde, da das Splittern von Holz übers Deck hallte und ein wildes Wiehern durch den Lärm der schreienden Seeleute drang. Wenigstens war es nicht der Krake.

»Bringt dieses Tier unter Kontrolle«, bellte der Herr des Schiffes, »sonst wird sein Hals die Schneide meines Messers kennenlernen.« Die kalte Schärfe seiner Stimme ließ keinen Zweifel daran aufkommen, daß ihm die Drohung ernst war. Feuerschweif bockte und schlug aus und hatte bereits einen Riemen an seinem Zaumzeug abgerissen. Nun durchschlug das wilde Tier die Planken, die es von Hexer trennten.

»Dieses Pferd da sollte kastriert werden«, knurrte Hal gegen den Lärm der splitternden Planken an, als ein Stück Bretterwerk von den Fersen des Rotschimmels flog und gegen das Schanzwerk prallte, welches das Deck umfing. Er lief, um ein

Seil zu holen. Caspar brauchte etwas länger, um darüber nachzudenken, dann trat er entschlossen an das Zaumzeug des Pferdes. Der Hengst brauchte eine Kandare zwischen den Zähnen, damit man ihn unter Kontrolle bringen konnte.

Schon wollte Hal in die Box springen, als Caspar ihn beim Arm hielt und zurückriß. »Bleib draußen. Er ist zu aufgebracht.«

Da das Pferd seinen Kopf herumwarf und mit den Hufen um sich trat, wußte Caspar, daß es schwierig werden würde. Dennoch schaffte er es, dem Tier die Schlinge der Zügel über den Kopf zu ziehen. Er drohte ihm, wenn auch mit sanfter, beruhigender Stimme. Sekunden später hatte er dem Pferd das Zaumzeug über die Ohren gezogen und das Gebiß zwischen die Zähne gezwängt. Endlich hatte er das Tier unter Kontrolle.

»Ich muß ihn herumführen.«

»Nur über meine Leiche.« Das bärtige Gesicht des Schiffseigners spähte über die Box hinweg. »Auf meinem Deck wird kein Tier herumspazieren. Und wenn er irgendwas eintritt, schlitze ich ihm die Kehle auf, verstanden?«

Brids kleinwüchsige Gestalt tauchte neben dem Mann auf. Ihre milden Töne besänftigten die gereizte Atmosphäre.

»Es ist nur ein wenig gesunder Menschenverstand nötig«, bemerkte sie. »Ich werde einen Schlaftrunk aus Ovisianischer Kamille und Gortanischem Wildlattich brauen, um ihn zu beruhigen.«

»Sie treibt mich in den Wahnsinn«, murmelte Hal. »Immer redet sie mit uns, als wären wir komplett unfähig.«

Es dauerte eine halbe Stunde, bis Caspar sicher war, daß Feuerschweif friedlich döste. Da erst war er soweit entspannt, daß er seinen Blick von dem Pferd löste und sich wieder umsah. Die Seeleute refften das Segel, und plötzlich ragte der Kamm von Ophidia über ihm auf. Ein schwarzer Kormoran stürzte zu seiner Rechten ins Meer, und überall segelten Sturmtaucher über die schäumenden Fluten, deren ruckartiger Flug Caspar an Sommerschwalben erinnerte. Augenblicklich war die See von beruhigenderem Hellblau, nicht mehr von diesem unergründlichen Dunkelgrün der tieferen Gewässer. Nun würde es nicht mehr lange dauern, bis sie an Land waren.

Muschelsand war ein kleiner, geschäftiger Hafen, und auf dem Pier drängten sich Fischer, die ihren Fang anpriesen, und Gewürzhändler, die mit den Einwohnern feilschten. Der Hafen war voll Reisender aus allen Ecken des Caballischen Meeres, und die meisten Geschäfte wurden auf belbidianisch getätigt, wenn auch die eingeborenen Fischer ihre Waren in jenem Singsang feilboten, den Caspar als Ophidianisch erkannte. Ihre alltäglichen, weltlichen Aktivitäten beruhigten ihn. Zumindest waren sie fern der fanatischen Inquisitoren König Rewiks. Als Feuerschweif benommen über die Planke zum Pier taumelte, brach eine Bande von Fischern in heulendes Gelächter aus. Der Junge mit dem kastanienbraunen Haar grinste sie verlegen an, doch Hal marschierte hinüber und legte seine Hand drohend auf das Heft an seinem Schwert.

»Er ist erheblich halsstarriger, als gut für ihn ist«, murmelte Ceowulf, als sich die Fischer eilig verzogen.

»Nur weil wir nicht mehr in Belbidia sind, bedeutet das nicht, daß uns die Leute respektlos begegnen können«, knurrte Hal.

»Ich wäre dankbar, daß wir es nicht mehr sind«, sagte Ceowulf und nickte den beiden Mädchen zu. »Meiner Erfahrung nach sind nur die Leute in Belbidia so fanatisch, was das Ausrotten der Hexenkünste angeht. Da wir nun in der Fremde sind, sollten wir nicht mehr die gleichen Probleme wie in Belbidia haben.«

»Bitte«, heulte Cybillia beinahe, »bitte lenke nicht die Aufmerksamkeit anderer auf uns.« Das große, gertenschlanke

Mädchen drückte sich an Brid und ließ die Kapuze auf ihrem kurzen Haar, damit sie ihr Gesicht verdunkelte.

Als Ceowulf weiterging, zog er seinen Arm aus der Schlinge und ließ die Schulter sanft rotieren. »Nun, so will ich nicht herumlaufen«, murrte er und entfernte die Bandagen. Zwar war sein Arm noch steif, doch hatte er offenbar nicht mehr so große Schmerzen.

Caspar riß an Trunds Halsband, als der Hund aufgeregt von den Wellenbrechern an den Strand hinunterspringen wollte.

»Er kann die Schlangen wittern«, mutmaßte Brid und lachte über den Hund. »Schließlich ist er ein Ophidianischer Schlangenfänger, und hier sind mehr Sandvipern als irgendwo sonst am Caballischen Meer.«

Heftig riß Caspar am Halsband des Terriers. »Komm schon, Trund, wir verschwinden schnell von hier.« Wenn ihm irgend etwas angst machte, dann der Gedanke an Schlangen.

Zielstrebig schritt Ceowulf voran.

»Du scheinst eine unheimliche Gabe zu haben, Gastwirtschaften aufzuspüren«, bemerkte Caspar leichthin und versuchte, seine Furcht vor den Sandvipern zu unterdrücken.

»Nur eine meiner vielen Geheimwaffen«, lächelte der Ritter geheimnisvoll. »Diese hier wird euch gefallen.«

Ceowulf führte sie durch schmale Kopfsteinpflasterstraßen zu einem Haus mit hölzernem Giebel, das etwas abseits der Hauptstraße lag. Caspar konnte das Schild, das über der Tür hing, nicht lesen, da es auf ophidianisch geschrieben war, doch trotz der blätternden Farbe erkannte er die Abbildung eines Krebses und eines Hummers. Beides hatte er noch nie gegessen, und er fragte sich, wie die wohl schmeckten.

Ein hübscher Hof lag vor dem Wirtshaus, und eilig lief ein Stallbursche heran, um ihnen die Pferde abzunehmen. Caspar ließ ihn Feuerschweif nehmen, da er sicher war, daß das benebelte Pferd heute keinerlei Probleme mehr bereiten würde.

Ceowulf zog den Kopf unter dem Türrahmen ein und führte sie in einen Raum mit niedriger Decke, der aussah, als wäre er mit Planken getäfelt, die von einem Schiffsrumpf stammten. Ein kleiner Anker hing an einer Wand, und die krummen Balken waren mit Seilen voller Hummertöpfe dekoriert. Caspar fühlte sich in diesem Raum ziemlich groß, denn die meisten Bewohner Ophidias schienen gut sechs Daumenbreit kleiner als der durchschnittliche Belbidianer zu sein.

Außerdem war er froh, daß die Zecher eher Trund Beachtung schenkten, der an Brids Fersen hing, und nicht so sehr den anderen. Wild wedelte der Hund mit seinem Schwanz, und Caspar lachte. »Natürlich! Wahrscheinlich kann Trund sie verstehen. Ich frage mich, was ›braver Hund‹ auf ophidianisch heißt.«

»Ach, sei nicht albern«, fuhr Hal ihn an, aber auch er mußte ein Lächeln unterdrücken, als Trund begeistert von einem freundlichen Gesicht zum nächsten rannte.

Ein Mann mit breitem Grinsen sprang von seinem Tisch auf und sprach laut, als er sich über den Hund beugte. Trund wedelte heftig mit dem Schwanz und neigte seinen Kopf, stieß ein jämmerliches Jaulen aus, das eher einem Welpen als einem breitbrüstigen Köter anstand. Der kleine Mann hatte blaue Tätowierungen, dunkle, tief eingesunkene Augen und kleine, lückenhafte Zähne. Aufgeregt rief er Ceowulf etwas zu, was den Ritter zurücktreten und seine Hände in spielerischer Abwehr heben ließ.

»Tut mir leid, Freund«, erwiderte er mit deutlicher Sprache, »aber mein Ophidianisch ist etwas eingerostet.«

»Sicher, sicher.« Der kleine Mann verwandelte sein Ophidianisch in einen schnellen Dialekt-Singsang, und er war mit der belbidianischen Zunge offensichtlich sehr wohl vertraut. »Ich habe noch nie einen Belbidianer getroffen, der eine andere als seine eigene Sprache beherrscht hätte.«

Ceowulf nickte zur Entschuldigung, und der tätowierte Mann grinste ihn mit freundlichem Willkommen an. »Euer Hund«, begann er und bückte sich, um Trund den Nacken zu kraulen und anerkennend an seine muskulösen Flanken zu klopfen, »kann ich ihn kaufen?«

»Ja«, antwortete Hal sofort, wobei ihn Brids wütender Blick durchbohrte, während sie das Halsband des Hundes besitzergreifend festhielt.

»Er gehört mir«, erwiderte sie mit fester Stimme. »Und er ist nicht verkäuflich.«

»Ich habe ihn bezahlt«, protestierte Hal. »Und in Ophidia wird er froh und glücklich sein. Schließlich ist er hier zu Hause.«

Ceowulf ging dazwischen. »Tut mir leid, Freund, die Dame hängt zu sehr an ihm. Wir können ihn unmöglich verkaufen.«

Der Mann sah enttäuscht aus. »Das ist schade. Er hat einen guten Kopf.« Mutig zog der Mann seinen Finger über Trunds Oberlippe und hob die Haut an, legte seine weißen, spitzen Eckzähne bloß. »Ausgezeichnete Zähne und sehr gute Muskeln.«

Caspar gefiel das nicht. »Wieso interessiert Ihr Euch überhaupt für ihn? Ich hoffe, Ihr sucht nicht nach einem Kampfhund.«

Sogleich schien der Mann gekränkt. »Nein, niemals. Aber wir haben ein Problem mit diesen Schlangenfängern. Sie sind sehr stark, tapfer und – wie sagt man auf belbidianisch – stoisch, so sagt man. Das müssen sie sein, wenn sie den Strand von diesen elenden Vipern reinigen wollen. Leider werden uns manche gestohlen, da sie kräftiger als die meisten Hunde sind. Von Natur aus Menschen gegenüber nicht aggressiv. Sie lieben die Menschen, aber irgendwelche Grobiane werden fast jeden Hund zum Kämpfen bringen, wenn sie ihn nur lange genug mißhandeln. O nein, ich lasse sie nicht kämpfen, und ich würde jeden töten, der es tut. Ich züchte sie. Deshalb gefiel mir Euer Hund hier. Er ist von ausgezeichneter Abstammung.«

»Hast du das gehört, Trund? Du bist ein Hundechampion.« Caspar klopfte dem Terrier liebevoll an den Leib.

»Nun, komm und trink etwas mit uns, Freund«, bot Ceowulf an. »Wir reden über Hunde, und vielleicht wollt Ihr so gut sein, uns zu helfen. Wir suchen ein hübsches Schiff, das uns westwärts durch die Zähne bringt.«

»Zu dieser Jahreszeit solltet Ihr besser nicht durch die Zähne fahren. Wohin Ihr auch wollt, wenn möglich solltet Ihr den Landweg nehmen.«

Da er seinen Worten voll und ganz zustimmte, entwickelte Caspar eine Art von Zuneigung für ihren neuen, ophidianischen Freund. Sie saßen auf niedrigen Holzstühlen, und ein kühles, dickflüssiges, alkoholisches Getränk beruhigte ihre Nerven. Es schmeckte wie irgend etwas zwischen vollem, dunklem Bier und Apfelwein, und der Junge war davon ganz angetan.

»Wir müssen noch vor der Wintersonnenwende zu den Fernen Inseln, und da reicht die Zeit nicht, über Land zu fahren«, erklärte Ceowulf kurz und bündig mit offener, ehrlicher Miene auf seinem sonnengebräunten Gesicht.

Fragend schob der Hundezüchter eine Augenbraue in die Höhe. »Nun, ich hoffe, Ihr könnt alle schwimmen. Offensichtlich habt Ihr keine Ahnung, was es heißt, durch die Zähne zu fahren. Es ist eine sehr schmale Meerenge, und die Gezeiten des Caballischen Meeres werden wie durch einen Trichter gedrückt, was gefährliche Strudel und Strömungen hervorruft. Ich möchte bezweifeln, daß Ihr ein Schiff findet, das in den kommenden zwei Monaten die Meerenge durchfährt.«

»Wir müssen aber.« Brid war aufgebracht.

»Tut mir leid, junges Fräulein, aber ich glaube, da werdet Ihr hier kein Glück haben.« Er stürzte den Rest seines Getränks herunter und wischte sich mit dem Handrücken über den Mund. »Nun, leider konnte ich Euch nicht umstimmen, was den Schlangenfänger angeht, aber ich hoffe, Ihr findet, was Ihr sucht.« Höflich nickte er den beiden belbidianischen Mädchen zu und ging.

Caspar war niedergeschlagen. Sie mußten so schnell wie möglich zu den Fernen Inseln gelangen. Selbst jetzt vergeudeten sie Zeit, wie sie hier in diesem Gasthof tranken, und er ärgerte sich über Ceowulfs Gelassenheit, mit der er an seinem Humpen nippte.

»Solltest du nicht noch ein paar Leute fragen?« meinte er. »Wir können nicht den ganzen Tag hier sitzen.«

»Ach, hab nur Geduld, Freund.« Hintergründig lächelte der Ritter ihn an, lehnte sich an die Wand und legte seine Füße auf einen Hocker. Ständig sah er zum Tresen hinüber, doch Caspar konnte dort nichts von Interesse sehen, nur den Wirt, der großzügige Portionen des bernsteinfarbenen Gebräus in hohe Hornkelche gab. Ceowulfs Miene war erwartungsvoll, und ein etwas selbstzufriedenes Lächeln lag auf seinem Gesicht. Außerdem gab er sich allzu still und nachdenklich.

Endlich wurde Caspar klar, worauf der Ritter gewartet hatte; Hal bemerkte sie jedoch zuerst. Caspar sah, wie Hals olivfarbene Augen wie ein Leuchtturm über seinem Kelch aufblitzten, und er drehte sich um und sah ein Mädchen mit vollem, schwarzem Haar und ausgeprägten Rundungen. Sie war weiß gekleidet, mit einer blauen Schürze um ihre weichen Hüften. Ein schwarzes Mieder schnürte ihre schmale Taille ein wenig, und ihre Augen – von langen, geschwungenen Wimpern umfaßt – waren fast ebenso schwarz.

»Zu jung für dich«, forderte Hal den älteren Ritter heraus, und männliche Rivalität funkte zwischen ihnen auf.

»Mehr, als deine unerfahrenen Hände meistern könnten«, sagte der Ritter mit bösem Glitzern in den Augen.

»Nur weil ich jung bin, muß ich nicht unerfahren sein.« Hal beugte sich vor. »Ich wette mit dir um mein bestes Jagdmesser, daß sie eher auf mich als auf dich steht.«

Cybillia gefiel dieses ausgelassene Gespräch keineswegs. Die Farbe war aus ihrem Gesicht gewichen, und beschämt sank sie in sich zusammen, schlug den Kragen ihres Umhangs hoch. Ihre Unterlippe zitterte kurz, doch sie biß heftig darauf. Caspar merkte, daß Ceowulfs und Hals Scherze die Jungfrau aus Jotunn zutiefst beleidigten.

Er warf einen Blick zu Brid hinüber und erwartete, ihren Unmut über dieses Betragen zu sehen, aber sie wirkte eher unbeteiligt, sah eigentlich eher ganz zufrieden mit sich aus. Eine kurze Handbewegung lenkte seine Aufmerksamkeit auf den borstigen, schmalblättrigen Lattich und die kleine, grüne Pflanze mit engen, weißen Blüten, die sie an Feuerschweif verfüttert hatte. Heimlich zerkrümelte sie beides zwischen ihren Fingern. Während Hal nun lüsterne Blicke auf die üppige Figur der Kellnerin warf, streute Brid die zerriebenen Kräuter in seinen Trunk. Als sie merkte, daß Caspar sie ansah, zwinkerte sie böse.

Caspar mußte sein Kichern im Kelch verbergen, als er sah, wie sein Onkel gierig sein Getränk herunterstürzte. Brid wirkte zufrieden.

Fragend sah Cybillia zwischen den beiden Torra Altanern hin und her. »Was macht ihr zwei?« fragte sie ahnungslos.

Die Priesterin warf ihr einen bedeutungsvollen Blick zu, der deutlich sagte, daß sie den Mund halten sollte, und klopfte auf ihren Beutel.

»Oh!« rief das blonde Mädchen aus.

»C-y-b-i-l-l-i-a!« stöhnte Caspar und hoffte, sie würde das Spiel nicht verraten – zumindest nicht, bis Hal seinen Kelch geleert hatte. Glücklicherweise stieg ihr ein helles Rot auf die Wangen, und sie grinste Brid verschwörerisch an. Hal war viel zu sehr mit der Kellnerin beschäftigt, als daß er etwas von alledem bemerkt hätte.

Schließlich stürzte Hal seinen Trunk komplett herunter, und seine Miene wurde eben etwas fragend, als sich das schwarzhaarige Mädchen in ihrem weißen Rock umwandte. Ceowulf hatte seinen Stuhl in den Schatten der mittleren Säule geschoben, und seine Miene zeugte von nachdenklicher Verschlossenheit. Hal legte seine Stiefel in arroganter Weise auf den Tisch und schnippte mit den Fingern.

»Bedienung«, lallte er, war sich seiner eingeschränkten Fähigkeiten offensichtlich nicht bewußt. »Noch einen Trunk von Eurer hübschen Hand.«

Brid meldete sich zu Wort. »Ich glaube, er hatte schon mehr als genug.«

»Unsinn, ich hatte ... ich hatte erst einen«, klagte Hal und stolperte über seine Worte. »Oder nicht?« Er sah zunehmend verwirrt aus.

»Ich fürchte, er ist nicht daran gewöhnt«, entschuldigte sich Brid für ihn. »Er kennt seine eigenen Grenzen nicht.«

»Und ob ich die kenne«, brüllte Hal, sprang auf, blieb an der Lehne seines Stuhles hängen und endete schließlich als würdeloser Haufen am Boden. Die junge Kellnerin sah etwas verwirrt aus, als sich Caspar und Brid vor Lachen krümmten, doch ihre Miene wandelte sich bald, als Ceowulf langsam aus dem Schatten trat.

Sie ließ den leeren Humpen, den sie in Händen hielt, vor Freude und Überraschung fallen und warf sich dem Ritter in die Arme, sank auf seinen Schoß und erstickte ihn mit ihren Küssen. Inzwischen stand Hal wieder auf den Beinen und sah aus, als hätte man ihn betrogen. »Du kanntest sie die ganze Zeit, das ist nicht fair«, lallte er.

»Ceowulf, Ceowulf! Ich dachte nicht, daß wir dich jemals wiedersehen würden.« Die aufgeregte Stimme des Mädchens gab Caspar das Gefühl, als wäre sie doch nicht ganz so alt, wie er vermutet hatte. Er kam zu dem Schluß, daß sie wahrscheinlich in seinem Alter sein mußte, jedoch war sie schneller herangereift.

»Wie geht es deiner Mutter?« Ceowulf umarmte sie mit onkelhafter Zuneigung, und augenblicklich erkannte Caspar, daß es zwischen dem Mädchen der Mutter und dem caldeanischen Edelmann eine intime Verbindung geben mußte. Offensichtlich kannte Ceowulf das Mädchen sehr gut.

Das Mädchen stöhnte. »So nervig wie immer. Dauernd spioniert sie mir jetzt nach.«

»Ah! Das bedeutet also, daß du einen jungen Freund hast?«

»Könnte sein.« Sie errötete. »Ma ist darüber nicht glücklich. Er ist Seemann.«

»Und was stimmt mit einem Seemann nicht?« fragte Ceowulf.

»Er arbeitet auf der *Mondschatten.*«

»Sollte mir das irgend etwas sagen?« fragte der Ritter.

»Du kannst es natürlich nicht wissen. Es ist eines dieser großen ceolothianischen Schiffe. Es segelt bald auf die fernen westlichen Meere, um das Diamantenmeer zu erkunden. Es läuft hier regelmäßig ein, da wir der letzte Hafen sind, bevor man durch die Zähne fährt. Es hat einen ceolothianischen Herrn, aber der rekrutiert hier viele seiner Männer. Ma sagt, es sei nicht gut, sich auf jemanden einzulassen, der so oft und weit hinaus fährt. Es ist eines der wenigen Schiffe aus dem Caballischen Meer, das im Winter hinausfährt und riskiert, die Zähne zu durchkreuzen.«

»Nun, wahrscheinlich hat sie recht. Nicht unbedingt eine weise Gattenwahl«, sagte Ceowulf.

Caspar sog die Worte des Mädchens in sich auf. Zumindest gab es ein Schiff, das sie nach Westen bringen konnte.

»Du verstehst es auch nicht«, protestierte das Mädchen. »Er

macht es nur für kurze Zeit, bis er genug verdient hat, um sich wie sein Vater ein Hummerboot zu kaufen. Wir brauchen inzwischen größere Boote in Muschelsand, weil wir weiter als früher hinausfahren müssen.«

»Das kann man wohl sagen«, seufzte Brid. »Die Hummerbetten werfen von Jahr zu Jahr weniger ab.«

»Mmmh«, bestätigte das Mädchen. »Woher weißt du das?«

»War nur eine Vermutung«, sagte sie achselzuckend. Doch Caspar wußte, daß es nicht stimmte. Ständig hielt Brid darüber Vorträge, daß die Anhänger des Neuen Glaubens Land und Meer ausbeuteten.

Das junge Mädchen blickte in die Runde der Gefährten, als bemerkte sie diese erst jetzt. Ihre Haut war dunkel, und sie hatte große Augen unter ausgeprägt geschwungenen Augenbrauen. Ihr Haar war seidig schwarz, Hal nicht unähnlich.

»Laßt mich euch einander vorstellen.« Ceowulf lächelte das Mädchen freundlich an. »Das, meine Freunde, ist Dionella, benannt nach der wunderschönen, seltenen Blume, die in der Wüste wächst. Sie bedeutet mir sehr viel.«

»Offenbar.« Caspar gab sich alle Mühe, weltgewandt zu klingen. »Und ihre Mutter auch, wie wir vernehmen konnten.«

»Der schlaue kleine Bursche hier, der glaubt, er wüßte alles, ist Spar, und der schläfrige Knabe dort heißt Hal.«

Mit aufgestütztem Kopf saß Hal da und stierte trübe in die Reste seines Biers. »Ich bin mir sicher, daß ich nur eins hatte, ganz sicher«, murmelte er.

Ceowulf fuhr fort: »Und diese beiden hübschen, liebenswerten Jungfern sind Cybillia und Brid. Nun, Spar, du liegst falsch, wenn du auch nahe dran bist. Ich habe ihre Mutter Katalin in der Wüste von Glain kennengelernt, nun, es muß wohl fünfzehn Jahre hersein. Ich war sehr jung und war eben erst von zu Hause fortgelaufen. Sie selbst war einem bösen Nomadenstamm entflohen, die Frauen auf dem Sklavenmarkt verkauften, und sie hatte sich verlaufen, war allein und ohne Freunde. Sie hatte seit Tagen nichts gegessen und nur noch einen allerletzten Tropfen Wasser. Ich habe sie in Sicherheit gebracht und auf dem Weg erfahren, daß ihr Mann getötet worden war und sie ein Kind erwartete. Schließlich habe ich sie hierher zu ihrer Mutter nach Muschelsand gebracht. Und seither bin ich wohl ein paarmal hier gewesen.«

»Nur nicht so oft, wie du hier hättest sein können«, unterbrach Dionella. »Aber Ma wird sehr froh sein, dich zu sehen, da bin ich sicher.«

»Nun, meine schwarze Lady, wieso läufst du nicht und warnst sie vor, daß wir ihr einen Besuch abstatten wollen?«

Wie ein kleines Mädchen hastete Dionella hinaus, und Caspar warf dem Ritter einen bösen Blick zu. »Das war gemein. Du hast Hal vorgeführt.«

»Die Gelegenheit konnte ich mir nicht entgehen lassen«, lachte der Ritter. »Und wie kommst du dazu, mich zu verurteilen? Ihr drei scheint ihm auch nicht eben wohlgesinnt zu sein.«

»Sie weiß aber nicht, wer du wirklich bist, oder?« unterbrach Brid. »Sie hält dich für einen reisenden Söldner.«

»Ihr seid beängstigend weitsichtig, liebes Fräulein«, räumte Ceowulf ein. »Im Grunde habe ich sie nie belogen, aber du hast recht, sie kennt mich nur als Ceowulf … und dabei möchte ich es auch belassen. Wir bewegen uns weit besser in der Menge und erregen weit weniger Aufsehen, wenn wir unsere edle Herkunft für uns behalten und so tun, als gehörten wir der gewöhnlichen Söldnerklasse an. Man weiß nie, ob irgendeinem Bösewicht irgendwelche komplizierten Ideen von Entführung und Lösegeld in den Sinn kommen, wenn er feststellt, daß unter uns Nachfolger eines Barons weilen. Die sind ganz begierig auf solche Beute.«

Caspar nickte wissend.

Sie mußten Hal auf die Beine helfen, der nun langsam merkte, daß Brid für seinen schwammigen Kopf verantwortlich war. Grob machte er sich von ihr los, als sie ihm eine Hand zu Hilfe bot.

»Ich will nicht weg«, murmelte Cybillia. »Ich möchte niemanden treffen.«

»Wir können dich nicht zurücklassen«, meinte Brid. »Es ist nicht gut, wenn wir getrennt werden, und wenn Ceowulf hier Freunde hat, können die uns vielleicht helfen.«

»Ich will nicht weg«, wiederholte sie. Niemand mußte sie fragen, wieso sie ihre linke Wange in den Falten ihrer Kapuze verbarg.

Flehend sah Brid sie an, doch Ceowulf schob die Priesterin beiseite und nahm Cybillias Hand, drückte sie liebevoll. »Glaube mir, du wirst nichts dagegen einzuwenden haben, wenn du Dionellas Mutter kennenlernst. Sie wird kein Urteil über dich fällen.« Er zog sie auf die Beine. »Komm schon, ich paß auf dich auf.«

Dem stachelhaarigen Mädchen fehlte die Kraft, sich zu widersetzen.

In Schlangenlinien stolperte Hal den anderen nach, als sie durch die gepflasterten Straßen liefen. Sie suchten sich einen Weg zum Wasser hinunter, und entlang der Häuserreihen war jedes in einer anderen, spektakulären Farbe gestrichen. Katalins Haus war weiß und stand zwischen Nachbarn von grellem Rosa und sanftem Pfirsich. Ceowulf mußte nicht an die Tür klopfen, da sie freudig von dem Mädchen aus der Wirtschaft aufgerissen wurde. Sie führte die Gäste in eine gemütliche Kammer mit nackten Fliesen und einer breiten Feuerstelle. Ein schlichter Tisch, an dem drei Bänke standen, war gegen eine Wand geschoben, und abgesehen von mehreren dreibeinigen Hockern um das Feuer, über dem ein schwarzer Kessel pfiff, gab es nur einen einzigen echten Stuhl. Auf diesem saß eine alte Frau, die in ein schwarzes Tuch gewickelt war. Mit leerem Blick starrte sie ins Feuer.

Eine innere Tür, die zum Rest des Hauses führte, flog auf, und eine Frau mit einem Teller voller Waffeln und Rollmöpse schob sich seitlich in die Kammer. Ihre Augen leuchteten vor Freude auf, als sie Ceowulfs grinsendes Gesicht sah. Eine Hälfte ihrer Miene hob sich zu freundlichem Lächeln, doch die andere verzerrte sich zu groteskem Hohn.

»Ich hoffe, du hast nichts dagegen, Katalin, aber ich habe ein paar Freunde mitgebracht.« Ceowulf begrüßte sie mit ausgestreckten Armen.

»Freunde! Oh, natürlich nicht«, erklärte sie, trat ihnen offen entgegen und begrüßte jeden einzelnen. Sie war ziemlich klein, doch wohlgeformt. Sie hatte dunkle, olivfarbene Haut wie ihre Tochter, und ihre Augen waren groß und gewinnend. Traurigerweise war ihr auffälligstes Merkmal ein häßlicher Schnitt an ihrer rechten Gesichtsseite. Er reichte vom Augenwinkel bis zum Mund, wo er die rechte Seite ihrer Oberlippe in die Höhe zog und die Haut verdrehte, wenn sie lächelte oder sprach.

Caspar staunte darüber, wie sie ihre Entstellung zu ignorieren schien und sie nicht zu verbergen suchte, wie Cybillia es tat. Er sah, wie das blonde Mädchen ihre Hand aus Respekt vor den Narben dieser Frau von ihrer zerschnittenen Wange nahm. Verglichen damit hatte Cybillia Glück gehabt. Ihre Narben waren nur oberflächlich. Es schien, als hätte jemand Katalin den Muskel durchschnitten, wenn man sah, wie sich die Haut hob und verzerrte, wenn sie sprach.

Caspar merkte, daß er sie anstarrte, riß seinen Blick von ihrer Wange los und richtete ihn starr auf ihre Augen.

Sie ließ sich nicht den leisesten Hauch von Verlegenheit darüber anmerken, sie in ihrem Haus willkommen zu heißen, und Caspar dachte, wie klug es doch von Ceowulf gewesen war, seine edle Herkunft zu verbergen. Die Frau hätte davor zurückgeschreckt, sie an ihren schlichten Tisch zu bitten, wenn sie gewußt hätte, daß sie von adliger Herkunft waren.

Dionella und Katalin plauderten fröhlich miteinander, schienen sich nicht an Hal zu stören, der auf dem Tisch in sich zusammengesunken war und das Gesicht in den Armen verbarg. Hin und wieder ging das junge Mädchen zu der alten Frau im Stuhl hinüber und fütterte sie mit einem schlichten Keks oder etwas Milch.

»Großmutter vergißt zu essen, wenn man sie nicht dazu bringt«, erklärte sie, ohne sich die Mühe zu machen, mit leiserer Stimme zu sprechen. Caspar vermutete, daß die alte Frau entweder taub war oder kein Belbidianisch verstand.

»So«, sagte Ceowulf und legte seine Arme um Dionella, »die junge Dame hat sich einen Verehrer gesucht.«

Dionella errötete und sah ihn hilflos an.

»Ich hab dir doch gesagt, daß Ma komisch ist, was Pellam angeht. Gleich fängt sie wieder an zu meckern.«

»Dionella! Sprich nicht so von mir!«

Ceowulf lächelte die beiden an. »Sie sagt, er wäre für eine Woche im Hafen, bevor sie die Segel setzen, den Kamm umschiffen und dann die Zähne ansteuern. Wir wollen mitfahren. Ich würde den Schiffsherrn gern kennenlernen«, fuhr Ceowulf fort und achtete nicht auf die bösen Blicke, die Mutter und Tochter tauschten.

»Du willst doch nicht ernstlich zu dieser Jahreszeit da durch segeln? Und außerdem, hast du es denn nicht gehört? Überall im Hafen ist von einem Kraken die Rede. Ich denke, daß man an der gesamten Südküste davon spricht. Die *Königin von Tutivillus* ist eingelaufen, und ihr Rumpf wurde von einem riesigen Seeungeheuer aufgerissen.«

»Ich weiß. Wir waren an Bord.«

Katalin zwinkerte und sah einen Moment lang verdutzt aus. Dann schluckte sie und sagte entschlossen. »Nun, dann solltest du es besser wissen. Ach, liebster Ceowulf, du kannst unmöglich durch die Zähne fahren …«

»Wir müssen aber«, unterbrach Brid leise.

Es lag etwas in der Stimme der Priesterin, das weitere Gegenrede ausschloß. Sie sprach mit einer derartigen Überzeugung, daß Katalin mitten im Satz schwieg. Die Frau betrachtete das Mädchen eine Sekunde lang und nickte. »Nun, ich will nicht fragen, was ihr vorhabt. Ceowulf war schon auf so vielen Missionen, die tabu waren. Ich glaube nicht, daß ich es noch wissen möchte. Dionella, am besten solltest du den jungen Pellam gleich holen, damit er unsere Freunde zu Silus, dem Besitzer der *Mondschatten,* führt.«

Dionella eilte hinaus, blieb mit ihren Röcken in der Hast an einem Stuhl hängen. »Sie ist verrückt nach diesem Pellam, aber ich weiß nicht, ob er für sie der Richtige ist.«

»Ich möchte bezweifeln, daß es irgendwo am Caballischen Meer eine Mutter gibt, die das nicht sagt, wenn sich ihre Tochter zum ersten Mal verliebt«, bemerkte Ceowulf.

Katalin lachte, denn sie lachte gern über sich selbst, trotz der grausamen Miene, die dies auf ihrem Gesicht hervorrief.

KAPITEL 7

Pellam war ganz und gar nicht, was Caspar erwartet hatte. Seiner Ansicht nach war er zu alt für Dionella und hatte mausgraues Haar, dünne, sehnige Muskeln und ein eher verantwortungsloses Blitzen in seinen Haselnußaugen. Der junge Torra Altaner spürte, wie Ceowulf vor Unbehagen ganz starr wurde, als stimmte der Ritter mit Katalins Mißfallen, was diesen Mann anging, überein. Er hatte eine hungrige, opportunistische Ausstrahlung, die im krassen Gegensatz zu Dionellas vertrauensvollem, verletzlichem Wesen stand.

Pellam legte seinen Arm besitzergreifend um das kleine, dunkelhaarige Mädchen und musterte die Belbidianer von oben bis unten. Caspar fragte sich, ob er sie anders angesehen hätte, wenn er wüßte, daß sie von edler Herkunft waren. Er bezweifelte es.

»Ceowulf, der Held! Ich habe mehr über dich gehört, als ich glauben kann«, sagte der Ophidianer mit abschätzigem Lachen. Er sprach fließend Belbidianisch, doch mit dem üblichen Singsang dieser Gegend. Caspar konnte nicht erkennen, ob er scherzte oder nicht. Die Augen des Mannes schienen nie zu lächeln.

»Ich kann nicht sagen, daß ich das Kompliment erwidern könnte«, gab der Ritter offen zurück. »Bisher glaube ich alles.«

Pellam kniff bei diesem Kommentar die Augen zusammen und sah Ceowulf von der Seite an, als wollte er sichergehen, ob das eine Beleidigung war. Er wurde sichtlich böse, und dann lachte er etwas zu selbstsicher. Caspar vermutete, daß die säuerliche Miene des Mannes eine Fassade war, hinter der er seine Unsicherheit verbarg. Nachdenklich rieb der Torra Altaner an seiner sommersprossigen, krummen Nase, während er spürte, daß Pellam seine kleinwüchsige Gestalt und das kastanienbraune Haar betrachtete. Es gefiel ihm gar nicht, wie der Blick des Ophidianers danach auf Brid ruhte, und zornig merkte er, daß er dann auch noch Cybillias Wange anstarrte. Kein Wunder, daß er Katalin nicht gefiel.

Cybillia widerstand der Musterung besser, als er erwartet hatte. Statt sich wie üblich in ihren Umhang zu verkriechen, nahm sie ihre Hand von den häßlich erhabenen Narben, so daß der Fremde einen langen, kalten Blick darauf werfen konnte. Schließlich wandte sich der Mann ab, und ein Flackern der Entschuldigung lag in seinem Blick. Innerlich lächelte Caspar und dachte, daß Cybillia von Katalin gelernt hatte. Niemand behandelte Dionellas Mutter ohne Respekt. Sie ließ es einfach nicht zu.

Hal, der sich bald von seinem gewürzten Bier erholte, mochte Pellam offensichtlich gleich auf den ersten Blick nicht. Seine dunklen Augen wurden mißtrauisch, und er schob eine Augenbraue in die Höhe, um ihn überlegen anzusehen. Er starrte den jungen Mann an, der ein bis zwei Jahre älter als er selbst war und ihm mit selbstsicherem, kühlem Blick begegnete. Etwas Eingebildetes, Selbstzufriedenes lag in Hals Augen, als er einen neckenden, herausfordernden Blick auf Dionella warf. Dieser Blick entging Pellam nicht; der Ophidianer plusterte sich auf und zog das Mädchen an sich. Mit seinem spitzbübischen Charme sah Hal unbestreitbar gut aus, und Pellam wurde augenblicklich mißtrauisch.

»Wir fünf wollen westlich durch die Zähne«, sagte Ceowulf abrupt, da er weiteren Formalitäten offensichtlich aus dem Weg gehen wollte. »Würdest du uns zu deinem Schiffsherrn bringen? Dionella sagt, daß ihr in der nächsten Woche segelt, und nach allem, was ich höre, werden in den kommenden Wochen keine weiteren Schiffe fahren.«

Pellam zuckte mit den Achseln. »Na, wenn ihr meint, ihr wäret dem gewachsen. Aber es ist keine Reise für Landratten, und wenn ihr die Mädchen mitnehmen wollt, so wird es für sie hart.«

Brid lachte. »Wir können auf uns selbst aufpassen, keine Sorge, Seemann.«

Der Herr über die *Mondschatten* war genau, was sie erwartet hatten: stämmig, gut gebaut, mit roten Wangen, einem vollen, runden Bauch von zuviel Bier und einer rauhen Stimme, die ständig barsch Befehle ausstieß. Er war von unverblümter Sprache, ein nüchterner Mann, der sich zweifellos auf einen langen Ruhestand freute. Seine Mannschaft setzte sich aus allen Ländern des Caballischen Meeres zusammen, und wie üblich sprachen sie untereinander Belbidianisch. Belbidia trieb weitergehenden Handel als jede andere Nation, und die Sprache wurde weithin verstanden. Silus, der ceolothianische Kapitän, hatte weder Papagei noch Holzbein, doch Caspar fand, daß beides keineswegs fehl am Platz wäre. Silus fuhr sich mit einer dicken Hand durch seinen lockig schwarzen Bart.

»Seid ihr Leutchen sicher, daß ihr durch die Zähne fahren wollt?« fragte er, und sein harscher, monotoner Akzent stand im scharfen Kontrast zu den ophidianischen Stimmen. »Es muß doch sicher bessere Orte geben, an denen man sich verstecken könnte.«

»Wer sagt, daß wir uns verstecken wollen?« erwiderte Ceowulf hintergründig. Offenbar gefiel es ihm, geheimnisvoll zu wirken.

»Ein seltsamer Haufen seid ihr: zwei junge Mädchen, zwei Burschen, ein Söldner und eine ganze Menge wirkungsvoller Waffen. Ich würde sagen, da hat jemand seinen Herrn gegen sich aufgebracht.«

Ceowulf lachte und ließ dem Mann seine Vermutungen.

»Ach, aber wir könnten auch auf Schatzsuche sein, oder nicht?« scherzte er.

»Ja, und ich könnte einen Seeweg zu den Sternen finden. Natürlich nehme ich euch mit. Ihr seid also zu fünft?«

»Und drei Pferde«, antwortete der caldeanische Ritter.

»Und unser Hund«, fügte Brid eilig hinzu. Trund drückte sich an ihre Knie und musterte argwöhnisch alle Fremden.

Die beiden Torra Altaner, Brid und Cybillia kehrten ins Gasthaus »Zum Roten Hummer« zurück, während Ceowulf wieder zu Katalin ging, um über alte Zeiten zu plaudern.

»Glaubst du wirklich, daß zwischen den beiden etwas ist?« fragte Caspar.

»Ceowulf und Katalin?« Hal zog ein zweifelndes Gesicht und hob die Hände an seine Wange, als wollte er etwas sagen, doch mit kurzem Blick auf Cybillia änderte er schnell seine Meinung und auch seinen Tonfall. »Vielleicht. Sie ist eine hübsche Frau.«

Überrascht sah Cybillia zu ihm auf, und ein denkbar sanftes Lächeln kräuselte ihre traurigen Lippen.

Hal fuhr fort: »Ich würde sagen, Ceowulf fand sie trotz allem attraktiv.«

»Sie ist sicher eine gutaussehende Frau«, fügte Brid hinzu, »aber ich glaube, unser Freund möchte sie vor allem gern beschützen. Ich wette Hals berühmtes Jagdmesser«, fügte sie mit einem Grinsen hinzu, das den Jungen eine Grimasse ziehen ließ, »daß sie eifrig über Pellam diskutieren und wie sie ihn loswerden können. Ich glaube, sie täuschen sich.«

»Täuschen?« Hal konnte es nicht fassen. »Er ist ein arroganter, eingebildeter …«

»Ein Esel schimpft den anderen Langohr!« lachte Brid. »Er ist nicht schlimmer als du, aber es bedeutet nicht, daß er nicht auch seine guten Seiten hätte. Vergeblich suchen wir nun schon nach deiner leuchtenderen Seite, und doch glauben wir, daß es sie gibt, hab ich nicht recht, Spar?«

Caspar genoß es, wenn Brid Hal auf das rechte Maß zurückstutzte, doch gleichzeitig überkam ihn das unangenehme Gefühl, daß sie mit seinem Onkel auf eine Art und Weise tändelte, die er nicht so recht verstand.

Ceowulf kehrte erst am Morgen zurück, was ihren Vermutungen und Argumenten weitere Nahrung gab. Cybillia schwieg und wandte sich ab, als der Ritter sie begrüßte. Caspar fragte sich, ob sie wohl eifersüchtig war, doch er fand den Gedanken lächerlich. Ceowulf war viel zu alt für sie.

Endlich kam der Tag, an dem ihr Schiff bereit war. Sie führten die Pferde durch die gepflasterten Straßen und auf die lange Mole hinaus, welche in Muschelsands Tiefwasserhafen reichte. Die *Mondschatten* zerrte aufsässig an ihren Leinen, wie eine ungeduldige Stute, die wach und zum Galopp bereit ist. Sie war schmal, mit zwei großen Masten und traditionellem, ceolothianischem Lateinsegel, dessen Gaffeln versteckt an den Masten hingen, um damit die dreieckigen Zusatzsegel zu hissen. Neben dem schlanken, schimmernd schwarzen Rumpf und dem eleganten Schwung ihres hübschen Bugs war ihr weißes Vorsegel mit einer silbernen Mondsichel verziert. Augenblicklich warf Feuerschweif seinen Kopf in die Luft und wieherte den grellroten Mastwimpel an, tanzte seitwärts und rammte Elster, die mit feierlicher Gelassenheit an losen Zügeln neben Hal ging.

»Brid, ich hoffe, du hast genügend von dem wilden Lattich und der Ovissianischen Kamille bei dir, um die Pferde noch mal außer Gefecht zu setzen. Wir wollen nicht wieder so einen Auftritt wie beim letzten Mal erleben.«

Brid klopfte sich an ihren Busen, wo sie den Lederbeutel aufbewahrte, und nickte beruhigend. »Ich habe ihnen reichlich davon gegeben. Es müßte in wenigen Minuten wirken.«

»Und vergiß nicht, daß ich dir diese Kräuter in meinem Bier noch nicht verziehen habe«, fügte er mit drohend hochgeschobenen Augenbrauen hinzu und sprach dann seinen Neffen an: »Und deinen Verrat auch nicht.«

Pellam empfing sie auf der Mole, wirkte nach wie vor kalt und mißtrauisch. »Drei wirklich feine Pferde, was? Etwas zu schick für einfache Leute. Kein Wunder, daß ihr euch durch die Zähne schleichen wollt. Ihr müßt wohl irgendeine aufgebrachte Seele abschütteln, was?«

Ceowulf knurrte tief in seiner Kehle: »Ich werde diesen Kerl ertränken.«

»Du benimmst dich wie ein irrationaler, übermäßig besitzergreifender Vater«, flüsterte ihm Brid ins Ohr. »Gib ihm eine Chance. Schließlich hat Dionella ihn sich ausgesucht.«

»Sie ist zu jung, um eine Wahl zu treffen.«

Brid schnaubte. »Dionella muß im letzten Jahr von Avancen überhäuft worden sein. Mädchen wachsen schnell. Du unterschätzt sie.«

»Was ist los mit dir, Brid? Wieso vergesse ich ständig, daß du nicht älter als Dionella bist?«

Brid lächelte geheimnisvoll. »Wie man die Welt sieht, hängt nicht davon ab, wie lange man das Leben anstarrt, sondern aus wie vielen Blickwinkeln.«

»Das will ich dir zugestehen«, gab Ceowulf lächelnd zurück.

Die Pferde mußten mit Hilfe von Schlingen über ein System aus Rollen in den vorderen Frachtraum herabgelassen werden. Der Eigner weigerte sich, sie an Deck zu lassen, wie es üblich gewesen wäre, wegen des zu erwartenden Wetters und der Strudel und Strömungen zwischen den Zähnen. Flaschenzüge wurden als Dreh- und Angelpunkt an der Gaffel befestigt, und der Poller, mit welchem man gewöhnlich den Anker einholte, wurde dafür benutzt, das Gewicht der Pferde auf und ab zu bewegen. Sperrklinken wurden im runden Kopf des Pollers verhakt, und sieben Männer waren nötig, um Elsters

Massen anzuheben. Und nachdem man Feuerschweif endlich in seine Box gelockt hatte, mischte Brid noch eine großzügige Portion von Kräutern unter sein Futter, während Caspar ihn abrieb.

Silus zeigte den Belbidianern ihre beiden Kabinen, die klein und eng, doch sauber waren, und sagte, solange die See ruhig sei, hieße er sie an Deck gern willkommen. Caspar mochte diesen Mann sehr viel lieber als den Kapitän der *Königin von Tutivillus*. Er hatte nicht mehr als einen vernünftigen Preis für ihre Reise verlangt und gesagt, Freunde von Katalin seien ihm stets willkommen. Prahlerisch fügte er hinzu, daß er genügend Geld an den Perlen verdiene, die er aus dem Diamantenmeer fischen wollte.

Caspar merkte, daß er mit großen Augen staunend dasaß, als die Mannschaft erzählte, wie sie fast um die ganze Welt gefahren war. Die Kombüse war mit Reihen kleiner, spitzer Schädel und Spiralmuscheln dekoriert, die so groß wie Feuerschweifs Kopf waren. Die Schädel, so sagte man ihm, stammten von Riesenschildkröten auf der anderen Seite des Ozeans.

Die einzige Einschränkung, die Silus der Gruppe auferlegte, bestand darin, daß sie sich von den beiden Deckshelfern fernhielt, die am Bugspriet Wache standen, wo sich die Harpunen befanden. »Ihr müßt Euch keine Sorgen machen«, versicherte er ihnen. »Die *Mondschatten* hat einen guten Rumpf und hält erheblich mehr aus als die *Königin von Tutivillus*. Trotzdem wollen wir bereit sein, falls der Krake wieder auftaucht.«

Sie verbrachten einen gemütlichen Abend am Tisch des Schiffsherrn in Gesellschaft einiger ausgewählter Seeleute, und Ceowulf unterhielt sie alle mit ausschweifenden Geschichten über Wyverne und Banditen in den Wüsten des Südens. Caspar entspannte sich, während er den wundervollen Geschichten lauschte, und nur weil er sie schon einmal gehört hatte, fiel ihm auf, wie erfolgreich der caldeanische Edelmann das Gespräch von allen neugierigen Fragen hinsichtlich des nördlichen Belbidia fernhielt. Schließlich war Ceowulf Söldner, und als diese Sünde erst gestanden war, verwarfen sie allen Argwohn, daß ihre Reise ein Geheimnis bergen könnte.

Silus sprach dann ausgiebig von seinen Reisen und aß einen ordentlichen Teller voll Weizenpfannkuchen und gekochten Eiern. Gegen Ende der Mahlzeit war Caspars Neugier geweckt, als alle Seeleute, vom ersten Maat bis hin zum Kabinenjungen, ihre Eierschalen nahmen und sie zerdrückten. Man wies sie an, es ihnen nachzutun.

»Und wieso sollten wir das tun?« fragte Hal.

»Unter Seeleuten ist der Aberglaube weit verbreitet, daß eine Hexe das Meer überqueren kann, wenn man eine Eierschale heil läßt, weil sie diese als Ruderboot benutzt. Wenn man die Schale zerdrückt, schützt man sich vor einem Ausbreiten der Hexerei.«

»Tatsächlich?« sagte Brid kühl. »Da müßte die Hexe aber ziemlich klein sein, meint Ihr nicht?« Sie hielt ihre halbe Eierschale zwischen den feinknochigen Fingern.

»Die meisten Hexen sind klein, aber sie können sich in jede beliebige Größe verwandeln … und doch brauchen sie eine Eierschale, um das Meer zu überqueren.«

»So was Blödes habe ich noch nie gehört«, lachte Brid, »aber es ist eine hübsche Geschichte.«

»Wir Seeleute sind voll von solchem Seemannsgarn«, räumte ein ophidianischer Seemann ein, »wenn ich auch noch nie eine Hexe gesehen habe. Immer wenn ich in einem belbidianischen Hafen an Land gehe, reden alle von Teufelsmacht und Hexerei, aber in Ophidia glauben wir seit Jahrhunderten nicht mehr an so etwas. Wir sind hier im Süden erheblich zivilisierter.«

Caspar war erleichtert, daß diese Männer Brid nicht mit dem

gleichen Argwohn begegneten, wie Belbidianer es getan hätten. Ceowulf hatte recht gehabt, als er sagte, sie würden es nicht tun.

Nach einigen Tagen der Reise entspannte sich Caspar langsam und wähnte sich sicher, daß kein Ungeheuer ihnen im Fahrwasser folgte. Auf Keridwens Rat hin hatten sie jeden Kontakt mit dem Mondstein vermieden, da er Wesen, die sein magisches Lied spüren konnten, auf sie aufmerksam gemacht hätte. Daher kam er zu dem Schluß, daß die wilden Geister und finsteren Untiere, die nach ihm suchten, bald schon die Fährte verlieren würden. Zumindest hoffte er es.

Sie entfernten sich nie weit von Ophidias zerklüfteter Nordküste, was Caspar beruhigte. Nach seiner letzten Seereise wollte er das Land nie mehr aus den Augen verlieren. Sie kamen gut voran, näherten sich zügig der Meerenge, welche sie aus dem geschützten Caballischen Meer in unkartierte Ozeane führen sollte. Als sie zur Meerenge kamen, rückte die Südküste Belbidias wieder deutlich näher.

»Alle Passagiere unter Deck!« Der Ruf ging auf dem Schiff herum.

»Sie können doch nicht glauben, es gäbe ein Problem«, meinte Hal mit einem Blick in den klaren Himmel.

»Das Wasser hat seine Farbe verändert«, erklärte Caspar. »Und es liegt ein anderer Geruch in der Luft.«

Eine leise Änderung im Wind warf Caspar kühle, feine Gischt ins Gesicht. Abgesehen davon bemerkte er nichts, was die Aktivitäten der Seeleute erklärt hätte, als diese die Webeleinen erklommen und die Segel ein Stück weit refften. Allmählich jedoch wurden die Fluten dunkler, und die klare, blaue See wurde milchig, brodelte Schaum hervor, der über ihre Oberfläche fegte.

Silus nahm das Steuer in die Hand, und seine Miene zeigte eiserne Entschlossenheit.

»Alle Passagiere unter Deck!« befahl der erste Maat nun ärgerlicher, und widerwillig folgten Hal und Caspar Cybillia, Brid und Ceowulf, die von vornherein fügsamer gewesen waren.

»Ich werde mich zu den Pferden setzen«, erklärte Caspar. Hal nickte und klapperte mit seinen Absätzen, als er ihm folgte. Brid war bereits im Frachtraum für die Tiere.

»Ich dachte, du wärst bei den anderen«, bemerkte Hal.

»Na, da hast du falsch gedacht. Sie sahen aus, als wären sie froh, wenn man sie eine Weile allein ließe. Cybillia ist nicht mehr so aufgebracht wegen ihrer Wange, und außerdem passen die beiden zueinander.«

Zweifelnd schürzte Hal die Lippen und ließ sich ins Heu fallen. Er nahm einen Strohhalm, kaute sinnierend darauf herum und wandte seinen Blick nicht von Brid ab, während sie sich um die Pferde kümmerte. Sie wieherten freudig.

Die drei Torra Altaner fügten sich in die müßigen Stunden unter Deck und fragten sich unablässig, ob Torra Alta dem Ansturm der Vaalaker gewachsen wäre. Dann plötzlich bäumte sich das Boot auf und schwankte heftig nach Backbord. Caspar wurde gegen die Stallwand geworfen, das Gesicht tief ins Stroh gedrückt. Hal preßte ihn in den trockenen, süßen, luftlosen Raum, und mit einiger Schwierigkeit zog er sich hoch, klammerte sich an einen Pfosten, als sich das Schiff wieder aufrichtete.

Feuerschweif lag auf der Seite, aber glücklicherweise war er derart benommen, daß er sich keinen Schaden hatte zufügen können, obwohl die anderen Pferde traten und schrien, als wollte man sie ermorden. Das beängstigende Schlingern ließ nach, und – zumindest für den Augenblick – segelten sie bequemer voran. Caspar fühlte sich unbeschreiblich elend und benebelt, so benebelt, daß es schien, als drehte sich das ganze Schiff. Hal zog eine grimmige Miene, und Brid taumelte wie ein Trunkenbold, als sie sich zu den Pferden vorarbeitete, um diese zu trösten. Feuerschweif blieb liegen, was Caspar für das beste hielt. Trund erbrach sich bereits über einem Strohhaufen und wimmerte schwach.

Das Schaukeln schien eine Ewigkeit zu dauern, und bald wollte Caspar eher sterben als noch mehr leiden. Noch immer drehte sich sein Kopf, als er endlich merkte, daß das Schiff wieder ruhig vorwärts segelte. Er hielt Feuerschweifs Kopf, als das Pferd auf seine wackligen Beine kam und unsicher wie ein neugeborenes Fohlen aussah. Die anderen beiden Tiere hatten einige kleinere Schürfungen erlitten, und Brid, die sich bemerkenswert gut auf den Beinen hielt, sah sich die Wunden bereits an.

»Geht ihr zwei nur rauf an Deck«, schlug sie vor. »Ich kümmere mich um die Tiere. Etwas frische Luft wird euch die Köpfe durchblasen.«

Bemerkenswerterweise sah das Deck fast so aus, wie sie es zurückgelassen hatten. Die Seeleute hatten die Luken gut verriegelt und lose Ladung ordentlich verzurrt. Die frische Luft und die kühlende Salzgischt, die auf Caspars Wangen brannte, machten ihm den Kopf frei, und bald war er wieder froh, am Leben zu sein. Cybillia, die aussah, als wäre sie eben erst aus einer Ohnmacht erwacht, schwankte in Ceowulfs Armen.

Ein Seemann strahlte sie an. »Ihr seht etwas grün um die Kiemen aus, was, Landratten?«

Verlegen erwiderte Caspar das Grinsen.

»Na, keine Sorge. Jetzt haben wir die Strudel hinter uns. Wenn die Nacht kommt, sind wir auf offener See.«

Caspar holte tief Luft und legte die Arme um sich, spürte plötzlich die Prellungen, die er sich überall am Körper zugezogen hatte. Er trat an das Schanzkleid, hielt sich am Dollbord fest und war froh, daß er in die weißen Wellen blicken konnte, die sich am Bug kräuselten. Er spürte, wie seine Wahrnehmung in die Wogen sank, die aufsteigenden Blasen erkundete und dem rhythmischen Rauschen der Fluten lauschte, welche der Bug durchschnitt. Seine Gedanken führten ihn nach Hause. Er stellte sich vor, wie er mit seinem Vater über Torra Altas Zinnen zu den weißen Fluten des Silberflusses weit unter ihnen blickte. Er stellte sich vor, er blickte auf die wilden Wasser hinab, wie sie herabgestürzte Brocken und gezackte Felsen umspülten …

Felsen!

»Felsen!« warnte er, und seine Stimme war wie der leise Schrei eines Vogels. »Felsen!« schrie er abermals, diesmal jedoch lauter. »Obacht! Obacht!«

Das Wasser war nun grün gefärbt und brodelte um schwarze Umrisse, die kaum einen Faden tief unter der Wasseroberfläche lauerten. Pellams angespannte Miene war gleich hinter ihm, und nach einem kurzen Blick aufs Wasser machte er auf dem Absatz kehrt.

»Hart backbord, hart backbord«, schrie er. »Felsen am Steuerbordbug.« Aufgeregt deutete er voraus und leicht steuerbord vom Bugspriet.

Caspar merkte, wie er rückwärts gerissen wurde, als die *Mondschatten* unter ihm ausscherte, ihre Nase über die rüttelnden Wellen wendete und bockte und tanzte wie ein Füllen.

»Hier gibt es keine Felsen«, bellte Silus wütend übers Deck, als er das Ruder wieder richtete. »Pellam, was hast du gesehen?«

»Es war groß und schwarz unter der Wasseroberfläche«, erwiderte der Mann. »Wir haben es knapp verfehlt.«

Plötzliches Schweigen machte sich unter der Mannschaft breit, als ein nur allzu hörbarer Wandel im rhythmischen Stöhnen der Schiffsplanken zu hören war. Die *Mondschatten* war wie ein Lebewesen, dachte Caspar, als er ihrem Seufzen,

Atmen und Stöhnen vor Schmerz und Mühen lauschte. Doch nun knarrte und ächzte sie mit langgezogenem Heulen, ohne wie üblich zwischen den Wellen Luft zu holen.

Caspar wußte es, und die Mannschaft wußte es. Sie stiegen auf, das ganze Schiff stieg mit beängstigender Geschwindigkeit auf dem Rücken einer mächtigen Woge auf. Dann hing Caspars Magen plötzlich mitten in der Luft, als sie unten aufschlugen und alles Geräusch in einem monumentalen Bersten erstickte. Caspar klammerte sich mit den Fingernägeln ans Dollbord, konnte nicht atmen, als das eiskalte Wasser über ihn hinwegspülte. Plötzlich war er frei, keuchte und würgte, doch er war an der Luft.

Mit Speeren und Harpunen bewaffnet rahmte die Mannschaft das Deck ein. Pellam stand ganz vorn am Bug, hielt mit einer Hand einen Speer, während die andere um einen Tampen gewickelt war, den man am Bugspriet befestigt hatte. Er zog seinen Arm zurück, und mit angestrengtem Aufschrei warf er seinen Speer in die Wellen. Ein schwarzer Buckel hob sich aus der See und rollte nach steuerbord hinüber. Gespannte Erwartung breitete sich unter der Mannschaft aus, als diese wachte und wartete, die Arme in Bereitschaft erhoben, die Waffen zu schleudern. Ein Schluchzen brach schließlich das Schweigen.

Caspar riß seinen Blick von der drohenden See los, um Cybillia in Ceowulfs Armen anzusehen. Sie weinte leise. Caspar konnte es ihr nicht verdenken. Fast war ihm selbst zum Weinen zumute.

Das Geräusch schien die Anspannung der Seeleute zu durchbrechen. Sie wichen vom Rand des Schiffes zurück und blickten einander in die weiten, staunenden Augen.

»Gute Arbeit. Gute, schnelle Arbeit, Pellam«, rief der Kapitän begeistert über Deck. Überheblich warf der junge Mann den Kopf zurück, doch Caspar sah den Ausdruck scheuer Dankbarkeit auf dem Gesicht des Ophidianers, als ihm viele seiner Kameraden anerkennend auf den Rücken klopften. Er widmete ihnen eine spielerische Verbeugung und lief bei ihrem Jubel rot an.

Die Männer sammelten sich auf den unteren Decks, unterhielten sich aufgeregt und spekulierten, was die Art des Raubtiers angehen mochte, welches das Schiff angegriffen hatte. Hundert verschiedene Vermutungen wurden laut, von großen Walen bis zu Riesenschildkröten und Tintenfischen. Silus weigerte sich, ein Urteil abzugeben. Hauptsache, das Vieh war weg, nur das war von Interesse.

»Dann laßt uns das Schiff herrichten«, befahl er.

Als die Männer wieder bei ihrer üblichen Geschäftigkeit waren, sah Caspar Brid neben sich stehen. »Den Pferden geht es gut«, murmelte sie, bevor er sich danach erkundigen konnte. Sie sah überraschend sorgenvoll aus.

»Was ist los?« fragte er.

»Es klingt anders.«

»Was klingt anders?« Hal kam herüber, hielt sich an Tauen und Fallen fest, um sich gegen die rollende See zu stützen. Caspar kam zu dem Schluß, daß kein Torra Altaner einen guten Seemann abgeben würde.

»Schscht! Hör doch.« Brid winkte ab und neigte ihren Kopf, schob ihr kupferfarbenes Haar zurück und legte ein hübsches Ohr frei. Komischerweise neigte Trund den Kopf im gleichen Winkel, wobei ein Ohr aufmerksam aufragte. Das Tier zeigte eine verständige Miene und war sich der Empfindungen seiner Herrin sehr bewußt.

Auch Caspar lauschte. Männer riefen, Schote wurden durch Blöcke gezogen, ein Segel flatterte, das Rauschen der See an den Planken des Schiffes, der Rhythmus der Gischt, sein eigenes Atmen, das Stöhnen des Schiffes, wenn es den Kamm einer jeden Welle erklomm und über deren Gipfel ragte, bevor es ins nächste Wellental einbrach. Doch war da außerdem ein neues Geräusch: ein jammerndes Summen, das von den Schiffsplanken kam, durchzogen von Knarren und Stöhnen und scharfem Knacken. Auch die Seeleute bemerkten es, und Silus trat entschlossen auf den Fockmast zu.

Der Ceolothianer runzelte die Stirn und legte seine Hand an den breiten Eschenstamm. »Wir können erst ans Ufer, wenn wir die Spitze umrundet haben und bei Porta d'Oc sind, also sollten zwei Männer hinauf und diesen Mast hier sichern.«

Caspar merkte, daß er seinen Blick gar nicht von dem Mast lösen konnte. Er sah, wie die Männer etwa dreißig Fuß über dem Deck zwei Holzplanken befestigten, wo sie einen Riß im alten Holz gefunden hatten. Während sie daran arbeiteten, nahm das geheimnisvolle Knarren allmählich ab, bis nur noch gelegentlich eine große Welle das Holz zum Knirschen brachte. Alle atmeten befreiter, und Caspar betete, daß es nicht mehr weit wäre, bis sie die Spitze umfahren hatten.

Die Küsten zu beiden Seiten wichen zurück und waren nun von weichem Grau, mischten sich mit den Wolken am Horizont, als die Meerenge sich verbreiterte. Und schließlich segelten sie auf die große, dunkle Tiefe des Ozeans hinaus. Zwar nahm das Schlagen der Wellen nicht zu, doch es gab einen erheblichen Unterschied, was die Höhe der Dünung anging. Da er fürchtete, das Land aus den Augen zu verlieren, hielt Caspar seinen Blick starr auf Ophidias Westküste gerichtet.

Brid und Cybillia saßen auf dem Vordeck, blickten gedankenverloren über die Fluten, in stilles Gespräch vertieft. Caspar lächelte über Brid. In ihrer Gegenwart konnte er kaum an etwas anderes als ihre wundersame Schönheit und strahlende Energie denken, doch jetzt bemerkte er zum ersten Mal, wie gut Cybillia mit der Seereise zu Rande kam. Sie war so anmaßend, bockig und zimperlich gewesen, als sie das Mädchen vom

Gutshof ihres Vaters zur Hauptstadt Belbidias begleitet hatten. Sie veränderte sich, und das zu ihrem Vorteil.

Seine Muskeln spannten sich, als er hörte, wie sich zwei Seeleute mürrisch über die Mädchen unterhielten. »Frauen an Bord, und es gibt immer Ärger. Eine zu hübsch und die andere …! O Gott, welch ein Gesicht! Sie sollte sich schämen, am hellichten Tag vor die Tür zu treten.«

Auch Hal hatte das Gespräch verfolgt, und die beiden Jungen gingen auf die lästernden Männer zu, doch Pellam kam ihnen zuvor. Ohne auch nur einen Augenblick zu zögern, grub Dionellas Auserwählter seine Faust dem faßbäuchigen Seemann, der Cybillia beleidigt hatte, in die Zähne. Das flachsblonde Mädchen sprang auf, und einen Moment lang blies sie vor Zorn die Wangen auf, doch dann übermannte sie die Scham. Ihre Hände schlugen an die Wangen, aus Furcht vor weiterer Erniedrigung. Brid zog am Arm des Mädchens und blickte ihr starr in die Augen.

»Es gibt nichts, wofür du dich schämen müßtest.«

Ceowulf sah wie ein aufgestachelter Bulle aus. Er griff nach seinem Schwert, doch er zögerte, als er sah, wie Pellam seinen Arm um den Hals des mürrischen Seemanns legte. Pellam nahm eine Faustvoll Haare in die Hände und riß den Kopf des Mannes zu Cybillia herum. »Entschuldige dich bei der Dame«, bellte der Ophidianer.

Für einen jungen Mann, der noch nicht die Muskeln eines Mannes hatte, beeindruckten Pellams Entschlossenheit und seine kühlen Worte Caspar doch.

Silus trat in die Mitte und unterbrach den Aufruhr, bevor der Seemann auch nur ein einziges Wort der Entschuldigung in Cybillias Richtung hervorstoßen konnte. »Laß ihn los, Pellam.« Er drehte sich um und hielt sein rötliches, bärtiges Gesicht vor das des Seemanns. »Du wirst dich auch ohne Drohung entschuldigen, habe ich recht, Matrose?«

Der mißmutige Mann wischte seinen Mund am Ärmel ab und blickte auf, um dem Herrn des Schiffes in die Augen zu sehen. »Wir sollten keine Frauen an Bord haben. Sie bringen nur Ärger.«

»Das war keine Entschuldigung.«

Überraschenderweise unterbrach Cybillia die dröhnende Stille. »Ich brauche von ihm keine Entschuldigung. Der Mann hatte Angst wegen des knarrenden Mastes. Er sucht einen Sündenbock, jemanden, dem er seine Ängste zum Vorwurf machen kann, und nur weil ich eine Narbe habe und aussehe, als könnte ich mich nicht wehren, hat er mich ausgesucht. Er muß sich keine Sorgen machen. Die Narben sind nicht ansteckend. Vaalakische Barbaren haben sie mir zugefügt, die ebenso ein wehrloses Opfer suchten.« Sie wandte ihr Gesicht um, so daß der Mann die häßlich knotigen Narben direkt ansah, die sich zu einem Pentagramm auf ihrer Wange zusammenfügten. »Aber ein paar Kratzer ändern nichts daran, wer ich bin.«

Caspar dachte über ihre Worte nach und kam zu dem Schluß, daß sie sich in einer Hinsicht täuschte. Sie war inzwischen deutlich stärker und selbständiger geworden.

»Bitte, Meister Silus, denkt Euch nichts dabei. Und schickt diese Männer wieder an die Arbeit«, sagte sie großzügigerweise.

Ceowulf lächelte stolz über das Edelfräulein von Jotunn, und Brid zwinkerte dem Mädchen zu. »Gut gemacht, Cybillia«, lobte sie, als sich die Seeleute wieder an ihre Pflichten machten.

»Nun, ich wollte nicht weiteres Interesse an meiner Wange wecken, indem ich einen Aufruhr veranstalte«, sagte sie nur.

»Wir heilen sie«, flüsterte Brid, »sobald ich die richtigen Kräuter habe. Versprochen.«

Pellams Zorn war nicht so leicht zu zügeln, und er drückte

seine Faust in die andere Hand. Zähneknirschend warf er seinem faßbäuchigen Kameraden finstere Blicke zu. Sein Haar wehte ihm in der steifen Brise über die Augen.

»Ich hätte ihn zu einer Entschuldigung gezwungen. Er hätte sich laut und deutlich entschuldigen sollen«, murmelte er und wandte sich Cybillia zu. »Es tut mir leid, daß er diese Sachen gesagt hat. Und ein paar Narben ändern nichts daran, daß du eine hübsche junge Frau bist, wenn du mir die Kühnheit verzeihen willst.«

Cybillia fehlten die Worte, und die Mühe, ihre Scham zu überwinden und die Würde vor den Seeleuten zu bewahren, forderte ihren Tribut.

Ceowulf trat vor, um sie zu stützen. »Das war gut gesagt und gut getan, Pellam. Wir danken dir für dein ehrenhaftes Verhalten.«

Pellam zog einen Mundwinkel zu einem halben Lächeln hoch. »Ja, nun, er hat kein Recht, mit einem Mädchen so zu reden, absolut kein Recht.«

Später am Abend, als die See stampfte und der Rumpf an die Rückseiten der Wellen schlug, sammelten sie sich in einer abgelegenen Ecke der Kombüse. Silus schlenderte zu ihnen herüber und zog sich eine Bank heran.

Der bärtige Seefahrer hustete in seinen Humpen, als wollte er etwas sagen, dann nahm er noch einen Schluck. Er machte sich nicht die Mühe, den Schaum aus seinem Bart zu wischen, als er schließlich über seine Worte stolperte. »Wißt Ihr, wir befahren die großen Meere, und es sind harte Männer nötig, wenn man so weit durch Piratengewässer und über die Hochsee segeln will. Und wenn man nicht genügend harte Männer findet, so braucht man rauhe Burschen, die unter diesen Bedingungen das Nächstbeste sind. Aber rauhe Burschen haben kaum Manieren, und es tut mir ehrlich leid, was der Seemann heute zu der Dame gesagt hat.«

»Denkt Euch nichts dabei«, murmelte Cybillia und fing ihren Becher ein, als dieser zum Rhythmus der wiegenden See über den Tisch glitt.

»Es tut mir leid, daß ich Pellam daran gehindert habe, ihn niederzuschlagen. Pellam mag nur ein leichter, drahtiger Knabe sein, aber er ist äußerst entschlossen, und so etwas regt ihn auf. Ihr müßt wissen, daß sein Vater vor vielen Jahren seine Hand verloren hat, und das hat ihn sensibel gemacht. Denn er verlor erst seine Hand, dann seine Arbeit, und es dauerte sehr lange, bis er genügend Geld verdient hatte, um sich sein eigenes Hummerboot zu kaufen. Pellam mußte wegen der Verletzung seines Vaters eine Menge einstecken, und deshalb versteht er sich wahrscheinlich auch so gut mit Katalins Tochter.«

Als der Kapitän ging, sah Brid Ceowulf nachdenklich an. »Dann ist deine Dionella nicht vollkommen von Pellams ruppigem Charme geblendet?«

Der Ritter richtete seine ruhigen dunklen Augen auf sie und zuckte mit den Achseln. »Es kann nicht schaden, vorsichtig zu sein, und ich war in Sorge, weil sie so jung ist, aber vielleicht hätte ich auf dich hören sollen. Da du selbst eine junge Maid bist, hast du wahrscheinlich besser verstanden, was Dionella in ihm sieht.«

»Nicht unbedingt«, sagte Brid und sprach lauter, damit sie trotz der tosenden See zu verstehen war. »Morrigwen hat mich stets gelehrt, Leuten niemals einen Rat in Herzensdingen zu geben, aber außerdem sagte sie, man solle eine junge Beziehung nie mit den Augen eines alten Kopfes sehen. Sie sagt, es sei unmöglich zu sagen, wer für wen richtig ist. Jeder sieht verschiedene Dinge in verschiedenen Leuten, und das Alter der Liebenden hat nichts mit der Treffsicherheit ihrer Wahl zu tun. Man ist alt genug, sich zu verlieben, sobald man sich verliebt.«

Die Seeleute hatten die Kombüse verlassen, und ihr dünnes, dringendes Rufen an Deck wurde immer wieder vom wütenden Wind mit fortgerissen. Ceowulf sprach weiter und warf gelegentlich einen Blick auf Cybillias starres Gesicht. Er sagte ihnen nicht, daß sie sich nicht sorgen müßten, sondern versuchte sie statt dessen abzulenken, indem er ihnen die Geschichte eines Prinzen erzählte, der behauptete, er besitze das schnellste Pferd in der Wüste … doch hörte niemand zu. Alle Ohren widmeten sich dem Lärm an Deck.

Ein donnerndes Bersten, als bräche das Rückgrat eines Riesen entzwei, schnitt durch das Tosen der See und ließ das Schiff erzittern. Plötzlich tauchten die Planken unter ihren Füßen nach steuerbord weg, und der Tisch schaukelte an seiner Aufhängung. Hal fing Brid auf, und Ceowulf hielt Cybillia fest, damit sie nicht ans andere Ende der Kombüse flog. Caspar klammerte sich an einen aufrechten Balken, als Hal Brid ins Ohr rief: »Sieh nach den Pferden. Spar und ich werfen einen Blick an Deck.«

Caspar stritt nicht mit seinem Onkel. Er wußte, daß Brid die Tiere besser als jeder andere beruhigen konnte, und ein Gefühl von Kälte stieg in seinen Knochen auf. Wie Hal wollte auch er sehen, was an Deck los war.

Die beiden Torra Altaner kämpften sich den schmalen Aufgang hoch, der direkt an Deck führte, und warfen den Riegel zurück. Der Wind nahm Caspar den Atem, und schneidend kaltes Wasser schlug ihm ins Gesicht. Weiße Fluten ragten über dem Bug auf, und er suchte auf dem schwankenden Deck nach Halt. Sturmlaternen flackerten; der Mond gab gerade soviel Licht, daß man etwas sehen konnte. Das Schiff arbeitete sich nicht mehr durch den Sturm voran, sondern lag wehrlos auf der Seite, dem Wetter auf Gedeih und Verderb ausgeliefert. Der Mast war gebrochen, und der obere Teil lag nun abgeknickt da, so daß Gaffel und Segel im Wasser hingen.

Das Segel sank schwer ins Wasser; Wogen schlugen die Gaffel ans Holz des Schiffes. Es konnte nicht mehr lange dauern, bis die ersten Planken nachgaben. Der Druck auf das Segel schwang das Schiff breitseits ins Wetter, und Wasser rauschte über das geneigte Deck. Hal stieß Caspar von hinten.

»Geh weiter. Es muß etwas geben, was wir tun können.«

Caspar trat entschlossen in die stürmische Gischt, als Hal hinter ihm rief, er solle sich beeilen.

Drei Männer hackten bereits auf den Fuß des Mastes ein, und Pellam durchschnitt die Taue, wo das Segel am Bugspriet befestigt war. Die vordere Halterung war bald gelöst, und es sah aus, als wäre das Focksegel bald los, doch der Wind hatte die flatternden Enden der Taue hoch oben am Mast verknotet. Alles stand da und wartete atemlos darauf, daß sich die Taue lösten, aber sie saßen fest. Die Männer, die auf den dicken Stamm des Mastes einhackten, verdoppelten ihre Bemühungen, aber es würde zu lange dauern, ihn zu fällen. Wieder blickte Caspar zum verwirrten Tauwerk dreißig Fuß hoch über ihm auf. Man würde die Tampen zerschlagen müssen. Er warf einen unsicheren Blick auf die zornig schwarzen Fluten des Meeres. Wie lange konnten sie darin überleben? Minuten? Er bezweifelte es.

»Klettert rauf da!« rief Silus zwei Männern seiner Mannschaft zu und deutete auf zwei Beile, die zwischen dem Schiffswerkzeug lagen. »Klettert rauf und macht das Segel frei.«

Sie zögerten.

Bevor noch irgendwer etwas einwenden konnte, stürzte sich Hal auf ein Beil, schob es in seinen Gürtel und kämpfte sich gegen den Wind zum Mast. Caspar folgte ihm mit dem zweiten Beil. Er fürchtete sich nicht davor, den Mast zu erklimmen. Es waren nur dreißig Fuß, kein Problem für einen Torra Altaner. Er griff nach einem Fallseil, das den dicken Mast umschlang.

Das Schiff neigte sich in gefährlichem Winkel. Caspar sagte sich, wenn Wind und Gischt nicht wären, wäre es, als kletterte er auf den glatten Ast einer Buche hinaus. Er legte die Beine um den Stamm und zog sich mit den Armen vorwärts, hakte sich in Fallseile, die den Mast umgaben. Das Schiff rollte und ruckte, und ihm war, als klammerte er sich an den Arm eines Riesen, der versuchte, ihn abzuschütteln. Das Atmen fiel schwer, da ihm der Wind die Luft nahm, und die See polierte sein Gesicht mit scharfem Salz. Er gab sich alle Mühe, den Kopf gesenkt zu halten und hinter dem Mast zu schützen. Er fand nur wenig Halt mit seinen Füßen und mußte auf die Kraft in seinen Armen bauen, wenn er sich von einem Seilknoten zum nächsten vorarbeitete.

Hal griff einmal daneben und rutschte einen Fuß weit am Mast hinab, bis seine Füße an Caspars gespannte Hände stießen. Der kleinere Junge schob ihn voran. »Kletter weiter, Hal. Wir müssen es schaffen.« Er bezweifelte, daß sein Rufen den heulenden Wind übertönte. Er wagte nicht, in die Tiefe zu sehen … nicht wegen der Höhe, sondern wegen der peitschenden Wellen unter ihm. Caspar traute dem Meer nicht. Das Schiff bockte und kippte, als eine Welle seitlich an den Rumpf schlug.

Caspar merkte, wie seine Beine vom Mast gerissen wurden, und er wurde lang gezogen, zwischen der Macht des Windes und seinem eigenen, verzweifelten Griff, mit dem er sich unnachgiebig festhielt. Er trat aus und hakte einen Fuß um den Mast.

»Spar!« Hals Schrei drang durch den Wind. »Ist alles in Ordnung?«

»Kletter weiter«, rief Caspar zur Antwort.

Eine weitere Minute später waren sie fast da. Wo das Holz geborsten war, ragten gezackte Splitter im Dunkel auf. Wenigstens das Leuchten des Mondes, das von den stürmenden, weißen Wogen reflektiert wurde, die um den schwarzen Rumpf bockten, gab ihnen genügend Licht, daß sie etwas sehen konnten. Caspar drehte sich unter Hal und machte sich bereit. Wenn er das Beil benutzen wollte, mußte er den Mast mit einem Arm loslassen.

Der Mast neigte sich dem Meer entgegen, tauchte sie erneut in einen Schleier aus weißer, beißend kalter Gischt. Ein weiterer Hektar Segel versank in den Fluten und lauerte dort wie ein mächtiger, gespenstischer Rochen, dessen Fledermausflügel sich unter der Wellenoberfläche riffelten.

Caspar legte seinen Knöchel um ein Stück Tau, tat das gleiche mit seinem linken Handgelenk und löste seine rechte Hand schließlich davon. Der Griff des Beiles, das in seinem Gürtel steckte, war feucht und rutschig, und es fiel ihm schwer, danach zu greifen, doch schließlich hielt er es in der Hand. Hal sägte bereits mit seinem Messer an den stramm gespannten Tampen, die nach wie vor den oberen Teil des Focksegels am Schiff hielten. Wütend hackte Caspar zwischen dem geborstenen Holz herum, und die Wanten schossen eine nach der anderen davon.

Urplötzlich gab das Segel das Schiff frei. Wie ein mächtiger Baum, den der Sturm fällt, krachten die Mastreste aufs Deck hinab und wurden dann von den Seilen, die noch am Segel befestigt waren, über Bord gerissen. Das weiße Segeltuch schlingerte herab. Alles ging so schnell, daß Caspar keine Zeit zum Nachdenken blieb. Abrupt richtete sich das Schiff auf, und seine Hände rutschten am glatten Holz ab. Kopfüber sah er, wie das Beil aus seinen Fingern glitt, und spürte, daß er fiel. Doch er kam ruckartig zum Stehen, als etwas in seinen Knöchel schnitt.

Der Wind peitschte ihn wie eine Lumpenpuppe, und er taumelte und schlug gegen den Mast, dann gab das Tau ein Stück weit nach, und er merkte, wie es mit ihm abwärts ging. Eine mächtige Woge schlug ans Schiff, und die *Mondschatten* gierte so heftig, daß Caspar seitwärts flog. Wieder tat das Schiff einen Ruck, und er wurde unter das Dollbord und über das Schiff hinaus geworfen, baumelte hilflos über den Wellen.

Verzweifelt versuchte er sich aufzurichten, während er hin und her geworfen wurde, wobei er sich der Wasserzungen, die nach ihm leckten, und des schwarzen, unergründlichen Meeres, welches sein Opfer forderte, grausam bewußt war. Einmal prallte er gegen den Rumpf, dann spürte er, wie das kalte Wasser über seinen Kopf hinweg spülte. Weiße Blasen tanzten vor seinem Gesicht. Er bekam keine Luft. Für den Bruchteil einer Sekunde nahm er zwei riesige Augen wahr, die aus einem schwarzen Gesicht blickten, dann tauchten plötzlich Zähne in den trüben Tiefen auf. Ein fester Griff schloß sich um seinen Knöchel, und er japste nach Luft, als er kopfüber dem Deck entgegenstürzte.

Als erstes sah er Pellams Gesicht, als der junge Mann ihn an Deck zog und sich auf seine Brust stürzte, um Wasser aus seinen Lungen zu pressen. Hal taumelte das letzte Stück am Mast hinab und kroch zu seinem Neffen, stieß dabei die Seeleute beiseite.

»Spar, du Idiot! Ist alles in Ordnung?«

Mit brennenden Schürfungen, wo er gegen den Rumpf geschlagen war, blickte Caspar in das besorgte Gesicht seines Onkels. Da er zu erschöpft war, um etwas zu sagen, hob er nur die Hand, und Hal drückte sie fest. Man trug ihn unter Deck, wo sich die Männer um ihn drängten, sich gegenseitig anrempelten und ihm Dank und Lob entboten.

Silus schickte sie hinaus. »Bemannt die Pumpen. Wir mögen aufrecht stehen, aber wir haben tonnenweise Wasser genommen. Wir müssen sehen, wohin der Sturm uns trägt.«

Caspar grinste Pellam an. »Danke.«

»Einen Moment lang sah es aus, als wolltest du einen glitschigen Fisch fangen, aber für eine Landratte warst du verdammt mutig, und ich konnte dich nicht fallen lassen.«

Sie konnten nur auf den Morgen warten und sich an den Pumpen abwechseln, die Wasser aus der Bilge über die Reling spuckten. Ohne Focksegel trieb und taumelte das Schiff mit der Strömung, während Silus mit dem Ruder kämpfte, um grob auf einem Kurs zu bleiben, der sie um die Spitze führte.

KAPITEL 8

Der Morgen brachte einen schöneren Ausblick auf die Welt. Caspar beachtete das löchrige Deck und die geborstenen Reste des Fockmastes nicht und richtete seinen Blick auf die weißen Klippen, die nicht weiter als ein paar hundert Meter östlich lagen. Er strahlte zu den blaugrauen Hängen voller Dünengras hinüber, die zu den hellen Häusern von Porta d'Oc abfielen.

Silus, der um einige Jahre gealtert schien, wankte noch immer am Ruder. Einige aus der Mannschaft arbeiteten nun mit Eimern, um die Pumpen zu unterstützen, und das restliche Segel reichte gerade so, das Gewicht des schwarzen Schiffes durch die Dünung zu bugsieren.

Mit Hilfe mehrerer Ruderboote, die beim Anblick des Schiffes in Not zu Wasser gelassen wurden, wurden sie in den Hafen geschleppt und machten am Anleger fest. Die müden Passagiere kletterten an Land und sahen, wie die Pferde entladen wurden. Sie führten die schwitzenden Tiere, deren Köpfe zwischen ihren Knien hingen, landeinwärts. Nur Trund schien das Martyrium nichts ausgemacht zu haben.

»Ich wäre gern in der Lage gewesen, Euch wie vereinbart zu den Fernen Inseln zu fahren, wie Ihr es Euch gewünscht hattet«, murmelte der alte ceolothianische Seebär. »Besonders nach der Tapferkeit dieser beiden Knaben hier. Ich fühle mich nicht gut dabei, daß Ihr zwei hinauf gegangen seid und nicht meine Männer. Die beiden werden nicht mehr an Bord sein, wenn wir wieder in See stechen, das kann ich Euch versichern. Aber ich kann Euch nicht zu den Fernen Inseln bringen, da die *Mondschatten* nirgendwohin fährt, bis ich ihr einen neuen Mast beschafft habe. Aber ich könnte nach einem verläßlichen Kapitän fragen, der Euch die letzten Meilen mitnimmt.«

Caspar war bedrückt. Er wollte wirklich nicht noch einmal in See stechen. Doch als Silus seinen Arm westwärts schwenkte, wo die scharfen Umrisse einer bergigen Insel aus dem Meer aufragten, war er etwas beruhigter.

»Sie ist also nicht weit?« fragte er voller Hoffnung.

»Nein, nicht mehr als zehn Meilen. Pellam!« Der Kapitän der *Mondschatten* fuhr auf dem Absatz herum und sprach den jungen Ophidianer an. »Ich werde verhindern, daß du Ärger bekommst, solange wir im Hafen sind. Du kannst dich auf den Weg machen und ein Schiff suchen, das unsere Freunde zu den Fernen Inseln bringt.«

Pellam nickte. »Das wird nicht schwer sein.«

Nach einer Stunde war er schon zurück. »Ich habe einen Einheimischen gefunden, der sagt, er bringt Euch in drei Tagen hinüber. Das Wetter wird sich eine Weile lang nicht legen, aber danach, das hat er mir versichert, nach dem, wie der Wind riecht, wird es aufklaren. Er hat nur ein kleines Boot und will die Winterstürme nicht riskieren.«

Als sie allein waren, wandte sich Brid augenblicklich ihren Gefährten zu. »Wenn wir drei Tage hier in Porta d'Oc warten, bleiben uns bis zur Wintersonnenwende nur noch drei Tage auf den Fernen Inseln.«

Für die Zeit, in der er nicht bei den Reparaturen an der *Mondschatten* mitarbeitete, bot Pellam ihnen an, sie in Porta d'Oc herumzuführen. Die fünf Belbidianer nahmen sein Angebot liebend gern an, da es erheblich angenehmer war, einen Einheimischen dabeizuhaben, als sich mit ihrem Belbidianisch verständlich zu machen. Sie vergolten es ihm mit Reitstunden auf Elster.

Der junge Mann war kräftig und entschlossen, und wo es

ihm an Gleichgewicht und Gefühl mangelte, glich er das mit Tatkraft aus.

»Ich bin noch nicht wirklich gut«, erklärte er an ihrem letzten Tag im Hafen.

Ceowulf lachte ihn an. »Du bist erst gut, wenn du auf Feuerschweifs Rücken sitzen bleibst.«

»Es kann nicht so schwer sein, wenn Spar es schafft«, erwiderte Pellam großspurig. »Er ist noch klein.«

Caspar weigerte sich, die Kränkung darin zu hören, grinste wissend und fühlte sich versucht, es den Mann probieren zu lassen, doch dann entschied er, daß es allzu grausam wäre. Pellam hatte keine Ahnung, wie schwierig ein lebhafter Hengst sein konnte. Elster war von liebenswertem Wesen und wehrte sich nie, wenn sie getreten oder mit ungeschickten Bewegungen gekniffen wurde. Sie hatte dem Mann einen trügerischen Glauben an sein neues Talent vermittelt.

»Ich denke, du bräuchtest noch ein paar Tage Übung«, versicherte ihm Ceowulf.

»Wenn ich von unserer Reise zurück bin, kaufe ich mir ein Tier wie Feuerschweif«, prahlte er, »und dann zeige ich euch, daß ich reiten kann.«

»Der kostet mehr als ein Hummerboot«, teilte Caspar ihm mit und bereute seine Worte noch im selben Augenblick.

Pellams Augen wurden schmal. »Woher hast du ihn dann? Ihr seid seltsame Freunde, was Katalin angeht, taucht mit hochherrschaftlichen Tieren und seltsamen Waffen auf. Ich vermute, daß der alte Söldner sie euch gegeben hat. Kriegstrophäen? Oder eurem Lehnsherrn gestohlen?« höhnte er.

Hal griff bei der Beleidigung nach dem Heft seines Schwertes, doch Ceowulf trat vor ihn und lächelte den Ophidianer kühl an. »Sagen wir einfach, es wären Kriegstrophäen, und belassen es dabei«, erwiderte er und wechselte zielstrebig das Thema. »Also, ist das Boot morgen für uns bereit?«

Pellam nickte. »Sicher, und ich komme mit euch. Ich habe ein paar Tage Landurlaub bekommen, und ihr Süßwassermatrosen könnt an Bord eines Schiffes ein echtes Ärgernis sein, so daß ich dachte, ich sollte dem Kapitän zur Seite stehen.«

Ceowulf hielt das keineswegs für eine gute Idee, aber er wußte nicht, wie sie dieses Angebot ablehnen konnten, ohne Argwohn zu wecken.

Brid und Cybillia waren in den zurückliegenden Tagen für sich geblieben und hatten ihre Kammer in der Taverne nicht verlassen. Am ersten Tag hatte Brid nach kurzer Suche ein Stück landeinwärts das nötige Ophidianische Nabelkraut und das rotstengelige Drachenfeuer gefunden, mit dem sie Cybillias Narben heilen wollte. Seither hatte sie die Salben zubereitet und in regelmäßigen Abständen aufgetragen. Manchmal konnte Caspar hören, wie das Edelfräulein von Jotunn des Nachts vor Schmerz schluchzte. Sie durfte die wunde Schwellung nicht dem Sonnenlicht aussetzen, doch sie wollte nicht einmal zum Essen herauskommen, und so leistete ihr Brid in der Kammer Gesellschaft.

Die Priesterin war verärgert, als sie hörte, daß Pellam sich ihnen anschließen würde, doch war auch sie der Meinung, daß man es ihm schlecht verweigern konnte. »Er sucht nur nach einem Abenteuer und möchte wahrscheinlich mehr über Ceowulf und seine seltsame Verbindung zu Katalin erfahren.« Sie zuckte mit den Achseln. »Außerdem wird er uns wegen Ceowulfs Verbindung zu Dionellas Mutter nicht verraten. Er wird nicht wollen, daß sie in irgend etwas mit hineingezogen wird.«

»Ich wünschte nur, er wäre nicht so schrecklich arrogant«, klagte Hal.

Brid lachte, und Ceowulf warf dem Jungen mit dem rabenschwarzen Haar ein nachsichtiges Lächeln zu.

»Hast du schon jemals in einen Spiegel gesehen?« fragte er mit hochgezogener Augenbraue.

Hal schmollte.

Am frühen Morgen folgten sie Pellam zum Pier hinunter, wo eine kleine, rote Ketsch an ihren Leinen dümpelte. Es war ein kalter Tag, und eine leichte Brise wehte von Norden her, doch die See war von friedlichem Graublau. Fort waren die drohenden, schaukelnden, weißen Pferdchen, deren schäumende Kämme sich während der drei Tage ihres Aufenthalts über den Sturmwogen gebrochen hatten.

Die Seereise zu den Fernen Inseln ging ereignislos vonstatten. Nach Westen hin lagen einige kleine, flache Inseln träge hinter der Dünung, mit einer großen Insel in der Mitte. Ein vulkanischer Krater ragte in ihrer Mitte auf, was der Insel eine imposante Höhe verlieh, und die Küsten waren von Basaltfelsen eingefaßt, die wie eine Armee versteinerter Giganten Schulter an Schulter standen. Über den Klippen gingen grüne Hügel in heidebewachsene Moore und öde Felsen über. Es gab weder einen Strand, noch Anzeichen für einen Hafen, und Caspar fragte sich, wo sie anlanden konnten.

»Ihr müßt wirklich auf Schatzsuche sein«, murmelte Pellam.

»Nun, das haben wir doch gesagt«, erwiderte Caspar. »Aber wie kommen wir überhaupt auf diese Insel?«

Seine Frage wurde bald beantwortet, als sie nah an die schroffen Klippen und zur Westküste segelten. Hier führte das Land sanfter ins Wasser hinab, und ein Kanal, den man in die Insel gehauen hatte, bildete eine geschützte Bucht. Die Ketsch glitt anmutig an einem klapprigen alten Anleger entlang, dessen Bohlen schwarz und vermodert waren. Wendig sprang Pellam an Land, nahm ein Tau, das er um einen Pfahl schlang, während der Kapitän eine Planke besorgte, über welche die Belbidianer von Bord gehen konnten.

Er hatte zugesagt, einige Tage vor Anker liegen zu bleiben,

solange man ihn für seine Zeit bezahlte, und erklärt, er wolle draußen vor dem Hafen etwas fischen. Er schlug vor, daß sie ihm von einer Anhöhe aus Zeichen gaben, wenn sie zurückwollten.

Brid sagte, es würde ein paar Tage dauern, und der Besitzer des Schoners sah zufrieden aus. Für ihn bedeutete es einige Tage leichte Arbeit.

»Woher weißt du, daß wir nur drei Tage brauchen?« erkundigte sich Hal, als sie vorsichtig über den rutschigen Anleger gingen, über Seegras knirschten und sich um die Standfestigkeit des Piers sorgten. Ceowulf hielt Cybillia fest, und Caspar sah sich argwöhnisch nach Spuren von Sandvipern um, obwohl er wußte, daß sie auf den Kieselsteinen sicher wären.

»Wir können nicht länger brauchen, weil wir in drei Tagen den kürzesten Tag des Jahres haben.«

Sie sahen sich in der kargen Gegend um. Es gab kaum einen Baum, nur sprödes Gras und grellrotes Heidekraut zwischen Felsen, die vom Rand des zentralen Abhangs herabgestürzt waren. Vom ständigen Möwengeschrei und den lautlosen Landungen eleganter Kormorane auf dem Wasser abgesehen, gab es keine Spur von Leben. Die Belbidianer sahen allesamt Brid an.

Abwehrend hob sie ihre Hände. »Also, ich kenne diese Insel nicht besser als ihr. Wir werden uns einfach umsehen müssen.«

Sie verbrachten den Morgen damit, die Insel zu umrunden, und fanden nichts Erwähnenswertes, bis auf eine Fährte, die von einer anderen Bucht her zum Vulkan hin führte. »Das muß der Weg sein«, beschloß Brid.

Mit neuerlicher Energie erklommen sie die steile Anhöhe. Caspar empfand ein seltsames Gefühl von Freiheit, als er aufstieg. Er wollte gern weit oben sein. Je weiter sie kletterten, desto länger mußten sie auf Cybillia warten, die langsam ermüdete. Neugierig betrachtete Caspar Pellams Gesicht, während sie warteten. Seit einiger Zeit schon war er ungewöhnlich still, und seine Augen leuchteten wach, suchten eifrig die vor ihnen liegenden Hänge ab. Er glaubt tatsächlich, daß wir nach einem Schatz suchen, dachte Caspar und lächelte innerlich, als sich Pellam, sehr zu Hals Ärger, Ceowulf zuwandte, den er offensichtlich für den Verantwortlichen hielt.

»Gibt es irgendwelche Hinweise darauf, wo zu suchen ist?«

»Keine vollständigen«, räumte der Ritter freimütig ein.

Brid verzog bei seiner Offenheit das Gesicht, doch Caspar blieb gelassen. Es konnte nicht schaden, wenn sie taten, als suchten sie nach einem Schatz.

Sorgsam betrachtete Brid einige Minuten lang Pellams Gesicht, dann zuckte sie mit den Achseln, als verwarf sie ihre Ängste. »Nein, keine sonderlich vollständigen«, wiederholte sie und warf Hal einen finsteren Blick zu, als trüge er die Schuld an diesem Makel in ihrem Plan. »Wir suchen nach einem Steinkreis.«

»Ein Steinkreis?« Offensichtlich wußte Pellam nicht, wovon die Rede war.

»Ein Kreis aus stehenden Steinen.«

Der Ophidianer verzog das Gesicht. »Das ist etwas finster, oder?«

»Wen interessiert es, solange es einen Schatz birgt?« gab Ceowulf zurück und nahm den herzlosen Tonfall eines Söldners an.

Pellam nickte. »Ja, wen interessiert es schon?«

Hal sah ihn zuerst. Ungeduldig war er vorausmarschiert und war fünfzig Schritte vor ihnen zum Stehen gekommen, wo sich der Pfad hinter einen Spalt im Felsen schlängelte. Als er sah, daß sein Onkel das Schwert zückte, eilte Caspar voran, um ihm zur Seite zu stehen.

Als er zur Biegung kam, blieb auch er stehen. Der Weg führte direkt zu einer steilen Felswand, und das mächtige Bildnis eines Bullenkopfes, der aus dem Stein gehauen war, starrte auf sie herab. Die riesigen Hörner mußten wohl zwanzig Fuß lang sein. Der Weg führte direkt in sein offenes Maul und verschwand in seinen schwarzen Schatten.

Die anderen kamen heran und staunten über die Größe dieser Statue. »Das würde Vater gefallen«, murmelte Cybillia hauptsächlich zu sich selbst, was Caspar an Baron Bullbacks Stolz auf seine riesigen Viehherden erinnerte. Heidnischer Götze oder nicht, der Bullenkopf hätte dem Baron von Jotunn Freude bereitet. Ceowulf zuckte leise, als er sein Schwert zog. Offenbar schmerzte ihn seine rechte Schulter nach wie vor, und er bewegte sie einige Male vorsichtig, soweit es ging. Caspar beugte sich vor und spannte seinen Bogen, und sie schlichen voran.

»Ich fühle mich ohne Waffe etwas nackt«, beklagte sich Pellam, den die plötzliche Bereitschaft seiner neuen Freunde, sich zu verteidigen, etwas erschreckte.

»Du hast Augen und Ohren«, flüsterte Brid. »Das wird genügen.«

Vorsichtig näherten sie sich der großen Statue und spähten durch den Schlund ins Dunkel.

»Dort am Ende ist ein Licht«, flüsterte Caspar. Seine Stimme drang in die Höhle und hallte rauh zu ihnen zurück. »Sieht wie eine Art Abkürzung aus, die man in den Felsen gehauen hat.«

Es war unnatürlich still, als sie auf Zehenspitzen durch den Tunnel liefen, und Cybillia hielt sich am caldeanischen Ritter fest. In der Finsternis spürte Caspar, wie seine Sinne schärfer wurden. Er spitzte die Ohren, als Steine von der Decke rieselten. Er fühlte sich sehr unwohl.

»Es könnte ein verlassener Ort sein«, war Brids leise Stimme in der Stille zu vernehmen, als sie in das kühle Licht dahinter traten. Ein fruchtbares Tal breitete sich vor ihnen aus, das in der steinernen Senke des Kraters in einem erloschenen Vulkan lag. Die grasbewachsenen Hänge waren durch die umgebenden Basaltwände vor dem Wind geschützt.

»Nein, diese Wege werden regelmäßig benutzt«, korrigierte Hal und nickte zum ausgetretenen Pfad unter ihren Füßen hin.

»Vermutlich hast du recht.«

Ein Adler mit roter Haube warf sich zum Himmel auf, stieg in die Höhe und flog am Klippenrand entlang. Caspar war sicher, daß er sie beobachtete. Sie schlichen ein Stück weiter zu einer Stelle, wo der Weg sanft in die Tiefe führte und ihnen einen weiten Blick auf das geschützte Tal ermöglichte. Mitten im Talgrund beschrieben einundzwanzig stehende Steine stolz einen rituellen Kreis.

Brid lächelte hochzufrieden. »Wir hätten uns keine Sorgen machen müssen. Nun wird es doch noch einfach.«

»Immer optimistisch!« Ceowulf sah sie mit den argwöhnischen Augen des langjährigen Söldners an. Er hielt sein geöltes Schwert in der rechten Hand und signalisierte den anderen, daß sie zurückbleiben sollten, doch Hal ignorierte die Geste und trat forsch neben den Ritter.

»Hier ist niemand. Wieso geht ihr davon aus, daß uns Gefahr droht?« fragte Pellam.

»Wegen des riesengroßen Bullenkopfes. Der ist gut gepflegt, weder Flechten noch Moos kleben am Stein, also verehrt ihn offenbar noch jemand. Kein Götzenanbeter wird Fremde willkommen heißen, da er die Verfolgung fürchten muß, und daher sollten wir Vorsicht walten lassen«, riet Ceowulf, als sie voranschlichen. Er sorgte sich um ihre Route. Um den mittleren Kreis aus Steinen lagen ganze Armeen von Felsbrocken über das gesamte Tal verteilt. Hinter diesen Steinen konnten sich unzählige Leute verstecken.

Cybillia zupfte an Ceowulfs Ärmel. »Sind wir denn nicht sicher mit …?« Ihre Stimme erstarb, und argwöhnisch sah sie zu Pellam hinüber, der etwas abseits der Gruppe lief. Er blickte in den Himmel, betrachtete fasziniert den Flug des Adlers. Als sie sicher war, daß Pellam sie nicht hören konnte, fuhr sie im Flüsterton fort. »Wir können doch sicher keinen Schaden nehmen, solange Brid bei uns ist.«

Hal sah sie an. »Du erinnerst dich natürlich nicht mehr an das Kloster in Ovissia. Nur weil sie Heiden sind, bedeutet das noch lange nicht, daß sie der wohltätigen Führung der Großen Mutter folgen.«

Brid machte ein zufriedenes Gesicht. »Wohltätig, Hal? Sag nicht, du wirst weich.«

Pellam fuhr herum. Als er sah, daß alle flüsterten, warf er ihnen einen neugierigen Blick zu, doch er sagte nichts.

Ein Schrei, der von einer Todesfee hätte stammen können, ließ sie abrupt stehenbleiben.

»Was zum Teufel war das?« rief Pellam.

Augenblicklich erkannte Caspar den Schrei. »Es ist ein Pferd. Ein sehr verängstigtes Pferd.«

Das tiefe Heulen einer Jagdfanfare hallte zwischen den Kraterwänden, prallte von einem Fels zum nächsten. Unmöglich ließ sich sagen, ob es ein Horn oder mehrere waren. Caspar spürte, wie er eine Gänsehaut bekam. Trund marschierte neben Brid, das Nackenhaar wie steife Schweineborsten auf dem Rücken.

Ceowulf schob Cybillia hinter sich, als ein langer Schatten jemanden verriet, der hinter einem von Flechten überwachsenen Felsen lauerte. »Wir kommen nicht als Feinde«, erklärte er mit lauter Stimme.

»Es könnte sein, daß sie dich nicht verstehen«, erinnerte ihn Brid. »Pellam, könntest du es auf ophidianisch wiederholen?«

»Worauf habe ich mich nur eingelassen?« murmelte er, nickte und wiederholte Ceowulfs Worte in seiner eigenen, melodischen Sprache.

Fünf Gestalten traten auf den Weg hinaus. Cybillia stieß vor Schreck einen Schrei aus.

Vier von ihnen waren mit Pferdeköpfen maskiert und trugen etwas, das wie Umhänge aus Pferdefell aussah. Darunter trugen sie nur sehr wenig in der kalten Luft. Die fünfte Gestalt war sehr viel größer. Ein Bullenschädel mit riesigen Hörnern saß auf ihrer Schulter, umfing den Kopf, und goldene Amulette lagen um die Arme, leuchteten auf dunkler, muskulöser Haut. Ein schwarzes Bullenfell hing um den Rücken des Mannes, und ein Lederstreifen bedeckte seine Lenden. Rippen und Muskeln wurden von blauer Farbe hervorgehoben, und Ketten voller Tierzähne schmückten seine Brust. In Caspars Augen jedoch waren die vier unter den Pferdeköpfen am seltsamsten. Es waren Frauen. Groß und schlank mit weicher Haut, und ihre gespannten, nackten Muskeln waren mit derselben blauen Farbe bestrichen.

Der Mann unter dem Bullenkopf sprang vor, spreizte die Beine und hockte sich in aggressiver Pose hin. Er klapperte mit seinen Zahnketten und schwenkte einen verzierten Speer. Nun erst sah Caspar, daß an dem Speer kleine Schädel klapperten. Speiübel wurde ihm, als er merkte, daß es sich um Kinderschädel handelte.

»Bei allen Heiligen«, betete Pellam.

»Schscht«, warnte Brid. »Uns geschieht nichts, solange wir nicht den Kopf verlieren.«

»Ich vermute, du meinst es im wahrsten Sinn des Wortes«, erwiderte er mit trockenem Humor.

»Sag ihm, daß wir gekommen sind, um bei den Steinen zu beten, da das Jahresende bevorsteht«, erklärte sie dem Ophidianer ganz ruhig.

Entgeistert sah Pellam sie an. »Bist du sicher?«

Sie nickte zur Bestätigung.

Der Mann hustete und murmelte einige unsicher klingende

Worte auf ophidianisch. Die zentrale Bullengestalt stampfte einen feierlichen Tanz mit ihren nackten Füßen, und mindestens vierzig Männer und Frauen traten hinter verschiedenen der größeren Felsen hervor. Sie kamen auf den Pfad und umkreisten die Gefährten.

»Schon mal das Gefühl gehabt, in der Falle zu sitzen?« murmelte Hal mit feurigem Trotz. »Doch sag mir, Brid, warum ist es immer so, daß wir an einem deiner heiligen Tage Ärger bekommen?«

Finster sah sie ihn an und trat dem Bullenschamanen mit furchtloser Entschlossenheit im Blick entgegen. Sie legte ihre Hand aufs Herz und hob die Arme über ihren Kopf, legte die Fingerspitzen aneinander, um das runde Zeichen der Mutter zu beschreiben. Der Bullenmann rasselte mit seinem Speer und streckte beide Arme aus, ahmte die Hörner eines Bullen nach. Er scharrte mit dem Fuß am Boden, um die Drohung zu unterstreichen. Plötzlich sprang er beiseite und deutete auf den Steinkreis. Die unmaskierten Gefolgsleute drängten sich um sie, schoben sie vorwärts. Es schien sinnlos, sich ihnen zu widersetzen, und so ließ Caspar seine Waffe sinken und folgte Brids Beispiel, als sie zum Steinernen Kreis hinüberging.

Die Inselbewohner johlten und plapperten unverständlich mit harschen Stimmen; ihr Ophidianisch war weit weniger melodisch als Pellams. Sie waren sehr viel größer als ihre Landsleute auf dem Festland und hatten blondes Haar und helle Haut, was in Ophidia ebenfalls ungewöhnlich war, wo die meisten Bewohner dunkel und stämmig waren. Die Frauen trugen seltsame weiße Kleider, die von einer Schulter fielen und eine Brust nackt ließen. Ihre Brustwarzen waren mit roter Farbe bestrichen und manche mit Sonnenrädern und Monden bemalt. Die Männer gingen mit freiem Oberkörper, groben Hosen und Lederriemen, die sie um die unteren Gliedmaßen geschlungen hatten. Grobe Abbildungen von Hörnern verzierten ihre Oberkörper, und viele hatten sich feine Knochen durch das Fleisch ihrer Brustmuskeln gestochen. Diese Männer hielten kurze Speere mit breiten Spitzen in Händen, wohingegen die anderen dünne Röhrchen bei sich trugen, die Caspar mißtrauisch musterte. Trotz ihrer außergewöhnlichen Aufmachung und des erschreckenden Zierats war das Bemerkenswerteste an ihnen der Mangel an Gefühl in ihren Gesichtern: ruhig, feierlich, ohne Furcht und ohne Neugier.

»Die Leute müssen seit vielen Generationen schon sehr isoliert leben, daß sie derart eigene Stammescharakteristika entwickeln«, meinte Brid. Ihre Miene war beim Anblick dieser Leute von staunender Neugier erfüllt, und es war nichts von der Sorge zu erkennen, von welcher Caspar wußte, daß sie ihm mit ernsten Falten ins Gesicht gemeißelt war.

Man führte sie zu den mittleren der stehenden Steine, und Caspar stellte fest, daß das Tal sehr viel größer war, als es ihm anfänglich erschienen war. Die Steine, die unter den Basaltklippen, welche den Krater umgaben, zwergenhaft klein gewirkt hatten, überragten ihre Köpfe mindestens um zwanzig Fuß, und er fragte sich, wie die Steine an Ort und Stelle manövriert worden waren. Seltsamerweise schienen sie aus schwarzem Granit zu bestehen, nicht aus dem dunkelbraunen Basalt, der die Landschaft umgab. Es erstaunte seinen Sinn für Logik. Die Steine schienen von einem anderen Ort importiert worden zu sein, was bedeutete: übers Meer.

Eine breite, flache Felsplatte war in der Mitte der Steine plaziert und mit seltsam dunkelbraunen Flecken überzogen, die nichts anderes als altes, getrocknetes Blut sein konnten. Weidenhürden waren gleich außerhalb des Ringes aufgestapelt. Fragend sah Caspar sie an.

»Ich denke, sie blockieren den Raum zwischen den stehenden Steinen, um eine geschlossene Arena zu schaffen«, meinte Brid.

Caspar schluckte. Er fühlte sich höchst unwohl. Wieder ging der Pferdeschrei durch die Luft, und eine schlanke Stute mit wallender Mähne und langem Schwanz wurde hinter einem Haufen herabgestürzter Felsen hervorgeführt. Sie war von wunderschöner Farbe, fast ein poliertes Silber, wenn auch ein großer Teil ihres Fells nun rotgefleckt war. Mähne und Schwanz waren mit roten Schleifen und Glöckchen behangen. Sie trug kein Zaumzeug, sondern wurde wie ein Bulle an einem Ring durch die Nase geführt.

Als das junge Pferd in die Mitte des Steinkreises gelenkt wurde, stellte man die Hürden wieder an Ort und Stelle, ganz wie Brid vermutet hatte. Das Füllen wurde losgelassen, so daß es bockte und wieherte, mit großen Augen und aufrechtem Kopf um den inneren Kreis des Ringes galoppierte. Die Hürden waren mehr als acht Fuß hoch, und obwohl das Tier wiederholt Anlauf nahm, war es ihm doch unmöglich, durchzubrechen. Die fünf Belbidianer und ein staunender Pellam wurden zu einem Felsen geführt, wo sie von einer bewaffneten Wache umringt waren, und man zwang sie, Zeugen des grausamen Spektakels zu werden.

»Verschwende keinen Gedanken daran, wie du dich mit Gewalt befreien könntest«, knurrte Ceowulf Hal an. »Wir wissen nicht, wie viele von diesen Irren es gibt, aber diejenigen, die keine Speere haben, sind mit Blasrohren bewaffnet. Ich glaube, du solltest warten, was passiert, bevor du irgend etwas Übereiltes tust.«

»Wollte ich gar nicht.«

»Ich will nicht streiten, Hal«, versicherte der große Söldner mit Bestimmtheit. »Halte nur deinen Zorn im Zaum und dein Schwert in der Scheide, da wir sonst allesamt sicher des Todes sind.«

Als die Inselbewohner den Bullen in die Arena ließen, war das Pferd inzwischen schweißnaß und verängstigt. Der Mann mit der Bullenmaske sprang in den Kreis und trieb seinen Speer hart in den fleischigen Muskel im Nacken des Bullen. Das Tier war nicht so groß wie ein Ochse aus Jotunn, dennoch war es ein mächtiges, muskelbepacktes Vieh. Sein schwerer Schädel mit der rauhen Stirn war von grandiosen Hörnern gekrönt, die sich zu Nadelspitzen wanden, und er war weiß, fast so weiß wie das Füllen. Die Erde schien zu beben, als er seinen schweren Körper in einen plumpen Galopp warf, die gesenkten Hörner auf die Hürden gerichtet. Rotes Blut rann aus der Speerwunde.

Die Inselbewohner standen auf erhöhten Planken, damit sie über die Barriere greifen konnten, und sie klapperten mit ihren Speeren, um den Bullen anzustacheln. Er riß Holzstücke aus den Hürden; sie steckten auf seinen Hörnern wie Teile eines Vogelnestes. Da ihn die Speerspitzen zurücktrieben, wurde er seines sinnlosen Unterfangens bald müde.

Caspars Kehle war zu eng, um schlucken zu können. Er konnte sich nur glücklich schätzen, daß sie ihre eigenen Pferde zurückgelassen hatten, so daß sie das Entsetzen nicht wittern mußten, von dem das Tal erfüllt war.

»Brid, was zum Teufel geht hier vor sich?« wollte Hal wissen. »Welche Art des Heidentums ist das?«

Die Priesterin war seltsam ungerührt. »Es sieht aus, als hätte ein seltsamer Bullenkult von dem alten Steinkreis Besitz ergriffen. Dieses Ritual scheint eine Art Test zu sein, der beweisen soll, daß der Bulle dem Pferd überlegen ist.«

»Wie wollen sie das tun?« fragte Cybillia naiverweise.

Ceowulf sprach mit leiser Stimme. »Ich glaube nicht, daß wir uns darum sorgen müssen. Am besten sehen wir nicht hin.«

Caspar war entsetzt. Die beiden Tiere waren keine natürlichen Feinde, und unter normalen Umständen hätten sie selig Seite an Seite gegrast, doch hier waren sie nun beide ängstlich und aufgestachelt. Anfangs wußte er nicht, wie sie das schreiende Füllen derart verletzt hatten, bis er einen Mann mit einer langen Peitsche mit mehreren Riemen sah. An deren Enden waren Eisennägel verknotet, und er schlug damit auf das Fell des Pferdes ein, sobald es zitternd stehenblieb. Die flatternden, grellroten Bänder und klirrenden Glöckchen erschreckten das Pferd noch zusätzlich. Der Bulle dagegen wurde mit scharfen Spießen in den Zorn getrieben. Da er nur das schreiende Pferd sah, senkte der Bulle seine Hörner und griff das Tier an.

Caspar konnte nicht hinsehen. Er wünschte dem Fohlen einen schnellen Tod, doch nach dem Wiehern und Quieken zu urteilen, hoffte er vergeblich. Es dauerte mehrere Minuten, bis nur noch das schwere Schnauben des Bullen die Arena erfüllte.

Leiser Singsang war von den versammelten Inselbewohnern zu hören. Anfangs nicht mehr als nur ein Flüstern, schwoll es dann zu schwerem Dröhnen an. Der Bulle wurde in einen engen Pferch getrieben und dann mit einem Stock durch den Ring in seiner Nase festgehalten. Blut rann aus seinen Nüstern, und seine großen, rollenden Augen glotzten unter schweren Lidern hervor. Schleppenden Schrittes trottete er seinem Hüter zahm wie ein Lamm hinterher.

»Es sind noch immer drei Tage bis zum kürzesten Tag des Jahres«, murmelte Brid. »Diese Zeremonie kann nur einen Vorgeschmack auf die eigentliche Festivität darstellen. Und wenn sie jetzt schon einen Bullen gegen ein Pferd antreten lassen, wen wollen sie in Mutters Namen bei der Wintersonnenwende opfern?«

»Uns?« fragte Ceowulf ohne Überraschung in der Stimme.

Die Priesterin nickte.

Die Inselbewohner hatten keineswegs die Absicht, ihre eben entdeckten, frischen Opfer entkommen zu lassen. Sie wurden in eine dunkle, feuchte Höhle mit einem Metallgitter vor dem schmalen Eingang gesperrt und von fünf Mann mit Speeren bewacht. Hal hatte sein Schwert nicht preisgegeben, ohne reichlich bittere Worte auszuspeien, und am Ende waren es Ceowulfs Arm und seine ruhige Stimme, die ihn davon überzeugten, das die Zahl der Feinde zu groß war, um sich den Weg freizukämpfen.

Der Schamane war wegen des Schwertes hocherfreut. Er zog seinen Bullenschädel vom Kopf, was ein verstörendes Gesicht freilegte. Ein Auge war von fahlem Braun, das andere weiß, mit einer Narbe, die von der Stirn über das Augenlid des weißen Auges auf die Wange führte. Das weiße Gewebe wurde von der blauen Farbe, welche die Narbe umgab und die Augenhöhle einrahmte, auf dramatische Weise hervorgehoben. Er stürzte sich auf das Schwert, zog es aus seiner Scheide und begutachtete die Runen. Er warf den Belbidianern einen kurzen, nervösen Blick zu, schloß das Schwert in beide Arme und trug es zum zentralen Altarstein in der Mitte des Kreises.

Hal knirschte mit den Zähnen und wandte sich Ceowulf zu. »Du feiger Dummkopf, ich hätte ihn erschlagen können. Wenn ich den Anführer habe, kapituliert der Rest schon bald. Ich hätte ihn töten können. Jetzt hat er mein Schwert.«

Ceowulf blieb von diesem Ausbruch unberührt, legte dem Jungen nur seine schweren Hände auf die Schultern und drückte ihn herunter. »Denk doch darüber nach, Hal. Ohne einen Plan werden wir ihnen nicht entkommen, und uns bleiben noch zwei Tage, uns etwas zu überlegen.«

Mit gekreuzten Beinen saß Pellam am Boden, murmelte auf ophidianisch vor sich hin. Seine Miene war finster, als hätte man ihn hintergangen. »Wieso habt ihr nicht gesagt, daß es gefährlich würde? Ihr sucht nicht nach einem Schatz, und ihr redet mit Brid, als wäre sie eine Art Hexe.«

»Ich bin eine Art Hexe«, erklärte die Jungfrau geduldig, was den Mann nicht trösten konnte. Er sah sie nicht an, als wäre sie böse, wie jeder Belbidianer es getan hätte, sondern als wäre sie verrückt. »Ich bin Hohepriesterin der Großen Mutter, eine der Drei Ergebenen Dienerinnen, und Sie wird nicht zulassen, daß ich von einem Haufen besessener Priester eines Bullenkultes geopfert werde. Wie Ceowulf sagt, bleiben uns noch zwei Tage, einen Plan zu ersinnen.«

»Du erwartest von mir, einem Ophidianer, daß ich solchen Unsinn glaube?« Scharf sah Pellam sie an, und sein Blick zeigte recht deutlich, daß er sie für geistig verwirrt hielt.

Aber ihnen blieben keine zwei Tage. Trübsinnig hockten sie eine Nacht lang bis zum nächsten Morgen da, bis der Mann mit dem weißen Auge wiederkam. Er deutete auf Brid und Cybillia und plapperte eilig im ophidianischen Singsang. Erwartungsgemäß wandten sich die Belbidianer an Pellam.

»Wenn der Mond aufgeht, müssen die beiden Mädchen mit der feinsten Stute, die sie haben, zum Bullen in die Arena. Wir anderen gehen morgen mit den Hengsten, da diese zum Jahresende eine größere Herausforderung für den Bullen darstellen. Ich glaube, Hal hatte recht. Er hätte sein Schwert benutzen sollen, als er es noch hatte.«

Im Dunkel der Höhle sah Cybillias Gesicht mondbleich vor Angst aus, doch Brid wirkte trotzig und frei von Sorge. »Das ist alles nur abergläubischer Unsinn. Wenigstens bekomme ich Gelegenheit, mir das alles einmal anzusehen, bevor ihr euch zu Idioten macht.«

Sie kauerte in einer Ecke, murmelte Bannsprüche, rieb Kräuter in ihrer Hand und weigerte sich, mit den anderen zu sprechen. Als die Sonne hinter den Kraterwänden unterging, waren selbst Ceowulf die beruhigenden Platitüden ausgegangen.

Als Weißauge wiederkam, tat er das mit einer bewaffneten Wache. Er schwankte im Gehen, hatte sich das Runenschwert nun um den Rücken gebunden.

Brid erhob sich, um ihn zu begrüßen. »Ich diene einer weit

mächtigeren Gottheit als du. Mach dich bereit, Schamane, daß du vor meiner Macht erzitterst.«

Caspar merkte, wie ein Staunen ihn durchbebte, als er die Macht in ihrer Stimme spürte. Der Schamane mochte ihre Worte nicht verstehen, doch verstand er Ton und Gestus. Überrascht wich er einen Schritt zurück, aber dann grinste er und sah zu seinen Männern hinüber.

Cybillia jaulte, als man sie bei den Armen nahm, und Ceowulf schäumte vor Zorn. Fünf Messer drückte man an seine Kehle. Auch Brid wurde grob ergriffen und fortgeführt, bevor der Rest der Belbidianer und Pellam aus der Höhle gezerrt und gefesselt wurden. Man schleppte sie an den Rand der Arena und dann auf die Tribüne.

Zuerst wurde eine gespenstisch weiße Stute, die man mit der grausamen Peitsche und einem Ring durch die Nase aufstachelte, in die Arena getrieben. Es war ein schönes Tier, von der Form wie Feuerschweif, mit langen, schlanken Beinen, voller, tiefer Brust, hoch aufragendem Hals und muskulösen Schenkeln. Sie lief durch die Arena, schnaubte und tanzte, und die Silberglöckchen bimmelten um ihren Bauch, doch war sie nicht so ängstlich wie das Fohlen am Tag zuvor.

Trotz der drückenden Furcht vor dem, was Brid geschehen mochte, konnte sich Caspar des Wunsches, dieses prächtige Tier zu besitzen, nicht erwehren. Es stürzte sich kopfüber in einen Galopp quer durch die Arena, scherte in letzter Sekunde scharf vor den Barrieren aus, mit aller Anmut und Geschwindigkeit eines Turnierpferdes. Sie ist ein reinrassiger Oriaxianer, genau wie Feuerschweif, dachte er staunend. Einen kurzen Augenblick lang war er von seinen Ängsten um die beiden Mädchen abgelenkt, und er empfand tiefe Trauer um dieses wunderbare Tier. Sein Tod wäre eine schreckliche Verschwendung.

Ein schwarzer Bulle kam schnaubend in die Arena, warf

Rasen mit den gespaltenen Hufen auf. Ein Speer flog durch das Rund und traf den Bullen im Nacken. Sein Rücken erstarrte, und einen Moment sah er verdutzt aus. Bebend stieß er ein hohes Heulen aus, dann senkte er seine Hörner und drehte sich langsam um sein mächtiges Hinterteil, suchte den Angreifer. Kurze, kraftvolle Beine spannten sich unter dem mächtigen Leib, und mit seinen Hufen riß er den Boden auf. Im Gegenzug bäumte sich die Stute auf und schlug mit den hellen Hufen in die Luft, eher aus Trotz als aus Zorn, und ihre bimmelnden Glöckchen ärgerten und verwirrten den Bullen.

Die Priester begannen einen leisen Singsang, als Brid und Cybillia grob in die Arena gestoßen und allein und wehrlos zurückgelassen wurden. Der schwitzende Bulle schwang seinen gehörnten Kopf herum. Schwarzbraune Augen stierten aus dem derben Gesicht hervor.

»Ihr müßt stillhalten«, rief Ceowulf durch die Arena.

Caspar fand den Singsang gleichermaßen verstörend, beängstigend und aufstachelnd. Er war sicher, daß Feuerschweif inzwischen vollkommen außer sich gewesen wäre. Plötzlich brach der Singsang ab.

Brid stand auf einem niedrigen, blutbefleckten Altarstein, die Arme ausgebreitet, den leuchtenden Mondstein in einer Hand erhoben, dessen Licht einen gespenstischen Glanz verbreitete. Der rote Feuerdrache schlang sich wie ein Reif um ihren Arm, und seine Zunge zuckte gierig zum schillernden Licht hin. Die Kugel zog den Blick des Bullen auf sich, wie sie die Aufmerksamkeit eines jeden im Krater auf sich zog. Einen Moment dachte Caspar, es hätte gewirkt. Doch zeigte die Kraft der Kugel auf das Tier nicht die gleiche Wirkung wie auf die ängstlichen Herzen abergläubischer Menschen.

Der mächtige schwarze Bulle wich zurück, setzte zu einem kurzen Spurt an und wich wieder aus. Beim ersten Angriff kam auch Brid sichtlich ins Wanken. Verzweifelt riß Caspar an seinen Fesseln, da er wußte, daß das leiseste Anzeichen von Schwäche in Brids Bewegungen das Tier auf sie lenken würde.

Plötzlich schlug sich Cybillia an den Oberschenkel, woraufhin der Bulle seinen Kopf in ihre Richtung drehte. »Ich habe genug davon«, erklärte sie mit ärgerlicher Stimme und bürstete ihr zerfetztes Kleid ab. »Wirklich genug. Es ist nur ein Bulle. Und er sieht verdammt viel kleiner aus als die Bullen, an die ich gewöhnt bin.«

»Sie hat den Verstand verloren«, krächzte Pellam.

Caspar wagte nicht zu atmen. Das Mädchen marschierte direkt auf das Riesenvieh zu und sah ihm offen in die Augen.

»Tu es nicht, Cybillia«, flehte Ceowulf mit leisem Flüstern.

»In meinem ganzen Leben habe ich niemals solchen Unsinn gehört«, verkündete das Edelfräulein von Jotunn mit warmer Stimme, als schalt sie ein unartiges Hündchen. Langsam und gleichmäßig näherte sie sich ihm, bis sie zwanzig Schritt weit von dem Tier entfernt war. »Aber du weißt doch, daß du keinen Ärger machen sollst«, sagte sie dem Bullen.

Drohend wich er erneut zurück, doch sie wandte sich keinen Augenblick von ihm ab, sprach die ganze Zeit mit ruhiger Stimme, ohne sich auch nur den leisesten Anflug von Furcht anmerken zu lassen.

»Ich kann nicht glauben, was Cybillia da tut«, murmelte Hal.

Caspar lachte nervös. »Sie ist zwischen Ochsen aufgewachsen, die doppelt so groß waren. Ich denke, sie wird wissen, wie man mit ihnen umgeht.« Seine Brust hatte sich soweit entspannt, daß er wieder atmen konnte, doch der Aufschub war nur vorübergehend. Er schnappte wieder Luft, als die cremefarbene Stute vom Stich eines gefiederten Pfeiles aufschrie und bockte. Sie lief durch die Arena, an Cybillia vorbei, die vor Schreck zusammenzuckte, was ihre Konzentration auf den Bullen störte.

Brid dagegen fürchtete die Stute nicht. »Cybillia«, rief sie,

»sprich weiter mit ihm. Mach dir keine Sorgen um das Pferd. Ich kümmere mich darum.«

Die Stute stand auf ihren Hinterbeinen, dann bockte sie, drehte sich und trat, versuchte sich von den bimmelnden Bändern zu befreien, in denen sich ihre Beine verfingen. Sorgenvoll blickte Cybillia über ihre Schulter, fürchtete das Pferd noch immer mehr als den Bullen, dem sie sich allmählich näherte.

Kühn stellte sich Brid dem Pferd in den Weg. Caspar schloß die Augen, war sicher, daß das Pferd die Jungfrau niedertrampeln würde. Die Menge stöhnte auf, und Caspar wußte nicht, wie sie es gemacht hatte, doch da war sie, saß auf dem Rücken des Pferdes, die Hände in einen Sattelgurt aus Schleifchen verhakt, die den Hals des Pferdes schmückten. Wieder bockte die Stute, doch sie wirkte jetzt sehr viel friedlicher.

Cybillia schluckte fest und wandte sich wieder dem Bullen zu. »Du bist mir ja ein böser Bube. Ich weiß es, und du weißt es, aber wir wissen beide auch, daß du keinen Ärger mehr machen willst.«

Der Bulle schien ihrer Meinung zu sein und hob seinen Kopf, entspannte sich und ließ von seiner drohenden Haltung ab. Er wankte voran wie ein hornloser Ochse. Wie selbstverständlich kraulte sie seine flache Stirn. Der Bulle holte tief Luft, dann stieß er einen rumpelnden Seufzer aus.

Staunendes Stöhnen erstickte den letzten, betretenen Singsang der Inselpriester. Cybillia löste den Gürtel um ihren schlanken Körper und schlang ihn durch den Nasenring des Bullen. Wie ein sanftmütiges altes Zugpferd ließ sich der Bulle am Ring herumführen. Ständig sagte sie ihm, welch ein feines Tier er sei und schalt ihn liebevoll dafür, daß er ein solcher Unruhestifter war. Manche Inselbewohner sanken auf die Knie, und Brid nutzte die Gelegenheit, sich diese Empfindungen zunutze zu machen.

»Die Große Muttergöttin verkündet ihre Macht über alle Tiere, die auf Ihr leben. Wir stehen hier inmitten der Macht Ihrer geborstenen Knochen. Fühlt Ihre Pracht und Herrlichkeit!«

Sie hob den Mondstein hoch über ihren Kopf, und ein einzelner Mondstrahl fiel vom Himmel und berührte die Kugel. Weißes Licht schien aus der Kugel und zerstreute sich, um die schwarzen Riesenschatten der einundzwanzig Steine zu beleuchten. Brid und ihre cremefarbene Stute waren in Silber getaucht, eine Vision von Hoffnung und Licht, die dort im dunklen Kreis stand. Ob die Priester der Fernen Inseln ihre Worte nun verstanden hatten oder nicht, das wußte Caspar nicht, doch zweifelsohne verstanden sie ihre Macht. Flehend fielen sie auf die Knie.

KAPITEL 9

Teufel! Teufel! Verschont mich!« heulte Rosalind, während sie ins Leere schlug, ihr Gesicht ein Bild des Schreckens.

May beobachtete sie voller Entsetzen. Normalerweise war die Küchenmagd ganz ruhig und friedlich, doch nun stand sie auf dem Tisch, hieb mit wilden Fäusten in die Luft, als wehrte sie sich gegen einen Angriff von Dämonen. Ihre Augen waren starre, schwarze Löcher, als blickte sie direkt in den Rachen des Todes.

Elaine drückte ihre Tochter an sich. Es war spät, und sie hatten auf den harten Liegen rund um die untere Halle geschlafen, nah beieinander, um die mittwinterliche Kälte abzuwehren. Rosalinds Ausbruch hatte alle geweckt. Nun versuchte die stämmige Maud sie zu bändigen.

Doch Rosalind war nicht die einzige, die zu kämpfen hatte. Eine weitere Küchenhilfe, eine nervöse, mausgraue Frau namens Frieda, schluchzte anfallartig, schaukelte hin und her und wiegte eine von Mays Lumpenpuppen, als sei diese ein Säugling. May hatte ihr einst so heißgeliebtes Spielzeug seit Beginn der Belagerung keines Blickes mehr gewürdigt, und nun schien es ihr trivial. Hatte sie wirklich mit diesen Puppen spielen wollen? Sie konnte es sich nicht vorstellen.

Und dann war da Isabel …

Mays Blick wanderte zu den Trennwänden am Ende der Halle, als sich eine Reihe langer, trauriger Schreie in ihre Ohren bohrten, schlimmer als die Schreie eines Soldaten, der von einem Pfeil getroffen worden ist, schlimmer als die Schreie eines Wolfes, der in der Falle sitzt. Ein junger Soldat stand vor dem Wandschirm und rang die Hände. Sein Gesicht war von Trauer verzerrt. Es war Isabels Mann.

»Ich brauche Wasser«, rief Morrigwen, »heißes Wasser. Köchin, lauf in die Küche und bring kochendes Wasser. May, hör auf zu gaffen und hilf ihr. Und Maud, bring Rosalind zum Schweigen und halt sie von den Wandschirmen fern. Wir haben schon genug Probleme mit Isabel, auch ohne daß diese Frauen hysterisch werden.« Die Greisin wandte sich Mays Mutter zu und sprach mit leiser Stimme: »Elaine, hilf mir.«

May wußte nicht, was in Frieda und Rosalind vor sich ging. Sie fragte sich, ob es Isabels Schreie waren, die sie derart verstört hatten. Beide schienen zu halluzinieren. Sie konnte nicht glauben, daß Isabels Not sie so aus der Fassung brachte, nicht nach allem, was sie in den vergangenen Monaten vom Tod gesehen hatten. Jeden Abend brannten Scheiterhaufen und verzehrten die tapferen Toten, fast hundert schon, seit jemand den Rubin entwendet und die Runen geschändet hatte.

Als der Schutz durch die Runen des Krieges nachließ, sahen selbst diejenigen, die noch dem Neuen Glauben anhingen, wie sehr Torra Alta die helfende Hand der Großen Mutter brauchte. Selbst der Hauptmann hatte seine Gebete in der Kapelle schließlich aufgegeben und stand bei den anderen bei Sonnenaufgang und in der Abenddämmerung, wenn sie ihre Stimmen zum Gebet an die Göttin erhoben.

Doch nun war es, als ginge die Sonne nie unter. Die Scheiterhaufen ließen den Himmel über Torra Alta in rotem Glanz erstrahlen, und überall stank es nach verkohltem Fleisch und brutzelndem Fett. Rosalind und die anderen hatten stets die Ruhe bewahrt, schweigend die Tragödien um sie herum ertragen, doch heute hatte Isabel gelitten, und zwei weitere Küchenmägde waren dem Wahn anheimgefallen. Vielleicht war der Grund, weshalb Isabels Not ihnen näherging als die Schrecken der Schlacht, darin zu suchen, daß sie Frauen waren. Isabel erwartete ein Kind, und in dieser Nacht hatte sie aus

Verzweiflung laut aufgeschrien und alle anderen im Bergfried geweckt. Morrigwen war an ihre Bettstatt gehumpelt, doch nachdem sie sich um die Frau gekümmert hatte, war ihre Miene von Trauer erfüllt.

»Ich fürchte, sie wird es verlieren. Irgend etwas stimmt nicht.«

Eilig hatte man Wandschirme um Isabel aufgestellt, und einige Stunden lang hatte betretenes Schweigen geherrscht, abgesehen von Isabels Schluchzen, dem stillen Schluchzen einer Trauer, die mehr war, als man ertragen konnte.

»Liegt es an der mangelnden Ernährung?« fragte Maud Morrigwen.

Die Greisin zuckte mit den Achseln. »Ich weiß es nicht. Manchmal geschieht so etwas einfach. Sie wirkte so gesund.«

»Aber noch hat sie es nicht verloren.«

»Nein«, gab Morrigwen ihr recht, »aber so wird es sein. Es gibt Anzeichen. Ich habe sie in meinem langen Leben allzuoft gesehen.«

In den ersten Stunden dieser Nacht, der längsten Nacht des Jahres, war Isabel schmerzlich still gewesen. Im Kerzenschein hatte May hinter dem Wandschirm einen Blick auf sie werfen können. Ihr Gesicht war gemartert, ängstlich, traurig. Sie schien keine Schmerzen zu haben, doch es lag ein ruheloser Blick in ihren Augen. In den frühen Morgenstunden fing sie dann hinter ihrem Wandschirm an zu schreien, als würde ihre Seele vom Teufel gefressen. May konnte sie noch immer hören, als sie sich mit der Köchin durch die Schneewehen kämpfte und einen kleinen Kessel mit abgekochtem Wasser über den gefrorenen, sternenbeschienenen Burghof schleppte.

Isabel lag auf dem Rücken, starrte zur Decke auf und hatte ihre Arme um sich geschlungen. May konnte sich den Schmerz, den diese Frau ertragen mußte, nicht einmal im Ansatz vorstellen. Morrigwen wischte ihre Stirn ab, während die anderen Frauen die Liegestatt putzten und das Bettzeug wechselten.

Elaine trat hinter dem Wandschirm hervor. »Sie hat das Kind verloren.«

»Ich weiß«, sagte May.

»Morrigwen hat ihr eine Arznei gegeben, die den Schmerz lindern soll. Sie wird gleich schlafen.«

Elaine schien in Gedanken und starrte die beiden anderen notleidenden Frauen an. Eine der beiden erbrach sich eben fürchterlich.

»Morrigwen.« Elaines Stimme war ein rauhes Flüstern. »Morrigwen!« Sie fuhr herum und lief hinter den Wandschirm, wo die alte Frau Isabel in ihren Armen wiegte.

Die alte Priesterin blickte auf und wurde der Dringlichkeit in der Stimme der jungen Witwe augenblicklich gewahr. »Sprich, Frau.«

»Plötzlich ist es mir klar. Alle drei, Isabel, Rosalind und Frieda … gestern abend hat die Köchin ihnen aufgetragen, Weizenwaffeln speziell für das Mittwinterfest zu backen. Nur den dreien. Die Männer sollen die Waffeln im Morgengrauen bekommen. Weder ich, noch die Köchin oder irgend jemand sonst hat sie angerührt. Nur diese drei.«

»Oh, Gnade, Mutter«, flüsterte Morrigwen. »Köchin, lauf in die Küche. Gib keine Unze Lebensmittel heraus. Bald schon graut der Morgen. Elaine, am besten gehst du mit ihr.«

Morrigwen wandte sich der Wendeltreppe am anderen Ende der unteren Halle zu, welche sie in die Gemächer des Barons führen würden, doch sie stolperte unbeholfen, und May eilte ihr zu Hilfe. Die Greisin hob kaum die Mundwinkel zu einem Lächeln, aber es genügte May für die Gewißheit, daß sie ihre Hilfe zu schätzen wußte. Atemlos erreichte die Frau das obere Ende der Treppe, und ihre Hände zitterten vor Anstrengung. Mit überraschender Kraft klopfte sie an die Kammer des

Barons. Ohne auf seine Antwort zu warten, warf sie die Tür auf und humpelte in die Kammer.

»Branwolf!«

Kaum bekleidet stolperte er aus seinem Solar herein, das Hemd noch aufgeknöpft. Der Anblick der alten Frau brachte ihn abrupt zum Stehen.

»Schlechte Nachricht?«

»Ich habe zwei Frauen, die unter Halluzinationen und Fieber leiden, und eine andere hat eben ihr Kind verloren«, begann Morrigwen.

»Du belästigst mich mit ...«, setzte Branwolf an, doch Morrigwen hob die Hand zu einer bestimmenden Geste, die selbst der Baron nicht ignorieren konnte.

»Nun, Branwolf, ich belästige Euch mit der Nachricht einer Seuche. Mutterkorn-Seuche. Wir haben vergiftetes Mehl in unseren Lagern. Wir müssen es sofort verbrennen.«

Branwolf richtete sich auf, knöpfte langsam sein Hemd zu. »Du mußt dich täuschen.«

»Wir werden es nur erfahren, wenn wir das Korn untersuchen«, erwiderte Morrigwen unerschütterlich.

Der Baron war an ihnen vorbei und schon nicht mehr zu sehen, als Morrigwen noch die ersten Stufen hinunter nahm. Geduldig stützte May die alte Frau, als sie auf den Burghof humpelte. Die Schatten waren lang und grau, als trübes Morgenlicht über die Burg fiel.

Der Baron hatte bereits zwei Soldaten der Nachtwache befohlen, die Lager zu hüten. Als Morrigwen erschien, warf er die Türen weit auf und trat an die Getreidesäcke. Den ersten schlitzte er mit einem Messer auf. Er nahm eine Handvoll Weizen und untersuchte diesen aufmerksam, dann wandte er sich Morrigwen zu.

Ihre Blicke trafen sich, und sie nickte schweigend. »Das ist es. Ein rötlicher Film von Schimmelpilz auf dem Korn. Er ruft

Halluzinationen hervor, löst ein Kind aus dem Mutterleib und kann Wundbrand und Tod bedeuten, wenn genügend eingenommen wird. Drei Frauen haben gestern Waffeln gebacken, und sie scheinen alle davon gekostet zu haben. Die Waffeln hätten heute morgen an die Männer gehen sollen.«

Die Erkenntnis dessen, was hätte geschehen können, traf May wie ein Stein an die Schläfe. In den Gesichtern der Erwachsenen nahm sie ein Echo ihres eigenen Schocks wahr. Branwolf starrte das Gift in seinen Händen nur einen Augenblick lang an, während Morrigwen das hoch gestapelte Getreide hinter ihm betrachtete. Der Baron warf die Handvoll Weizen mit gebremstem Zorn zu Boden, drehte sich um und schlug ganz langsam und gezielt gegen die Tür, um seiner Beklommenheit Herr zu werden. Schweigend wandte er sich einer der Wachen zu.

»Sei so gut und hol mir den Lagermeister, Freund.« Es lag eine Leichtigkeit in seiner Stimme, die den Ernst seiner Stimmung nur noch unterstrich.

»Mylord?« grüßte der Lagermeister den Baron eine kurze Weile später. Seine Miene war erwartungsvoll, als er den Befehl seines Barons erwartete.

»Ich möchte, daß Ihr jeden einzelnen Sack durchsucht«, befahl der Baron.

Die Augen des Lagermeisters weiteten sich ob der Unermeßlichkeit dieser Aufgabe, doch er sagte nichts.

»Ihr sucht das hier«, teilte ihm der Edelmann mit ernster Stimme mit, öffnete den Sack und legte das verschimmelte Korn bloß.

»Heiliger Strohsack«, stöhnte der Lagermeister. »Mutterkorn. Wie? Wie konnte uns das jemand antun?«

Branwolf schien die Frage nicht zu hören, doch Morrigwen schlurfte heran, um mit einer kleinen goldenen Sichel, die sie aus ihrem Gürtel zog, den nächsten Sack aufzuschneiden. »Es muß irgendwo einen Bauern geben, dem es schlecht geht. Offensichtlich hat er uns seine verdorbene Ernte untergeschoben, aus Angst, alles Geld zu verlieren, das sie ihm einbringen würde … Geld, das er zweifelsohne braucht, um die Kirchensteuer zu bezahlen.«

»Geh jeden Sack durch«, befahl der Baron. »Stapel die guten draußen vor der Tür, und laß die verseuchten auf einen Karren laden und zum Katapult an der Nordmauer bringen. Wenn wir es nicht essen können, sollten wir es wenigstens als Munition benutzen. Wenn das Lager leer ist, wischt es aus und stapelt das brauchbare Getreide.«

»Ja, Sir.« Der Lagermeister salutierte, und Branwolf nickte ihn an, dann ging er in die Küche hinüber.

Mit einem Messer in der einen Hand und einer Teigrolle in der anderen stand die Köchin vor einem Rost mit Weizenwaffeln. Die wenigen verbliebenen Küchenhelfer standen schweigend an der hinteren Wand aufgereiht. Die Entschlossenheit im Blick der Köchin verbat unübersehbar jedem, in der Küche irgend etwas anzurühren, bevor der Baron Befehl dazu gegeben hatte. Die Frau machte einen sehr knappen Knicks mit eher steifen Beinen, als der Baron eintrat.

»Mylord«, hieß sie ihn in ihrem Reich willkommen.

Er nickte. »Alles, was mit dem Mehl in Berührung gekommen ist, muß weg«, erklärte er. »Wir dürfen kein Risiko eingehen. Ich werde einen Karren draußen vor der Tür postieren lassen. Werft die Waffeln und das andere, sei es Mehl, Pudding, Brot, alles, was Weizenmehl enthält, weg. Ich möchte, daß alles auf den Karren geworfen wird. Dann schrubbt die Küche von oben bis unten. Ich schicke euch Hilfe. Das hat Vorrang. May, zum Beispiel, bleibt hier.«

Der Baron ging, und Morrigwen humpelte ihm nach. Das kleine Mädchen aus dem Keilerwald mit ihrem kastanienbraunen Haar sah verzweifelt die gestapelten Waffeln an … eintausend Stück, Frühstück für die hungernden Männer, alles mußte weggeworfen werden.

»Nun aber schnell, May und ihr zwei Knaben.« Die Köchin deutete auf die beiden kleinen Jungen, die der Küche zugewiesen waren, beide etwa in Pips Alter. »Ihr drei könnt die Waffeln rausbringen. Das ist doch eine nette, simple Aufgabe.« Sie kam herüber und sah ihnen ernst in die Augen, wie ein mächtiges Rhinozeros, das gleich angreifen wollte. Die Köchin war vor der Belagerung ausschweifend rund gewesen, doch selbst jetzt noch konnte man sie als korpulent bezeichnen. Sie nahm ihr Nudelholz und tippte dem jüngeren der beiden Knaben auf den Kopf. »Und iß nicht auch nur einen winzigen Krümel davon. Hörst du, Junge? Es ist mir ganz egal, ob sich dein hungriger Bauch wie tausend Ameisen anfühlt, die darin beißen. Hör auf mich, sonst mußt du sterben.«

Sie drehte sich um und starrte dem Küchenburschen in die Augen. Er sah aus, als hätte er schreckliche Angst vor ihr, vielleicht noch mehr als vor dem Baron selbst. In ihrer Küche war die Köchin eine Kaiserin.

»May, behalte sie im Blick. Ich weiß, daß du mich verstehst, also sorg dafür, daß sie sich nicht mal die Finger lecken.«

May nickte. Sie verstand, wenn es sich auch seltsam anfühlte, Verantwortung zu tragen. In letzter Zeit schien man ihr ständig Verantwortung zu übertragen, und es wunderte sie. Vor der Belagerung war sie nur ein Kind unter vielen gewesen, doch jetzt … sie wußte nicht, was anders war. Sie war nützlich, vermutete sie. Sie wandte sich ab, nahm den ersten Korb mit Waffeln auf und taumelte damit zur Tür, wo sie ihn über dem wartenden Karren auskippte. Heute würde es nichts zu essen geben. Wasser ja. Mehrere Frauen wechselten sich darin ab, es den Männern zu bringen, die kurz und dankbar nickten und unglücklich in das schlammig trübe Wasser starrten. Der neue Brunnenmeister lernte seine Kunst erst noch.

May wußte, wie sie sich fühlten. Es war sehr schwierig, sich auf etwas anderes als ihren Magen zu konzentrieren. Die Ablenkung war so tiefgreifend, als konnte man nicht atmen, und stellte eine dumpfe Apathie her, welche sich auf der Burg breitmachte, ein Gefühl, das noch weit schlimmer wurde, als sie sahen, wie die frischgebackenen Weizenwaffeln über die Mauern katapultiert wurden.

May führte das Pferd vor dem Karren übers schneebedeckte Pflaster zu den Männern auf der Nordmauer. Einer von ihnen drehte sich um und grüßte sie.

»Na, das ist aber ein hübscher Anblick für meine wunden Augen«, sagte er freundlich. »Da wünsche ich mir glatt, ich wäre zwanzig Jahre jünger.« Er zwinkerte ihr zu, und May errötete aus Unsicherheit. Sie wußte, daß das, was der Mann sagte, nicht wirklich höflich war, doch sie freute sich dennoch, da sie alle so gute Laune zu haben schienen.

»Brock, laß das arme Mädchen in Frieden. Sie ist noch zu jung, deine Scherze zu verstehen«, meldete sich ein junger Bogenschütze zu Wort, der neben ihm Wache stand.

»Tut mir leid.« Brock lächelte sanfter. »Dich sehen wir in letzter Zeit sehr oft, junge Dame, hab ich nicht recht? Denk an meine Worte: Eines Tages wirst du die Geschicke der Burg lenken, so wie du die Unteroffiziere herumkommandierst.«

»Aber ich …«, wollte May protestieren, und die Männer lachten.

»Ein paar Jahre noch, dann wird sich deine Mutter schreckliche Sorgen darum machen, wenn sie dich auf der Burg so herumlaufen sieht«, neckte Brock.

Da sie nicht wußte, was sie darauf antworten sollte, warf ihm May ein unschuldiges Lächeln zu und wechselte das Thema. »Was machen sie heute?« fragte sie.

Die Soldaten grinsten, und der ältere Bogenschütze hob sie über die breiten Zinnen. Schnell merkte May, was die gute

Laune hervorgerufen hatte. Weiße Flecken überzogen mehrere Felsen, wo verschiedene Mehlsäcke um den Fuß des Felsenturms aufgeplatzt waren. Weiter hinten war zu sehen, wie pünktchengroße Menschen zwischen den Fundamenten der unvollendeten Kathedrale herumliefen. Sie suchten nach den Säcken mit vergiftetem Getreide, welche die Wurfmaschine über die Mauern geschleudert hatte.

»Könnt ihr sie von hier aus treffen?« fragte sie.

Brock tätschelte seinen Bogen und nickte. »O ja. Ich könnte sie treffen, aber für den Augenblick lassen wir die barbarischen Hunde leben. Wir wollen sie nicht daran hindern, Proben unseres großzügig verteilten Proviants einzusammeln.«

»Nun, wir können nur hoffen, daß sie das Zeug mitnehmen und sich wahnsinnig futtern.« Der jüngere Bogenschütze lachte mit einem der anderen Männer, während er den nächsten Stapel Waffeln auf die Wurfmaschine lud. »Mehl und Waffeln. Es ist eine seltsame Waffe, aber vielleicht hat diese Tragödie am Ende doch noch etwas Gutes.«

»Aber sie werden es doch sicherlich nicht essen, oder?« fragte May Brock. »Sie müssen doch wissen, daß wir sie nicht mit brauchbaren Lebensmitteln beschießen.«

»Na sicher, sie werden sich darum viele Gedanken machen, aber die Disziplin unter diesen Truppen wird nicht gut sein, und ich bezweifle, daß Nordmänner etwas von Mutterkorn verstehen. Schließlich bauen sie ja kein Korn an, oder?« Er griff nach seinem Bogen und blickte finster zum Grund der Schlucht, auf dem es vor feindlichen Lagern nur so wimmelte, und fuhr dann fort: »Außerdem haben diese Leute einen Wahn in sich, und so brutal ihre Anführer auch sein mögen, bezweifle ich doch, daß sie großen Einfluß auf die Männer haben. Sie werden hin und her überlegen, was es mit diesem Mehl auf sich hat, das vom Himmel gefallen ist, aber am Ende werden sie es essen.«

Sein Kamerad nickte zustimmend.

»Aber sie haben doch Proviant«, protestierte May. »Wenn der Nordwind weht, kann man die Rentierherden riechen.«

Brock nickte. »Aye, mein Fräulein, aber dort unten sind sehr viele Menschen.«

Das ließ sich nicht bestreiten. May wußte, daß es sich um über hunderttausend Mann handeln sollte, doch wußte niemand, wie viele sich in der Schlucht befanden und wie viele sich nach wie vor durch den schneebedeckten Norden kämpften. Sie wußte nur, daß der Lärm, der aus der Schlucht heraufdrang, schrecklich war. Es war ein stetes Summen und Klappern, und die Schlucht erstickte fast vor Feinden.

May ließ die Männer mit ihrem müßigen Geplänkel allein und kehrte zum Zugpferd zurück. Es stieß sie spielerisch mit der Schnauze an den Rücken und nahm ihren Zopf in das Maul, spielte damit, als wäre er aus Stroh. Nachdenklich führte May es zu den Ställen zurück, und als sie auf ihrem Rückweg zur Küche am Lager vorüberkam, sah sie hinein. Männer mit Bürsten, Wasser und Seife schrubbten den Boden.

Die Küche war schon sauber, und bevor sie sich versah, hielt May schon eine große Kelle in der Hand und rührte in einem Topf mit köchelnder Brühe herum. Eben noch hatte ihr die Köchin ein Stück scharfer Seife und eine grobe Bürste gegeben, damit sie sich die Hände schrubbte, und schon schickte man sie eilig an die Arbeit. Plötzlich empfand May Mitleid für ihren jüngeren Bruder, der jeden Tag im Brunnenraum gefangen war und Schwefelfässer auskratzte. Selbst in der kältesten Winterzeit hatte er über die drückende Hitze geklagt. Nun trieb ihr der Dampf die Röte auf die Wangen, als sie sich über den Kessel beugte.

Als das Tagwerk fast getan war, trabte May müde ihrer Mutter zum Bergfried nach. Sie blieben vor den Lagerräumen stehen, wo der Lagermeister noch immer die letzten Säcke mit brauchbarem Getreide stapelte. Die Lebensmittelvorräte waren um über die Hälfte dezimiert, und seine Miene war grimmig vor Sorge, obwohl er kraftlos lächelte, als Elaine und ihre Tochter näherkamen.

»Es ist wahrlich ein trauriger Anblick, Elaine. Weizen war bei weitem unser wichtigster Vorrat.«

Elaine nickte düster, würdigte den Verlust und nahm ihre Tochter fest bei der Hand, als sie den Bergfried betraten.

An diesem Abend war die Stimmung im Speisesaal finster. Die Männer wirkten müder als sonst, und die blanke Verzweiflung des Hungers nagte an ihren Gemütern.

»Feines Mahl für das Fest der Wintersonnenwende«, knurrte ein Bogenschütze angewidert, als er trockenes Brot in seine trübe Brühe tunkte. Augenblicklich wurde er von den mißbilligenden Blicken seiner Kameraden zum Schweigen gebracht.

»Wenigstens ist es eßbar«, herrschte ihn einer der Unteroffiziere an. »Wenigstens gibt es uns noch, und wir können essen.«

Wieder hatte Elaine ihr Abendbrot gespart und weigerte sich, es zu essen, sagte, sie wolle es den Hunden geben, wenn Pip und May es sich nicht teilten.

»Aber Ma«, begann Pip, auch wenn sich sein Blick nie von dem harten Streifen gepökelten Rehfleischs löste, den sie ihm reichte.

»Ich habe es dir einmal gesagt, ich habe es dir hundertmal gesagt, komm mir nicht mit ›Aber Ma‹. Wenn ich sage, du ißt es, wirst du es essen«, befahl sie.

»Werde ich nicht.«

»Dann gebe ich es den Hunden«, drohte sie.

»Tu es doch.«

»Wenn dein Vater hier wäre, würde er dich dazu bringen, es zu essen.«

»Aber er ist nicht hier, Ma. Und ich glaube nicht, daß er das tun würde. Er würde *dich* dazu bringen, es zu essen, und da er nicht mehr da ist, werde *ich* dich an seiner Stelle dazu bringen.« Pip schmollte und stampfte mit dem Fuß auf.

Verzweifelt sah Elaine ihre Kinder an. Schließlich ließ sie ihre Arme sinken. »Hört zu und versucht zu verstehen. Wystan ist tot. Nur ihr zwei seid mir auf dieser Welt geblieben. Das ist das einzige, was mir wichtig ist, das *einzige*.«

Die beiden Kinder nickten.

»Ich komme schon zurecht«, sagte Elaine tapfer. »Ihr wachst noch und müßt daher erheblich mehr essen als ich. Ich werde schon nicht sterben.«

»Pa ist gestorben«, sagte Pip, als wollte er ihr widersprechen.

Elaine nickte, wobei ihr feuerrotes Haar locker um ihre Schultern tanzte. »Ja, Pa ist gestorben«, räumte sie ein. »Ich weiß, ihr zwei habt schon soviel gesehen, so viele schockierende Dinge um euch herum, und ihr seid schnell groß geworden. Ihr seid nicht mehr die unartigen, kleinen Ausreißer, die ihr einmal wart.« Sie lächelte liebevoll. »Aber hört mich an: Selbst wenn ich sterbe, und natürlich werde ich eines Tages sterben, müßt ihr weiterleben. Ihr seid das, wofür ich lebe, und ihr müßt für mich leben.«

»Aber, Ma.« Plötzlich standen Pip die Tränen in den Augen. »Wir können nicht ohne dich leben.«

Sie lachte. »Ach, welche Dummheit. Natürlich könnt ihr das.«

Zweifelnd sah May sie an.

Plötzlich wurde Elaines Miene ernst. »Ihr müßt, May. Ich mag euch fehlen, aber ihr werdet es schaffen. Der Baron hat mir versprochen, daß er auf euch achten wird, und ein Torra Altaner hält sein Wort.«

Tränen rannen über die Wangen der Frau, und sie sah erst

ihren Sohn, dann ihre Tochter an. »Bitte, ihr müßt einsehen, daß ihr es für mich tut.«

Plötzlich lenkte Pip ein und nahm das Fleisch, und schließlich streckte auch May die Hand aus und nahm die andere Hälfte. Diese brach sie wiederum in zwei Teile und gab den Rest ihrer Mutter.

»Ich esse dieses Stück für dich, wenn du das hier für mich ißt.«

KAPITEL 10

Caspar hielt seinen Blick auf Brid gerichtet, während ihre blendende Ausstrahlung die Blicke aller anderen um den Steinkreis bannte. Ins Licht des Mondsteins getaucht, strömte sie himmlischen Glanz aus. Er merkte kaum, daß seine Fesseln von den eingeschüchterten Priestern des Bullenkultes durchschnitten wurden, doch bald kam Bewegung in seine steifen Muskeln, als Ceowulf Trund den Maulkorb abnahm. Der Terrier stürmte sogleich auf die Hufe des cremefarbenen Pferdes zu, da er das Tier offenbar für Brids Bedrängnis in der Arena verantwortlich machte.

Caspar warf sich ihm hinterher, fiel in den Dreck, doch er konnte nicht mehr als einen Finger an den Schwanz des Hundes bringen. Endlich war der Friede wiederhergestellt, als sich Brid geschickt vom Pferd herunterbeugte und den Ophidianischen Schlangenfänger an ihre Seite pfiff.

Als Caspar am Boden hockte, den Staub von seiner Jacke bürstete und seine Handgelenke rieb, wo das Seil seine Haut aufgescheuert hatte, war ihm seltsam wohl zumute, war er seltsam eins mit seiner Umgebung.

Brids Gegenwart war berauschend, und sie zog alle Blicke auf sich. Als die Priesterschaft heranschlurfte, spürte er, daß ein unsichtbares Band der Empathie diese Menschen einte, und immer mehr von ihnen traten in den Kreis. Tiermasken wurden von den Köpfen genommen und Speere weggeworfen. Caspar hatte das wundersame Gefühl, daß sie einander allesamt ohne Worte verstanden, wie Brüder und Schwestern mit einem bloßen Nicken oder einem Blick ganze Sätze sagen können. Doch dann ragten Keridwens Worte riesengroß vor seinem inneren Auge auf, und er wußte, daß irgendwas nicht stimmte.

»Brid, du mußt den Mondstein einstecken«, warnte er sie. »Keridwen hat mich gewarnt, ihn nicht zu benutzen.«

»Keine Sorge, Spar.« Brid lächelte beruhigend. »Ich tauche nicht in die Kanäle der Magie, sondern lasse nur sein Licht verströmen, damit es uns mit dem Steinkreis eint. Es ist nur gefährlich, wenn ich meine Gedanken in die ätherische Welt der Kugel gleiten lasse. Aber du hattest recht, mich zu warnen.« Sie hob ihren Kopf und blickte in die Dunkelheit. »Nun, ich muß zu diesen Leuten sprechen.«

Sie rief Pellam. Im trüben Licht waren seine Augen schwarz und seine Schritte unsicher, aber sie konnte es ihm nicht verdenken. Wenn man bedachte, wie er in diese bizarre Lage geraten war, hielt er sich gut. »Du mußt mein Sprachrohr sein. Tritt in den Kreis. Hal, Ceowulf«, rief Brid.

»Mein Gott«, flüsterte Ceowulf, als er zwischen zwei mächtigen Obelisken hindurchging. Betreten sah er sich um. »Was ist das für ein Ort? Ich spüre …«

Seine Stimme erstarb, als wäre er nicht in der Lage, die Gefühle zu beschreiben, die ihn durchfluteten. Seine Furcht verwandelte sich jedoch in Staunen, als er in den alten Kreis trat, der ins reine, weiße Licht des Mondsteins getaucht war.

»Du spürst ihre Macht.« Die Priesterin streckte ihren schlanken Arm aus und drehte sich langsam um, winkte alle in den Kreis. »Sag es ihnen, Pellam. Erkläre ihnen, was ich sage.«

Stotternd wiederholte der junge Mann ihre Worte vor der schweigenden Priesterschaft.

»Ihr könnt die Macht der Göttin in diesem alten Steinkreis spüren. Ihr könnt den Zauber des Lebens fühlen. Ihr spürt die Nähe der Gemeinschaft, die uns eint. Wir alle sind Kinder der Großen Mutter. So oft wandeln wir über Ihre nackte Erde und vergessen unseren Ursprung, und wir vergessen die zeitlose Ordnung der Dinge. Nur hier, wo Ihre Macht sich konzentriert, hier in diesem Kreis, an diesem großen Zusammenfluß von

Energien, kann noch der Gefühlloseste unter uns Ihre Pracht spüren. Wir sind Ihre Kinder. Morgen ist der heilige Tag, an dem die Sonne wiedergeboren wird, und morgen werden wir uns allesamt zusammentun, um die wahren Riten zu begehen, die in diesen Kreis gehören.«

Für Caspar war es eine lange Nacht. Die plötzliche Wandlung der Inselbewohner beunruhigte ihn. Anfänglich hatte ihm die seltsam einigende Kraft, die er in diesem Kreis aus Steinen empfand, Trost gespendet, doch diese Leute waren einfach zu schnell umzustimmen, schwenkten von ihrer Bullenverehrung zu Brid und Cybillia, die sie auf ihre Schultern hoben und ehrfürchtig zum steinernen Altar trugen. Das alles schien so wenig zuverlässig, und er betete darum, daß Brids Einfluß auf sie bleibend wäre.

Pellam erklärte Brid, daß es die Macht der Ersten Götter sei, deren Sternensymbol in Cybillias Haut geritzt war, was es ihr ermöglichte, den wilden Bullen zu beherrschen.

Caspar fühlte sich erheblich besser, als ihnen Weißauge unterwürfig ihre Waffen wiedergab, und er hielt seinen Bogen fest in der Hand. Als seine Sorge verklang, durchströmte ihn erneut das bewegende Gefühl der Macht, die durch den Boden zu seinen Füßen bebte.

»Erstaunlich, was?« sagte ihm Hal ins Ohr.

»Mmmh«, nickte Caspar und fühlte, wie die aufpeitschende Energie aus der Erde stieg.

»Diese Leute sind allesamt sprachlos, weil Cybillia weiß, wie man mit einer Kuh umgeht, und Brid hat diesen leuchtenden Stein. Abergläubische Ängste erschaffen die unglaublichsten Dinge. Hunderte von denen sind hier, und sie alle fallen vor Brid auf die Knie, weil sie glauben, sie könnten die Macht der Göttin spüren. Wie macht sie das?«

»Aber …« Verständnislos starrte Caspar seinen Onkel an. »Du kannst es nicht spüren, oder?«

»Was spüren?«

»Die Kraft, die Magie an diesem Ort. Es ist, als würde man eins mit seinem Lebensquell.«

Hal grinste. »Ich werde dich nie verstehen, Spar. Nichts von alledem kann ich spüren. Nein, von allem, was Brid uns da erzählt, kann ich eigentlich nur die magische Kraft dieser Klinge hier fühlen.« Er zog sein Schwert, und das reine, silbrige Licht des Mondsteins küßte das helle Metall. Die blutroten Runen tanzten, als das Licht auf dem Stahl spielte.

»Steck es weg«, keuchte Caspar. »In seine Scheide. Du darfst es nicht herausholen. Nicht hier, wo sich die Energien magisch konzentrieren. Seine Kraft singt.«

Das Licht des Mondsteins konzentrierte die Kraft des Mondes durch seine kristallene Struktur und spiegelte es aufs Schwert. Weiß zuckte die Energie von der Klingenspitze, versprühte strahlenförmig blauweißes Licht, das jeden einzelnen der einundzwanzig Steine traf.

»Mutter!« Brid wandte sich Hal zu. »Steck es weg. Steck es in die Scheide«, befahl sie, und ihre Stimme war derart drängend, daß die Worte mit heiserem Flüstern herauskamen.

Einen flüchtigen Augenblick lang spürte Caspar sie: riesige, schwere Gesichter mit hängendem Kinn und wulstiger Stirn. Die Zeit schien so langsam zu vergehen, und er fragte sich, ob ihn seine Augen täuschten, als er einundzwanzig Riesenfiguren sah, die sich in ihrem Kreis rührten. Falten und Schatten auf den Steinen formten sich zu groben Mienen. Manche hatten dicke, lange Bärte, und andere die weichen Mienen von Frauen. Rückten sie näher zusammen? Caspar fühlte sich sehr klein und verletzlich, als sie über ihm aufragten. Sie sahen ihn an, er war sicher, daß sie tief in seine Seele blickten. Ihm war, als wollten die Steinriesen seinen Schädel aufbrechen, als sei dieser eine verschlossene Truhe, in welcher sich das Geheimnis des Druiden-Eis verbarg.

»Bedecke das Schwert!« schrie er Hal an.

Der fummelte die Klinge in die Scheide zurück. Endlich waren die Riesen fort, und Caspar konnte wieder atmen. Der Kreis aus einundzwanzig Steinen war wieder, was er gewesen war: leblose Felsbrocken.

Angespannt atmete Brid aus. »Wir befinden uns an einem Ort, an dem sich Kraftlinien kreuzen und konzentrieren. Als du das Schwert gezückt und die Runen der Magie freigelegt hast, haben diese die Geister in den Steinen berührt. Die Energiewellen, das Nachbeben der Magie in den Runen, dürfte entlang der Kraftlinien gelaufen sein, die durch die Erdkruste führen.« Sie sah sehr besorgt aus.

»Ein weiterer Zusammenfluß von Kräften«, murmelte Caspar.

Brid nickte. »Ganz wie das Hünengrab, wo Keridwen im Eis gefangen ist.«

»Ich habe sie gesehen«, fuhr Caspar fort. Seine Stimme steckte in der Kehle fest. »Ich habe ihre Gesichter gesehen. Riesen … Männer und Frauen aus Stein. Sie wollten mich holen.«

Brid zog ihren Zopf schützend um ihren Nacken und blickte zu den dunklen, steinernen Monolithen auf. »Sie wollen, daß du sie zum Druiden-Ei führst. Die Runen auf dem Schwert haben ihren Geist geweckt, doch nur das Druiden-Ei kann ihnen ihre Gestalt wiedergeben.«

»Dann ist also nichts passiert«, sagte Hal erleichtert.

Brids Miene blieb angespannt, und sie zupfte nervös an ihrem Zopf herum. »Von diesem Zusammenfluß der Macht ausgehend kann eine Woge der Magie über die ganze Erde rollen. Jeder, der dieser Magie gegenüber empfindsam ist, wird wissen, daß hier etwas Entscheidendes vorgefallen ist, besonders an einem so heiligen Tag.«

Hal zuckte mit den Achseln. »Nun, niemand kann den

Zauber mit uns oder unserer Suche nach dem Druiden-Ei in Verbindung bringen. Das ist einfach unmöglich.«

Brid warf ihren Zopf über die Schulter und hob den Kopf mit strahlend optimistischem Lächeln. »Nein, sicher hast du recht. Das könnte niemand.«

Lange schon, bevor die Sonne über die hohe Kraterwand stieg, die ihren unmittelbaren Horizont darstellte, wurde es hell.

Brid sah verwirrt aus. »Es ist nur ein Steinkreis. Ich dachte, ich könnte seine Muster verstehen, wie ich die aller anderen dieser Kreise verstehe. Ich dachte, ich müßte die aufgehende Sonne mit den Steinen in eine Reihe bringen, aber die Sonne steigt erst mitten am Vormittag über den Krater.«

Ceowulf betrachtete die Felsen um sich und die flache Graslandschaft im erloschenen Inneren des Vulkans. »Die Steine müssen so aufgestellt sein, daß ihre Bedeutung zu verstehen ist, wenn die Sonne in den Krater fällt. Vermutlich wird das dann technisch gesehen nicht im Morgengrauen sein, sondern wenn die Sonne über diesem Tal aufgeht.«

Brid nickte. »Du hast recht. Und uns bleiben noch ein paar Stunden, uns umzusehen.«

Inzwischen fühlte sich Caspar in diesem Kreis unwohl. Brid stand östlich des Kreises und blickte nach Westen. »Die Sonne wird hinter diesen östlichen Klippen aufgehen und zuerst das Kapitell eines dieser westlichen Steine berühren … welchen genau kann ich nicht sagen. Wir werden seinem Schatten folgen müssen, da er uns westwärts lenkt. Irgendwo vor uns muß es einen Hinweis darauf geben, wo sich das Druiden-Ei befindet.«

Sie durchwanderte den Kreis von Ost nach West, blieb stehen, um den Altarstein zu untersuchen, ging dann weiter und trat unter den riesigen Obelisken hindurch aus dem Kreis heraus. Vor ihr lagen Tausende Felsbrocken, die vom Kraterrand herabgefallen waren. Viele davon waren mit Färberwaid bestrichen oder mit eingeritzten Bullenhörnern verziert, und mehrere waren von dicken Moosschichten bewachsen; Adlerfarn wuchs um sie herum.

»Das könnte interessant sein«, rief Cybillia plötzlich aus.

Brid eilte zu ihr, wobei Trund an ihren Fersen hing und japste. Die Männer blieben stehen und überließen den Frauen die Jagd.

Freundlich schüttelte Ceowulf den Kopf über die beiden Mädchen. »Ich hätte nicht gedacht, daß Cybillia dem gestrigen Abend gewachsen wäre.«

»Du meinst das mit dem Bullen?« fragte Hal.

»Mmmh.«

Der dunkelhaarige Junge lachte. »Ja, sie hat gezeigt, was in ihr steckt.«

Doch Hals Blick folgte nicht dem des Ritters, der auf Cybillia ruhte. Im stillen betrachtete er Brid.

Überschwenglich eilten die beiden Mädchen wieder zu den anderen Belbidianern. Brid sah sich nach Pellam um, doch als ihr Blick auf den maushaarigen jungen Mann fiel, der ernsthaft mit einer Gruppe von Inselbewohnern sprach, entspannte sie sich.

»Mindestens die Hälfte aller Steine, die im Tal verteilt sind, tragen eine Runenbotschaft. Meist sind es schlichte, altbekannte Sprichwörter, von denen manche so überholt sind, daß sie ihre Bedeutung komplett verloren haben. Der eine oder andere beschreibt den Sinn und Zweck der einzelnen Feuerfeste, doch die meisten tragen eine Art Rätsel oder Anweisung wie: ›Folge dem Nordstern‹, oder: ›Aus dem Land des Feuers gehe nordwärts, bis dich das nächste Zeichen grüßt.‹«

Verständnislos sahen die beiden Torra Altaner sie an.

»Brid«, sagte Hal mit einem Hauch von Verzweiflung, »kannst du uns nicht einfach sagen, was es bedeutet?«

»Nun, ich sehe es so: Wenn die Sonne über den Rand des Kraters steigt, wird sie direkt hinter einem dieser stehenden Steine sein.« Sie deutete westwärts. »Ihre Strahlen werden zuerst auf die westlichen Steine fallen, da sie schon so hoch am Himmel steht, bevor die Strahlen überhaupt in den Krater gelangen. Die Spitze des Schattens, den der Stein wirft, müßte einen bestimmten Brocken berühren, der in diesem Krater liegt. Dann müssen wir nur noch seine Inschrift lesen. Ich glaube, die anderen Botschaften sind nur da, um uns von der richtigen abzulenken, doch wenn uns die Sonne erst in die richtige Richtung gelenkt hat, sollten wir den nächsten Hinweis finden.«

Schreie und eindringliche Stimmen lenkten sie ab.

Pellam machte ein verdutztes Gesicht, als mehrere Frauen schluchzend zu seinen Füßen lagen. Flehentlich hob er die Hände. »Sie wollen mich nicht in Ruhe lassen. Sie sagen, wir hätten sie gerettet.«

»Inwiefern?« fragte Ceowulf.

»Diese Frau …« Er nickte einer hochgewachsenen Insulanerin zu, die zu seinen Füßen kniete. »Ihre Töchter waren die Auserwählten für das gestrige Opfer an den Bullen, bevor Brid und Cybillia an ihre Stelle traten. Da nur ich ihrer Sprache mächtig bin, haben sie mich zu ihrem Retter auserkoren.«

Die Frau war fast so groß wie Pellam. Sie löste eine Kette um ihre Hüften, so daß ihr Umhang lose flatterte. Höflich, wenn auch vergeblich, versuchte Pellam, ihre nackte Brust nicht anzustarren, doch es schien der Frau nichts auszumachen. Sie reichte ihm den metallenen Gürtel und murmelte etwas in ihrer eigenen Sprache.

Pellam sah die Belbidianer an. »Sie will, daß ich ihn nehme.«

»Nun, Freund, dann nimm ihn. Sie ist dankbar und wird nicht rasten, bis sie etwas getan hat, mit dem sie es dir vergelten kann. Es ist freundlicher, den Gürtel anzunehmen«, riet ihm der weitgereiste Söldner.

Pellam neigte seinen Kopf und ließ sich von der Frau die Kette um den Hals hängen. Das Metall glänzte im weichen, grauen Licht des Morgens. Lächelnd sah er den Gürtel an. »Woraus ist er gefertigt? Eine Art vergoldeter Bronze?«

Ceowulf lachte und untersuchte die Glieder der Kette, die aus verschiedenfarbigem Metall gearbeitet waren. Er nahm ein Stück davon in die Hand und lächelte wissend. »Ich denke, du wirst nicht mehr die fernen Meere bereisen müssen, um dir dein Hummerboot zu verdienen.«

»Nicht?«

»Das ist reines Gold. Rotgold aus den fernen Wüsten von Oriaxia, Weißgold aus Glain und Gelbgold aus Ceolothia. Wahrscheinlich auch noch ziemlich alt.«

Vor Staunen sank Pellams Kinn herab. »Aber es gehört nicht mir allein. Ihr werdet das Geld mit mir teilen wollen, wenn wir den Gürtel verkaufen. Schließlich seid ihr doch zur Schatzsuche hergekommen.«

Hal und Ceowulf lachten nur, was Pellam zutiefst verwirrte. Caspar konnte es nicht ertragen, daß sich der maushaarige Mann um den Wert einer Trophäe sorgte.

»Er gehört dir, Pellam. Das ist nicht die Art von Schatz, nach der wir suchen.«

»Niemand lehnt seinen rechtmäßigen Anteil an einer Beute ab. An Bord eines Schiffes bekommt jeder seinen Anteil. Schließlich brauchen wir alle Geld zum Leben.«

»Nimm ihn, Pellam, um Dionellas willen«, drängte Ceowulf, und endlich ließ der Ophidianer zu, daß sich ein Lächeln auf seinem Gesicht ausbreitete.

»Die Sonne!« Brid wandte sich nach Osten, bereit, die ersten Strahlen willkommen zu heißen, als der obere Rand der strahlenden Kugel tiefe Reliefs auf den östlichen Klippen schuf.

Das erste Licht tastete das düstere Tal ab und schlich zwischen die Felsen. Brid folgte dem Schatten. Sie trat über den Altarstein und folgte dem schwarzen Schattenfinger, den der Stein warf, welcher nun von der aufgehenden Sonne gekrönt war. Der Schatten führte sie zu einem unauffälligen Felsen inmitten Tausender ähnlicher, die wahllos auf dem weichen Gras am Kratergrund lagen. Triumphierend drehte sie sich wieder zum Kreis um.

»Entzündet die Freudenfeuer! Heißt die Sonne willkommen. Heißt die länger werdenden Tage willkommen. Wir wollen tanzen und uns an der Wärme dieses Wissens freuen.«

Caspar spürte, wie er sich selbst erhabener fühlte. Diese Art der Verehrung war nicht mehr als ein deutlicher Ausdruck von Lebensfreude. Keine Seelensuche, keine Angst vor dunklen Mächten oder sündigen Taten. Es ging um Glück und Wohlergehen und Liebe, die aus der Freude am Leben und der Gemeinsamkeit mit anderen erwuchsen. Es gab keinen rituellen Singsang und keine formellen Schritte zu bedenken. Die Bewohner der Fernen Inseln hielten einander nur bei den Händen und tanzten, und später, als es dunkel wurde und die Flammen hoch zum Himmel schlugen, sangen und lachten sie und waren in ihrer Freude vereint.

Auch Caspar tanzte. Er konnte nicht anders. Er sah sich in einen ausgelassenen Tanz mit Leuten verwickelt, deren Sprache er nicht verstand, doch innerhalb des Kreises teilte er ihre Liebe zum Leben und war mit ihrem Glück vereint.

»Das«, rief Brid, als sie ihn kurz beim Arm hielt und herumdrehte, »das ist die Freude der Großen Mutter. Wir sind alle Ihre Kinder.«

Freudig lachte Caspar auf, doch dann trübte seine Laune plötzlich ein, und schuldbewußt dachte er an seine Heimat. Es würde in diesem Jahr kein Mittwinterfest geben. Stets hatte er das Mittwinterfest lieber als alle anderen gemocht, wenn auch die Feier zur Wintersonnenwende während seiner gesamten Kindheit so verändert worden war, daß sie eher der Verehrung des Einzig Wahren Gottes als jener der Göttin diente. Während der grimmigen Wochen des späten Herbstes hatte er sich stets auf das Fest gefreut, wenn sich die heimtückische Feuchtigkeit des endlosen Schneefalls in frischen, knackigen Frost verwandelte. Dann wurde der Schnee fest, und sie gingen auf die Jagd. Und wenn sie heimkehrten, saßen sie am Feuer und brachten lange, dunkle Abende damit zu, sich Geschichten zu erzählen und Balladen von alten Helden zu singen.

Pellam und Hal saßen in einiger Entfernung von den Festivitäten auf einem Stein und hatten für das heidnische Ritual offenbar nichts als Verachtung übrig. Mit einem Lächeln bemerkte Caspar außerdem, daß sich Ceowulf und Cybillia an der Hand hielten und etwas abseits der anderen ihren eigenen Tanz tanzten. Sie würde wieder hübsch werden, dachte er. Ihr Haar wuchs, und dank Brids Kräuterkunst wurden ihre Wangen wieder weich und weiß. Doch was ihre Ausstrahlung hauptsächlich veränderte, war das Lächeln, das sich auf ihren Lippen ausbreitete. Es brachte ein Funkeln in ihre blaßblauen Augen.

Endlich ging der Mond auf, und manche Tänzer wurden müde. Auch Caspar war müde und durstig, doch er fühlte sich zutiefst erfüllt. Er sank neben Hal auf den Stein und legte sich darauf. Er blickte zu den fernen Sternen auf und zeigte seinem Onkel den Nordstern.

Hal knurrte mißbilligend. »Wir sollten weiterziehen. Wieso beendet Brid diesen Unsinn nicht und sagt uns, was sie gefunden hat?«

Brid war puterrot. Ein Strahlen ging durch ihren Leib, als sie ihnen mit anmutiger Kraft entgegenschritt. Ihr fröhlicher Blick fiel auf Caspar. »Ich sehe nicht gerade wie eine Priesterin aus, was?« räumte sie ein. »Nicht in diesem zerfetzten Leder und ohne meine Amulette und Reifen, aber ich habe mich nie mehr als jetzt wie eine gefühlt. Ein Feuerfest zu feiern, ohne befürchten zu müssen, daß man entdeckt wird …« Sie breitete die Arme aus, konnte das ganze Ausmaß ihrer Freude nicht zum Ausdruck bringen. Caspar fiel auf, wie bemüht sie es vermied, Hal anzusehen, doch er spürte, daß ihre Aufmerksamkeit dem dunkelhaarigen Jungen und nicht ihm selbst galt.

Ihr Lächeln verflog, und sie sah Hal starr in die Augen. »Du hättest mitmachen sollen.«

»Mir gefällt das Gefühl dort in dem Kreis nicht.« Er verwarf die Vorstellung lieber, als Brid einen Vortrag über das Heidentum und seine Treuepflichten gegenüber dem Einzig Wahren Gott zu halten, wie Caspar es erwartet hatte. »Ich fühle mich bedrängt. Außerdem mache ich mir Sorgen um Torra Alta. Ich will weiterziehen. Ich vermute, daß du weißt, wohin wir reiten.«

»Ja, natürlich weiß ich es. Meinst du, ich hätte mit solcher Freude getanzt, wenn ich den nächsten Teil des Hinweises nicht gefunden hätte?«

»Den nächsten Teil? Du meinst, du weißt noch immer nicht genau, wo das Druiden-Ei ist?«

»Nun, wahrscheinlich wüßte ich es, wenn das Pergament im Sumpf nicht aufgeweicht wäre.«

Hal stöhnte. »Dann sag uns das Schlimmste. Was stand auf dem Stein geschrieben?«

Sie holte tief Luft und zitierte feierlich:

»›Ostwärts zum lodernden Feuer
Hinter Gottes kaltem Scheiterhaufen,
Tief im schwarzen Mund steht ein goldener Schild,
Der Runensucher wird ihn finden.‹«

»›Zum lodernden Feuer‹ muß wohl ›zur Sonne hin‹ bedeuten. Das ist kein großer Hinweis«, klagte Hal. »Es bedeutet nur ostwärts.«

»Ja«, gab Brid ihm recht, »aber dann suchen wir offenbar nach dem erkalteten Scheiterhaufen der Götter, und das bezieht sich sicher auf die Toten Götter, die alten Vulkane von Glain. Mit dem Scheiterhaufen könnten die Flammen der Vulkane gemeint sein, und natürlich sind sie kalt, da sie lange schon erloschen sind.« Sie sah zu Ceowulf hinüber, suchte seine Bestätigung. »Meinst du nicht auch?«

»Es klingt wahrscheinlich«, räumte der Caldeaner zurückhaltend ein.

»Na, das ist doch ein Anfang. Zweifellos wird der Rest, wie etwa das mit dem Mund, sich dann schon ergeben, aber wenigstens bewegen wir uns in die richtige Richtung«, erklärte Brid begeistert.

Sie brauchten länger, die Insel zu verlassen, als Caspar erwartet hatte. Die Bewohner bereiteten ein Fest, das den ganzen folgenden Tag bis in den späten Abend dauerte. Sämtliche symbolischen Körperzeichnungen von Bullen waren nun fortgewaschen. An deren Stelle hatten sich die obersten Priester unter Weißauges Anleitung das Zeichen des Pentagramms auf die linken Wangen gemalt, in respektvoller Anlehnung an Cybillia. Der dumpfe Singsang und die schweren Gesichter, denen sie noch vor zwei Tagen begegnet waren, wichen Liedern und kindlichem Gelächter.

»Es ist ein unschuldiges Volk«, murmelte Brid, »das seit Generationen nur wenig Kontakt zur Außenwelt hatte. Ich weiß nicht, ob sie die Liebe der Großen Mutter wirklich verstanden haben, aber wenigstens sind sie nun von der Sklaverei des Bullenkultes befreit. Vielleicht können sie lernen, ohne Angst zu leben.«

Unter Gelächter und Gesang wurden sie bei Fackelschein

ans Ufer geleitet. Als Prozession schlängelten sie sich aus dem Krater, durch den offenen Rachen des steinernen Bullen und dann den steilen, gewundenen Pfad zum Hafen hinab. Man rief den Schoner mit langen Tönen aus einem Horn. Als seine Laterne zu sehen war, zupften die Insulaner an Pellams Arm.

Er lauschte aufmerksam und wandte sich dann Brid und Cybillia zu. »Sie sind so dankbar, daß ihr diese Freude in ihr Leben gebracht habt. Sie können es nicht wiedergutmachen, höchstens, indem sie euch zwei Geschenke machen. Den Bullen und das cremefarbene Pferd. Sie haben gemerkt, daß diese Tiere keine Götter sind, und wollen, daß ihr sie als Zeichen ihrer Dankbarkeit annehmt, weil ihr ihnen geholfen habt, die Liebe der Mutter wiederzufinden.«

Brid war hocherfreut.

»Die Stute ist wunderschön.« Caspar stürzte sich sogleich auf die Gabe. »Aber wie um alles in der Welt sollen wir einen Bullen auf den Schoner bringen?«

Brid zwinkerte vielsagend und klopfte auf ihren Kräuterbeutel. »Wenn wir es mit Feuerschweif geschafft haben, können wir sicher auch einen dummen kleinen Bullen bändigen. Außerdem hat Cybillia eine magische Hand, was ihn betrifft.« Die Jungfrau suchte in ihrem Beutel herum. »Er ist ein großes Tier, aber ein paar Maulvoll von der Ovissianischen Kamille und dem Wilden Lattich aus Gortan müßten ihn beruhigen.«

Der Besitzer des Schoners hegte schwere Zweifel daran, die beiden Tiere an Bord zu holen, doch als ihm Ceowulf eine Goldmünze in die Hand drückte, nickte er. »Solange Ihr ihn ruhig haltet.«

Glücklicherweise gab es genügend erfahrene Bullentreiber unter den Inselbewohnern, die ihnen helfen konnten, das benebelte Tier über die breite Planke auf den Schoner zu bugsieren.

»Der Trick«, erklärte Cybillia allen, als sie die Tiere zwischen behelfsmäßige Hürden gestellt hatten, »besteht natürlich darin, sie weder zu beunruhigen noch zu ängstigen. Jeder Bulle kann gefährlich werden, aber sie sind nicht von Natur aus aggressiv, sofern sie nicht ihre Herde verteidigen. Wenn sie erst wissen, daß man keinen Unsinn vorhat, werden sie ganz friedlich.«

»Genau wie Pferde«, gab Caspar ihr recht.

»Meinst du, es wirkt auch bei Wyvernen?« fragte Ceowulf mit gespielter Ernsthaftigkeit. »Ich habe nie versucht, eine mit meinen Blicken in ihre Schranken zu weisen. Vielleicht hätte ich mir einige Mühen und ein paar gute Speere sparen können.«

»Wyverne?« Pellams Stimme wurde laut. »Du hast Wyverne erlegt?«

»Nun reg dich nicht auf. Die Drachenjagd ist nichts für dich. Du gehst heim zu Dionella, und dann kaufst du dir ein Hummerboot, und daß du es mir nicht vergißt!« rief ihm der Ritter in Erinnerung und drückte freundschaftlich die Schulter des jungen Mannes. »Dionella baut auf dich.«

»Außerdem reitest du nicht gut genug, um Drachen jagen zu können«, neckte Hal.

»Noch nicht vielleicht.« Pellam schien ihn ernst zu nehmen.

Ceowulf legte dem jungen Mann beruhigend eine Hand auf die Schulter. »Du bist ein tapferer Bursche, das läßt sich nicht bestreiten, aber laß dich von Hal nicht hochnehmen. Er hat eine Art, Dinge zu sagen, daß man ihn für einen Experten hält. Nur hat er noch nie eine Wyvern gesehen, und ganz sicher hat er keine Ahnung, wie man eine vom Himmel holt.«

Der Eigner des Schoners war ein erfahrener Seemann und machte sich ganz und gar keine Sorgen darum, bei Nacht nach Porta d'Oc zu segeln. Caspar dachte, daß es sicher gut so sei, da die Einheimischen beim Anblick eines ausgewachsenen Bullen, der von einem Fischerboot torkelt, sicher die Stirn gerunzelt hätten. Das war ein höchst seltener Fang. Die Belbidianer kamen zu dem Schluß, daß es das beste wäre, direkt zum Stall zu schleichen und die beiden Tiere in eine Scheune zu schmuggeln.

Caspar erklärte sich freiwillig bereit, bei ihnen im Stroh zu schlafen, für den Fall, daß es Ärger gäbe, während sich die anderen bequeme Betten suchten. Sehnsüchtig sah Hal zum Licht am Gasthof hinüber und seufzte. »Bestimmt kann ich auch im Stroh gut schlafen. Ich werde dir Gesellschaft leisten, Neffe.«

»Danke«, erwiderte Caspar lakonisch und versuchte so zu klingen, als sei es ihm egal, ob Hal blieb oder nicht, doch insgeheim sorgte er sich um den Bullen und war froh um die Gesellschaft seines Onkels. Als die anderen fort waren, wurde er gesprächiger. »Findest du die Stute nicht auch wunderbar? Sie ist wie Feuerschweif, nur kleiner und etwas willfähriger. Je eher wir aber diesen Bullen loswerden, desto besser. Was ist, wenn er mitten in der Nacht verrückt spielt?«

Hal betrachtete den hängenden Kopf des Tieres und lauschte dem langsamen, tiefen, zufriedenen Atmen. »Ich glaube, Brid hat ihm genug von diesen Kräutern gegeben, daß es den Rest der Woche hält. Manchmal glaubt sie wohl, sie könnte alle Probleme dieser Welt mit ein paar Kräutern lösen.«

Caspar wurde unsanft geweckt. Er blinzelte ins Licht, das durch die alten Scheunentore fiel, und sah den Stallknecht mit einer Heugabel bewaffnet. Stirnrunzelnd sah der Mann, wie das große Hornvieh zufrieden kauend an seiner Krippe stand. Caspar sprang auf.

»Keine Sorge, er gehört uns, und er ist ordentlich am Nasenring festgebunden.«

Der Ophidianer ließ seine Heugabel sinken. »Ich dachte schon, ich sehe einen Dämon. Hübsche, junge Stute habt Ihr da aufgegabelt. Sie sieht wie eine reinrassige Oriaxianerin aus,

aus der Wüste jenseits von Lonis … ganz wie Euer Rotschimmel. Nun, ich hätte nicht gedacht, daß ich den Tag erleben dürfte, an dem ich zwei solcher Tiere auf einmal sehe, zumindest nicht in meinem Stall. Es ist fünfzehn Jahre her, seit ich zuletzt ein reinrassiges Tier zu sehen bekommen habe.«

Es dauerte nicht lange, bis die anderen aufgestanden waren, und Ceowulf holte eifrig Erkundigungen ein, wo er den Bullen verkaufen konnte. Der Stallknecht hatte zweifellos gute Kontakte zum Viehhandel, und im Laufe des Vormittags hatte sich eine große Versammlung von Bauern eingefunden, um den Bullen zu inspizieren.

Cybillia schmollte.

»Was ist los mit dir, Cybillia?« fragte Brid abwesend. Sie bürstete die cremefarbene Stute und kämmte Stroh aus ihrer Mähne.

»Ich will ihn nicht verkaufen. Er war ein Geschenk. Können wir ihn nicht mitnehmen?«

»Wenn du meinst, dieser Bulle würde auch nur noch einen Daumenbreit mit uns reisen, setzen wir dich aufs nächstbeste Boot zu deinem Vater«, erklärte Hal.

Cybillia schlug eine Hand an ihre Wange und starrte ihn mit großen, tränenfeuchten Augen an. Caspar dachte, sie würde gleich schluchzen, doch sie schluckte trocken und wandte sich schweigend ab. Es war das erste Mal seit mehreren Tagen, daß sie sich um die Narben in ihrem Gesicht sorgte, und Caspar war fuchsteufelswild, weil Hal so grob gewesen war. Auch Brid sah Hal finster an und zog Cybillia zu sich.

»Du kannst keinen Bullen reiten. Wir verkaufen ihn, und du bekommst statt dessen ein hübsches, vernünftiges Pferd.«

Zwei der Bauern waren auf den Bullen schwer erpicht, nachdem sie seine muskulösen Schenkel betastet und das Maul betrachtet hatten. Da sie offenbar Rivalen waren, boten sie wahrscheinlich mehr, als das Tier wert war, Hals Ansicht nach sogar weit mehr, was Cybillia jedoch nicht sonderlich beeindrucken konnte.

»Vater würde mindestens den doppelten Preis für irgendeinen seiner Bullen bekommen.«

»Mmmmh, allerdings, aber wir können uns davon zwei Reitpferde kaufen«, meinte Ceowulf.

»Aber wir brauchen keine zwei«, wandte Hal ein.

Der Ritter nickte zu Pellam hinüber. »Wir wollen doch nach Muschelsand zurück, oder nicht? Pellam hat jetzt genug Geld für sein Hummerboot, und wenn es mich etwas angeht – was es tut –, dann reitet er auf direktem Weg zurück zu Dionella. Katalin wird sich keine Sorgen mehr machen müssen.«

Pellam war mit dem Plan einverstanden. Caspar hatte gedacht, daß es den jungen Ophidianer nach wie vor nach Abenteuern dürstete, denn schließlich war er noch zu jung, um sich niederzulassen. Doch der maushaarige Seemann klopfte an sein Hemd, unter dem er klugerweise die wertvolle Goldkette versteckt hatte.

»Mein Vater wird stolz sein. Stets hat er sich für mich ein eigenes Hummerboot gewünscht, und endlich können wir den Namen der Familie erhalten.«

»Und Dionella?« fragte Ceowulf.

»Sie ist das hübscheste Mädchen auf der Welt. Nun kann ich mich endlich um sie kümmern, wie sie es verdient hat.«

Ceowulf knurrte zufrieden.

Hal und Caspar überließen Ceowulf die weiteren Verhandlungen und machten sich auf, ihre Pferde von der Weide zu holen. Hal warf seinen Kopf zurück, damit ihm die schwarzen Fransen nicht mehr vor den Augen hingen.

»An Pellams Stelle würde ich noch ein paar Jahre die Meere besegeln und das Abenteuer suchen. Nein, da muß ich mich korrigieren. Nichts würde mich freiwillig aufs Meer locken. Ich würde mich auf den Weg in die Wüste machen und Wyverne suchen … alles, nur um mich nicht in so jungen Jahren schon niederzulassen.«

»Selbst wenn es mit Brid wäre? Du würdest eher durch die Weltgeschichte reisen, als Brid zu nehmen?«

»Oh, sie würde auf mich warten.«

»Ha!« Caspar war sprachlos.

Glücklicherweise konnte ihnen der Stallknecht zwei seiner eigenen Reitpferde verkaufen, einen Braunen und einen Fuchs. Caspar untersuchte sie ausgiebig und zeigte sich voll zufrieden, auch wenn der Stallknecht keinen Sattel für Cybillia hatte.

»Nur sehr wenige Frauen in Ophidia reiten«, erklärte er. »Die feinen Damen reisen eher mit der Kutsche, und sehr wenige aus dem gewöhnlichen Volk reiten, so daß wir kaum Verwendung dafür haben.«

»Sie kommt zurecht«, versicherte Brid dem Knecht, bevor das flachshaarige Mädchen noch Gelegenheit zur Klage hatte.

Als Brid dann verkündete, daß sie die cremefarbene Stute reiten würde, protestierte Caspar. Er war nicht sicher, ob die Priesterin in der Lage wäre, das Tier zu bändigen. Offenbar war es noch nie gesattelt worden, und da sie sich in Begleitung derart unerfahrener Reiter wie Pellam und Cybillia befanden, war es weder der rechte Zeitpunkt noch der rechte Ort, die Stute zu brechen. Das Bocken und Treten regte die anderen Pferde auf, und Feuerschweif kaute unruhig an seiner Kandare, denn er war sicher, daß die Stute auf ein Rennen aus war.

Brid jedoch gab sich stur. »Keinesfalls werde ich sie zurücklassen, und ich habe schon viele Pferde zugeritten. Es dauert nur zwei Tage, bis ich sie soweit habe, dann wird sie großartig sein. Wie ein Stern, der über den Himmel streift«, erklärte sie. »Wie ein Komet.«

»Komet«, wiederholte Caspar. »Das klingt gut.«

Brid war von dem Namen begeistert.

»Aber ich wette, so eine wie die hast du noch nie gebrochen«, forderte Hal das Mädchen heraus.

»Nun, vielleicht nicht«, gab Brid zu, »aber das heißt nicht, daß ich es nicht kann.«

Sie brachen nach Osten auf, folgten den Angaben, die sie am Steinkreis entdeckt hatten. Einige Stunden später wirkte Brid müde. Erhitzt von ihren Anstrengungen legte sie ihren dicken, braunen Bärenfellumhang ab und stopfte ihn in ihr Bündel.

»Was ist das für ein Pelz?« fragte Pellam Hal und Caspar, die beide ebensolche Umhänge trugen.

»Braunbär«, teilte Hal ihm mit. »Alle Torra Altaner tragen sie. Es ist die einzige Möglichkeit, sich vor dem Winterwetter zu schützen. Nur in den Gelben Bergen im Norden von Belbidia gibt es Braunbären. Ihr Fell ist viel wärmer als ein Wolfspelz.«

Caspar glaubte, daß Brid nun endlich ihre Entschlossenheit einbüßen würde, als sie Komets Ohren entgegenflog. Die junge Stute scheute wild wegen eines Stocks, den der Winterwind vor sich her trieb. Cybillia schrie auf, ließ ihre Zügel fallen, um die Arme um den Hals des Braunen zu schlingen, als Komet mit ihrem Pferd zusammenstieß. Eilig nahm Ceowulf die Zügel des Braunen an sich, vermied so eine Katastrophe und versicherte Cybillia, daß alles in Ordnung sei.

Das stachelhaarige Mädchen sah nicht eben überzeugt aus und wimmerte: »Ach, bitte, Brid, gib sie doch einem der Männer, damit er sie bändigt.«

Bei diesem Vorschlag wurde Brid ganz starr vor Ärger. »Ceowulf würde sie erdrücken, und Hal würde ihr das Maul verletzen.«

»Ich könnte es schaffen«, bot Pellam begeistert an, was lautes Gelächter bei Hal und Ceowulf wachrief und ein schiefes Grinsen auf Caspars Gesicht lockte. Er sah den jungen Mann mit den abgespreizten Ellenbogen an, dessen Zehen zu Boden deuteten und der seine Finger zur Sicherheit in die Mähne gedreht hatte. Für jemanden, der das Reiten eben erst gelernt hatte, machte er sich gut, doch war er nach wie vor blind vor Selbstvertrauen, das aus Ignoranz erwuchs.

»Aber Brid wurde bisher noch nicht abgeworfen, und sie ist nur ein Mädchen«, protestierte Pellam. »Sicher kann doch ein Mann ein Pferd weit besser bändigen.«

Cybillia nickte bei dieser Erklärung begeistert, während sich Komet halb aufbäumte und ihren Kopf gegen Brids Griff vorwärts drückte.

»Pellam, fast fühle ich mich versucht, dein Angebot anzunehmen«, sagte die Priesterin, »und sei es nur, um zu beweisen ...«

»Denk nicht mal daran«, warnte Ceowulf ernst und hielt der Tollkühnheit des jungen Burschen seine Ausgeglichenheit entgegen. »Pellam, glaub mir, du wirst Komet nicht reiten wollen. Ich reite schon mein ganzes Leben und wurde bis zum höchsten Grad auf dem Turnierfeld ausgebildet, und ich weiß, daß sie ein Wildfang ist. Die anderen wollen dich nur ärgern.«

Caspar hatte Sorge, daß Brids Arme aus den Gelenken gerissen würden, und schlich neben sie. »Komm schon, Brid, du hast bewiesen, daß du es kannst. Ich weiß, daß du deine Sache wunderbar machst, und ganz sicher machst du es besser, als Hal es könnte, aber du erschöpfst dich dabei, und wir haben eine lange Reise vor uns. Wir tauschen. Schließlich würdest du doch gern Feuerschweif reiten, oder?«

Brid grinste von einem Ohr zum anderen, als hätte sie auf diesen Vorschlag nur gewartet. »Liebend gern würde ich Feuerschweif reiten.«

Nach mehreren Tagen unterwegs durch die grüne Weidelandschaft des nördlichen Ophidia wurde ihnen allen klar, daß Pellam sie bald verlassen würde. Muschelsand war nur noch zwei Tagesritte nördlich.

Wiederholt warnte ihn Ceowulf, er müsse einen fairen Preis für seine Goldkette aushandeln, und Pellam versprach, keiner Menschenseele von den Vorfällen zu erzählen, die sie auf den Fernen Inseln ereilt hatten.

»Könnte ich doch gar nicht, oder? Weder um meiner selbst willen, noch um Dionellas. Der ganze Hokuspokus und die Hexerei, ich würde doch zum Gespött. Ich würde Schande über mich und meine Familie bringen.«

Als sie schließlich an den Kreuzweg kamen, der Pellam nach Norden und die Belbidianer nach Osten führen sollte, schob der caldeanische Ritter dem Mann einen Brief an Katalin in die Brusttasche. Cybillia betrachtete den Brief mit finsterer Miene, doch sie zeigte nur würdevolles Desinteresse, als sie Caspars Blick begegnete.

»Ich werde eine ganze Flotte von Hummerbooten besitzen, wenn ihr wieder nach Muschelsand kommt, und von dem Geld, das ich verdiene, kaufe ich mir ein Pferd wie Feuerschweif.« Pellam sah auf dem Braunen inzwischen sicherer aus, und er saß tiefer in der Senke seines Rückens, verzichtete schließlich darauf, sich an der Mähne festzuhalten. Zum Abschied wandte er sich um. »Ich hoffe, ihr findet euren Schatz.«

KAPITEL 11

Nachdem die windigen Marschen und Weiden Ophidias nun weit hinter ihnen lagen, näherte sich die Gruppe erschöpft den sandigen Ländern von Glain. Staub biß ihnen in die Augen und drang in ihre Lungen, wenn der Wind den roten Sand aufpeitschte. Caspar hustete gequält.

»Das Hauptstück der Wüste liegt meilenweit südlich«, erklärte Ceowulf und kniff dabei die Augen gegen den fliegenden Sand zusammen. »Aber wenn wir zu den Toten Göttern wollen, müssen wir diese Wüstenzunge durchqueren, die bis zum Spieß von Glain reicht.«

Flecken von anspruchslosem, silbrigem Strandhafer lagen ausgetrocknet und sonnenversengt da, wie Seegras, das über die Flutgrenze hinaus geschwemmt worden war. Olivenbäume mit tiefgreifenden Wurzeln spendeten den verstreuten Dörfern Schatten, doch ansonsten war die Erde kahl.

»Wenn man bedenkt, daß hier alles grünes Gras und Weizen war, bevor die Bauern von Glain das Land ausgelaugt haben«, klagte Brid.

Als sich die Straße neigte und zwischen Dünen hindurchschlängelte, hörte Caspar das leise Läuten von Glocken auf dem Wind. Feuerschweif schnaubte, und Komet stürzte sich auf ihre Kandare.

Ceowulfs Stimme klang angespannt. »Kamelglocken, was Nomaden bedeutet. Pferde können den Gestank von Kamelen nicht ertragen.«

»Müssen wir uns vor ihnen fürchten?« fragte Hal zweifelnd und sah kein bißchen aus, als fürchtete er sich. »Schließlich sind es doch nur Händler.«

Ceowulf warf einen kurzen Blick auf Brid und Cybillia, dann

verzog er seine Miene zu einem Lächeln. »Natürlich nicht, aber dennoch sollten wir es vermeiden, Aufmerksamkeit auf uns zu ziehen.«

Sie zogen weiter durch die brüllende Hitze des Tages, und abgesehen von dem leisen Bimmeln der Glöckchen jenseits der Dünen gab es keinen weiteren Hinweis auf Nomaden. Obwohl sich Komet und Feuerschweif im Sand wohl heimisch fühlten, kam die Gruppe doch nur mühsam und langsam voran, da die drei schwereren Pferde auf dem losen Untergrund leicht ermüdeten. Caspar war zutiefst erleichtert, als der kühle Abend das Land umfing, und als die sengende Sonne endlich hinter dem Horizont versank, rollten sie sich zum Schutz gegen die kalte Wüstennacht unter ihren Umhängen zusammen.

Es war Trund, der sie weckte.

Caspar versuchte aufzuspringen, doch er war gefesselt und geknebelt. Er stolperte, rollte sich zurecht und schüttelte sich den Sand aus seinen Augen. Übelkeit hämmerte in seinen Schläfen, und er war sicher, daß man ihm im Schlaf eins über den Schädel gegeben hatte.

Das wilde Knurren und Bellen des Hundes verklang bald in der Ferne, und in der Dunkelheit konnte Caspar eben noch Trunds weiße Gestalt erkennen, die dort über die Düne hetzte. Ein ausgefranstes Seil zeigte, daß der Terrier seine Leine durchgebissen hatte. Hal und Ceowulf waren noch gefesselt und schlugen um sich, doch konnte er weder Cybillia noch Brid oder die Pferde sehen. Verzweifelte Panik stieg in seiner Kehle auf, und er riß an den Fesseln, während er versuchte, nicht an dem eklig schmeckenden Fetzen zu ersticken, den man ihm in den Mund geschoben hatte.

Endlich schaffte es Ceowulf, ein Messer in die Hand zu bekommen, und er sägte an seinen Fesseln. Sekunden später war er frei. Er spuckte seinen Lappen aus, durchschnitt die Fußfesseln und befreite Hal und Caspar. Düster wandten sie sich südwärts der Düne zu und warfen eben noch einen letzten Blick auf den bellenden Hund.

»Sklavenhändler?« fragte Hal finster, blieb nur stehen, um sein Schwert aufzuheben, und fing dann an zu rennen. Ceowulf schnappte sich einen Wasserbehälter und hastete ihm nach. Der Bogen schlug Caspar an den Rücken, als er ihnen auf den Fersen folgte, doch er war froh, daß die Angreifer ihnen wenigstens ihre Waffen gelassen hatten.

Die unheimliche Stille der Wüstennacht verstärkte seine Ängste noch, als sie sich über die hügelige Landschaft kämpften, und das gruselige Sternenlicht reflektierte auf dem fahlen Sand. Sie rutschten, rollten und stolperten auf der anderen Seite der Dünen in die Tiefe, bevor sie sich wieder an den ermüdenden Aufstieg machten. Bei jedem demoralisierenden Schritt sackte der lose Sand unter ihnen weg, verhinderte ein Vorankommen und zwang sie zu ruhigeren, festeren Schritten. Wenn sie eine Düne erklommen hatten, blieben sie stehen, um Luft zu holen, und blickten auf der anderen Seite in die Tiefe. Trund war lange schon nicht mehr zu sehen.

Von Ceowulfs schwerem Atmen abgesehen, hing ein tödliches Schweigen über dem leeren, trockenen Ödland. Im Osten tastete sich ein rosiger Dom über den Horizont, und zumindest würde bald der Morgen grauen. Schließlich war das Licht hell genug, daß es Schatten über die windgepeitschten Dünen warf und eine Spur von Pferdehufen offenbarte, an der die aufkommende Brise bereits kräftig nagte und sie mit Sand zublies.

»Sie reiten nebeneinander«, bemerkte Caspar stirnrunzelnd. Hal gab ihm nickend recht.

»Aber es gibt nicht mehr als fünf Spuren«, fügte Ceowulf hinzu. Mit leeren Gesichtern starrten sie einander an, bevor sie die nächste Düne hinunterstiegen, durch den aufgewühlten Sand stolperten und sich nach Süden kämpften.

»Würden Kamele keine Spuren hinterlassen?« fragte Caspar. »Sollten da nicht mehr Spuren sein?«

»Allerdings.« Ceowulf wirkte verblüfft.

»Wyverne würden keine Spuren hinterlassen. Sie würden fliegen«, meinte Hal.

»Da hast du ganz recht, mein Freund, aber sie fesseln auch niemanden und stehlen keine Pferde. Sie fressen sie nur.« Ceowulf sprach keuchend zwischen schweren Atemzügen. Er war nach seinen Verletzungen sichtlich noch immer nicht ganz auf der Höhe, und die hohe Geschwindigkeit verlangte langsam ihren Tribut.

Ein Stück weiter kreuzten Kamelspuren, die gen Osten zogen, die Hufabdrücke.

»Die Nomaden«, knurrte Ceowulf.

Caspar wurde in der aufkommenden Hitze der Sonne langsamer, Schweiß rann über seinen Rücken. Allmählich lief Hal voraus und strebte der Kuppe einer Düne entgegen. Plötzlich hielt er inne und ging in die Hocke, als hätte er etwas gesehen, dann winkte er die anderen beiden heran. Ächzend schaffte Caspar die letzten Schritte. Etwas Kleines, Weißes lag am Grund des nächsten Tales.

Sein Herz schlug ihm im Hals, als er sich den Hang hinunterwarf und neben dem treuen Hund zu liegen kam. Trunds dicke Zunge füllte das offene Maul aus, und seine mächtigen Lungen keuchten im verzweifelten Versuch, den überhitzten Leib zu kühlen.

»Trund«, murmelte Caspar. »Trund, du dummer Hund.«

Ceowulf nahm seinen Wasserschlauch und tröpfelte kühlendes Naß über den Hundekopf, dann zwang er es ihm ins Maul. Anfangs keuchte Trund nur, doch schließlich schlug er die Augen auf. Er schluckte das Naß, wobei ihm ebensoviel seitlich aus dem Maul lief, wie er schlucken konnte. Schließlich stand er auf zittrigen Beinen da, und mit kurzem Blick auf

Caspar und wedelndem Schwanz taumelte er im müden Trott nach Süden.

Die Belbidianer konnten sich nicht zu mehr als einem humpelnden Marsch bewegen, und Rinnsale von Schweiß brannten ihnen in den Augen. Caspars Kehle kratzte vor Durst, doch endlich wurde die Monotonie der Dünenlandschaft von einem grünen Fleck unterbrochen, als sie zum Kamm der nächsten Düne kamen.

»Eine Oase«, flüsterte Ceowulf und nahm noch einen Schluck aus dem Kanister. Caspar löschte seinen drückenden Durst, dann tröpfelte er mehr Wasser in Trunds hechelnden Schlund. Das Tier trank gierig, dann schnüffelte es in der Luft herum und stellte die Ohren auf. Caspar hielt ihn an seinem Halsband fest. Im Schatten der Palmen sah er fünf angebundene Pferde, die ihre Schwänze in der Hitze schwenkten.

»Wo sind sie?« flüsterte Hal. »Sie würden die Pferde doch sicher nicht zurücklassen.«

Caspar betrachtete das sandige Tal. Von den fünf erschöpften Pferden abgesehen, die mit hängenden Köpfen dort standen, gab es keine Spur von Leben. Er schlang seinen Gürtel durch Trunds Halsband, und vorsichtig schlichen sie zur Oase hinab.

Feuerschweif stieß ein sanftes Wiehern aus, als sie näher kamen, und sein Fell war von getrocknetem Schweiß verkrustet, wenn er auch in besserer Verfassung als die anderen zu sein schien. Glücklicherweise waren sie in Reichweite eines Tümpels angebunden, der von weißen Steinen gesäumt war, die von Moos und Pflanzen mit silbrigen Stengeln bewachsen waren.

Nach einigen Minuten der Suche fanden sie nur ein paar Spuren.

»Das ist lächerlich. Ihr meint doch nicht, die Mädchen hätten den Verstand verloren, sich mit den Pferden auf den Weg gemacht und uns zurückgelassen?« sagte Hal halb im Spaß. »Hier gibt es keine Spuren von Angreifern.«

Trund lenkte sie ab, denn seine Nackenhaare stellten sich auf, sein Schwanz ragte starr in die Höhe, als er argwöhnisch am Boden schnüffelte.

»Laß ihn von der Leine«, meinte Hal.

Der Hund suchte am Boden hin und her, schnüffelte und scharrte und lief zwischen den Pferden und einem nadelspitzen Sandstein am anderen Ende der Oase auf und ab. Er jammerte kläglich und sah von einem Menschen zum anderen. Ein Runzeln zeigte sich auf seiner grobknochigen Stirn. Die Spuren der Mädchen führten zum Sandstein und verschwanden dort.

»Offenbar kann er etwas riechen«, murmelte Caspar, dem trotz der sengenden Hitze der Sonne plötzlich kalt war. »Vielleicht ist es wieder dieses Ding, das Ding, das wir im Nebel des Eibenwaldes gespürt haben.«

Hals Miene war vor kalter Vernunft ganz hart. »Sei nicht melodramatisch. Es muß eine vernünftige Erklärung geben, wieso ihre Häscher keine Spuren im Sand hinterlassen haben.«

Plötzlich fing Trund an zu graben, und die drei Belbidianer starrten sprachlos zu Boden. Der Terrier neigte seinen Kopf, als lauschte er, dann grub er noch wilder, trat Sandfontänen hinter sich in die Luft. Ceowulf fiel auf die Knie und preßte sein Ohr auf die Erde. »Haltet den Hund still. Ich versuche, was zu hören.«

Hal riß an Trunds Halsband, während Caspar neben dem Ritter kniete. »Was ist da?«

Ceowulf zuckte mit den Schultern. »Lausch selbst.«

Anfangs konnte Caspar nur seinen Herzschlag und das Hecheln des Hundes hören. Er konzentrierte sich und spitzte die Ohren. War es fließendes Wasser? Oder vielleicht ein grabender Nager? Er lauschte weiter. Nein, eher waren es plappernde Stimmen. Verwirrt sah er zu seinen beiden Gefährten auf. Der Ritter nickte zur Antwort.

»Ja, Stimmen. Da unten ist eine unterirdische Behausung.«

»Es muß einen Eingang geben.« Hal betrachtete die Spuren der Mädchen, die zu dem Sandsteinbrocken führten. Sie sprangen auf, drängten durch das Schilf, welches den Rand des Tümpels säumte, und machten sich eilig daran, den Stein zu untersuchen. »Er muß sich bewegen lassen«, beharrte Hal und schob ihn mit der Schulter an, wenn auch vergeblich. »Es muß eine Art Eingang sein.«

Er ächzte, als er seine Schulter wiederholt gegen den Felsen rammte, doch er gab schließlich auf, als er sah, daß Trund aufgeregt an einer Stelle schnüffelte und dabei Sandklumpen aus seinen Nasenlöchern blies. Ein winziger Fleck von etwas Schwarzem tauchte am Boden auf. Caspar hob es auf. Der schlaffe, verschrumpelte Stengel einer Pflanze lag in seiner Hand. »Es ist Pfennigkraut, oder? Es muß Brid gehören.«

Er fiel auf die Knie, scharrte den heißen Sand an der Oberfläche beiseite und grub wild neben dem Hund. »Da unten muß ein Eingang sein. Eine verdeckte Falltür vielleicht.«

Caspar blieb keine Zeit zu schreien. Als eine schuppige Hand mit drei Klauen aus der Erde kam und sein Handgelenk packte, blieb ihm nicht mal Zeit zu denken. Er war außer sich, fürchtete, sie hätten eine Art Begräbnisstätte gestört und die Toten kröchen nun aus der Erde, um ihn zu verschlingen. Die Hand riß ihn abwärts, und erst, als er spürte, daß er in den Sand gezogen wurde, fing er an zu schreien.

Der heiße Sand preßte sich um ihn, als er darunter begraben wurde. Er versuchte sich zu befreien, fürchtete, die Erde würde ihn ersticken, doch hielt ihn der kühlende Sand zu fest. Ihm war, als würden seine Lungen bersten, während er immer weiter in die Tiefe gerissen wurde. Er konnte Hals verzweifelte Schreie hören, und dann plötzlich nichts mehr.

Seine Welt wurde schwarz.

Trund war bereits verschwunden. Hal packte Caspars verschwindende Beine, grub seine Füße in den weichen Sand, um sich abzustützen, und zerrte mit jeder Sehne seines Körpers. Obwohl er vor Anstrengung zitterte, glitten ihm Caspars Beine dennoch durch die Hände und wurden vom Sand verschluckt.

»Nein, Spar, nein!« schrie er, als sich der Sand kräuselte und dann wieder glatt war, als wäre nie etwas geschehen. »Spar!«

Wütend schlug er mit den Fäusten auf den Boden, dann sank er in die Hocke und sah verzweifelt zum grellen Himmel auf. Ceowulf zog ihn auf die Beine und zerrte ihn vom Stein zurück. »Reiß dich zusammen, sonst werden wir allesamt verschlungen.«

Verloren starrte Hal die Stelle an, an welcher er die Füße seines Neffen zuletzt am heißen Boden gesehen hatte. Wütend stieß er die hindernde Hand von seinem Arm und stand auf. »Es ist nicht dein Fleisch und Blut, das dort im Sand begraben liegt.«

»Glaub mir, ich sorge mich um ihn«, erwiderte Ceowulf mit Selbstbeherrschung, »und um Brid und Cybillia auch. Aber wir können ihnen nicht helfen, wenn es uns selbst erwischt.«

Hal konnte nicht denken. Er wollte nur irgend etwas, irgend jemanden töten, denjenigen, der seinen Neffen und Brid an sich gerissen hatte. Ohne nachzudenken zog er das große Runenschwert und strich mit einem Finger an der mittleren Blutrinne entlang, ertastete die blutroten Runen. Er achtete nicht auf die neuen Runen der Magie, die den Außenrand des Musters umgaben, und konzentrierte sich auf die Runen des Krieges. Die Runen symbolisierten Notwendigkeit, Herrschaft und Kriegskunst, doch Brid hatte auf eine davon besonders hingewiesen: Tiws Rune, die allein dem Krieg gewidmet war. Und das hier war Krieg! Jemand bedrohte, was ihm auf der Welt am meisten am Herzen lag.

»Sie können Brid nicht holen«, schrie er. »Und auch Spar nicht. Große Mutter, wir stehen hier auf deiner nackten Haut und bitten dich um Gnade. Dieses ist die einzige Rune, die ich kenne. Wenn ich sie hier auf den Boden zeichne, hilfst du mir, deine Priesterin zu finden?«

Vorsichtig benutzte er die Spitze seiner Klinge, um Tiws Rune in den Sand zu zeichnen. Als er die Rune schrieb, kochte ein heißer Schwall wütender Mordlust aus seinem Herzen auf und umfing sein Denken mit einem Gefühl göttlicher Unbesiegbarkeit. Ein Drang, zu bezwingen, zu erobern, Kriegsherr zu sein, erfüllte ihn. Er nahm nichts weiter um sich wahr, nur daß er selbst Kraft sammelte.

Von irgendwo flüsterte ihm eine leise Stimme ins Ohr: »Hal, sprich mit mir, hör mir zu.«

Es dauerte einige Augenblicke, bis er merkte, daß die Stimme Ceowulf gehörte. Er hielt das Runenschwert noch fester. Er wollte diese störende Stimme mit einem kurzen Ruck der Klinge zum Schweigen bringen, doch sein eigenes, weit entferntes Gewissen drängte sich in seine berstenden Gedanken. *Es ist Ceowulf. Du brauchst ihn.* Er ließ das Schwert sinken, staunte, wie sehr seine Wahrnehmung von der Macht des Runenzaubers überwältigt war.

»Welch schreckliche Kraft«, murmelte er und staunte über die Macht, die ihn befallen hatte.

Ceowulf warf ihm einen flüchtigen, erstaunten Blick zu. »Hal, du solltest lieber etwas Wasser trinken. Die Hitze der Sonne greift dich an.«

Er schüttelte den Kopf. »Nein, die Macht der Göttin. Ich habe sie gespürt. Ich habe die einzige Rune geschrieben, die ich kenne, und plötzlich habe ich diese unglaubliche Kraft gespürt.«

»Eine Rune?«

»Ja, eine Rune. Was meinst du, was das ist?« fragte Hal und deutete auf den Sand.

»Ein Pfeil.«

Hal betrachtete das Symbol einen Moment und fragte sich, ob die Göttin ihm die Hand geführt hatte. Ein Pfeil ... Sicher bedeutete er etwas. Sicher zeigte er die Richtung an. Skeptisch folgten die beiden Edelmänner seiner Richtung, was sie an den Rand des Wassers führte. Der Teich schimmerte silbrig weiß, da sich die Sonne grell darin spiegelte. Beide blinzelten sie.

Ceowulf schüttelte den Kopf. »Es muß einen anderen Weg geben. Ich habe von Anfang an nicht viel auf Brids Runen gegeben.«

»Ich auch nicht«, gab Hal ihm recht, »aber ich habe definitiv etwas gespürt, eine fürchterliche Macht. Und dieser Pfeil ist nicht versehentlich entstanden.«

»Aber er führt uns zum Wasser.«

»Ich weiß«, erwiderte der dunkle Junge mürrisch. »Ich muß mich wie Spar anhören, wenn er von Zauberkräften faselt, doch ich habe es gespürt. Ich habe die Kraft gespürt, und ich weiß, daß sie etwas bedeutet.«

Er tauchte seine Hand ins Wasser. Dessen Kühle überraschte ihn, bis ihm klar wurde, daß es weit in die Tiefe führen mußte, wo es vor der Hitze geschützt war. Um einen klaren Kopf zu bekommen, tauchte er sein Gesicht in den Teich und blinzelte, wusch den Staub aus seinen Augen. Er warf den Kopf hoch und strich sein rabenschwarzes Haar glatt. Als er sein Spiegelbild auf der hellen Wasseroberfläche sah, versuchte er an nichts zu denken, hoffte, ihm würde plötzlich eine Antwort in den Sinn kommen. Die sengende Sonne stach ihm in die Augen, wo sie auf dem Wasser glänzte.

Wieder tauchte er den Kopf in den Teich. Unter der gleißenden Oberfläche war das Wasser klar, und er konnte den sandigen Grund leicht erkennen, wo die dunkelnden Fluten zum Schwarz einer Unterwasserhöhle führten. Er riß seinen Kopf hoch und blinzelte ins Sonnenlicht.

»Da unten ist eine Höhle.« Eilig begann er, Hemd und Stiefel auszuziehen und reichte Ceowulf sein Schwert. »Ich seh mal nach.« Ohne zu zögern tauchte er hinein. Das kühle Wasser ließ ihn erbeben, betäubte seine Sinne. Er stürzte sich hinab, schwamm der dunklen Höhle entgegen, und als er nur noch wenig sehen konnte, tastete er sich seinen Weg über die maserigen Steine und schwamm ins Dunkel. Die Höhlenwände schlossen sich um ihn. Da er fürchtete, daß ihm die Luft ausgehen würde, wollte er eben umkehren, als er ein rotes Licht an der Wasseroberfläche über sich erkennen konnte. Er ließ sich aufwärts treiben und schob seinen Mund aus dem Wasser, um leise einzuatmen.

Seine Augen brauchten einen Moment, bis sie sich ans Dunkel gewöhnt hatten, und bald merkte er, daß das Licht von Fackeln kam, Nadelspitzen leuchtender Farbe in dem dunklen Raum. Mehrere hundert Gesichter sprangen ihn von den umgebenden, runden Mauern an, alle Augen anscheinend auf ihn gerichtet, und es dauerte eine Sekunde, bis ihm klar war, daß es sich um Trophäenschädel handelte, die dort an den Wänden hingen. Er schien sich unter einer Art Kammer zu befinden, die unter dem Sand ausgehöhlt war. Vor ihm ragte eine steinerne Säule aus dem Boden auf und verstellte ihm die Sicht, und so schwamm er leise nach rechts hinüber, um dahinter zu sehen.

Der Boden schien sich zu bewegen. Hal versuchte sich auf die Gestalten zu konzentrieren und sich tief im Wasser zu halten, wobei nur ein Büschel von seinem schwarzen Haar und seine Augen über den Rand des Teiches blickten. Die Gestalten murmelten und plapperten in schriller, kreischender Sprache. Doch er konnte sie immer noch nicht sehen. Sie waren wie Schatten. Sie kamen näher, schleppten etwas, das leblos über den Boden rumpelte. Spar! Das mußte Spar sein!

Dann endlich traten die Gestalten in den Ring aus Fackeln, und er konnte die Umrisse ihrer zarten Leiber sehen. Sie hatten echsengleiche Gesichter und dünne, durchscheinende Haut, als schiene das Licht durch ihre Körper hindurch, hämmerte ihre Substanz heraus und ließ nur diese zerbrechliche Hülle zurück. Sie waren dünn und gingen aufrecht wie Menschen mit langen Armen und Beinen, die aus kurzen, runden Leibern ragten. Ihre Hände waren lang und schlank, und sie hatten breite Schwimmfüße. Ein so leichter Körper auf so breiten, flachen Füßen, dachte Hal. Kein Wunder, daß sie auf dem Sand keine Spuren hinterließen. Und ihre Leiber waren so schmal. Sie konnten sich wie Sandechsen bewegen und sich direkt in die Erde bohren. Sie hatten große, flache Gesichter mit nur vier Eckzähnen im Mund. Und ihre Augen! Riesige, rund hervorquellende Froschaugen mit unteren Lidern, die nach oben zwinkerten.

Eilig sah sich Hal um und wurde sich der wimmelnden Zahl dieser Kreaturen bewußt, von denen die meisten Speere und kurze Schwerter trugen. Eines der echsengleichen Wesen kam ihm unangenehm nah, so daß er seine Lungen mit Luft anfüllte und wieder ins Wasser tauchte, um dorthin zu schwimmen, woher er gekommen war.

Sobald er ins getupfte Licht der Wüstensonne getaucht war, welche durch die Palmenblätter fiel, trat er sich aufwärts, schoß Ceowulfs ungeduldigen Füßen entgegen. Der Ritter bückte sich, um ihn beim Arm zu nehmen, und zog ihn an Land.

»Da sind mehr … mehr als vierzig von denen!« brach es aus Hal hervor. »Alle … bewaffnet.«

»Langsam. Ganz ruhig. Atme erst und rede dann«, riet ihm der Ritter.

Hal holte dreimal Luft und griff nach seinen Kleidern, um sich vor der sengenden Hitze zu schützen. »Die Höhle führt in einen unterirdischen Gang, einen mächtigen Bau. Sie haben Spar gefesselt, aber von den Mädchen habe ich nichts gesehen. Es waren mindestens dreißig, wahrscheinlich vierzig.«

»Vierzig was?«

Schnell merkte Hal, daß er faselte, und er beruhigte sich soweit, daß er klarer und mit knappen Worten erklären konnte. »Sie sehen vage wie Menschen aus, aber eigentlich eher wie Echsen. Dünn, aber sehr kräftig, so daß sie sich durch den Sand bohren können, und sie sind bewaffnet und kampfbereit.«

»Vierzig etwa, und alle bewaffnet?«

Hal nickte.

»Wenn wir uns ihnen im Freien stellen, könnten unsere Chancen besser stehen, aber da wir nur zu zweit sind, können wir den Bau kaum stürmen.« Der große Mann biß auf seine Unterlippe.

Hal marschierte zu seinem Schwert, doch Ceowulf stieß ihn zurück. »Um Himmels willen. Mein Neffe ist dort unten. Ich kann sie allesamt mit dem Runenschwert niedermachen.«

»Vierzig?« Ceowulf hielt den Jungen mit einer Hand von sich, und Hal trat zappelnd um sich.

»Gib mir mein Schwert! Ich kann es schaffen.«

»Hör zu, mein Freund, du wirst dabei dein Leben lassen. Ich habe eine bessere Idee. Diese Nomaden werden uns helfen.«

»Nomaden?« Hal hielt ihn für verrückt. Ceowulf hatte ihnen viele Geschichten vom Verrat der Wüstennomaden erzählt. Doch zumindest wären sie bewaffnet, und im Augenblick brauchten sie bewaffnete Männer.

Es blieb keine Zeit, weiter nachzudenken. Die beiden Belbidianer liefen zu den Pferden, nahmen Komet und Feuerschweif, da diese beiden auf dem losen Sand weit schneller wären.

Ceowulf schwankte im Sattel zurück, denn er war nicht darauf vorbereitet, daß Feuerschweif die Düne hinaufstürmte. Der Wind rauschte an seinen Ohren vorbei, als Hal ihm nacheilte, und bald schon kamen sie zum Kamm der nächsten Düne und wandten sich ostwärts, um die Karawane der Nomaden einzuholen.

Ceowulf war atemloser als der stampfende Rotschimmel, als er an dessen Zügeln riß und den Wüstenreisenden seinen Gruß entbot. Feuerschweif scheute und tanzte, was es dem Ritter schwermachte, ihn unter Kontrolle zu halten.

»Wie kommt Spar nur mit ihm zurecht?« knurrte er zwischen zusammengebissenen Zähnen hindurch.

»Wer weiß?« Hal zuckte mit den Schultern und kam zu dem Schluß, daß es sicher besser sei, abzusteigen und die Pferde an die stinkenden Kamele zu führen.

Schwankend kam der Zug aus zwanzig Kamelen zum Stehen, und mehrere Männer unter weiten, weißen Roben wandten ihnen ihre ausgemergelten Gesichter zu. Die Münder waren mit Seidentuch verhüllt, um sie vor dem wehenden Staub zu schützen, und allein die dunklen Augen gaben ihre Gefühle preis. Lange, geschwungene Krummschwerter blitzten an ihren Seiten auf, und sie strahlten entspanntes Selbstvertrauen aus.

»Belbidianer«, schnarrte einer mit offenbar verächtlicher Stimme. Sein knurrender Akzent klang tief und gestelzt.

Ceowulf verwarf sämtliche Formalitäten. »Wir wurden Opfer seltsam teuflischer Kreaturen. Wir brauchen Hilfe. Wir haben zwei junge Damen und einen Knaben verloren.«

Der führende Nomade, der eine dunkelrote Schärpe um den Kopf trug, blickte hochmütig von seinem Kamel herab. »Was interessiert mich, wenn Ihr seid so dumm, Nichtwissende in

Wüste zu führen? Immer sind überall Räuber. Ein Mädchen hier … ein Mädchen da …«

»Es sind keine Räuber«, erklärte der Ritter eilig, »sondern seltsame Männer mit Echsenhaut, die unter dem Sand leben.«

»Dünentänzer?« Angewidert schob der Mann die Augenbrauen zusammen und betastete argwöhnisch das Heft seines Krummschwertes. »Mordende Dünentänzer sind anderes. Das ist für Mann der Wüste Ehrensache.«

»Dünentänzer«, bestätigte Ceowulf. »Sie haben meine Gefährten in den Sand hinabgezogen. Etwa vierzig von ihnen, allesamt bewaffnet.«

»Vierzig«, wiederholte der Nomade eher argwöhnisch als mitfühlend. »Eure Not tut mir schmerz, Fremder, nur habe ich wertvolle Karawane und außer Ehre nur wenig Anreiz, zu gefährden meine Männer. Bei so vielen Dünentänzern ist Ehre nicht genug. Welch Belohnung kann ich für Hilfe schon erwarten?«

»Beim Donner, Mann, es geht um hilflose Mädchen und einen Knaben«, brach es aus Hal hervor.

Zu seinem Verdruß lachte der Wüstenhändler nur. »Die Wüste ist ein Ort des Todes. Manch Knochen wurde in diesem Sand schon fahl und brüchig. Was macht es, ob noch ein paar Skelette mehr den Haufen türmen? Ich brauche Entgelt.«

Hal sah den großen Caldeaner ratsuchend an, hoffte, Ceowulfs lange Erfahrung in diesen südlichen Landen hätte ihn das eine oder andere gelehrt, wie man mit diesen unbarmherzigen Männern umging.

»Wir haben ein wenig Gold«, meinte der Ritter, »doch appellieren wir eher an Eure Seelen als gute Menschen.«

Hal war enttäuscht. Dieser Ansatz würde niemals etwas bewegen.

»Ein wenig Gold«, höhnte der Händler. »Ich habe Karawane, die mit Schätzen schwer beladen ist.«

»Ihr müßt uns helfen«, wiederholte Ceowulf. »Wir haben nur wenig Gold, aber wir haben viele Freunde, viel Verwandtschaft, und ich will Euch Euer Tun eintausendmal vergelten.«

»Fremder, dafür habe ich nur Euer Wort.«

»Das stimmt, doch ist es das Wort eines Belbidianers.«

Die kupferhäutigen Männer begannen ihre eigene, private Diskussion, wobei sie immer wieder zu den Belbidianern blickten.

»Werden sie uns helfen?« fragte Hal leise.

Ceowulf nickte. »Ja, aber für einen gewissen Preis. Es ist eine Frage des richtigen Angebots.«

»Wir nehmen dich beim Wort, Belbidianer, aber wir wollen außerdem die beiden Pferde. Beide reinrassig … dazu Stute und Hengst! Der gesegnete Vater lächelt uns an diesem Tag. Das ist der Preis für unsere Hilfe.«

»Feuerschweif!« rief Hal. »Feuerschweif ist ein ganzes Königreich wert. Spar würde uns umbringen.«

Ceowulf ignorierte ihn und reichte dem Nomaden seine Hand. »Die Pferde gegen Eure Hilfe.«

Dreifingrige Klauen gruben sich in Caspars Haut, zerrten ihn in die kühle Feuchtigkeit der Unterwelt. Eiskalt lief es ihm über den Rücken, als Gestalten wurmgleich aus Wänden und Decke krochen, um dann leichtfüßig neben ihm in den Bau zu fallen. Sie stanken ekelerregend nach frischem Fisch, und das Licht ihrer Fackeln schien durch ihre halb bekleideten Körper. Sie wanden und schlängelten sich wie gespenstische Echsen.

Er schreckte zurück, als er die Mienen exotisch wilder Tiere auf sich zukommen sah, doch er merkte bald, daß es nur ausgestopfte Trophäen waren, die an den Wänden der ausgehöhlten Kammer hingen. Er wurde neben Trund zu Boden geschleudert und warf einen verschwommenen Blick auf den aufrechten Sockel unter einem groben, weißen Marmorstein, der an einen Altar erinnerte. Dieser war mit glatten Schädeln behangen, meist von Pferden und Echsen, doch waren einige davon ganz sicher menschlich. Darüber hing ein riesenhafter Tierkopf, doppelt so groß wie der eines Ochsen, mit langer Schnabelschnauze, die sich gefährlich zuspitzte. Die Augen waren herausgeschnitten, was schwarze Krater hinterließ, und die Haut war von welkem Grünlich-Braun, wie Fetzen von trockenem Seegras, und sie blätterte von den weißen Knochen darunter ab.

Hinter dem Altar wurde die Kammer schmal, und von irgendwo weit unten in diesem Tunnel drang ein rumpelndes Gebrüll. Beißender Gestank hing in der Luft.

Eine Frau schrie.

Caspar hob seinen Kopf mit Mühe und strengte sich an, über Trunds gefesselten Körper zu blicken. Brid und Cybillia waren mit den Handgelenken an einen Eisenring gefesselt, der in den Boden eingelassen war. Die Jungfrau aus Jotunn jammerte haltlos. »Brid!« keuchte er.

»Spar! Wo sind die anderen?«

»Sie waren bei mir, bis ...« Seine Stimme erstarb, als das Knurren lauter wurde. »Was ist das?« fragte er und versuchte seine Angst zu verbergen.

»Nach der Größe dieses Baus kann es nur eine Wyvern sein.«

Cybillia verdoppelte ihr Jammern.

Während das rumpelnde Stöhnen und Schnauben aus dem Seitentunnel näher kam, zappelte Caspar wie wild, kugelte in dem Versuch, die Hände zu befreien, beinahe seine Schulter aus. Er wußte, daß die Seile um die Handgelenke etwas Spiel hatten und er sich nur etwas bemühen mußte. Endlich schaffte er es, sein Handgelenk zu befreien. Eilig fummelte er an den Fußfesseln herum und griff nach seinem Messer.

Er kroch zu den beiden Mädchen und durchschnitt deren Fesseln, bevor er sich um den Hund kümmerte. Trund stürzte sich wütend auf die echsengleichen Männer, aber das Stochern ihrer Speere trieb ihn zurück. Wenigstens hatte Cybillia mit dem Geschrei aufgehört und schluchzte nur noch leise.

Die Echsenmenschen begleiteten ihren rhythmisch zuckenden Tanz mit langsamem, zischendem Singsang, und ihre langen, dürren Finger berührten einander im perfekten Gleichmaß. Der Boden unter ihren Füßen bebte, als sich schwere, schlurfende Schritte näherten. Der Tanz lockte das Untier aus seinem Bau.

Cybillia floh hinter den Altar und rollte sich zu einer bibbernden Kugel zusammen, während Brid neben dem rothaarigen Jungen stand. Mit dem Mondstein in der einen Hand und ihrer Opfersichel in der anderen bückte sie sich, um eilig einen Kreis aus Runen um sich herum zu zeichnen. »Die Runen des Schutzes. Cybillia, komm in den Kreis. Stell dich zu uns.«

Das stoppelhaarige Mädchen wimmerte nur kläglich und vergrub ihren Kopf im Schoß, zog die Knie an die Brust.

»Hol sie, Spar«, befahl die Priesterin, während sie tief Luft holte und beide Hände auf den Mondstein legte. »Große Mutter, schütze uns.«

Als Caspar aus dem Kreis trat, um Cybillia zu holen, spürte er augenblicklich, wie die kalte Woge der Angst von seinen bleiernen Füßen aufstieg. Heftig packte er Cybillias Hand. »Du mußt in den Kreis kommen. Da bist du sicherer.«

Vor Schreck erstarrt, klammerte sie sich verzweifelt an den Altar und widersetzte sich dem Zerren des Jungen. Er wußte nicht, was er tun sollte. Er versuchte, sie zu ziehen, doch die Angst verdoppelte ihre Kräfte, und kläglich schluchzend klammerte sie sich an den Marmor. Immer härter riß er an ihr, bis ihr Griff sich endlich lockerte und er sie zappelnd und tretend mit sich in den Kreis riß. Fast war er da, als er vor Schreck erstarrte. Seine Hände wurden schlaff, und Cybillia befreite sich von ihm.

Augen brannten sich durch seine Haut.

Ganz, ganz langsam drehte er sich um, wobei sein Kinn vor schlaffem Entsetzen herabsank, und er blickte direkt in die mächtigen, meeresgrünen Augen, die in einem riesenhaften Kopf schlingerten und schwammen.

Der ohrlose Schädel des Untiers war wie der von einem monströsen, federlosen Jungvogel. Kleiner als ein Drache war die Wyvern und hatte nur zwei Beine, stummelige, aber kraftvolle Flügel und einen grotesk großen Kopf auf kurzem, stachelbesetztem Hals. Ölig grüne und schwarze Schuppen bedeckten ihren Rücken, doch ihr Bauch war faltig und ledern. Sie spie kein Feuer, nur kreischendes Gebrüll drang aus ihrem mächtigen Schnabel.

Sie wiegte sich auf ihren mächtigen Vogelbeinen vor und breitete die lederigen Flügel aus, so daß an den Schultern Hakenklauen zu sehen waren. Eine stachelige Zunge, die sich wie bei einer Echse rollte, zuckte aus dem klaffenden Maul hervor, und die riesigen, quellenden Augen rollten aus ihren Höhlen hervor. Eines betrachtete Cybillia, das andere Brid. Das Untier beachtete den Jungen nicht.

»Komm in den Kreis«, sagte Brid mit leichtem Beben in der Stimme, wenn sie auch sehr weich und leise klang, um sich nichts von ihrer Angst anmerken zu lassen. »Alle beide, kommt hierher. Spar, jetzt gleich.«

Caspar konnte nicht. Er konnte Cybillia nicht jammernd am Boden liegen lassen. Er griff nach ihrer Hand und versuchte, sie zu sich zu ziehen.

Die Priesterin beugte sich zu Boden, hielt Trund fest und rührte sich nicht von der Stelle. Der Drache, der wie ein gigantischer Schuppenfalke aussah, trat vor, und seine lange Zunge entrollte sich in der Luft, erst zu Brid, dann zu Cybillia.

Caspar hatte seine Füße am Rand des Kreises, und als er spürte, wie die Liebe der Großen Mutter durch den Sand aufstieg, kehrte seine Kraft zurück. Er hob Cybillia halb in den Kreis, als das Untier schon mit einem schweren Schritt, der den Bau erschütterte, über ihnen aufragte. Es ließ seine Zunge lüstern über Cybillias Schenkel streichen und schlang sie wie einen Greifarm um ihr Fußgelenk. Das Mädchen schrie in höchsten Tönen. »Vater, rette mich! Vater!«

Die Augen des Untiers weiteten sich vor Freude. Es trat vor, legte dem Mädchen besitzergreifend eine Klaue auf den Oberschenkel. Augenblicklich riß der Schrei ab, und Cybillias Leib erschlaffte, als sie in Ohnmacht fiel.

Der Drache wandte seine hervorquellenden Augen Caspar zu. Wiederum erstarrte der, und als sänke er in einen Strudel, spürte, wie er immer tiefer in den Gedanken des Untiers versank.

»Sieh sie nicht an«, schrie Brid, und er riß sich davon los.

Die Jungfrau nahm Cybillia beim Arm, als das Vieh sich bückte und das blonde Mädchen sanft mit seinem Schnabel nahm, dessen gezackte Zähne sich fast zärtlich um ihr Kleid legten, ohne ihre Haut auch nur anzukratzen. Hilflos rutschte Caspar über den Boden, und sein Griff löste sich durch einen Hieb des Klauenflügels, der ihn zu Boden warf.

Sekunden später war das zweibeinige Wesen im Tunnel zu seinem Nest verschwunden und ließ nur das Wummern hinter sich zurück, wenn der Schwanz gegen die Wände seines Baus schlug. Ein Schrei wie von einer monströsen Kuh kreischte aus dem Tunnel hervor. Caspar und Brid hielten einander tröstend in den Armen.

»Cybillia«, murmelte Caspar hilflos.

Der stöhnende Singsang der Echsenmenschen riß abrupt ab. Hinter dem Altar waren das Plätschern von Wasser und wütendes Kriegsgeheul zu hören. Mit nacktem Oberkörper und triefnassem Haar stürmte ein Dutzend Männer heran und schwenkte Krummsäbel. Die Echsenmenschen drehten sich um und fauchten böse.

Caspar packte Brid und riß sie an den Rand der Kammer, fürchtete, sie könne in die Schlacht verstrickt werden. Trund stürmte voran, schlug seine Zähne in die hauchdünne Haut des nächsten Reptilienwesens. Verwirrt betrachtete Caspar das Kampfgeschehen. Da war Hal, halbnackt, triefnaß auf dem sandigen Boden, und das schwarze Haar klebte an seinen Wangen. Beide Hände packten das Runenschwert, als er dort an Ceowulfs Seite stand.

»Spar!« schrie Hal ins Handgemenge, und sein Blick ging durch das verwobene Netz klirrender Waffen.

»Hier drüben!«

Hal und Ceowulf bahnten sich einen Weg durch die Kammer, hieben auf die langgliedrigen Wesen ein, die ihnen im Wege standen.

»Das Vieh hat Cybillia geholt«, schrie Caspar über den Lärm des Stahls hinweg.

»Wer hat sie geholt?« Ceowulf schien jeden Gedanken an die Echsenmenschen zu verbannen. Plötzlich erstarrte er, als er die faulige Luft im Bau witterte. »Wyvern!« rief er aus, und seine Miene war starr vor Entsetzen. Er fuhr auf seinen Absätzen herum. »Hal, bring Brid und Spar hinauf. Ich folge ihr.« Er griff nach einer flackernden Fackel, die in einem Wandarm brannte.

Caspar versuchte nicht, mit ihm zu streiten, sondern lief Ceowulf nach, hob im Laufen einen kurzen Speer von einem gefallenen Echsenmann auf. »Hier entlang!« rief er. »Da runter.«

»Geh zurück und bleib bei Hal!« bellte Ceowulf ihn an, doch er machte sich nicht die Mühe, mit Caspar zu streiten, als sich ihm dieser widersetzte.

Sie ließen den Lärm des Kampfes hinter sich, als sie sich

durch den Tunnel schlängelten, dessen sandige Wände im Licht des Feuerscheites dunkelrot leuchteten. Es war, als hasteten sie durch die Eingeweide einer Schlange, dachte Caspar.

Als sie um die nächste Biegung des Baus kamen, blieb Ceowulf stehen und schob Caspar hinter sich. Schnatterndes, hohes Quieken und Seufzen war zu hören, unterbrochen von tieferem, zufriedenerem Gackern. Ein Splittern und Bersten, etwa so, als würde man über Kieselsteine und trockenes Seegras laufen, drang durch den Tunnel zu ihnen. Caspar hörte ein Schluchzen.

»Cybillia!« Ihr Name blieb dem Ritter in der Kehle stecken. Er wandte sich Caspar zu. »Halt dich zurück, und was auch geschieht, sieh ihr nicht in die Augen.«

»Ja«, erwiderte Caspar, ließ den Ritter ein paar Schritte vorausgehen, bevor er folgte, und drückte sich an die Tunnelwand. Der Ritter preßte sich an die andere Wand, und mit dem Schwert in einer Hand, dem Feuerscheit in der anderen flutete er das Nest mit Fackelschein. In der Mitte lagen einige mächtig große, grüne Eier am Boden, jedes gut einen Fuß lang. Sie waren von gezackten Resten aufgebrochener Schalen umgeben, zwischen denen die winzige Brut der Wyvern kroch. Die schrecklichen Nachkommen, halb Reptil und halb Mensch, wie die Kreaturen, die sie angegriffen hatten, zwitscherten wie Vögel und warfen die Köpfe in den Nacken, schrien nach Futter. Galle stieg Caspar die Kehle hinauf bis in den Mund.

Hinter den verstreuten Eiern wiegten sich drei Frauen hin und her, dem Wahn verfallene Wesen, die in ihrer eigenen Welt gefangen waren. Zwei davon waren tintenschwarz, die letzte hellhäutig mit mausgrauem Haar. Eine der dunklen Frauen schlug ihren Kopf beständig an die Wand, als wollte sie sich aus einem Alptraum wecken, und alle drei hatten mächtig geschwollene Bäuche. Caspar sah sie an und dann die Eier, und er konnte den Gedanken an den Schrecken, den sie erlitten hatten, kaum ertragen.

Die Wyvern hatte ihnen den Rücken zugewandt, und ihr Schwanz zuckte hin und her, scharrte über die zerbrochenen Eierschalen, während sie sich über Cybillias fest zusammengerollten Leib beugte. Dann erstarrte sie und warf ihren schweren Kopf auf, als Ceowulf vorsprang, und der Schnabelschlund klappte zu einem Kreischen auf. Ceowulf senkte seinen Blick, wich absichtlich den Augen des Untiers aus, beurteilte dessen Nahen offenbar allein nach den Geräuschen und Klauenbewegungen.

Da ihm die Erfahrung und Selbstbeherrschung des Ritters fehlte, tat Caspar einige taumelnde Schritte rückwärts. Sein Blick wurde in einen Strudel grüner Angst gerissen, als die Augen des Untiers an seiner Courage zehrten. Seine Knie wurden weich vor Schrecken, und der Griff um seine Waffe lockerte sich. Er riß seinen Blick davon los, und als er sich an Brids Vorgehen erinnerte, zog er seinen Fuß über den sandigen Boden und schuf einen Kreis. Er wußte nicht, welche Runen die Priesterin verwendet hatte, doch er kannte ohnehin nur eine: die Rune der Großen Mutter. Eilig zeichnete er die drei strahlenden Linien innerhalb des Kreises, und die Rune war komplett.

Plötzlich war er von der beruhigenden Sicherheit überwältigt, daß die Große Mutter seine Seele schützen würde, und er hatte die Kraft, den Kopf zu heben. Die Augen der Wyvern waren auf den sonnenversengten Ritter gerichtet, der – von seinen ledernen Hosen abgesehen – nackt war. Die böse, dunkelrote Wunde, wo die Axt des Söldners sein Schulterblatt zerschlagen hatte, zog sich über seine nackte Brust. Dann schwang er – das Schwert hoch in einer Hand erhoben – die Fackel im langsamen Kreis mit der anderen. Der Kopf der Wyvern bewegte sich und folgte den wirbelnden Lichtmustern.

Eierschalen knirschten unter seinen Füßen, als sich das Vieh dem bewaffneten Eindringling näherte. Es trat mitten in die noch unversehrten Eier, daß sie barsten und Eigelb und zappelnde, halb ausgeformte Embryonen verteilten. Arme und schrecklich unterentwickelte Beine zappelten kraftlos einige Sekunden in einem Gewirr zu früh geborenen Lebens.

Ceowulf sah nur die sich nähernden Klauen der Wyvern, während er unerschrocken die Stellung hielt. Wiederum taten die Riesenbeine einen Schritt vor, wobei sie einen schreienden Sprößling zertraten. Nun war das Untier nur noch vier bis fünf Fuß vom Ritter entfernt, und noch immer rührte er sich nicht, hielt seinen Kopf gesenkt, um seine Augen vor dem grausamen Blick der Kreatur zu schützen.

Ganz langsam nahm Caspar sein Schwert wieder fest in beide Hände, dachte, er könnte die Klinge der Wyvern an die Kehle werfen, falls Ceowulf scheitern sollte. Im Augenblick jedoch, das wußte er, mußte er darauf warten, daß der Ritter den ersten Schlag tat. Ceowulf hatte ihm von seiner Zeit in der Wüste erzählt und daß seine Freunde ihn Wyvernschreck genannt hatten.

Die Wyvern hielt inne und blinzelte, als sei sie sich dieses unerschrockenen Mannes, der es wagte, vor ihr stehen zu bleiben, nicht sicher. Ein Muskel an Ceowulfs Rücken zuckte, als er seine Stellung leicht änderte, bevor er mit der Fackel in der Linken nach oben schlug, um das Tier zu blenden. Der Ritter sprang beiseite, als das Vieh vor Schreck aufschrie und die lange Zunge blitzartig die Luft zerschnitt, wo der Mann eben noch gestanden hatte.

Ceowulf hieb seitwärts, durchschlug die Zunge, drehte die Klinge noch in derselben Bewegung und hieb sie aufwärts zwischen die Rippen des Untiers. Die Wyvern taumelte auf ihren Klauenfüßen, breitete die Flügel in dem Versuch aus, ihr

Gleichgewicht zu finden, doch schon schlug das massige Gewicht lautstark am Boden auf. Die abgeschlagene Zunge lag wie eine Bullenpeitsche auf dem Boden, und zögerlich umkreiste Caspar sie, atmete schwer vor Erleichterung.

Ceowulf eilte Cybillia durch die eigelbe, glibberige Flüssigkeit entgegen, die sich über den Boden verteilte. Zitternd stand sie auf den Beinen, machte den Mund auf und zu, als wollte sie um Hilfe rufen. Der Ritter hielt sie fest, drückte sie an sich, dann nahm er sie in die Arme und trug sie über die Eier hinweg zu Caspar. Der Junge versuchte sie zu trösten, doch sie sah immerzu nur Ceowulf an.

»Ich muß den anderen Frauen helfen«, erklärte er ihr ruhig, »dann verschwinden wir von hier.«

Eine Frau nach der anderen trug er aus dem Nest und brachte sie Caspar. Mit blicklosen Augen starrten sie ihn an, als hätte das Entsetzen über ihr elendes Dasein ihre Verbindung zur Wirklichkeit zerstört. Cybillias ängstliche Miene wandelte sich, als sie in die wahnsinnigen Gesichter sah, und ganz langsam hob sie ihre Hand und strich ihnen über die Wangen. »Wir bringen euch heim«, murmelte sie.

Zwei von ihnen schienen sie nicht hören zu können, doch die maushaarige Frau fing schließlich an zu weinen. »Heim«, wiederholte sie leise, dann fuhr sie in einer fremden Sprache fort.

Cybillias Sorge um die Frauen schien ihre eigene Courage zu stärken. Sie zog die schluchzende Frau an der Hand mit sich, während Ceowulf eine andere trug und Caspar sich mit der letzten abmühte. Ihre Augen waren weiß und verdreht. Sie schien nicht wahrzunehmen, was geschah, und taumelte ihnen nach, als hätte sie ihre Seele verloren.

Sie liefen durch die Tunnel zurück und wurden von Hal in Empfang genommen. Enthauptete Leichen und mehrere Gliedmaßen lagen um ihn herum verstreut, und die letzten verbliebenen Echsenmänner zogen sich eilig zurück, indem sie sich durch die Sandwände gruben.

Traurig betrachtete die hellhäutige Frau die toten Kreaturen. »Meine Kinder«, murmelte sie und legte bebend die Arme um sich.

Voller Entsetzen starrte Hal erst die drei Frauen an, dann ihre prallen Bäuche. »Mein Gott«, murmelte er und wich angewidert einen Schritt zurück, als Brid vortrat, um einer der dunkelhäutigen Frauen ihre Hand zu reichen.

»Ist die Wyvern tot?« wollte sie von Ceowulf wissen.

»Ja, das könnte man so sagen.«

»Dann komme ich gleich nach«, erklärte sie. »Schafft die anderen nach oben.« Mit Ceowulfs Fackel lief sie eilig in das Nest der Wyvern.

»Hier entlang«, befahl Hal. »Wir haben das Dach geöffnet, wo sie Spar hereingezogen haben. Dort ist der einfachste Ausgang. Oh, und Spar, ich habe deinen Bogen gefunden.«

»Danke«, sagte Caspar. Er gab sich alle Mühe, die wahnsinnige Frau durch den Tunnel zu führen, und blinzelte in den Schaft aus grellem Sonnenlicht, der in die Grube fiel. Ein Kreis von rötlich-braunen Gesichtern sah zu ihm herab, und mehrere Hände streckten sich ihnen entgegen, um die Frauen in die Mittagshitze der Oase zu heben. Sie mußten nur kurz auf Brid warten, die offenbar ein Kleiderbündel bei sich trug.

»Was ist das?« wollte Caspar wissen.

Verschwörerisch legte Brid einen Finger an die Lippen. »Frag nicht.«

Als er wieder draußen war, atmete Caspar die frische Luft tief ein, Luft, die frei vom Gestank der Wyvern war, und sah die Wüstenhändler voller Mißtrauen an. Zwei von ihnen standen um Komet, betasteten prüfend ihre Beine, während ein dritter versuchte, sich Feuerschweif zu nähern.

»He, das ist mein Pferd«, schrie er und wollte hinlaufen, doch Hal hielt ihn beim Arm.

»Ich muß dir etwas sagen, Spar.«

Argwöhnisch wandte sich Caspar seinem Onkel zu. »Ach?«

»Es ist wegen Feuerschweif. Weißt du, wir brauchten Hilfe, und wir hatten nichts anzubieten außer ...«

»Außer meinem Pferd!« Caspars Stimme kam als dünnes Kreischen hervor.

Er konnte nicht denken. In seinem Kopf drehte sich alles vor Zorn. Feuerschweif war sein größter Schatz. Wütend schob er sich an seinem Onkel vorbei und stürmte den Wüstennomaden entgegen. »Der Handel ist ungültig. Das Pferd hat ihm gar nicht gehört. Ihr könnt alles haben, nur nicht mein Pferd.«

Die Männer drängten sich um ihn, schäumten vor Ärger, und ihre Hände lagen schon auf ihren Krummsäbeln, doch der Junge merkte es kaum.

»Niemand nutzt das Vertrauen eines Mannes der Wüste aus.« Der große Nomade mit einer roten Schärpe um den Kopf ragte über Caspar auf.

»Ich habe mein Wort nicht gegeben. Dieses Pferd gehört mir! Sie hatten kein Recht, damit zu handeln.«

Caspar spürte, wie sich ihm eine große, harte Hand auf die Schulter legte. »Der Handel gilt«, war Ceowulfs entschlossene Stimme zu vernehmen. »Trotz seines ungehobelten Betragens ist uns das Leben des Jungen noch immer mehr wert als sein Pferd.«

Caspar glaubte, er müsse weinen. Er konnte den Gedanken, Feuerschweif an diese Händler zu verlieren, nicht ertragen.

»Heim.« Flehentlich blickte die hellhäutige Frau in Caspars Augen. »Bitte, heim.«

»Spar.« Sanft nahm Brid Caspar bei der Hand und zog ihn von den Nomaden fort. »Komm und hilf mir. Ich muß diese Frauen von ihrem Schrecken befreien.«

Vor Tränen halb blind folgte ihr Caspar, während sie einige trockene Palmenblätter und Steine sammelte, mit denen sie eine Feuerstelle bauen wollte.

»Hopfen und die Wurzel des Caballischen Baldrian«, sagte sie und zerrieb den kegelförmigen Hopfen und die schwielige Wurzel in einem kleinen Topf mit Wasser. Sie zündete die Palmenblätter an und stellte den Topf aufs Feuer, beobachtete die Mixtur aufmerksam, bis sie leicht zu köcheln begann.

Cybillia lenkte die Frauen zum Feuer und drückte sie sanft nieder. Die beiden dunkleren Frauen wiegten sich vor und zurück, wimmernd, doch die hellhäutige Frau saß ganz ruhig da und stierte in die Flammen. Gelegentlich warf sie fragende Blicke in die Runde, als flackerte doch noch ein Funke von Wirklichkeit in ihrem Verstand.

Brid schenkte drei Becher mit ihrer Brühe ein und versuchte mit Cybillias Hilfe, die Frauen dazu zu bringen, daß sie diese tranken. »So«, sagte sie zufrieden, als es ihnen endlich gelungen war. »Nun müssen wir nur noch darauf warten, daß es wirkt.«

Die Frauen hatten dazu beigetragen, daß Caspars Gedanken von Feuerschweif abgelenkt wurden, doch nun, da sie nur noch warten konnten, sah er bitter, wie ein Nomade versuchte, seinen Hengst zu besteigen. Wie zu erwarten war, wollte Feuerschweif nicht stehenbleiben. Schließlich brachte der Mann einen Fuß in den Steigbügel, doch bevor er sein Bein noch hinten über den Sattel schwingen konnte, war Feuerschweif schon fort und bockte und sprang. Der Mann wurde zu Boden geworfen, und der schlanke Rotschimmel bäumte sich über ihm auf, heulend wie ein Dämon.

Drei weitere Männer kamen heran, doch sie konnten die Hufe des Hengstes nicht erreichen. Caspar grinste in sich hinein. Die Wüstenmänner stanken nach Kamel, und davon wollte Feuerschweif nichts wissen.

Der Anführer der Nomaden war wütend. »Ihr habt mit Eurem Handel betrogen. Ihr habt uns ein Pferd versprochen, aber das ist kein Pferd. Das ist der Teufel von Wüstenwind. Und ohne Hengst ist die Stute nur halb soviel wert. Ich verlange neuen Handel.«

»Wirklich?« Caspar rannte zu seinem Pferd und warf dem Tier die Arme um den Hals.

»Fünfzig Fässer von Caldeas feinstem Wein, ein Dutzend Schatullen Keilerzähne von Torra Alta und zehn Preisbullen aus Jotunn. Ich werde im nächsten Hafen danach schicken lassen«, versprach Ceowulf und schüttelte dem Obernomaden feierlich die Hand.

KAPITEL 12

Das Gasthaus »Zum Roten Hummer« war stickig und voll, erheblich voller als selbst an den langen Winterabenden des Hornmondes. Man klopfte Pellam auf die Schulter, und weit mehr Freunde als erwartet hießen ihn freundlich willkommen. Manche hatte er seit Jahren nicht gesprochen. Fast einen Monat hatte er gebraucht, bis er einen seriösen Händler gefunden hatte, der seine Goldkette für einen fairen Preis erwerben wollte, doch nun hatte er endlich das Geld, und seine Börse war prall gefüllt.

Alle Männer aus Muschelsand wollten mit Ophidias feinstem, goldenem Gebräu auf seine Gesundheit anstoßen, und er merkte, wie er mit besorgniserregender Regelmäßigkeit in seinen dicken Beutel griff. Natürlich war es nur recht und billig, daß ein Seemann sein Glück mit den Freunden teilte. Aber so viele Freunde! Eifrig sah er sich nach Dionella um, doch er konnte sie in der singenden, schwankenden Menge nicht finden.

Jemand schlug ihm fest auf den Rücken; sein schaumiges Getränk schwappte über den Rand des Humpens und spritzte über sein neues Wams.

»Es stand dir sowieso zu gut«, lachte der Seemann höhnisch und wandte sich seinen Gefährten zu. »Unser junger Pellam hier sticht mit einem schlichten Boot in See und kommt auf einem feinen Reitpferd heimgetrabt, und was hat er bei sich? Aye, er schleppt einen Schatz mit sich herum! Aye, einen Schatz, meine Freunde, könnt ihr euch das vorstellen? Und wofür will er ihn ausgeben? Wein? Feine Kleider? Frauen?«

»Frauen!« hörte man den Chor, als Humpen zum Himmel erhoben wurden.

»Nun, so würde ich es machen. Aber dieser Knabe hier, er will davon ein Hummerboot erwerben, damit er sich niederlassen und mit der hübschen Maid dort drüben ein paar kleine Pellams zeugen kann.«

»Ein Hoch, ein Hoch auf Dionella«, rief einer der rotgesichtigen Einwohner von Muschelsand.

»Nein, nein! Ein Hoch auf *Lady* Dionella muß es von nun an heißen. Doch frage ich euch: Würdet ihr von all dem Geld ein Hummerboot kaufen?«

»Und was ist so falsch daran, ein Hummerboot zu kaufen?« wollte Pellam wissen. »Abgesehen davon, daß dafür gar nicht genügend Geld übrig sein wird, wenn ihr so weiter trinkt.«

»Nun, es hieße, das Unglück herausfordern, wenn man sein Glück nicht teilt. Jeder Seemann in Muschelsand weiß das.« Der Mann knallte seine leere Schale auf den Holztisch. »Hier, Wirt, noch einen vollen Kelch, um damit auf Pellams Glück zu trinken.«

Pellam stöhnte. Er hob die Hände zur Kapitulation, zog sich in eine ruhige Ecke zurück und wünschte, er hätte nie mit seinem Vermögen geprahlt. Es schien, als sei der gesamte Ort in die Taverne gekommen, und nun drängte sich ein ganzer Schwarm von Leuten um Dionella. Das gefiel ihm ganz und gar nicht. Grob packte er sie beim Arm und zog sie zu sich herüber.

»Laßt mein Mädchen in Ruhe, ja?«

Dionella schüttelte ihn ab, doch sie lächelte. »Danke«, sagte sie und nickte zu einem abgeschiedenen Tisch, der sich unbesetzt in eine trübe beleuchtete Nische drückte. Eine einzelne, qualmende Lampe warf schwankende Schatten über den blanken Tisch. »Ich würde hier nicht mehr kellnern, aber der Wirt hat mich gebeten, heute auszuhelfen, weil die Wirtin krank ist.«

»Nun, das mußt du jetzt nicht mehr«, erklärte Pellam stolz.

»Nein, jetzt lerne ich, Netze zu flicken und Fische auszunehmen.« Sie verzog das Gesicht, doch zeigten die Fältchen um ihre Augen, daß sie ihren Liebsten nur aufzog.

»Als gäbe es ein Mädchen in Muschelsand, das nicht wüßte, wie es geht.«

»Darf ich mich zu Euch gesellen?« Abrupt wurde ihr Gespräch von einem drahtigen, kleinen Mann mit seltsam gestelztem Akzent unterbrochen. Trotz der Hitze im stickigen Schankraum behielt er das braune Bärenfell um seine Schultern.

Pellam sah auf den Umhang, dann in das schmale Gesicht des Mannes und in seine blaßblauen Augen. »Ihr sprecht nicht allzu gut Ophidianisch, werter Herr.« Er hakte seinen Fuß unter einen Stuhl und schob ihn zurück, nickte dem Fremden, daß er sich setzen sollte.

»Nein, ich bin aus Belbidia«, erwiderte der Fremde. »Die Wirtschaft ist voll, und Ihr scheint den einzig freien Platz an Eurem Tisch zu haben. Wenn ich Euch beiden einen Trunk spendiere, würdet Ihr mir erlauben, mich zu Euch zu setzen?«

Dionella lächelte. »Aber ja, natürlich, aber Ihr müßt uns nichts ausgeben.«

»Nein, nein. Ich bestehe darauf.«

»Nun, es wäre mal eine gerechte Abwechslung an diesem Tag«, bemerkte der maushaarige Ophidianer.

»Pellam!« Dionella warf ihm einen tadelnden Blick zu, was ihn dazu zwang, etwas gutmütiger zu lächeln.

»Also habt Ihr Glück gehabt?« fragte der Fremde und ging die Getränke holen, ohne auf eine Antwort zu warten. Bald kam er zurück, jonglierte gefährlich drei hohe Kelche durch den Raum und wiederholte dann seine Frage.

»Oh, so könnte man es sagen.« Pellam nippte an seinem blutroten Getränk. »Caldeanischer Wein?«

»Ich hielt ihn der jungen Dame angemessen.« Der kleine

Mann nickte Dionella an. »Er ist leichter als das Ophidianische Bier und etwas Besonderes.«

Dankbar neigte Dionella ihren Kopf, und Pellam konnte nicht umhin, zu denken, wie süß sie war und daß er sie nun endlich glücklich machen konnte. Nie in seinem ganzen Leben hatte er ein anderes Mädchen für hübscher als Dionella erachtet. Nun, dachte er schuldbewußt, vielleicht ist das nicht ganz wahr. Die junge Belbidianerin mit den strahlenden Augen war in Wahrheit schöner als Dionella, doch er konnte nicht recht sagen, wieso. Ein gewisser Zauber umgab sie, eine gewisse innere Schönheit. So voller Leben.

Dionella lächelte lieblich über Pellams Schweigen. »Wir haben Freunde aus Belbidia, einen aus Caldea und die anderen von Torra Alta. Woher mögt Ihr wohl kommen?«

Wegwerfend breitete der Fremde seine Hände auf dem Tisch aus, kleine, geschickte Hände, die zuckten und sich rührten, als bewegten sie seine Gedanken.

»Ach, meine Mutter konnte es mir nie sicher sagen«, meinte er mit zurückhaltendem Lächeln. »Wir waren überall und nirgends, eine Familie von Barden und Bänkelsängern. Und nun ziehe ich durch die Welt, auf der Suche nach neuen Geschichten, mit denen ich den Hofstaat unterhalten kann, wenn ich wieder heimkehre.«

Er breitete die Arme aus, um die Weite seiner Reisen zu illustrieren, und der Umhang glitt ihm vom Rücken und legte einen Wolfspelz frei. Der Jackenärmel war ein Stück weit an seinem Arm hinaufgerutscht, und Pellam warf einen kurzen Blick auf dünne, schwarze Narben, die sich über die blasse, sommersprossige Haut des einen Unterarms zogen.

»Nun«, bemerkte der Ophidianer eher kühl, »man sollte denken, es gäbe schon jetzt genug Geschichten in Belbidia. Probleme im Norden, wie man hört.«

Der Bänkelsänger tat eine wegwerfende Geste. »Die sind

bald vorüber. Schon immer hat es Übergriffe an der Nordgrenze gegeben. Das geht schon seit Jahren so. Jedenfalls werden alle anderen reisenden Sänger dorthin gehen, und dann bin ich der einzige mit einer neuen Geschichte. Eine andere Mär mag etwas Leben in die gelangweilten Ohren der Edlen bringen, und vielleicht auch die eine oder andere zusätzliche Silbermünze für mich. Nun sagt mir, edler Herr, es scheint, als hättet Ihr ein Abenteuer erlebt. Vielleicht bringt es eine gute Geschichte. Die Ballade von Pellam aus Muschelsand.«

»Er stach in See und fand einen Schatz«, erzählte Dionella dem Fremden fröhlich. »Und er will ein Hummerboot kaufen, und wir wollen heiraten.«

Pellam war irgendwie nicht sicher, ob sie einem Fremden von seinem Glück erzählen sollten. Er dachte an die verstohlenen Blicke, die Ceowulf und Brid beständig um sich geworfen hatten. Wenn er es recht bedachte, hatte er von Anfang an gewußt, daß sie vorgaben, Leute zu sein, die sie nicht waren. Er war nicht sicher, ob sie etwas Rechtes im Schilde führten oder nicht, doch daran war er gewöhnt. Wie viele seiner Kameraden an Bord steckten bis zu den baumelnden Ohrringen in Schwierigkeiten. Solange sich die Schwierigkeiten nicht auf ihn und die Seinen auswirkten, fand er nicht, daß es ihn allzuviel anginge.

Anfangs hatte er die Belbidianer nicht recht gemocht, doch nun betrachtete er sie als seine Freunde, und er hatte nicht die Absicht, ihnen Probleme zu bereiten. Heimlich klopfte er unter dem Tisch auf seine Börse. Schließlich konnte er dank ihnen nun ein Hummerboot erwerben, und dafür hatten sie sich seine Loyalität verdient.

»Seid Ihr nicht etwas jung zum Heiraten?« fragte der Sänger, was Dionella erröten ließ.

Pellam entspannte sich. Der Fremde schien kein ungebührliches Interesse an Dionellas Enthüllungen zum Schatz zu hegen und suchte ganz offenbar nach einer Geschichte mit emotionalem Beigeschmack. Schließlich waren die Höfe voller junger Damen. Vielleicht war er am Ende doch harmlos.

»Ich möchte ihn lieber jetzt heiraten und hierbehalten, als ihn noch ein Jahr lang auf dieses Meer hinaussegeln zu lassen. Wenn er noch einmal hinausführe, käme er vielleicht nicht wieder. Es heißt, vor der Küste seien Seeungeheuer gesichtet worden.«

»Davon habe ich gehört.« Der Fremde nickte zum Gedränge der verqualmten Taverne hinüber. »Man hat mir erzählt, daß es mehrere Tage lang in der See von Caldea bis hinüber zwischen den Zähnen von Ungeheuern nur so gewimmelt habe.«

»Nun vielleicht nicht gerade gewimmelt«, lachte Pellam. »Aber wir haben Kraken gesehen.«

»Kraken?« Die hellen, rötlichen Augenbrauen des Mannes schoben sich auf seine Stirn. »Aber ich dachte, die finden sich nur in Märchenbüchern.«

»Nun, das dachte ich auch«, räumte Pellam ein. Ihm wurde ganz warm, während er träge an seinem süßen Wein nippte. Er fragte sich, ob der nicht etwas allzu süß sei, doch er hatte nie viel Wein gekostet und beschloß, seine Unwissenheit nicht preiszugeben, indem er etwas dazu sagte. »Und doch waren es Kraken. Von dem Moment an, als unsere Freunde in Muschelsand gelandet sind, bis wir unser Ziel jenseits der Zähne erreicht hatten, wurden viele davon gesichtet.«

Der Fremde nickte in seinen Kelch. Pellam fragte sich, ob er seine Worte verdaute oder sich in seinen Gedanken verloren hatte. Die Miene des Mannes war schwer zu deuten.

»Eure Freunde sind Händler oder Seeleute?«

Dionella runzelte die Stirn und erwiderte wachsam: »Einer von ihnen ist ein alter Freund meiner Mutter.« Pellam spürte, daß der fragende Blick des Fremden auf weitere Auskunft drängte, und ohne zu wissen, wieso, hörte er sich selbst antworten: »Ein Söldner, glaube ich. Aus Caldea.«

Er wußte nicht, warum er es gesagt hatte, und war sicher, daß er es nicht hätte tun sollen, doch die beunruhigenden Wolfsaugen des Fremden schienen ihn dazu gedrängt zu haben. Pellam legte seine Stirn in Falten. Die Augen dieses Mannes waren Spars ganz ähnlich, wenn auch Spars strahlend blau und lebendig wie das tiefste Blau des Meeres waren. Die Augen dieses Fremden waren wie von langer Krankheit blaß und fahl.

»Ein Söldner?« Der Fremde klang beeindruckt. »Und die Kraken haben Euch verfolgt, bis Ihr ganz in … was sagtet Ihr noch, wo Ihr wart?«

»Auf den Fernen Inseln.«

»Ihr seid mitten im Winter durch die Zähne gefahren?« Der drahtige Belbidianer stieß einen leisen Pfiff aus.

Unwillkürlich war Pellam von Stolz erfüllt. Der Fremde war ganz offenbar beeindruckt.

»O ja, die See ging hoch, und das junge Mädchen mußte die Pferde betäuben, besonders den jungen Rotschimmel, weil er ein Temperament hat, das man bei einem Pferd niemals vermuten würde.«

Wieder nickte der Fremde, und seine schmalen Lippen lächelten ganz leicht. Die Miene wirkte auf seinen starren Zügen seltsam fehl am Platz und schuf Falten, die sich nie in sein Gesicht gegraben hatten. Auch sein Haar war seltsam. Die Spitzen waren mattbraun, doch die Wurzeln rötlich. Sehr merkwürdig, dachte der Seemann träge. Vielleicht war es bei den belbidianischen Sängern Mode, hell gefärbtes Haar in verschiedenen Farben zu tragen. Vielleicht waren sie eher wie Hofnarren, die grellbunte Anzüge in sich beißenden Farben trugen. Woher sollte er das wissen? Er war nur ein Seemann aus dem kleinen Hafen Muschelsand.

»Und, wie mir die Einheimischen erzählen, habt Ihr auf den Fernen Inseln einen Schatz gefunden. Ein seltsamer Ort, nach einem Schatz zu suchen. Ich dachte, die Inseln seien unbewohnt.«

»O nein, nicht unbewohnt«, fuhr Pellam benebelt fort.

»Ich frage mich, ob Eure Freunde auch einen Schatz gefunden haben«, fragte der Belbidianer, wenn auch nicht allzu neugierig. Er schien die Lampe über ihrem Tisch zu betrachten. Pellam schien es, als pulsierte das Licht, und er drückte an seine Schläfen. Er fühlte sich seltsam unruhig. Er sah sich den Fremden genauer an. Vielleicht war es nur ein Spiel des verrauchten Lichts, doch schienen seine Augen herumzuwirbeln. Der gestelzte Akzent des Mannes hatte etwas Warmes, Seidiges an sich, das die Sorgen vertrieb. Pellam entspannte sich und lehnte seinen Stuhl hinter sich an die Wand, fühlte sich benommen, und alles um ihn schien fern.

Vage zuckte er mit den Schultern. »Ich glaube nicht. Sie haben sich wieder gen Osten gewandt, um ihre Suche fortzusetzen.«

Der Sänger stand auf. »Darf ich Euch noch einen Trunk spendieren?« Ein samtiger, verführerischer Ton lag in seiner Stimme.

Pellam merkte, daß er seinen Kopf kaum oben halten konnte, und Dionella war bereits auf dem Tisch in sich zusammengesunken, wobei ihr dunkles, fast schwarzes Haar in dicken Locken über den biergebleichten Tisch fiel. Schuldbewußt dachte er daran, was Katalin wohl sagen würde, wenn er sie so nach Hause brachte. Doch sie hatte nur ein Glas Wein getrunken. Eigentlich hatte sie es nur halb getrunken und schlief dennoch tief und fest. Er hatte das dumme Gefühl, daß mit dem Wein irgend etwas nicht in Ordnung war. Der Wirt hatte wohl eine minderwertige Kiste gekauft.

Eben wollte er das Angebot des Fremden auf noch einen

Trunk ablehnen, als er merkte, daß der Mann ihren Tisch bereits verlassen hatte und mit einer seltsam aussehenden Gruppe von Männern sprach, die eben erst die Taverne betreten hatte, große, stämmige Männer mit Kapuzenumhängen. Plötzlich schien es im Roten Hummer stiller zu werden. Er stieß Dionella an, aber sie wollte nicht aufwachen, und nachdenklich betrachtete er den Sänger. Komisch, dachte er plötzlich. Wieso sagt der Fremde nicht, woher er kommt, wenn er doch ganz deutlich ein Bärenfell trägt? Hal hatte darauf hingewiesen, daß die dicken, braunen, schweren Umhänge nur von Torra Altanern getragen wurden.

Er rief sich alles in Erinnerung, was er gesagt hatte. Nichts von ihrem Gespräch konnte seinen belbidianischen Freunden Probleme bereiten. Nein, da war er sicher, und so verdrängte er den Gedanken und ließ seinen Kopf auf die Tischplatte sinken. Ziellos kreisten seine Gedanken um die Frage, ob er sich nur ein Hummerboot kaufen sollte. Zwar hatte er genügend Geld für mehrere Boote, doch eines würde wohl genügen. Katalin hatte ihn stets für verantwortungslos gehalten, und er wollte ihr beweisen, daß sie sich täuschte. Vielleicht würde ihm in einem Jahr einfallen, wofür er sein Vermögen ausgeben wollte.

KAPITEL 13

Brid löste das geheimnisvolle Bündel, das sie aus dem Nest der Wyvern geholt hatte, und die drei Frauen, die sie gerettet hatten, schreckten kreischend zurück.

Zwei grüne Kugeln, geheimnisvoll und drohend wie die wütende See am Kamm von Ophidia, glitzerten im Feuerschein, wobei Tentakeln roter Adern und Klümpchen von gelbem Fett an ihren Unterseiten hingen. Caspar fürchtete, daß irgendein Monstrum aus den toten Augen springen würde, die sich drehten, als lebte der böse Geist der Wyvern nach wie vor in ihnen. Die drei Frauen wimmerten, hielten sich die Augen zu, und Cybillias Atem ging schnell und flach.

Brid hob eine der weichen Kugeln mit der Hand hoch. »Ich werde euch beweisen, daß keine Dämonen darin sind. Im Buch der Namen steht, daß das gräßliche Glitzern in den Augen einer Wyvern von einem Kristall in ihrem Inneren herrührt.«

Caspar biß fest auf seine Zunge, um nicht würgen zu müssen, als sie die Spitze ihrer Sichel in die gallertartige Kugel drückte. Sie schnitt in das weiße, schwammige Gewebe hinter der Iris, und schließlich traf ihre Sichel auf etwas Festes. Cybillia hielt sich den Mund zu, als Brid ihre Daumen in das blutige Ding drückte und das Auge aufriß, wobei ihr die Säfte ins Gesicht spritzten.

»Seht euch das an!« rief Ceowulf aus. »Brid, du hattest recht!«

»Natürlich habe ich recht«, erwiderte sie selbstgefällig und goß Wasser aus ihrem Kochtopf, um die letzten Fetzen schleimigen Gewebes abzuspülen, die an der schimmernden Gemme klebten. »Er ist wirklich sehr hübsch. Man glaubt, daß Wyverne bei ihrer Geburt winzige Sandkörner in den Augen haben, und während sie wachsen, diese Kristalle in ihnen mitwachsen. Sie sind unbezahlbar.« Sie reichte den Kristall an die drei Frauen weiter. »Seht nur, davor fürchtet ihr euch.«

Sorgsam verbarg sie das intakte Auge und warf die zerfetzten Reste des anderen, das sie aufgerissen hatte, fort. Trund stürzte sich darauf und hastete davon, bevor ihn jemand aufhalten konnte. Sorgsam wickelte sie das unversehrte Auge in Palmenblätter und gab es in das Tuch zurück, während die drei Frauen den Kristall anstarrten. Er war von leuchtendem Grün, mit schwarzen Streifen durchzogen. Endlich blinzelten sie mit den Augen, und eine der schwarzhäutigen Frauen blickte auf und zeigte den Anflug eines leisen Lächelns. Sie murmelte etwas Unverständliches.

Ungläubig blickte die hellhäutige Frau den Kristall an. »Er ist hübsch«, sagte sie mit tiefem, hauchigem Akzent, bei dem die Worte ineinander übergingen. »Wie kann ich jemals nur wiedergutmachen, daß du uns gerettet hast? Ich dachte, ich würde das Licht des Tages nie mehr sehen.« Traurig ließ sie ihren Blick sinken und sah ihren prallen Bauch voll Widerwillen an. »Ich kann nie mehr nach Laverna heim. Seht mich an.«

Caspar konnte den Gedanken daran kaum ertragen, wie lange die Frauen diesen grausamen Alptraum erlitten hatten.

»Wenn ich heimkehre und sie dort die Eier sehen ... Es wäre besser, hier zu sterben.«

Brid nahm ihre Hand, dann griff sie nach ihrem Kräuterbeutel. Augenblicklich steckte der Feuerdrache seine rote Schnauze unter ihrem Hemd hervor und blinzelte sie an, dann zuckte er wieder zurück und legte sich an den Mondstein. Die Priesterin wählte eine gerade, schlanke Schwarzwurzel aus ihrem Beutel. »Salisischer Winternieswurz«, erklärte sie. »Sehr giftig, also müssen wir auf den Segen des Mondes warten, damit sie uns ihren Zauber schenkt und ich euch von eurer Last befreien kann.« Die Frau begann zu schluchzen, sank Brid in die Arme, und Tränen der Qual brachen aus ihr hervor, als sie sich der Erlösung hingab.

Als dann das Horn der Mondsichel in den Kamm der Düne schnitt, führte Brid die drei Frauen in den Schutz der Nacht.

Caspar wußte, daß ihn ihre Schreie sein Leben lang verfolgen würden, und am nächsten Morgen war es ihm unmöglich, ihnen in die Augen zu schauen. Die beiden schwarzhäutigen Frauen bewegten sich langsam und gebeugt, doch zumindest sprachen sie miteinander in einer lieblich klingenden Sprache, voller Schnalzen und Quieken zwischen warmen Tönen. Schließlich leuchteten auch die Augen der hellhäutigen Frau vor Erleichterung, und sie stellte sich als Avriana vor.

Am folgenden Tag, als die Frauen ausgeruht und über den schlimmsten Schmerz hinweg waren, beschloß die Gruppe, weiterzuziehen. Caspar spürte seine Erleichterung, als sie weiter ostwärts zogen und die Rote Wüste hinter sich ließen. Vor ihnen brachen die geborstenen Schultern zweier erloschener Vulkane aus der gnadenlosen Weite rauhen Sandes hervor und schimmerten im Hitzedunst des Vormittags. Ihre dunklen, zerklüfteten Umrisse bestimmten den Horizont und markierten den Rand der öden Wildnis.

»Die Toten Götter«, erklärte Brid. »Das müssen sie sein.«

Staunend sah Avriana Brid an. »Ihr seid den ganzen Weg durch die Wüste gekommen, um euch zwei alte Vulkane anzusehen?«

»Sie sind Teil eines Rätsels. Ich denke, man könnte sagen, daß wir nach einem uralten Schatz suchen«, erklärte Caspar und blieb damit bei der gleichen Geschichte, die sie Pellam erzählt hatten.

Ihre Augen leuchteten. »Wirklich?«

Ihrer begeisterten Reaktion nach zu urteilen, dachte Caspar, daß sie sich für den Schatz interessierte, doch als sie weiter plapperte, merkte er, daß er sich täuschte.

»Mein Vater war Bänkelsänger am Camaalischen Hof in der Hauptstadt Laverna. Oft haben wir uns Rätsel ausgedacht.« Sie seufzte schwer und wischte sich die Augen.

»Willst du uns erzählen, was geschehen ist?« fragte Brid sanft.

Das Mädchen wandte sich ab. »Ich habe mich verliebt. Sein Name war Kynan, der Sohn des Untergärtners von König Valerius von Camaalia. Kynan war ein feiner Mann mit sanftem Wesen, verläßlich und ehrlich. Seit vielen Jahren machte er mir schon den Hof, doch mein Vater sagte: ›Nein, Avriana, du kannst ihn nicht heiraten. Du solltest dir einen der jungen Soldaten suchen, der sich durch die unteren Dienstgrade nach oben arbeitet und dir zu Ansehen verhelfen kann.‹ Doch mein …«

»Doch dein Herz gehörte dem Gärtner«, beendete Ceowulf an ihrer Stelle den Satz.

»Ja. Und wir haben so lange gewartet, daß ich schon glaubte, ich müßte als alte Jungfer sterben. So habe ich Kynan überredet, nach Ophidia durchzubrennen, meinem Vater Nachricht zu senden und einige Jahre später heimzukehren, wenn mein Vater uns verziehen hat.«

»Nur habt ihr es nicht durch die Wüste geschafft«, vermutete Caspar.

Avriana nickte. »Ich wurde von den Dünentänzern entführt, die mich in die Erde gezerrt haben, während Kynan schlief. Wahrscheinlich hat er geglaubt, ich wäre fortgelaufen. Aber vielleicht hat er auch nach mir gesucht. Vielleicht sucht er mich noch immer. Wer weiß? Er könnte gramgebeugt oder glücklich verheiratet sein. Ich möchte so gern glauben, daß seine Liebe so tief ging wie die meine.«

Cybillia war den Tränen nahe. Es lag etwas im Mangel an Selbstmitleid dieser camaalischen Frau, was ihre Geschichte nur um so anrührender machte.

Später am Tag, als die ersten federnden Gräser vom Rand der Wüste kündeten, kamen sie in den breiten, kühlenden Schatten der Toten Götter. Mit Blick auf die gehörnten Gipfel, die in Wolkenfetzen gebettet waren, brachte Avriana schließlich den Mut zusammen, Brid nach dem Wortlaut des Rätsels zu fragen.

Zweifelnd sah Brid sie an, dann zuckte sie mit den Schultern. »Nun, es kann nicht schaden.« Langsam zitierte sie den Reim.

Sie ritten weiter und lauschten Avrianas hauchiger, camaalischer Stimme, die den Vers immer und immer wieder aufsagte. Nach einem Stück des Weges führte Ceowulf sie von der Straße auf einen schwarzen Aschenpfad, der sich durch Grasbüschel zum nächstgelegenen der beiden Toten Götter schlängelte. Ziegenglocken läuteten durchs Tal.

»Das Rätsel spricht von einem Schlund. Dem klaffenden Zugang einer Höhle in der Bergwand, der wie ein Mund aussieht«, erklärte Brid.

Als der Weg steiler und das Weiterkommen mühseliger wurde, schlug Ceowulf vor, daß Brid, Caspar und Hal allein weiterreiten sollten, während er zurückblieb, um die anderen zu schützen. Bereitwillig ließ man sich darauf ein.

Nachdem sie die Pferde an einem kühlen Bach getränkt hatten, kamen die drei Torra Altaner gut voran. Sie folgten dem Pfad, welcher sich am Hang des alten Vulkans zu den hochgelegenen Weiden hinauf schlängelte. Caspar ritt mit neuerlicher Energie. Jeder Schritt der Reise bedeutete, daß sie dem Druiden-Ei näher kamen, und das wiederum bedeutete, daß sie der Heimat näher kamen. Nachdem sie der drückenden Hitze der Wüste nun entgangen waren, kletterten sie weiter, von der kühlen Luft erfrischt.

Nach mehreren Stunden fruchtloser Suche wurde Caspar sehr müde und hungrig. Endlich hatten sie die andere Seite des größeren der beiden Toten Götter erreicht, und als das Licht des Tages verblaßte, wurden sie ausgesprochen mutlos. Dunkelheit verkürzte ihre Suche, und entmutigt stiegen sie zu den anderen herab. Allmählich wurden die Hänge flacher, und sie knirschten über den Schotterboden, wo sie freudig ein aufgespießtes Lamm erblickten, das über einem hübschen Feuer brutzelte.

»Wir haben einen Schafhirten getroffen«, erklärte Ceowulf fröhlich, »und ich habe ihm ein Lamm abgekauft. Jemand hungrig?«

Caspar sank vor Freude auf das Essen aus dem Sattel.

»Hattet ihr Glück?« fragte der Ritter zweifelnd, als er Brids niedergeschlagene Miene sah.

»Ich muß nachdenken«, murmelte sie und ließ die anderen hinter sich. Nur Trund folgte ihr.

»Wir haben überall gesucht«, stöhnte Hal, »absolut überall. Und selbst wenn es dort eine Höhle gäbe, könnte es sein, daß wir sie in hundert Jahren nicht finden, weil die oberen Hänge so mit Moos und Efeu überwachsen sind. Morgen sehen wir uns den anderen Berg an, aber ich glaube, wenn wir Erfolg haben, dann eher mit Glück als durch Überlegung.«

»Aber wir müssen es finden«, sagte Cybillia freudig und errötete, als sich alle drei Belbidianer umdrehten und sie überrascht ansahen.

»Es ist das erste Mal, daß du daran Interesse zeigst … du weißt schon, für den Schatz«, brach es aus Caspar hervor.

Cybillia zuckte mit den Achseln und strich unsicher über ihre verheilende Wange.

»Mh, ich habe nachgedacht, und …«, stotterte Avriana.

Hal ignorierte die camaalische Frau, rief nach Brid. »Deine Vorstellung von einer Suche ist hoffnungslos. Frauen können niemals irgend etwas finden. Du hättest auf mich hören sollen.«

»Auf dich?! Wenn ich auf dich gehört hätte, wären wir …«

»Könnt ihr zwei vielleicht damit aufhören?« ging Ceowulf dazwischen. »Avriana versucht euch etwas zu sagen.«

Augenblicklich richtete Brid ihren Blick auf die milchhäutige Camaalierin, als spürte sie, daß das, was sie zu sagen hatte, dringend wäre. Hal hielt den Mund, verärgert, daß man ihn unterbrochen hatte.

»Es ist das Rätsel ... den ganzen Tag lang habe ich darüber nachgedacht. Ich denke, es ist gar nicht hier.«

Eine Sekunde lang blitzte Ärger in Brids Miene auf, doch dann wurde sie eifrig und begierig auf alles, was ihnen den Aufenthaltsort des Druiden-Eis verraten würde.

»Ich glaube, du hast das Rätsel falsch gedeutet«, erklärte Avriana.

»Habe ich?« Brid schien diese Neuigkeit nicht glauben zu wollen, Hal dagegen johlte los.

Die Priesterin warf ihm einen kalten, finsteren Blick zu.

»Du sagst, das Rätsel sei Tausende von Jahren alt«, fuhr die Frau fort.

Brid nickte.

»Nun, wenn es heißt ›Ostwärts zum lodernden Feuer‹, hast du es so verstanden, daß es bedeutet ›Ostwärts zur Sonne‹.«

»Ja, natürlich.«

»Ich glaube, gemeint sind die Vulkane bei Camaalia. Ihr sollt ›hinter‹ den Toten Göttern suchen, was hier ist, und dann ›zum‹ Feuer. Jetzt rauchen sie nur noch, doch der Legende nach warfen die Rauchenden Berge einst große Feuerfontänen in den Himmel auf. Ich sage natürlich nicht, daß ich recht habe«, entschuldigte sich Avriana bescheiden für ihren Vorschlag. »Und ich möchte euren Plan nicht stören, nur habe ich tatsächlich meine Freude an solchen Rätseln.«

Schwer sank Brid zu Boden und drehte etwas Heidekraut in ihrer Hand hin und her. »Avriana«, erklärte sie, »du bist ein Genie.«

Die Camaalierin lächelte abwehrend. »Ich mag einfach Rätsel.«

An diesem Abend war Brid nach den Enttäuschungen des Tages erheblich besserer Laune, und sie machte sich an Salben und Kräutern zu schaffen, bereitete Triebe von Drachenfeuer und Ophidianischem Nabelkraut für Cybillias narbige Wange vor. Hal, Caspar und Ceowulf versammelten sich nah ums Feuer und versuchten, nicht auf Cybillias Stöhnen zu achten, als die Mischung sich in ihre Wange brannte. Unwillkürlich blickte Ceowulf über seine Schulter zu ihr hinüber.

»Ich wünschte, es müßte ihr nicht so weh tun.«

Zum ersten Mal wurde Caspar bewußt, daß der caldeanische Ritter seine leise glimmende Sehnsucht nach dem Mädchen schürte. Schließlich hatten die beiden manchen Tag gemeinsam verbracht, als Cybillia ihn während der schlimmsten Zeit seiner Genesung gepflegt hatte.

Viele Tage ritten sie ostwärts den Rauchenden Bergen entgegen, und Caspar vertrieb sich die Zeit der langen Reise damit, beiläufig mit Avriana zu plaudern, indem er sie auf jede bemerkenswerte Veränderung der Landschaft hinwies. Sie wurde dem Jungen zur freundlichen Begleitung und erzählte ihm viel von ihrem Leben in der Heimat und daß ihre Familie im Schatten des camaalischen Königs gelebt hatte. Sie war das jüngste von fünf Kindern, doch war erst einer ihrer Brüder und dann die Mutter an der Pest gestorben, als sie noch klein war. Alle anderen waren erwachsen und verheiratet. Mit ironischem Unterton erklärte sie, sie sei Vaters Liebling gewesen und er stets der Ansicht, sie verdiene einen höhergestellten Ehemann als Kynan.

»Einen höhergestellten«, lachte sie. »Er war ein guter Mann, mein Vater Talmus, aber ich glaube, er wurde etwas größenwahnsinnig, weil er soviel Zeit mit den Edelleuten bei Hofe zubrachte. Deren hohe Ideale und mangelndes Verständnis für die Welt hat auf ihn abgefärbt.«

Mangelndes Verständnis! Caspar war empört. Alle Edlen in Belbidia konnten lesen und schreiben und waren gebildet, was die Welt um sie anging.

»Erzähle mir von dir«, bat die Frau, während sie hinter ihm auf Feuerschweif saß. »Was könnte eine seltsame Bande von Belbidianern so fern der Heimat tun, ohne daß sie etwas zu verkaufen hätte? Ich habe viele, viele belbidianische Kaufleute kennengelernt – der Camaalische Hof ist voll von ihnen –, und immer haben sie etwas zu verkaufen.«

»Nicht jeder in Belbidia ist Kaufmann«, lachte Caspar. »Es gibt Jäger, Soldaten, Bauern, Viehzüchter, Fischer, Weinbauern, um nur einige zu nennen.«

»Und was macht also deine Familie?«

Caspar zögerte, doch er beschloß dann, die Wahrheit zu sagen. Es schien keinen Anlaß für eine Lüge zu geben. »Mein Vater ist der Baron von Torra Alta, der nördlichsten Baronie Belbidias.«

Avriana lachte. »So schlimm kann es nicht sein. Warum willst du mir nicht die Wahrheit sagen? Schmuggler vielleicht?«

Caspar sah keinen Grund, wieso ihm die junge Frau nicht glauben wollte. »Nein, ehrlich. Hal ist der Halbbruder meines Vaters. Cybillia ist die Tochter des Barons von Jotunn und Ceowulf der Sohn des Barons von Caldea.«

»Und Brid? Vermutlich ist sie die Königin?«

»Nein, Brid ist nur mit meiner Mutter verwandt.« Caspar wich an dieser Stelle einer direkten Antwort aus.

»Selbst wenn ich den Rest deiner Geschichte glauben könnte … das würde ich dir nicht glauben. Wer sie auch sein mag, sie steht rangmäßig über euch allen, denn wenn sie etwas sagt, springt ihr.«

»Das tun wir ganz sicher nicht.«

»O doch, das tut ihr«, lachte Avriana. »Wenn ich etwas gut kann, dann Menschen beobachten.«

Nach dieser besorgniserregenden Enthüllung schwieg Caspar.

Je weiter östlich sie ritten, desto angespannter und wortkarger wurde die camaalische Frau. »Kynan«, murmelte sie das eine oder andere Mal in den Wind, und Caspar konnte ihre schlimmsten Befürchtungen nur erahnen.

Nach einigen ermüdenden Tagen, an denen sie durch Glain trabten, kamen sie zu einer geschwungenen Steinbrücke, die einen reißenden Fluß überspannte, der im roten Schlamm erstickte. Die beiden dunkelhäutigen Frauen blickten südwärts am roten Fluß entlang und plapperten und stöhnten in ihrer eigenen, unverständlichen Sprache.

Als die Pferdehufe über das Kopfsteinpflaster der Brücke klapperten, deutete Avriana auf die Rauchenden Berge, die am Horizont aufragten. Träge Rauchsäulen stiegen auf und verfinsterten den Horizont im Osten. Bald schon überschatteten die Vulkane das Land, in dem verwittertes Gestrüpp aus einer Erde wuchs, die sich von den vergangenen Eruptionen nie erholt hatte. Die Hufe der Pferde knirschten über Felsen, die aus Lava entstanden waren. Diese finsteren Rauchenden Berge waren um einiges einschüchternder als die Toten Götter, und ihre diabolischen Gesichter blickten glühend auf das Volk herab.

Ekliger Gestank stieg vom Boden auf, wo seitliche Öffnungen in der aufgebrochenen Erdkruste überschüssiges Gas blubbernd in die Atmosphäre entließen. Einsame Felsklumpen lagen herum, als hätte ein Riese diese bei einem Murmelspiel am Boden verstreut. Ein kleiner Bach kam ihnen entgegen, tröpfelte von den Hängen und wand sich zwischen den Farnen und rauhen Gräsern durch. Blasen zwängten sich zwischen den

Kieseln im Bachbett hervor, als atmete dort unten irgendeine Kreatur, die unter den Steinen begraben war. Tief unter der Erdkrume brodelte der Vulkan vor sich hin und sonderte Gase ab, die durch das Grundgestein sickerten und den Bach aufheizten. Ein Schauer durchfuhr Caspar, und er blickte zu den grauen Hängen der Rauchenden Berge auf.

»Sie leben«, flüsterte er. »Atmen wie große, lauernde Ungeheuer.«

Wie zuvor blieb Ceowulf zurück, um auf Cybillia und die drei Frauen zu achten, während die anderen geradewegs den nächsten Vulkan ansteuerten. Insgesamt vier Vulkane ragten vor ihnen auf, und sie stritten lauthals darum, an welchem sie die Suche beginnen sollten.

»Der große in der Mitte«, beharrte Hal. »Man würde doch selbstverständlich etwas auf dem größten verstecken.«

»Nein, der östlichste«, beharrte Brid. »Er paßt besser auf das Rätsel.«

»Nun, du hast es von vornherein nicht richtig gedeutet«, murrte Hal. »Du mußtest es dir von einer Narrentochter erklären lassen. Von einer, die nicht einmal Belidianisch spricht.«

Caspar blendete ihren Zank aus, ritt allein ins Vorgebirge, wo der heiße Bach in Wolken von den Wänden der schlafenden Vulkane dampfte. Irgendwie wußte er, daß Brid und Hal beide irrten, und er fühlte sich zum nördlichsten Gipfel hingezogen, der in dichtem Nebel verborgen lag. Der gelbliche Rauch schien rhythmisch aus dem Krater zu schnaufen, und Caspar konnte nicht verhindern, daß er eine Gänsehaut bekam. Irgendwie war er sicher, daß der Berg lebte.

Doch Caspar schaffte es nicht, die anderen zu überzeugen, und schließlich gaben sie Hal nach, der darauf bestand, daß sie den westlichsten Vulkan zuerst absuchten. Schweigend begannen sie, den Berg zu umkreisen, und wenn sie auch manche Höhlen und Spalten fanden, glich doch nichts von alledem einem Mund.

»Ich hätte auf dich hören sollen, Spar«, räumte Brid ein, als sie zu Mittag rasteten. »Ich war zu sehr damit beschäftigt, mich mit Hal zu streiten, um auf meine eigenen Gefühle zu achten, aber ich weiß jetzt, was du meinst. Dieser Vulkan hat eine gewisse Ausstrahlung.«

Nachdem sie gegessen hatten, stieg das Trio ins nächste Tal hinab, um den steilen Aufstieg des schattigen Berges im Norden anzugehen.

Caspar fühlte sich unwohl, als verschluckte ihn dieser in seine abgeschlossene Welt. Komets helles Fell schien im Nebel zu verschwinden. Caspar sorgte sich darum, den Kontakt zu den anderen zu verlieren, und je dichter der Nebel wurde, desto schwerer fiel ihm die Orientierung. Die Pfade, die Schafe und Ziegen auf Futtersuche ausgetrampelt hatten, waren schmal und zusammenhangslos. Als der Nebel sie umschloß und den Himmel aussperrte, wurde Caspar unsicher, ob sie auf- oder abstiegen. Er ließ Feuerschweif sehr langsam gehen und lauschte aufmerksam auf bedrohliche Geräusche im dämpfenden Nebel.

»Zu Hause wird es inzwischen auch solchen Nebel geben«, seufzte Hal, »aber wenigstens würden wir jeden Daumenbreit der Wege um den Felsenturm kennen.«

»Wie unsere Westentaschen«, fügte Caspar hinzu, »wie der alte Catrik sagen würde.«

Plötzlich meinte er, jemand verspottete ihn, der seine Stimme leise und auf gespenstische Weise nachahmte, doch er merkte schnell, daß es nur ein Echo war. »Hört doch!« rief Caspar aus; seine Stimme ertrank im Echo, das zwischen den Felsen hin und her geworfen wurde und seinen Ausruf für ein größeres Publikum verstärkte.

»Es ist ein natürliches Amphitheater«, flüsterte Brid. Selbst ihre leisen Worte wurden laut durch die Lüfte geworfen. »Es ist, als würde der Berg zu einem sprechen.«

»Mit einem Mund«, schloß Hal.

Nachdenklich starrten sie in die Düsternis und folgten der Linie des ausgehöhlten Tales, dessen Seiten langsam aus dem Dunst aufragten, während es allmählich zu einer Schlucht wurde. Das Klappern der Pferdehufe hallte um sie, betäubte ihre Sinne, bis sie ans Ende des Tales kamen, wo ein schmaler Spalt sie zu einer kalten Öffnung in der Seite des Vulkans führte.

Brid packte den Mondstein aus, und sein weißes Licht fiel ins Dunkel der Höhle, beleuchtete einen schmalen Gang, der sie ins Herz des Vulkans lockte. Caspar zuckte zusammen, als eine gebückte alte Frau vor ihnen stand, deren lebhaft ausdrucksvolle Augen von finsterem Haß erfüllt waren. Wie Brid war auch sie sehr klein. Ihr langes, ungeflochtenes, graues Haar fiel um ihre Schultern, und sie trug eine weiße Seidenrobe, die ihrem müden Leib nicht mehr paßte. Ihre Augen waren von fahlem, schattigem Grün, lebendig wie Brids, doch nicht so schön. Ein verdrehter Silberring schmückte ihren Arm, und ein Reif hielt das Haar aus ihrem Gesicht. Hinter ihr hatten sich weitere Frauen versammelt, die auf die gleiche, altertümliche Weise gekleidet waren.

Brid blinzelte einen Moment, dann sagte sie: »Die Hüterinnen! Endlich haben wir euch gefunden. Jetzt macht es Sinn.«

Sie eilte zu der Frau, als wollte sie diese mit einer Umarmung begrüßen, doch Caspar empfand nichts von Brids Hochgefühl. Ein steinkalter Funke lag im Blick der Hüterinnen, der ihm nicht gefiel. Als Brid freudig und energisch vortrat, stieß die Frau ein seltsames Knurren aus.

»Aber die Große Mutter hat mich geschickt«, stammelte Brid, als würde diese unerwartete Reaktion sie verwirren. »Ich bin die Jungfrau. Eine der Ergebenen Dienerinnen. Die Trinität ist gefährdet. Die Mutter ist gefangen und stirbt. Allein die Macht des Druiden-Eis kann sie retten. Die Große Mutter Göttin hat uns ausgesandt, das Druiden-Ei zu suchen.«

Die Augen der Frau wurden schwarz. Sogleich stand Hal neben Brid, hatte sein Breitschwert gezückt und schob sie hinter sich.

»Sprich, Frau! Warum droht ihr uns, obwohl Brid eine eurer Hohenpriesterinnen ist? Sprich.«

»Sie kann nicht.« Brids Stimme war kraftlos vor Enttäuschung. »Sie haben keine Zungen.« Sie schob Hal aus dem Weg. »Es ist nicht der rechte Zeitpunkt für Gewalt. Ich kann nicht gut den Menschen meines eigenen Glaubens drohen. Natürlich sind sie uns gegenüber mißtrauisch. Wir suchen das Geheimnis, das sie seit Tausenden von Jahren hüten.«

Jetzt verstand Caspar. Da die Hüterinnen das Geheimnis des Druiden-Eis in Belbidia nicht länger wahren konnten, hatten sie den Mutterkessel zurückgelassen, um die Hinweise auf den Verbleib des Objekts andernorts zu hüten. Eben fragte er sich, wie sie hier allein überleben konnten, als sich mehr als ein Dutzend Männer um die sieben Hüterinnen drängten. Sie alle schwenkten Schwerter, allerdings reichte keiner von ihnen von der Größe her auch nur an Caspar heran.

»Eure Waffen«, forderte einer der Männer. »Wir sind in der Überzahl.«

Brid hob eine Hand, um die Spannung zu zerstreuen. »Wir wollen keine Gewalt, und wir kommen auch nicht, um euren Schrein zu entweihen. Wir kommen auf Geheiß der Großen Mutter. Ihr dürft euch der Großen Göttin nicht widersetzen, indem ihr uns den Zugang zum Wissen um den Verbleib des Druiden-Eis verwehrt.«

Die alte Matriarchin knurrte nur aus tiefer Kehle, und ohne eine weitere Warnung sprangen die Männer vor und schwenkten ihre Schwerter. Caspar legte einen Pfeil auf seinen Bogen und schoß drei in schneller Folge ab. Seine ersten Schüsse trafen ihr Ziel, durchbohrten einem Angreifer den Hals, gruben sich tief in die Brust eines anderen. Doch der letzte Pfeil verfehlte sein Ziel und flog links am Ohr seines Gegenübers vorbei. Noch immer stürmte der Mann auf ihn zu, griff mit aufopfernder Tapferkeit an. Caspar riß seine Hand hoch, um noch einen Pfeil zu nehmen, fürchtete, ihm bliebe keine Zeit mehr.

Hal erging es besser. Er warf Brid zu Boden, fuhr herum und hieb einem Mann in den Rücken, spaltete ihm das Rückgrat. Schwer sank der Mann auf Caspar nieder, drückte ihn gegen die Wand, und dickes Blut quoll aus seinem Mund. Bis Caspar den Toten von sich geschoben hatte, konnte Hal vier weitere niedermachen, wie ausgeweidete Schweine in zwei Hälften gehackt. Ein Kopf rollte von einer Blutfontäne fort, die aus einem durchschnittenen Hals spritzte. Die fünf verbliebenen Männer wandten sich ab und flohen, ließen die Frauen zurück, die sich tiefer in die Höhle verzogen.

Hal ließ seine Hand sinken und zog Brid auf die Beine. »Ist mit dir alles in Ordnung?«

Sie schüttelte ihn ab. »Ja, natürlich ist mit mir alles in Ordnung.« Sie schien die Blutlachen um sich herum nicht wahrzunehmen, als sie über die Leichen trat, und während das gespenstische Licht des Mondsteins die Höhle ausfüllte, trat sie in das Innere der heiligen Stätte.

»Ich bin Brid, die Jungfrau, eine der Drei Ergebenen Dienerinnen, und ihr werdet mir gehorchen«, erklärte sie mit furchtloser Stimme, die überall um sie hallte. »Ihr seid die Hüterinnen, die das Geheimnis des Druiden-Eis für die Trinität bewahren, und ich fordere es nun ein.«

Die Augen der alten Frau bohrten sich aus dem Dunkel und glühten rot im Licht des Mondsteins. Ein bestialisches Knurren drang aus ihrer zungenlosen Kehle, und sie versperrte den

Weg. Das Licht der Kugel leuchtete an ihr vorbei und erhellte einen runden Schild, der in den festen Felsen an der Rückwand der Höhle gearbeitet war. Das silbrige Licht des Mondsteins wurde von einem goldenen Sonnenrad reflektiert, als es auf das gelbe Metall fiel. Vier Frauen machten sich mit handtellergroßen Sicheln über den goldenen Schild her, hackten mit wilder Entschlossenheit darauf ein.

»Tretet davon zurück!« Brids Stimme knarrte vor kaltem Zorn.

Keine der Frauen wandte sich auch nur um. Statt dessen verdoppelten sie ihre Bemühungen, während sich die wutschnaubende Matriarchin Brid trotzig in den Weg stellte.

Die Jungfrau vergeudete keine Zeit. »Hal, Spar, haltet sie auf«, befahl sie, als wäre sie eine Kriegerkönigin mitten in der Schlacht. »Haltet sie sofort auf!«

Als ihr die beiden Folge leisteten, stürzte sich die weißhaarige Alte auf Caspar, hieb wütend mit den Nägeln auf seine Augen ein. Die Matriarchin war klein, aber er mußte sich dennoch entschlossen wehren, um sie abzuschütteln. Er warf sich auf eine der anderen Frauen und versuchte, sie von dem Schild zu zerren, doch eine Sichel schnitt ihm durchs Gesicht. Nägel und Zähne rissen an der Haut an seinen Händen. Eine Sekunde lang rang er darum, nicht ohnmächtig zu werden.

Sie waren Frauen, und es wäre zutiefst unverzeihlich, sie zu verletzen, und doch benahmen sie sich wie wahnsinnige, wilde Tiere, und er mußte sie daran hindern, den goldenen Schild zu zerstören. Er sperrte sein Gewissen aus und schlug zu, traf mit seiner Faust das Kinn einer kleinen Priesterin mit rostbraunem Haar. Sie brach nicht sogleich zusammen, wie er es erwartet hatte, sondern wich zurück, fauchte und trat erneut um sich.

Dann plötzlich hielten alle inne, als kaltes, grünes Licht den Raum erfüllte. Brid stand da, beide Hände hoch erhoben, in einer Faust den Mondstein und in der anderen die gräßlich grüne Kugel des Drachenauges. Caspar versuchte nicht hinzusehen, doch er spürte, wie er in die grauenhaften Muster gerissen wurde, die sein Herz erfrieren ließen.

Hal dagegen hielt nach wie vor sein Runenschwert und schien unbesorgt. Er riß sich von den Frauen um seinen Hals los, die ängstlich schnatterten. Hier, im Dunkel der Höhle, mischte sich das Leuchten des Mondsteins mit dem Grün des Drachenauges und verlieh der Jungfrau eine erschreckende Ausstrahlung.

»Tretet von dem Schild zurück«, befahl Brid mit seltsam kalter Stimme. Doch die Frauen konnten nicht antworten. Auf zitternden Knien richteten sie ihre Blicke starr auf das Drachenauge. »Hal, Spar, reißt sie zurück«, befahl Brid nur.

Hal knurrte, als gefiele ihm der Ton des Mädchens nicht, doch er fügte sich, hakte seine Hand unter den Arm einer der starren Priesterinnen und zerrte sie beiseite. Als Caspar sich erst vom Schrecken des körperlosen grünen Auges losgerissen hatte, fühlte er, wie sein Wille wiederkehrte. Er folgte seinem Onkel und begann, die Frauen beiseite zu ziehen. Hoheitsvoll trat Brid vor, doch als sie dem goldenen Schild näher kam, schien ihre Ausstrahlung irgendwie zu schwinden, als sie sich mit der Runenbotschaft, die ins Metall geritzt war, beschäftigte. Ihre Arme entspannten sich und sanken herab, während sie nachdenklich den strahlenden Schild betrachtete, der dort in den Fels gearbeitet war.

»Es sieht wie eine Sonne aus«, murmelte sie vor sich hin.

Caspar folgte ihrem Blick, tastete die verbeulten und zerkratzten Symbole um den Rand des Schildes ab, als er im Augenwinkel plötzlich eine Bewegung sah. Blind vor Wut taumelte die alte Matriarchin vor, hielt den Griff ihrer Sichel mit beiden Händen und wollte diese Brid zwischen die Schulterblätter schlagen.

Caspar schrie eine Warnung heraus, riß Brid an sich und alarmierte Hal. Der dunkelhaarige Junge fuhr herum und hob sein Runenschwert. Mit einem Hieb durchschlug er den dünnen Hals der Frau, und sie sank zu Boden.

Brid wurde weiß vor Entsetzen. »Du hast sie getötet!« schrie sie und hielt ihren funkelnden Blick auf Hal gerichtet. »Sie war Priesterin, Teil des Alten Glaubens, Teil von uns … und du hast sie getötet!«

»Brid, es hieß doch: sie oder du!«

»Aber du hast sie getötet«, hielt die Jungfrau dagegen und gab das Drachenauge benommen wieder in seinen Beutel. Jammernd kamen die verbliebenen Hüterinnen heran und zerrten an der blutigen Leiche ihrer Matriarchin. »Du hast sie getötet. Du hast mich gezwungen, den Alten Glauben zu verraten«, stöhnte sie, als sich die Frauen zurückzogen und trauernd die kleine, blutende Leiche ihrer Ältesten aus der Höhle trugen.

Nachdenklich wandte sie sich wieder dem goldenen Schild zu und richtete ihren Blick auf die Muster. Sie tastete in ihrem Beutel herum und nahm das zerknüllte Pergament hervor, auf welchem die verschmierte Botschaft des Kessels festgehalten war.

Angewidert steckte Hal sein Schwert in die Scheide und schlang es um seinen Rücken. Seine Hand mit dem fehlenden Finger war blutbeschmiert, und wütend wischte er sie an der Kleidung eines toten Mannes ab. »Ich habe sie zu rein gar nichts gezwungen!«

Brid ließ sich nicht anmerken, ob sie ihn hörte. Ihre Finger strichen über die Runen auf dem Schild, und sie murmelte vor sich hin, während sich die Falten an ihrer Stirn immer tiefer gruben.

»Was ist los?« knurrte Hal. »Erzähl mir nicht, sie hätten die Runen herausgekratzt.«

»Nein.« Brid klang noch immer abwesend, während sie mit dem Problem rang. »Nein, wir haben sie eben noch rechtzeitig aufgehalten. Das Metall ist sehr hart und die Runen tief eingegraben, und so haben sie nur wenig anrichten können. Aber sie ergeben kaum einen Sinn.«

»Was sagen sie?« fragte Caspar eifrig.

Brid las laut vor:

»›Von hier denkt an die Tür aus Stein,
Nehmt auf den Kampf um jenen Kriegerthron.
Lernt Klingenschnitt und Bergenrund,
Macht euch bereit, daß ihr die ersten seid.
Und dann, am Tag der frisch gekrönten Königin,
Sobald das Feld zur Schlacht bereit,
Seht, was die Runen am Kessel besagen,
Denn nur der Sieger weist den Weg.‹«

Brid verzog das Gesicht. »›Von hier denkt an die Tür aus Stein.‹ Das sagt mir rein gar nichts.«

»›Von hier.‹« Caspar rieb an seiner krummen Nase herum. »Ich glaube, wir sollten hinausgehen und sehen, was wir von dort erkennen können.«

Eine Blutspur führte vom Stein um den Eingang zur Höhle in die Tiefe, und sorgenvoll sah Brid sich um, da sie einen Angriff der letzten Hüterinnen fürchtete. Doch der Nebel hatte sie bereits verschluckt.

»Wohin mögen sie gehen?« fragte Caspar.

»Wohin können sie schon gehen?« erwiderte Brid traurig. »Wir können ihnen nur helfen, indem wir das Druiden-Ei finden. Wenn es uns gelingt, könnte es sein, daß ihre Zeit noch einmal kommt.« Sie verwarf das Thema mit wegwerfender Geste. »… die Tür aus Stein …«

Das Tal war nach wie vor vom Nebel verhüllt, so daß Brid

beschloß, daß sie darüber hinaus würden klettern müssen. Schließlich kamen sie an einen Fels, der über den Nebelschleier hinausragte, und von der Spitze aus hatten sie einen klaren Blick über die umliegende Ebene. Im Nordwesten konnte Caspar das blaugrüne Meer ausmachen, wo sich drei Schiffe im Wind neigten. Nach Nordosten hin schien die Sonne auf die smaragdenen Türme und leuchtend kupfergrünen Kuppeln einer Stadt. Diese stand auf einer Anhöhe, welche auf drei Seiten von den stillen Fluten eines toten Flußarms umgeben war, der seit langem schon vom Hauptlauf des Flusses abgeschnitten lag.

Brid stieß einen schweren Seufzer aus. »Eine Tür! Es ist lächerlich! Von hier aus kann man unmöglich eine Tür sehen. Wir sollten lieber wieder zur Höhle zurück und den Schild zerstören, bevor irgendwer ihn findet.«

»In Fels eingelassenes Gold? Es wird nicht zerspringen wie der Kessel«, meinte Hal.

»Nein, aber es müßte schmelzen. Wenn wir genügend Holz fänden, mit dem wir darunter ein Feuer entfachen könnten, würde es zumindest weich werden und wir könnten die Schrift glattstreichen.«

Brid hatte recht, doch die Aufgabe, Holz zu sammeln, machte den Eindruck, als würde sie lang und mühsam. Da erschien Ceowulf hinter einem hechelnden Trund, der Brids Fährte gefolgt war.

»Ich habe ein seltsames Echo von den Bergen gehört und mir Sorgen gemacht. Trund hat eure Fährte sofort aufgenommen, und da sind wir nun.« Er nickte zum Blut in der Höhle hin. »Ihr hattet doch hoffentlich keinen Ärger, oder?«

Hal schüttelte den Kopf. »Nichts, mit dem wir nicht zu Rande kommen könnten.«

»Ha! Sei dir deiner Talente nur nicht zu sicher, junger Mann. Es dauert viele Jahre, einen Ritter auszubilden, und selbst dann wirst du, so groß dein Schwert auch sein mag, eines Tages auf jemanden treffen, der geschickter ist als du.«

Trund hatte seine Freude daran, das Feuerholz aufzustapeln. Er hetzte im Unterholz herum, suchte überschwenglich nach einem eigenen Ast, den er tragen konnte, und war jedesmal begeistert, wenn er einen fand, wobei er immer wieder mit dem Ende des Steckens Caspars Schienbeine zerkratzte. Brid entzündete die Zweige und wedelte dem Feuer Luft zu.

Sie wichen vor dem Qualm in die äußere Höhle zurück und warteten, daß die Flammen bis zum Schild aufschlugen und das Gold einschmolzen. Brid war trüber Stimmung, also hielt sich Caspar von ihr fern und sank neben Hal zu Boden, der sein Schwert betrachtete. Allein Trund war mutig genug, sich an Brid zu schmiegen, und liebevoll legte sie einen Arm um seinen dicken Hals.

»Geht es den Frauen gut?« fragte Caspar Ceowulf, als er sich an die anderen erinnerte.

Der Ritter nickte und grinste. »Es war Cybillia, die darauf bestand, nach euch zu sehen. Sie hat eines meiner Wurfmesser genommen, und ich habe sie mit furchterregender Miene als Wachtposten aufgestellt.«

Caspar lächelte. Er war froh, daß Cybillia ihr Selbstvertrauen wiederfand.

Hal brummte übellaunig. »Heute mag sie sich tapfer genug fühlen, daß sie nicht ständig Schutz braucht, aber morgen schon kommandiert sie dich herum.«

»Also hast du dich wieder mit Brid gestritten, ja?« Ceowulf klang amüsiert.

»Das ist nicht komisch«, sagte Hal. »Ich mußte mit diesen wahnsinnigen Frauen fertig werden, und sie kommandiert mich herum, sie beiseite zu schaffen, als wäre sie hier die Königin, und dann war ich gezwungen, eine von ihnen zu töten.«

»Oh.« Ceowulf verstand sogleich, warum Brid aufgebracht war. »Eine ihrer eigenen Priesterinnen. Ich schätze, daß sie nicht gerade begeistert war.«

Brid verschwand in der qualmenden Höhle und kam bald zurück, vergrub den Mund in ihrem Ärmel und rieb an ihren brennenden Augen. »Es ist vollbracht«, erklärte sie, warf einen kurzen, finsteren Blick auf Hal und marschierte steifbeinig zu den Pferden. Während sie ritt, spielte sie gedankenverloren mit ihrem Haar. Jedesmal, wenn sie es ordentlich zu einem dicken Zopf gebunden hatte, fuhr sie mit den Fingern durch die kupferfarbenen Strähnen, um sie zu lösen, bevor sie dann wieder von vorn begann.

»›Von hier denkt an die Tür aus Stein.‹« Wiederholt ließ sie die Worte über ihre Zunge rollen, jedesmal mit neuer Betonung, immer auf der Suche nach deren Bedeutung, während Trund zufrieden um Komets Hufe schnüffelte. »Natürlich konnten wir keine Tür sehen. Das Rätsel sagt *denk*, nicht *sieh*.«

Als sie sich dem Fuß des Vulkans näherten, gab Ceowulf Hexer die Sporen, und eilig hetzten ihm die anderen nach. »Cybillia! Was ist passiert?« rief er, als das Mädchen aufstand, um sie zu begrüßen. »Wo sind die anderen beiden?«

Eilig sah sich Caspar im Lager um. Ruhig schürte Avriana das Feuer mit einem Stock und beobachtete sie alle aus den Augenwinkeln, wie sie es oft tat. Die anderen Frauen waren fort.

Cybillia strich ihre Röcke glatt, bevor sie antwortete. »Sie sind einfach aufgestanden und gegangen, mehr nicht. Ich konnte sie nicht aufhalten. Sie haben mit den Armen gerudert und auf mich eingeredet, und am Ende bin ich davon ausgegangen, daß sie wußten, wo sie waren, und einfach nach Hause wollten.«

Ceowulf beruhigte sich. »Aber dir geht es gut?«

Das Edelfräulein aus Jotunn nickte und schenkte ihnen allen

ein warmes Lächeln. »Ihr wart lange fort. Ich habe mir Sorgen gemacht.«

Caspar sah Avrianas strahlenden, erwartungsvollen Blick, als sie die anderen näher ansah, offenbar begierig, ihre Geschichte zu hören. »Wir haben das nächste Rätsel gefunden«, erklärte er ihr.

»Habt ihr?« sagte sie begeistert, doch sie war noch immer viel zu reserviert, als daß sie gefragt hätte, wie es lautete.

»Lies es ihr vor, Brid«, verlangte Hal mit scharfem Ton. »Sie war viel besser als du darin, das letzte zu lösen.« Seine Stimme klang schroff und sollte zweifellos verletzen, doch ließ sich die Priesterin davon nicht beeindrucken.

»Avriana, natürlich! Du bist gut, wenn es um Rätsel geht.« Brid reichte ihr das Pergament.

Ein kurzer Zweifel breitete sich auf dem blassen Gesicht der Camaalierin aus. »Ich kann nicht lesen«, räumte sie bescheiden ein.

Eilig lächelte Brid und nahm die Frau beruhigend bei der Hand. »Das macht überhaupt nichts. Es war rüde von mir, davon auszugehen.«

Avriana errötete, lächelte freundlich und lauschte aufmerksam, als Brid die Inschrift langsam und deutlich vorlas.

Avriana ließ ihren Kopf sinken, während sie lauschte, und zeichnete mehrere bedeutungslose Kreise in den Staub zu ihren Füßen, dann meinte sie schließlich. »Wo es heißt: ›Seht, was die Runen am Kessel besagen‹, das muß Teil eines größeren Rätsels sein.«

»Ich fürchte, das wissen wir. Wir haben etwas vom ersten Teil, aber nicht alles. Der Kessel hat uns den ersten einer Reihe von Hinweisen gegeben, die uns hierher geführt haben, und einen anderen, der lautet: ›Erklimme die weinenden Steine, erhebe dich über die Trauer‹, was ich nicht verstehe. Etwas anderes aber wissen wir nicht.«

Avriana nickte nachdenklich und schwieg dann mehrere Minuten.

»Nun?« meinte Hal. »Was bedeutet es? Kannst du es lösen?«

»Vielleicht, ich bin nicht sicher, aber jedes gute Rätsel braucht seine Zeit, bis man es lösen kann. Für gewöhnlich rollen die Gedanken in deinem Kopf herum, und dann urplötzlich, wenn man gar nicht daran denkt, fällt einem die Antwort ein.«

»Aber hast du irgendeine Idee?«

Avriana zuckte mit den Achseln. »Nein, aber mein Vater war wunderbar, was Rätsel anging. Vielleicht, wenn wir ihn finden könnten …« Nachdenklich hielt sie inne. »Seine Gabe amüsierte König Valerius, der Männer aus dem ganzen Reich kommen ließ, damit sie ihn zum Wettbewerb herausforderten, doch konnte ihm niemals irgendwer das Wasser reichen. Kynan allerdings konnte den Sinn in Rätseln nie begreifen.« Sie seufzte schwer, und Caspar sah die Sorge in ihren Augen, als sie ostwärts in ihre Heimat blickte. »Ich frage mich nur, wie sich Kynan das Rätsel meines Verschwindens erklärt hat. Er muß in der Wüste aufgewacht sein, und ich war spurlos verschwunden. Ich frage mich, was ihm geschehen ist … ob er noch lebt.«

Später, als das Feuer heruntergebrannt war, saß Caspar da und kaute auf einem Hammelknochen. Trund sabberte an seiner Schulter, wartete auf den letzten Bissen. Er bat den Ritter, ihm eine Geschichte zu erzählen, während Brid und Avriana weiter über das Rätsel nachdachten.

Der Tonfall des Caldeaners wurde sanfter, und seine Augen strahlten, als er seine Geschichte begann. »Lonis ist ein sehr feuchter Ort mit Bäumen, die so hoch und dicht bewachsen sind, daß die Menschen oben in den Baumwipfeln leben können. Cagog-Nomaden werden sie genannt. Es ist ein merkwürdiges Land, da es aus zwei Königreichen besteht, welche sich auf dem gleichen Areal befinden, buchstäblich übereinander. Die Bauern, die unten auf dem Boden leben, und die Cagog-Nomaden, die auf den Bäumen wohnen. Eines Tages kam es zum Krieg. Die Bauern fällten einen Baum, weil sie Weideland brauchten, doch gab es auf diesem Baum eine Cagog-Siedlung. Die Baummenschen verstanden das natürlich als Invasion.«

»Dann vermute ich, daß du auf seiten der Baummenschen gekämpft hast«, unterbrach Brid steif, als forderte sie den Mann heraus, ihr zu widersprechen.

»Das haben wir allerdings, und zwar nicht, weil die Cagogs notwendigerweise im Recht waren, sondern weil sie schlicht sehr viel mehr bezahlen wollten. Allerdings vermute ich, daß sie uns Geld geboten haben, das sie den Lonisianern gestohlen hatten. Doch das machte keinen Unterschied. Wir haben getan, was Gatto sagte.«

»Ich kann mir einfach nicht vorstellen, so ohne Grund zu kämpfen. Es liegt kein Ruhm darin, kein Triumph«, brach es aus Caspar hervor.

»Nein, es lag nicht viel Ruhm darin, doch es gab schrecklich viel Geld, besonders da wir in dem, was wir taten, besonders gut waren. Doch wegen unserer Sünden hat uns das Meer den Schatz auf dem Heimweg genommen.«

»Ich bin mir sicher, daß Catrik dazu etwas zu sagen hätte«, lachte Hal.

Ceowulf zuckte mit den Schultern. »Ich sage nicht, daß ich recht hatte. Ich erzähle nur, was passiert ist. Ich glaube, man gewöhnt sich an den säuerlichen Geschmack, den es im Mund zurückläßt. Aber ich war vom Leben verbittert, und mich Gattos Söldnern anzuschließen hat meinen Zorn auf die Welt um einiges gelindert. Erst als ich sah, wie sie sich kaltherzig gegen meine eigenen Landsleute gewandt haben, euch selbst nämlich, ist mir klargeworden, wie unbedeutend mein Unglück eigentlich war. Ich meine, ist es wirklich von Bedeutung, daß mein Bruder eines Tages ein reicher und mächtiger Mann sein wird, während ich selbst nichts besitze, weil er einige Minuten vor mir geboren wurde?«

»Minuten!« rief Caspar aus. »Du meinst, ihr seid Zwillinge.«

»O ja. Ich glaube, deshalb war ich so verbittert, bis mir klar wurde, wieviel mehr das Leben zu bieten hat, als daß ich neidisch auf meinen Bruder sein müßte.«

Ein finsterer Blick zog über Hals Gesicht. Er hatte sein Schwert aus der Scheide gezogen und polierte es eifrig mit einem öligen Lappen, prüfte die Schneide immer wieder mit dem Fingernagel auf ihre Schärfe. »Ich bin auf Spar nicht neidisch«, erklärte er, »kein bißchen. Ich wäre nicht gern klein und sommersprossig.«

Caspar biß die Zähne gegen den aufschäumenden Zorn zusammen, versuchte, das hellrote Leuchten, das sein Gesicht überflutete, niederzuringen. Verzweifelt suchte er nach einer Erwiderung und blickte finster in Hals selbstgefälliges Grinsen, doch ihm wollte wieder mal nichts einfallen, was seine Kränkung nur noch verschlimmerte.

Als Caspar eben glaubte, er könne seinen Zorn nicht länger bändigen, ging Ceowulf dazwischen, trat zwischen die beiden Jungen, um weiteren Ärger zu vermeiden. »Jetzt hört mal, Freunde, eben hatten wir noch eine hübsche, kleine Unterhaltung, und jetzt wollt ihr zwei euch bekriegen.«

Schmollend entfernte sich Caspar von den anderen und wandte dem Feuer seinen Rücken zu. Einen Augenblick später spürte er Trunds feuchte Nase an seinem Arm, und er war für die freundliche Gesellschaft dankbar. Sehr viel dankbarer war er noch, als Brid kam und sich neben ihn setzte. Einige Minuten lang sagte sie nichts, aber Caspar spürte, daß sie gleichmäßig mit ihm atmete, als teilten sie denselben Körper und auch denselben Atem.

»Du solltest aufrechter sein. Er würde nachgeben, wenn du positiver von dir denken würdest.«

»Hal und nachgeben. Wir sprechen nicht von der gleichen Person. Du kennst ihn nicht!«

»Nein, wahrscheinlich hast du recht«, stimmte sie zu. »Aber er kennt sich selbst auch nicht.« Sie warf einen Blick über ihre Schulter und betrachtete Hals Rücken. Feuerschein fiel auf seinen kräftigen Körper.

Caspar brütete weiter vor sich hin, spürte instinktiv, daß Brid an Hal dachte. Es schien ihm so ungerecht. Brids Gedanken wanderten so nah den seinen durch das Labyrinth einer gemeinsamen Phantasie, und doch wollte sie nichts weiter mit ihm teilen. Statt dessen sehnte sie sich nach dem Nervenkitzel des Unbekannten, das in Hal lauerte.

Cybillia lachte. Überrascht blickte er auf und fragte sich, ob er sie je zuvor hatte lachen hören.

»Ich sage dir, es stimmt«, wehrte sich Ceowulf. »Der König der Cagogs wurde, wenn er mit uns sprechen wollte, an Seilen herabgelassen und schaukelte mit baumelnden Beinen mitten in der Luft hin und her ... ziemlich würdelos. Dann hat er sich auf dem Weg nach oben in den Ästen verfangen.«

»Ich glaube es nicht«, kicherte Cybillia noch immer, und ihre Augen tanzten und funkelten vor Tränen des Gelächters.

Caspar wandte sich wieder Brid zu, als sie dort allein und abseits der anderen saßen, doch er sah nur, daß ihr Blick nach wie vor sehnsüchtig auf Hal ruhte. Er dachte daran, sie abzulenken, indem er auf das Rätsel des goldenen Schildes zu sprechen kam. »Irgendwie werde ich das Gefühl nicht los, daß uns bei all diesen Hinweisen irgendwas entgangen ist«, erklärte er.

Sie sah ihn an und runzelte die Stirn. »Na ja, natürlich ist uns etwas entgangen. Ich bin mir sicher, daß die Botschaft, die ich vom Kessel abgeschrieben habe, höchst erhellend gewesen wäre, aber sie wurde zerstört.«

»Das meine ich nicht. Mir fiel der erste Hinweis auf die einundzwanzig stehenden Steine ein. Aufgrund deines Wissens um die Runen hast du bald erkannt, welcher Kreis die Antworten barg. Insgesamt bildeten alle Kreise, bis auf einen, zusammen die Rune der Wiedergeburt. Ich kann mich des Gefühls nicht erwehren, daß wir etwas übersehen haben, was uns direkter zu der Antwort bringen würde, etwas, das ein klareres Muster hat, einen klareren Entwurf als diese planlosen Rätsel. Die sind zu kryptisch, zu kompliziert.«

»Aber sie sollen doch kompliziert sein«, erklärte Brid geduldig. »Der Druide wollte einfach nicht, daß irgend jemand das Artefakt findet.«

»Dauernd erzählst du mir, daß die Gesetze der Großen Mutter die Gesetze der Natur sind«, versuchte Caspar seine Ahnung zu erklären. »Die Natur ist voller Plan und Symmetrie. Ich weiß, daß es blöd ist, aber ich werde das Gefühl nicht los, daß wir in alledem ein Muster betrachten, ohne es bisher so recht erkannt zu haben.«

Brid seufzte und rollte die Karte aus. »Ich wüßte nicht, wie uns etwas entgangen sein sollte.« Sie breitete das Pergament vor Caspar aus. »Welches Muster soll man hier erkennen können, außer dem Muster der steinernen Kreise?«

»Ich weiß es nicht«, meinte Caspar verzweifelt. »Es war nur eine Ahnung. Sieh mal, wir sind hier von einem Zusammenfluß der Kräfte mit Keridwen, meiner Mutter, ausgegangen«, begann er. »Vom valaakischen Gletscher sind wir südwärts nach Torra Alta gezogen, dann weiter nach Farona, wo wir den Kessel fälschlicherweise vermuteten. Er war in Ildros in Caldea. Von dort aus sind wir zu den Fernen Inseln gefahren, einem weiteren Zusammenfluß der Kräfte, und nun sind wir wieder nach Osten unterwegs.« Er zeichnete ihre Reise mit dem Finger nach. »Je länger ich es betrachte, desto sicherer bin ich, daß alles zu einem Muster gehört, nur kann ich es nicht erkennen.«

Mehrere lange Minuten starrte Brid das Pergament an, doch dann schüttelte sie nur den Kopf. »Wenn das Pergament nur nicht beschädigt worden wäre, könnten wir es vielleicht klarer sehen.«

Unter den hellen Sternen des Südens fiel das Schlafen schwer, und das ungelöste Rätsel des goldenen Schildes lastete schwer auf Caspars Gedanken. Er beschloß, daß, wenn er sich nur genug auf das Problem konzentrierte, ihm die Antwort irgendwann einfallen würde … aber ihm wollte einfach nichts einfallen. Und so sank er in Schlaf.

Mitten in der Nacht schreckten sie alle auf. Die Sichel des Mondes, die in der klaren Nacht des Fastenmondes deutlich zu erkennen war, stand direkt über ihnen und badete sie in ihrem schwachen, bläulich weißen Licht.

Avriana war aufgesprungen und lachte vor Freude.

»Ich hab's! Ich weiß, was der erste Teil des Rätsels bedeutet!«

DAS RUNENALPHABET

A	ᚨ	P	ᛈ
B	ᛒ	Q	
C	ᚳ	R	ᚱ
D	ᛞ	S	ᛋ
E	ᛖ	T	ᛏ
F	ᚠ	U	ᚢ
G	ᚷ	V	ᚢ
H	ᚻ	W	ᚹ
I	ᛁ	X	ᛉ
J	ᛁ	Y	ᚣ
K	ᚳ	Z	ᛦ
L	ᛚ	Th	ᚦ
M	ᛗ	Ea	ᛠ
N	ᚾ	Ng	ᛝ
O	ᚩ	St	ᛥ

EXCALIBUR

EXCALIBUR – fremde Welten voller Magie und ungekannter Gefahren, grandiose Epen von Mythen und Wundern, übermenschlichen Schicksalen und der erlösenden Kraft der Liebe.

(70109)

(70108)

(70100)

(70105)

(70110)

(70121)